U0525569

臣年 / 著

情宠
Shichong
完·结·篇

九州出版社
JIUZHOUPRESS

图书在版编目（CIP）数据

恃宠.完结篇/臣年著.-- 北京：九州出版社，
2023.10（2024.7重印）
　　ISBN 978-7-5225-2287-6

　　Ⅰ.①恃… Ⅱ.①臣… Ⅲ.①长篇小说—中国—当代
Ⅳ.①I247.5

中国国家版本馆CIP数据核字(2023)第194368号

恃宠.完结篇

作　　者	臣　年　著
责任编辑	李创娇
出版发行	九州出版社
地　　址	北京市西城区阜外大街甲35号（100037）
发行电话	（010）68992190/2/3/5/6
网　　址	www.jiuzhoupress.com
印　　刷	三河市中晟雅豪印务有限公司
开　　本	700毫米×980毫米　16开
印　　张	19.5
字　　数	367千字
版　　次	2024年2月第1版
印　　次	2024年7月第3次印刷
书　　号	ISBN 978-7-5225-2287-6
定　　价	49.80元

★版权所有　侵权必究★

目录

13　动了凡心　　　　　　　　001

14　愿为一盏灯　　　　　　　031

15　银蓝发色　　　　　　　　063

16　考拉抱　　　　　　　　　091

17　最佳女主角，接你回家　　131

18　我的，绝不分手　　　　　167

19　迟到十年的叛逆期　　　　201

20　孤山不孤，明灯璀璨　　　229

21　情之所钟，无关风月　　　259

Extra 番外　　　　　　　　　297

她就该被藏在金堆上，锦绣繁花之间，热烈盛放。

并且，唯他独赏。

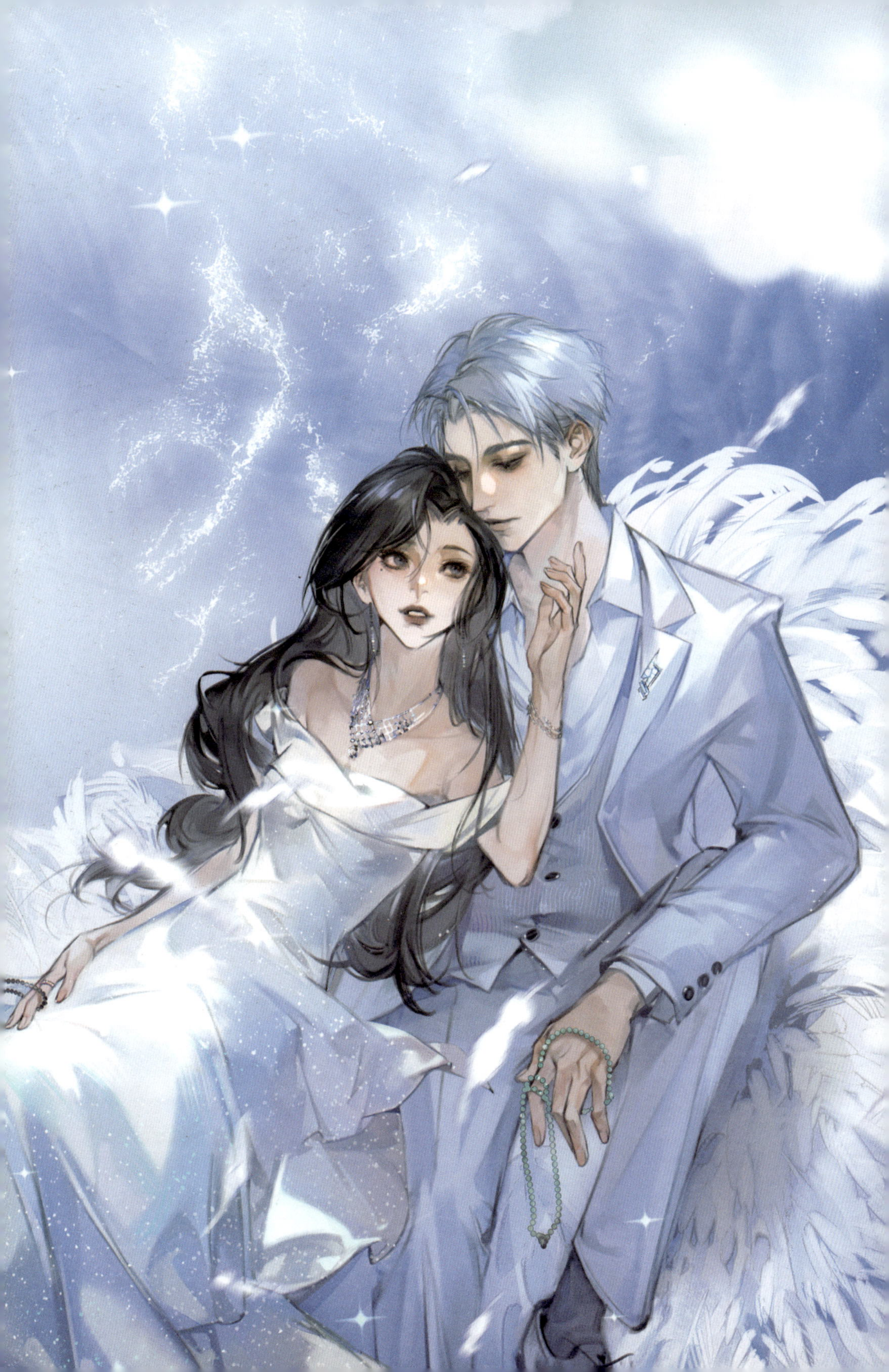

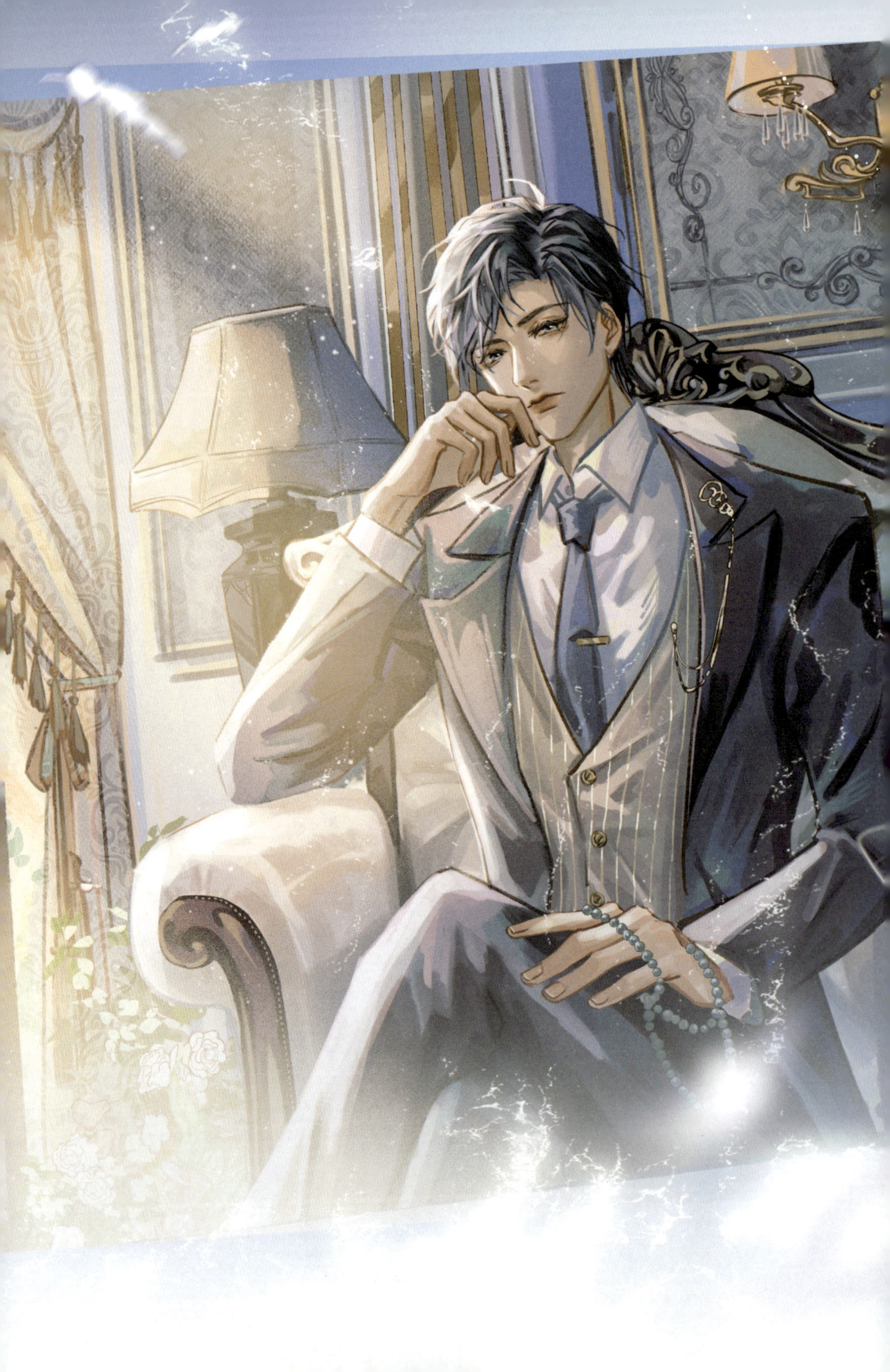

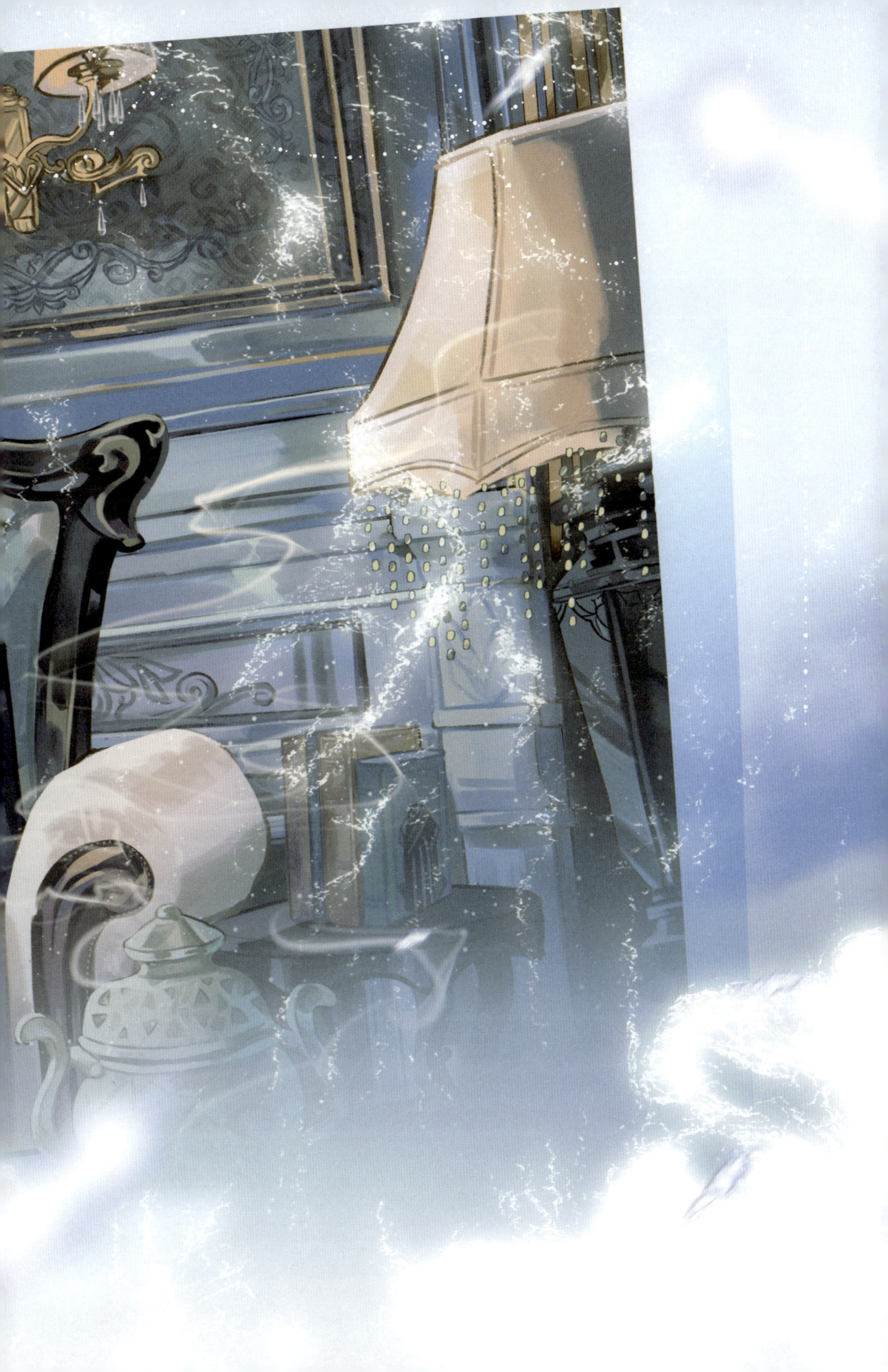

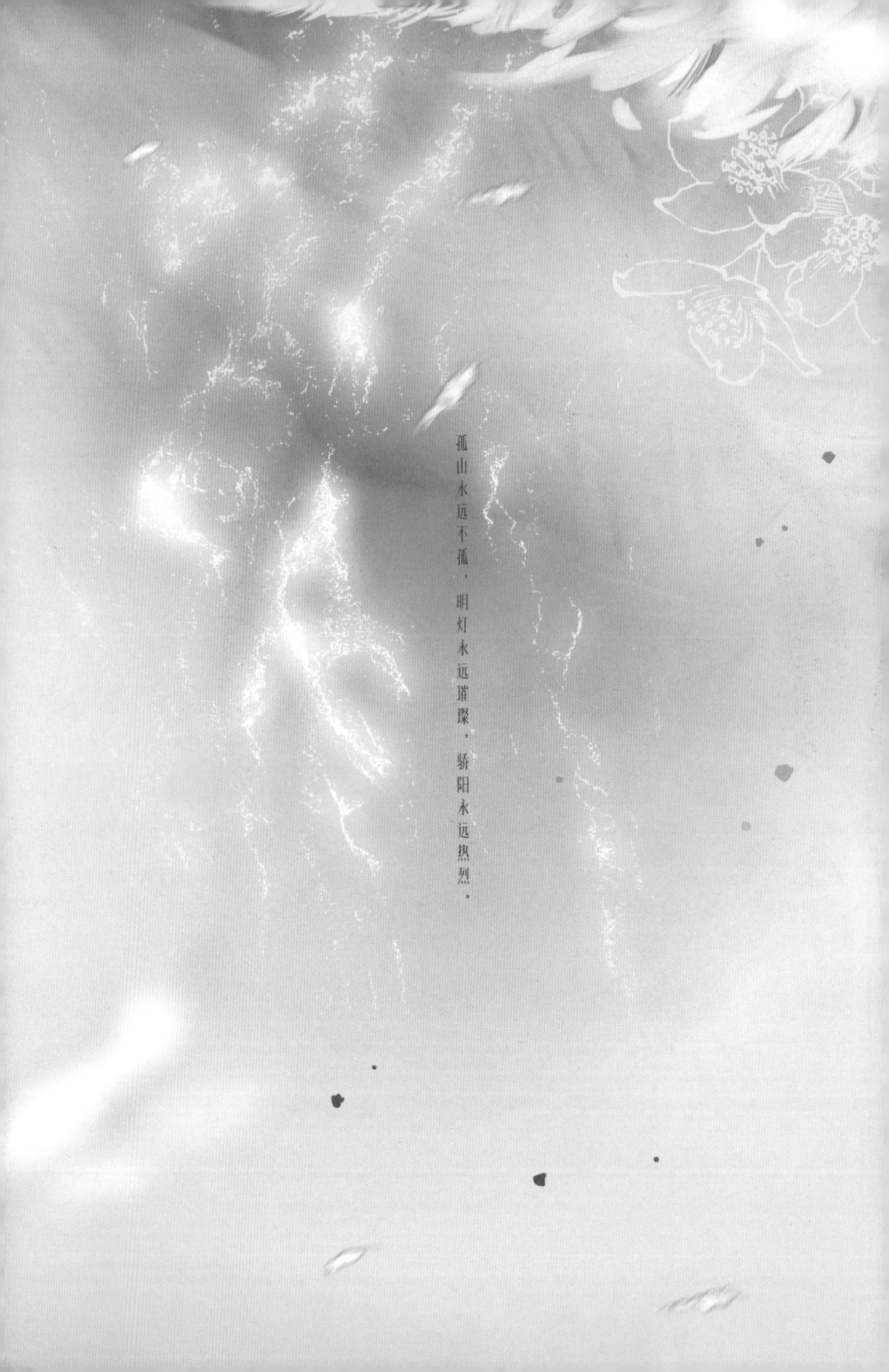

孤山永远不孤，明灯永远璀璨，骄阳永远热烈。

13

动了凡心

13

秦家。

秦梵再次走进这里，心里已经没有丝毫波澜和留恋。

"璨璨！"

客厅内只有秦夫人一人，她没想到秦梵会过来，看到秦梵之后，猛地站起来，条件反射般喊了声。

秦梵听到这个名字，眼底掠过冷淡情绪："你不配叫这个名字。"

"以后秦二夫人还是叫我的名字。"

秦梵将"秦二夫人"这四个字咬得格外重。

这么多年，即便是秦夫人对她再不闻不问，秦梵都不曾对她说过任何过分的话，更别提这样扎心的称呼。

果然，秦夫人脸色一瞬间苍白如纸，唇瓣颤了颤。

秦梵不再看她，看向管家："带我去秦予芷房间。"

她没有准备见其他人，目的就是秦予芷。秦夫人终于缓了过来，想要拉住秦梵的手："璨……"

想到秦梵对这个称呼的在意，秦夫人哽了哽，换成了："梵梵，妈问过你奶奶了，你爸爸确实给你留了遗产，但暂时不能给你。"

秦梵不知道到底什么遗产，她都二十三岁了，还不能给。这是不能给还是不想给？秦梵懒得去思考，毕竟现在这个秦家的东西，她也挺嫌脏的。

就算爸爸给她留下了遗产，也不知道被秦临玷污过多少次了。但爸爸留给她的东西，就算脏了她也不会将它永远留在秦临手里。

秦梵看了看这套已经被改得面目全非的别墅，一根手指一根手指地掰开秦夫人的手，说："属于我的，我会拿回来，不必秦二夫人费心。"

说完，秦梵头也不回地上楼，管家已经提前去通知秦予芷。

秦予芷更没想到秦梵会来找她，她这段时间忧心会被程熹的事情牵连到，甚至都没出门工作。

她此时连妆都没有化，身上还穿着家居服，看起来没什么精神。听到秦梵来找她时，秦予芷连忙从床上爬起来，准备去洗手间化妆换衣服。

谁知她刚站起来，房门便猛地从外面被踹开。秦梵一言不发，进来之后，直接把门反锁。

秦予芷慌乱道："你做什么？"

秦梵纤白漂亮的指尖捋顺散在鬓间的碎发，朝着秦予芷冷冷一笑："你说呢？"

莫名地，秦予芷脑海中浮现出小时候的画面：她总是趁着大人不在，故意欺负秦梵，秦梵性子傲，不求饶也不告状，加上有保姆帮她掩饰，多年来都无人知晓。

她想让秦梵求饶，想让秦梵哭，秦梵偏偏就不哭，甚至还故意笑，就如现在这般。

此时对上秦梵的眼眸，秦予芷脑子一乱，以为还是那时，下意识朝着秦梵那张脸打了下去。

然而秦梵早已与小时候不同，偏头躲过的同时，反扣住她的手腕，另一只手顺势掐着她的脖子。

冰凉细腻的指尖还顺着秦予芷的脖颈慢慢地往下，缓慢说道："你知道我学柔道、学散打是为了什么吗？就是为了不被你随意欺负。"

说完，秦梵将秦予芷按在冰冷的地面上打了一顿，自从姜漾出事后，秦梵这口气一直憋着，憋到现在，面对秦予芷那张脸，她再也忍不住。

外面的拍门声，秦梵恍若未闻，她知道秦予芷对自己空间的私密性要求极高，除了秦予芷自己，没人有房间的备用钥匙。

秦梵学过怎么打架，专门找秦予芷身上疼的地方打。五分钟后，秦予芷狼狈地趴在地面上，整个人动弹不得。

从起初的谩骂到现在骂都骂不出声来，秦予芷艰难地吐出一句话："你就……就不怕我报警吗？"

"报警？"秦梵嗤笑一声，"姐妹打架，用得着浪费国家资源？"

"况且，我没记错的话，是你先动手的，我是正当防卫。"

秦予芷浑身疼得像是要死了，秦梵下手太狠毒了，没有半分把她当姐姐。

"你到底想要做什么？推倒姜漾的人又不是我！"她知道秦梵是故意激怒自己，终于冷静几分。

秦梵拿出手机对着秦予芷此时狼狈凄惨的样子拍照："别说，你这副鼻青脸肿的样子，还挺可爱。"

秦予芷被她的讽刺气得呕血："你到底要做什么！"

秦梵把玩着手机，戏谑的表情一变，仿佛瞬间从无害的猫咪变成露出獠牙的女鬼："做个交易。"

秦予芷心想："做交易？"

有人做交易把乙方打一顿吗？

秦予芷深吸一口气，瞟了眼房门，等保姆把门打开，看她怎么打回来。

"你想做什么交易？"

"用你当年流产并且再也不能怀孕的所有证明，交换你去说服程熹认罪。只要你能从她口中拿到她推了姜漾的证据，这些东西，我如数交给你。"

秦予芷没想到秦梵手里居然有自己流产不能怀孕的证据，她张了张嘴："你……你……你是怎么拿到的？"

这些东西明明都被她爸爸亲手毁掉了，为什么秦梵手里会有？

"你骗我的？"

秦梵嗤笑一声："若要人不知，除非己莫为，不然我怎么知道的？"

秦予芷信了。

秦梵手里一定有证据，不然不会这么猖狂，更不会知道这个埋藏这么深的秘密，她到底还知道多少东西？

秦予芷甚至感觉不到疼，抬起红肿的眼睛看向她，心慌意乱。那件更秘密的事秦梵绝对不知道，若是她知道的话，不会这么气定神闲地跟自己交易。

这么想着，秦予芷稳了稳心神："好，我答应你。"

程熹自诩骄傲聪明，在她眼里秦予芷是个又蠢又毒的工具，根本不会防备秦予芷。让秦予芷出手，效率会更快。

没等开锁的过来，秦梵已经亲自打开房门："让让？"

外面站了一群保姆和管家，主人全都不在。秦予芷沙哑的嗓音响起："让她走。"

站在这里的所有人都没想到，秦梵打了大小姐之后，还能在大小姐的目送下安全离开。他们齐刷刷地看向秦予芷。

他们怀疑大小姐被二小姐下了蛊，不然怎么会这么乖。

秦梵打了人出气，平安无事离开秦家，又空手套白狼，让她俩狗咬狗。至于秦予芷在家里摔了多少东西，她就不感兴趣了。

秦梵根本没有秦予芷怀孕流产的证据，反而刚才顺便把她应下流产不能生孩子的对话录了下来。

秦予芷就算不是凶手也是帮凶，秦梵怎么会放过她？

秦梵回到车内，接过温秘书递来的资料，看到程熹和秦予芷的目标果然是她，是她连累了姜漾。

秦梵红唇紧抿，余光不经意瞥到招蜂引蝶的罪魁祸首谢砚礼，她表情越发冷淡，强迫自己将注意力集中在这份资料上。

方逾泽？秦梵想起这是第一位向她伸出援助之手的同行，对他印象还挺好。

温秘书提醒："您跟方先生还上过热搜。"

秦梵想起来了，睨着旁边闭目养神的男人："有人还把人家祖宗十八代调查了。"

温秘书尴尬一笑："谢总也是关心您的交友情况。"

秦梵没再说话，若有所思地看着这些资料。程熹的目的不单单是她，好像还打算顺便毁了方逾泽。

为什么选择方逾泽呢？

方逾泽把他的妻子保护得很好，没有被一家媒体报道过，并不是没人拍到过，而是都被他用大价钱压下去了。

既然这么舍得花钱保护妻子，又怎么会让她跟程熹扯上关系？

秦梵揉了揉眉梢，过两天就是《风华》的首映礼，方逾泽可千万别这个时候爆出来什么丑闻啊。

见她为方逾泽烦恼，谢砚礼终于抬起眼睛，眼底温度尽散："开车。"

男人淡漠的声线将秦梵的思绪拉扯回来，侧眸对上了谢砚礼清清冷冷的眼神，秦梵表情略略一顿，不动声色地避开他的视线。

秦梵从秦家出来便去医院看过姜漾，又前往医生办公室仔细询问她的状况，以及恢复程度。

确定姜漾真的没事了，秦梵才深深地松了口气，头顶上压抑的乌云消散了许多。

现在，只等姜漾苏醒了。

医生说她多睡一段时间，对她身体机能恢复也是有好处的。

秦梵便不再执拗地希望姜漾立刻睁开眼睛。

这个点临近子夜，已经没有什么人了，医院走廊显得幽静又寂寥。耳边似乎只能听到两个人的脚步声，轻轻地交叠在一起。

路过安全通道时，秦梵忽然感觉手腕一重，整个人被带了进去。

"你……"

谢砚礼指尖竖在她唇边："嘘。"

修长挺拔的男人将她笼罩在墙壁与胸膛之间，微微俯身，薄唇擦着她敏感又细白的耳郭道："有人跟着我们。"

秦梵身体一下子紧绷起来，顾不得跟他保持距离："啊？我怎么没看到，是记者吗？"

这段时间她的注意力都在姜漾的伤势上，差点忘了自己是记者的主要跟踪对象，他们正巴不得自己爆出来个大新闻呢。

要是被拍到和男人在医院……

秦梵目光不经意落在对面墙壁上贴着的楼层提醒：箭头指向楼上，入目就是其中三个触目惊心的大字——妇产科。

秦梵已经开始脑补新的头条标题了——惊爆！秦梵怀孕实锤，神秘男友陪同产检，脸色憔悴，为爱产子颜值下降，仙女不复往日。

当秦梵下意识把新闻标题念出来时，谢砚礼在阴影下，仔细看了她几秒，细长指尖碰了碰她泛红的眼尾："颜值还在，放心。"

秦梵狐疑地抬头。

光线暗淡，她却在谢砚礼那双深邃的眼瞳内看到了自己缩小的身影，清晰极了，甚至连她错愕的眼神都映照得一清二楚。

对视几秒，有那么一瞬间，秦梵竟然觉得谢砚礼眼里心里都是她。

大概眼睛长得深情的男人，认真看一个女人时，都会令对方有这种错觉。

谢砚礼看她的眼神，怎么可能是深情的？

等秦梵眼眸轻眨后，他眼神一如既往地平静，如浩瀚神秘的大海，让人看不透，也猜不透他心里究竟在想什么。

秦梵睫毛不自觉地低垂，等着外面记者离开，却没想到从楼梯下方传来记者们轻微的说话声："怎么跟丢了？"

"你确定秦仙女最近经常往医院跑吗？"

"就秦仙女那张脸，我怎么可能认错！她身边还跟着一个男人，不然我怎么敢冒险跟进来？"

"太好了，这次一定要拍到他们同框。"

"妇产科？"

"秦仙女不会是怀孕了吧？"

几个人一边说话一边往楼上爬。

秦梵紧张地攥紧了谢砚礼的衣摆，踮脚附耳说："他们不是在外面吗？"

离得近了，谢砚礼呼吸间都是少女身上的香气，这段时间她因为经常佩戴那串黑色佛珠，身上除了原本清甜的淡香，还夹杂着木沉香的清冽悠然。

谢砚礼按住了她的肩膀，细长脖颈上的喉结微微滚动，薄唇刚要贴上她的脸侧，却被她推了一下，漂亮眼眸写满了紧张："好像要上来了！我们千万不能被发现，不然就完了！"

原本他们只是在安全通道楼梯上聊天，并没有要上来的意思。

谢砚礼偏冷的嗓音像是从薄唇间压出来："这么怕公开？"

秦梵没有犹豫："怕！"

她反握住他的手腕往楼上拉："我们先上楼，别被发现。"

谢砚礼被她拉着往上跑，神色安静地望着少女纤细的背影，忽然停下了。

秦梵力气没有他大，下一秒，整个人被堵在楼梯中间的栏杆上，男人掌心抵在她后腰与栏杆之间,隔开了那段坚硬栏杆……

秦梵听到楼下脚步声越来越清晰,瞳仁收缩,双手扶着男人覆过来的肩膀:"谢砚礼,别……"

"真的会被拍到的!"

谢砚礼一手扶着她的腰肢,一手控制住她的后脑,完全没有将下面那几个记者放在心上。

男人表情清冷淡漠:"拍了又怎样?"

就算你不怕被拍,但你干吗把我拉进来?

秦梵很快便感觉大脑缺氧,唯独那炽热的唇舌撩动着她所有的神经。

"你……"

秦梵耳边是近在咫尺的脚步声,那种害怕被发现的刺激感径自传至大脑皮层,浑身不由得战栗,几乎站不稳,身子被谢砚礼那双手支撑着才没有软下。

……

"你老公把你堵在楼梯口亲,楼下就是四五个记者?"蒋蓉看着正在化妆的秦梵,满脸震惊。

今天是《风华》首映礼,秦梵必须来参加,这是她身为女主角的第一部电影。

秦梵没什么精神,眼皮子耷拉着,敷衍地"嗯"了声:"厉害极了。"

听到秦梵这不太像是夸奖的话,蒋蓉从震惊中回过神来:"你说的这人真是'谢佛子'?"

"无情无欲,无悲无喜,高岭之花'谢佛子'?"

"为了吻你,不顾被记者拍?"

"你是不是把梦中场景当真了?"说着,她还伸手试了试秦梵的额头,感觉确实有点微微发热,"你发烧了吧?"

秦梵没好气地拍开她的狼爪:"别诅咒我,要是我发烧了,看你怎么跟裴导、跟大家交代。"

"所以你如果看到记者爆出来,别怪我,要怪就怪谢砚礼。"秦梵提了提裙摆,淡银色的亮片吊带鱼尾裙,肩胛骨两侧的吊带很细,上面还绣着米粒大小的钻石,折射出漂亮的细光。

修身设计衬得她身材极好,曼妙玲珑,因为最近消瘦了,原本就不盈一握的腰肢,越发纤细。

灯光下,秦梵踩着白色一字带高跟鞋,摇曳生姿,周身恍若美人鱼的鳞片,流光溢彩。

化妆师在她眼妆上下的功夫最深,本就是激滟勾人的桃花眸,此时眼尾还贴了银色的亮闪片,可想而知,秦梵这个造型肯定又要火一把。

人间仙女旗帜不倒。

刚刚上场，秦梵便听到场下无数欢呼。

首映礼灯光不怎么好，不少演员、主创人员在这样的死亡灯光下，都显得皮肤格外黯淡，唯独秦梵上来后，像是要把这晦暗照亮。她完全压得住这死亡灯光。

秦梵缓缓走到裴枫身侧，面对那么多人惊艳的目光，即便许久没有面对直播镜头，依旧从容，微微一笑，艳光四射。

她接过话筒，说了一句话："我是秦梵，我来了。"

"仙女！仙女！仙女！"

"啊啊啊，姐姐太美了！"

场下疯了。

"秦梵银尾美人鱼"的词条在首映礼刚刚开始，就冲上了热搜第一。

那些原本因为秦梵那个神秘小土狗男友闹着要脱粉的粉丝，又默默地滚了回来，重新换上秦梵照片当头像。

粉丝们一边手速极快地换上照片，一边说——

"我可没有回归，我就是单纯地欣赏这张照片。"

"我也没回，秦仙女一天没跟小土狗分手，我就脱粉一天！"

"秦梵，不要试图用美色来蛊惑我们，我们都有理智。"

"呜呜呜，真的好美怎么办，想把美人鱼偷回家养。"

"啊啊啊，秦梵是女明星颜值天花板。"

"哭了，感觉秦梵说得对，属于她的时代，她来了。"

"好自信，太酷了吧！仙女姐姐即将迎来事业巅峰！"

"跪求仙女跟小土狗分手，啊啊啊，一定要分手啊。"

"小土狗配不上仙女姐姐，仙女搞事业美貌营业好不好？"

"男人耽误你搞事业啊，真想到你面前晃晃你脑子里是不是有水……"

……

秦梵正在首映礼现场，并不知道此时微博上正在闹腾的话题。

谢氏集团，总裁办。

温秘书表情视死如归地将平板电脑递过去，亮起的屏幕上显示着网友留言。

"谢总，网上对您的舆论有点不太友好，现在太太的粉丝都在闹着让太太和您分手。"

分手？

谢砚礼淡淡扫过那些评论。

他素来很少回忆无关紧要的事情，但莫名其妙地，总能想起秦梵那毫不犹豫地拒绝公开他身份的模样。

他就这么见不得人？

谢砚礼不经意按开私人手机上的屏保，月下少女侧脸精致，能清晰地看到她认真望着他的眼神，仿佛眼里只有他一人。

谢砚礼沉默了片刻。

温秘书正在整理那天医院里被记者们拍到的照片，依稀听到他们家谢总轻柔的嗓音响起："女人喜欢一个男人时，是什么样子的？"

温秘书愣住了。

所以他果然是年纪轻轻出现幻听了吧，居然能听到这种两性问题从他们家对情感免疫的谢总口中说出来。

然而对上谢总那双漆黑如墨的眼眸时，他知道自己没有听错，一瞬间脑子里闪过无数答案，作为首席秘书，他的能力就是在最短时间内总结出最优答案。

"大概是……"

温秘书刚要开口，谢砚礼却抬了抬手。

意思很明显，不用你回答。

温秘书话被堵在喉间。

谢总这么做会失去他这么优秀的秘书。

谢砚礼靠在椅背上，白皙的手背遮住眼睛，他的视线被挡住，眼前昏暗一片，脑子却更加清晰。

过往谢砚礼对男女之情毫无兴致，少年慕艾时，他显得与周围那些男同学格格不入。

从学生时期到踏入商界，不近女色、薄情寡欲、高岭之花的"佛子"标签便贴到了他身上。

谢砚礼亦是不在意，因为他从未为任何一个异性驻足过。

谢砚礼睁开眼睛，薄唇抿成一如既往冷漠薄凉的弧度，长指抵着眉梢。他最近太忙，竟然会因为秦梵对姜漾表现出来的真正在意，而胡思乱想一个女人喜欢不喜欢自己。

"谢总，那这些照片怎么处理？要放出去吗？"温秘书找出谢砚礼在医院吻秦梵时，被跟过来的记者拍到的照片。

自然，那些记者的拍摄设备全都被谢砚礼的保镖们用十倍价格"你情我愿"地买下。

温秘书小心翼翼地提醒："要是放出去的话，关于您与太太不般配的舆论就会彻底消失。"

毕竟现在,"神颜虐恋CP"超话粉丝已经破十万了,这才多长时间,他们颜值的CP粉就这么多了,若是知道这对是真CP的话,温秘书已经可以想象,那会是怎么样的盛况。

作为一直知道内幕的人,温秘书都觉得有点小刺激呢。

想想就知道,网友们跟粉丝们绝对会炸。

好刺激。

谢砚礼接过温秘书打印出来的照片,一张一张看着。

安全通道光线昏暗,加上那些记者偷拍仓促的缘故,镜头模糊,却莫名有种朦胧旖旎的美感。

最后一张照片光影模糊,头顶暗淡的灯模糊出的影子,像是扭曲成了一朵艳丽四射的玫瑰。

谢砚礼目光定格在这张照片上,不知道看了多久。

他忽然开口:"挑几张,挂墙壁上。"

温秘书:"啊?"

谢砚礼抬眸,语气平淡:"这就是处理方案。"

温秘书立刻反应过来:"懂了!我这就去!"

天哪,这么好的澄清机会,谢总竟然还要顶着"网络小土狗"的名字,公开当和秦仙女般配的谢佛子不好吗?

宁愿当小土狗也不愿太太不高兴。

啧,真是被太太吃死了。

当温秘书精挑细选七八个相框推开门时,便看到谢总休息室墙壁上竟然挂着两幅巨大的画。

画上蒙着淡金色的绸布,温秘书下意识想要将绸布打开。

"出去。"谢砚礼站在门口,嗓音听不出任何情绪。

温秘书不自觉眼皮狂跳:"谢总……"

温秘书手指已经碰到丝滑的布料,乍然听到谢砚礼的声音,陡然顿住:"不挂了吗?"

休息室挂了这么巨大的两幅画,他只有取下来才能挂相框。

谢砚礼声音清冷:"温秘书,我让你挂这儿吗?"

细长指尖按在淡青色的佛珠上,可见耐心已经严重不足。

这间休息室,自从两幅油画挂进来后,便不允许任何人进入。

温秘书顿时想起Boss那句话:挂墙壁上。

还真没说挂休息室墙壁上。

但是把接吻照挂在办公室墙壁上？人来人往的，谢总不会害羞吗？

温秘书没敢吱声，但表情已经说明了一切。

谢砚礼看着他，嗓音淡了淡："自作聪明。"

"东西放下，出去。"

"是！"温秘书迫不及待地将相框放回盒子里，转身迅速往外跑。

猛地转身，西装衣摆带起来的风不小心将那淡金色的薄绸带了下来。薄绸飘飘扬扬飞到了温秘书脚边。

温秘书连忙捡起来要回头重新给挂上去，蓦然听到他们家谢总冰冷得像是要掉冰碴的声音："别转身。"

温秘书分辨谢砚礼语气的能力已经是专业级别——谢总这绝对是耐心彻底告罄的语调。

温秘书转了一半的身子僵住，而后蹑手蹑脚地离开了休息室。出了办公室大门，他深吸一口气，有种劫后余生之感。这才发现，自己后背已经被冷汗浸透了，今天的谢总太可怕了，所以那两幅画到底隐藏了什么秘密？

温秘书平复下来之后，脑子终于开始转了。

难道是关于太太的？

他跟了谢总这么多年，也只有太太一人能引起谢总的情绪波动。

然后他开始回忆自己做错了什么。

谢总说挑几张照片挂在墙壁上。

等等，挑几张？

温秘书陡然睁大眼睛，忍不住捏拳砸了一下桌面。

他记得那堆照片里面，有几张是对视的照片，并不全都是接吻照，处理一下挂在办公室好像也没有什么。

他外面就是谢砚礼精英秘书团成员的办公室，大家听到首席秘书办公室传来那砸桌子的声音，面面相觑："发生了什么事情，让向来最得 Boss 心的温秘书这么愤怒？"

温秘书要是知道他们的想法，一定含泪摇头：他怎么敢愤怒，他怕不是要进坟墓了。

休息室内，空气有点凉。

谢砚礼没去碰掉在地上的那淡金色的薄绸，只是定定地看着墙壁上那巨幅油画——他亲自画的那一幅。

风情万种、颠倒众生的玫瑰少女与这间冷冷清清的休息室格格不入。

画中少女仰着脖颈，身躯线条极美，浑身雪白的肌肤呈现的粉痕与满地玫瑰，构成了瑰丽却不艳俗的画面，那双桃花眸中满是动情的水色，仿佛被风雨摧折的羸弱战栗与掩不住的旖旎风光，让人更加确定她就该被藏在金堆玉砌、锦绣繁花之间，热烈盛放。并且，唯他独赏。

谢砚礼收回视线，长指打开抽屉，从里面拿出崭新的淡金色薄绸，将这幅画重新遮挡得严严实实。

最近事情太多，秦梵早就忘了这幅画，首映礼结束后，便被裴枫拦着去庆功宴。

秦梵没拒绝得了。

"这才刚刚首映礼结束，还没正式上映，裴导就提前庆功，很嚣张啊。"

所谓庆功，其实也就是裴枫预订了温泉会馆，带大家去玩。

秦梵还没有换下来那套银色鱼尾长裙，坐在沙发上把玩着酒杯，纤白指尖在灯光下格外莹润，透着蛊惑人心的魅力。

裴枫觉得自己也算是见识过中外各种绝色美人，但秦梵这样天生美到骨子里的容貌，少见。

对于仙女嫂子，他被调侃也不生气，反而又亲自给她倒了杯酒："有嫂子在，这部戏我已经预料到了，上映绝对爆红。"

其实裴枫还真不是恭维，他执导了那么多部戏，秦梵是他最有灵气的女主角。这部戏绝对不会让广大期待的观众失望。

"不信你等会儿可以看看影评人给出的评价。"裴枫碰了碰秦梵的酒杯，"预祝嫂子事业迈出新的一步。"

"还要多谢你。"秦梵没拒绝。

他们两个的对话被走过来的几个演员听到。

"嫂子？"

"裴导，秦老师是你嫂子？"

为首的方逾泽还想起来当时是自己给秦梵举荐的裴枫，他们当时确实是不认识啊。

秦梵顿了顿，没否认。

裴枫也没否认。

大家来了兴致，围着裴枫他们坐下："难怪那天节目结束秦老师男朋友来接她时，裴导笑得那么开心，原来不只是认识啊。"

"秦老师的神秘男友是裴导的亲哥哥？"

"我记得裴导是有个亲哥哥！"

"妈呀，裴导亲哥可帅了，之前裴导在微博上放过照片。"

《风华》剧组不少演员都是年轻人，大家对网上最神秘的悬疑事件——秦梵神秘男友是何方人氏都很感兴趣。

其实行业内的人也都吃瓜的，只是不好意思去问本人，毕竟也不算是特别熟悉的好朋友。

现在有机会，当然全都亮起了眼睛。

裴景卿？

秦梵脑海中浮现出裴景卿如今的模样，真是看不出一点点帅的痕迹。

裴枫吓了一跳："你们可别瞎说，我亲哥的老婆另有其人。

"别乱传！"

姜漾还躺在病床上，这要是醒来之后发现男朋友跟闺密传了绯闻，不得爹毛？

秦梵精致小脸上的表情顿了顿，语调认真："不是裴总的亲哥哥，是他一个院里长大的好兄弟。"

裴枫连连点头："没错，不是亲兄弟胜似亲兄弟。"

就在大家还想要继续八卦时，秦梵的手机铃声响起。

恰好旁边裴枫的手机也响了。

秦梵看到来自姜伯父的电话，指尖微微有些发颤，乌黑瞳仁掠过一抹期待。

她迅速接通了电话。

"梵梵，漾漾醒了！"

姜伯父大嗓门传至耳边，秦梵眼睛陡然亮了。

她猛地从沙发上站起来，捏着手机就往外跑。

裴枫也挂断电话，抬步追过去："嫂子，我也过去。"

其他人一脸蒙地望着这两位主要人员就这么跑了，尤其是秦梵，踩着高跟鞋跑得比平底鞋还要快，提着裙摆，卷发飞扬，美不胜收。

有人把这段拍了下来："别说，裴导跟秦老师也挺般配。"

"问了半天，还是不知道秦老师的神秘男友是何方神圣！"

"你们说，裴导跟秦老师不会是为了躲避我们的问题，假装跑路吧？"

众人面面相觑。

是这样吗？

他们有这么可怕吗？

秦梵抵达医院后，看到姜漾真的醒了，还能朝她弯唇，终于如释重负。

太好了。

外面，谢砚礼站在病房门口，看到秦梵笑中带泪的模样，眉眼沉敛。

裴枫顺着他的视线望过去，发现他在看秦梵："谢哥，你这是什么品种的盯妻狂魔？

"也是，拥有秦梵这样的仙女老婆，是得好好盯着。

"毕竟现在网上粉丝们对你们分手的呼声可是很高的。"

谢砚礼没答。

迟钝的裴枫总算察觉到了不对劲，周边冷意都快刮到他身上了。他咽了咽口水，弥补了一下："其实……等公开之后，粉丝们就知道你的好了。"

"我好吗？"谢砚礼本就清冷的声音，在空旷的医院走廊内，显得格外寂寥。

裴枫当然不敢说不好，立刻点头："谢哥是全世界最优秀的男人，我要是女人，我都想嫁给你了，当然好！"

谢砚礼嗤笑一声，没再开口。笑得裴枫头皮发麻。

他默默地远离了这位大佬，窒息的感觉才舒缓了许多。

秦梵和谢砚礼回到京郊别墅，已经将近凌晨。

姜漾昏迷这段时间，秦梵和谢砚礼的关系处于氛围很怪的状态中。

表面上两人一如往常，依旧同床睡觉，同桌用餐，甚至偶尔谢砚礼还会亲自送秦梵去医院。

但秦梵再也没有跟他撒娇闹过，甚至很少笑，就算笑也不达眼底。

到家后，秦梵脸上妆容太浓，皮肤闷得难受，直奔浴室。

这次秦梵没在浴室耗费太长时间，半小时就出来了，她感觉浴室雾气蒸腾太闷了，有些喘不过气来。

此时她换了身霜色真丝睡裙，露出一双纤细小腿，腰间更松了，可见这段时间瘦了不少。

秦梵有点担心自己胸是不是也变小了。

心中大石落地，她也有心思关心自己的身材，站在落地镜前仔细地照着。

秦梵皱眉，没小，好像还二次发育了？

秦梵懒得下去找皮尺，环顾四周，最后目光落在不远处沙发上随意搭着的男士暗纹领带上，想着谢砚礼估计又去书房办公去了，于是探身钩起那个领带。

她准备用领带大概环一环，量完之后，用手估测一下。

谢砚礼从客房洗完澡进门时，便看到秦梵纤细指尖捏着他的领带，站在落地镜前绕胸一圈，微顿。

秦梵听到开门声后，下意识把领带扯下来。

但扯得太快了，隔着薄薄的真丝布料，勒到了细嫩的皮肤。

"嘶……"秦梵倒吸一口凉气。

谢砚礼不紧不慢地把房门关上，朝她走来。

014

秦梵:"我就是借用你的领带估量胸围而已。"

好不容易把缠在身上的领带解下来,秦梵走两步打算重新放回沙发原位。

谢砚礼看她脚步虚浮,眉心微微皱了一下:"等等。"

"啊?"秦梵转身,却见男人朝她额头伸出一只手。

秦梵条件反射般避开了他想要触碰自己的手。

"闹什么别扭?"

谢砚礼握住了她的肩膀,手背强行碰上她的额头。

秦梵仰头对上谢砚礼那双熟悉的眼眸,红唇抿了抿,没答。

因为她也不知道自己为什么这么别扭。

每次看到谢砚礼时,她就抑制不住迁怒,迁怒谢砚礼,更迁怒自己。如果她没有跟谢砚礼结婚,如果谢砚礼没有那么招蜂引蝶,引得程熹这个偏执疯子那么深爱他,那么程熹就不会伤害到无辜的姜漾。

明知谢砚礼也是受害者,可是她抑制不住。

秦梵闭了闭眼睛,尽力忽略藏在心底更隐秘的情绪——她还在生气,气谢砚礼学生时代和程熹有过什么,才让她好端端一个名媛偏执至此,仅仅是为了得到他的一个眼神。

秦梵还没来得及继续想,便感觉身体腾空。

她错愕地望着把她抱起来的谢砚礼:"你干吗?"

谢砚礼语气很淡:"你发烧了。"

"你才发烧了。"突然的腾空,让秦梵头有些晕,抗拒地推着男人的胸膛。

他身上清冽却不可忽视的气息侵袭而来,仿佛要完全占据她的呼吸。

秦梵本能地抗拒。

"你放我下来。"秦梵过了几秒,才说出一句话。

谢砚礼没应,脚步也没停。

秦梵平复着呼吸,看着男人俊美的面容,此时他脸上是一如既往的平静淡漠,似乎不会为任何事情、任何人而影响情绪。

见她这么抗拒自己的触碰,谢砚礼压抑着这段时间积累的躁郁,沉下耐心:"你在发烧,我抱你上床,别闹。"

"我没有闹,我可以自己走,不用你抱。"秦梵柔若无骨的身躯抗拒与他这样毫无保留的亲近。

肌肤紧贴,让她头脑混乱,如同一团搅碎了的乱麻。

谢砚礼嗓音轻轻柔柔:"秦梵,你是我的妻子,我抱你天经地义。"

听他用毫无感情的口吻说她是他妻子,秦梵忽然望着他,表情看似意外,凉凉一笑:"妻子?"

"谢砚礼，有你这样对妻子的丈夫吗？有空的时候就跟逗弄金丝雀似的逗逗，没空的时候丢在一旁，高兴的时候砸点钱，不高兴的时候一声不吭出差十天半个月，连感情都吝啬付出。"

这话不单单是说给谢砚礼听，也是秦梵说给自己听的。

她努力告诫自己：没错，谢砚礼就是这样没有心的男人，她怎么能沦陷在他身上，绝对不可以，会被他偷走少女心！

谢砚礼把她按在床上用被子裹好之后，又塞了个体温计过去。

看着温度，谢砚礼给家庭医生打了个电话。

一系列动作结束后，男人温热的掌心盖住她的眼睛："睡觉。"

秦梵一口气上不去下不来，最后自暴自弃地闭上眼睛。

果然是没有心的狗男人。

睡睡睡，就知道睡。

少女心不能沦陷果然是对的！

大概是真的低烧，秦梵躺下之后，头越来越沉，隐约快要睡着时，听耳边传来男人恍若低叹的声音："如果是金丝雀就好了。"

什么意思？

秦梵想要睁开眼睛跟这个狗男人好好理论理论，什么叫作"是金丝雀就好了"？

仙女下凡已经够辛苦了，凭什么还要当他的金丝雀！

她就是打个比喻，果然网络小土狗根本不懂他们年轻人的措辞艺术。

然而眼皮太沉重，最后毅力撑不住困意，她沉沉睡去。

谢砚礼看着她因为发烧而有些重的呼吸，细长白皙的手指拨开她脸颊上的碎发，露出那张精致漂亮的小脸。

大概是谢砚礼在她临睡前提金丝雀提的，秦梵整晚都梦到自己变成了一只鸟，而且是只有翅膀但是学不会飞的傻鸟，怎么扇动翅膀都飞不起来，就很气。

然后秦梵被气醒了，这才听到床头柜上那恼人的手机铃声响个不停。

秦梵睫毛轻颤了几下，终于睁开了眼睛，缓缓坐起身来。旁边床铺干干净净，完全没有睡过的痕迹。

难道谢砚礼昨晚没在这里睡？

手机铃声再次响起。

秦梵揉了揉太阳穴，这才伸手去够手机，视线顿住：她白皙手背上居然贴了个白色的医用胶布。

昨晚她输液了？怎么一点意识都没有。

接电话的同时，秦梵摸了摸额头，没发烧。

难道是退烧了？昨晚是谢砚礼照顾的她？

这时，电话传来蒋蓉的声音："你快看微博，你的演技上热搜了！

"昨天首映礼上，影评人对你的表演一致好评，天哪，秦梵你真的要一夜爆红了！"

这些影评人都是出了名的毒舌，根本不会在乎你是不是名导，是不是名角，只要电影不好，演技不行，他们照骂无误。

爱谁谁，都不给面子！但是他们昨晚对秦梵却嘴下留情了。

秦梵彻底醒了。对她的演艺事业，秦梵还是相当在意的。男人什么的先放一边，最重要的是事业！

秦梵开了免提，然后打开手机微博开始刷。果然如蒋蓉所说的那样，热搜第一就是"秦梵演技"。

置顶的是有人截图的影评人论坛上的专业影评。

下面评论倒是丰富多彩：

"这些影评人也是看脸的吧，因为秦梵长得美，所以嘴下留情？"
"也是，谁会对着秦仙女那张脸说出刻薄的话？"
"但是夸得很真情实感啊，秦梵演技应该不错吧。"
"主要是我真的觉得全都是夸，更像是捧杀，秦梵只是个新人吧。"
"实不相瞒，夸得有点尬……"
"你们有没有去看看影评人说的什么，人家说秦梵演技灵气十足，虽然技巧经验不足，但靠灵气弥补过来，这叫尬夸吗？"
……

秦梵去翻了一下网友们所谓"尬夸"的影评：

看过秦梵的宁风华，我忽然对"风华绝代""人间绝色"这样的词汇有了明确的认知，就是宁风华。裴导的这部电影，最庆幸的应该是选择了秦梵当女主角，因为纵观如今的女演员，还真没有一个能将宁风华诠释得如此精彩。这是部精彩的电影，未来会成为经典，我敢打包票。

不单单是前期的风情美貌，后期宁风华的那种又飒又冷的反转，也被秦梵演得过瘾极了，我终于明白裴导为什么会选择一个毫无基础的新人来扛票房。

秦梵太有灵气了，这种灵气会让她成为新一代女演员的领军人物，很快，影视界将有她的一席之地……

这些都是影评里关于她的评论，不得不说，对她的评价都很高，高得秦梵都怀疑是不是蒋蓉帮她做了什么暗中交易。

蒋蓉连忙否认三连："我可没有，我才没钱，你想多了。"

"而且现在买好评对你有什么好处？要是等正式上映后大家看到你演技拉垮，现在买的好评都是反噬。"

蒋蓉继续道："所以这些影评都是真实的，现在就等着上映了。

"今天就已经有很多剧组抛来橄榄枝，等到上映后，我估计可供选择的更多，秦梵，属于你的时代即将来临，你做好准备了吗？"

秦梵红唇勾起清浅的弧度，似乎和之前被抢资源时的淡定别无二致："蒋姐，这只是开始而已。"

不得不说，秦梵这句轻飘飘的话，还真让蒋蓉发热的头脑冷静了下来。

本来她也是资深经纪人，虽然没有带出过什么顶级大明星，但一二线还是带过的，主要是秦梵这一路走来实在是太不容易——被抢资源、被造谣，顶着一张颜值天花板的脸蛋，成为一众女明星的头号公敌。

只要是她的新闻，无论好坏，下面定会出现各家粉丝乱踩一通。

"好，年前这段时间我就不给你接商务活动了，等年后你直接进组吧，现在你作品太少了。"蒋蓉冷静下来后，又是职业经纪人。

"嗯。"

秦梵应了，挂断电话后准备收拾收拾去看姜漾。

下床时，余光不经意瞥到床头柜上那个浅蓝色的保温杯，好像是谢砚礼的。

只不过上面贴着一张便笺：

记得喝水。

笔迹遒劲有力，行云流水。

秦梵鬼使神差地拿起保温杯，温热的雾气濡湿了她的睫毛。水的入口温度刚刚好，有一点点烫。喝过之后，秦梵感觉冒烟的嗓子终于舒缓了许多。

他这是早就预料到自己醒来嗓子会干吗？

秦梵闭着眼睛摇了摇头，想多了想多了，她现在这种想法跟那种"眼神对视就等于一见钟情"的恋爱脑少女有什么区别。

他只是喂"鸟"喝水罢了，一定不是关心她。

秦梵穿戴整齐后，便准备出门去医院。

谁知，一下楼便看到管家带领着所有保姆挡在玄关门口："太太，先生说您需要在家里休息几天。"

秦梵余光瞥过不远处的落地窗外，看到守在别墅门口那一排黑衣保镖。

这架势？是请她休息呢，还是准备禁足她？

她让自己的表情努力保持温和："我休息够了。"

管家："不够，您这段时间劳累过度，得多多休息，厨房还给您准备了您最爱的早餐和果茶，要不您尝尝？"

这种哄小孩的语气，秦梵头大。

她知道为难管家没用，于是重新回到主卧，找出手机准备给谢砚礼打电话。

这个男人走就走了，居然还不准她出门！

刚打开手机，却发现他一分钟前给自己发了微信。

秦梵忍着怒火，打开微信消息，入目便是一张张精致的住宅照片。

网络小土狗："喜欢哪个？"

秦梵刷过去，奢靡美式、童话日式、华美欧式，甚至还有园林风中式的住宅，都在这几张照片里。

秦梵眼眸微微眯起，故意刺他："怎么，谢总这是打算金屋藏娇？"

几秒后，那边回复："金丝雀需要鸟笼子。"

秦梵手一抖，差点把手机丢出去。

这是人干的事？

让她自己选鸟笼子，然后把自己关进去？

陵城商业论坛现场。

谢砚礼在中场休息时，漫不经心地把玩着手机，看到谢太太那发过来的惊叹号，甚至能想象到她现在是怎样气急败坏的模样。

眼底闪过一抹笑痕，他抬眸看向坐在对面的容怀宴："我记得你在北城有栋房子。"

容怀宴端方文雅，君子如玉，是被誉为陵城商界贵公子的人物，可惜，这样风雅至极的贵公子，有个致命缺点：英年早婚，还是个妻管严。

此时刚与容太太视频，汇报自己的行程完毕，容怀宴挂断视频，便听到谢砚礼来了这么一句。

容怀宴薄唇抿了口茶水："是有，但你别打主意。"

他跟谢砚礼从大学到现在认识多年，知道他不会无缘无故提到房子，肯定是要打主意。

那套天鹭湾别墅，他是打算未来给女儿当嫁妆的。

无论谢砚礼打的什么主意，都没戏。

谢砚礼还真看中了天鹭湾那套："你女儿影子都没有，以后有了，我给她添更好的嫁妆。"

他略一顿，不动声色补了句："我在陵城有套古典园林风的私人居所，给你太太拿去当工作室。"

容怀宴的太太擅书画，最爱这种随时随地都能写生的园林别院。

所以，这就看容怀宴心里是老婆重要还是女儿重要。

自然，容怀宴选择了前者。

容怀宴轻敲了敲桌面："你这是有备而来啊。"

谢砚礼云淡风轻："巧合罢了。"

他们身后的温秘书和容怀宴的特助都是眼观鼻，鼻观心，看着两位大佬用商业谈判的架势，三言两语交换了价值不菲的居所。

感觉格外儿戏！

定好之后，容怀宴顶着张君子如玉的面容，似是随口问："你要天鹭湾做什么？"

谢砚礼细长白皙的指尖慢条斯理地捻着淡青色的佛珠："哄太太。"

素来修养好到极致的容公子，差点把茶杯掉膝盖上。

哄什么？太太？

看着谢砚礼那张冷情寡欲的脸，容怀宴顿了好几秒："是我幻听了。"

温秘书解释道："容总，您没听错。

"谢总确实是为了哄太太。"

总归无事，容怀宴来了兴致："说来听听，你们谢总跟谢太太怎么回事？"

见谢砚礼面色微冷，容怀宴反而道："对于哄太太，你确定不准备听听我这个过来人的见解？"

温秘书也是这个意思，最近这段时间全公司都要被谢总释放的冷意冻伤了。

偏偏他们也不敢给谢总出主意，但是容总就不一样了，作为谢总好友，并且是商界知名妻管严，哄老婆肯定有一手。

想到秦梵昨晚发烧时的控诉，谢砚礼语气淡了淡："说。"

结束后，容怀宴约谢砚礼去会馆喝酒。

谢砚礼拒绝："等会儿回北城。"

秦梵还病着，他不放心。

容怀宴送他时，站在车门旁，薄唇染着笑："哄老婆不是砸钱就可以了，既然动心了就要用心。"

谢砚礼侧眸："你在说什么梦话？"

在谢砚礼将车窗升上去之前，容怀宴道："嘴硬。说起来你结婚比我早一年，老婆还没追到，这效率……"

下一秒，车窗迅速升起。

同坐在车厢内的温秘书,有点不敢看谢总的脸色。

容总真的太敢说了!

谢砚礼手机振动一下。

是容怀宴的微信消息:"没动心你为什么要费力哄她?别说为了家庭和谐,以前你不管不问不也挺和谐?"

"还省钱。

"下次带你那位一起聚聚,我太太也想知道是什么神仙人物能让你这个无情无欲的谢佛子动了凡心。"

动心?

车厢内恢复安静,谢砚礼看向屏幕的视线微微顿住,轻捏了一下眉心。

一刹那,他莫名忘记"动心"这个词的含义了。

他指尖轻触屏幕,输入"动心",点击搜索。

百度汉语显示:动心,指思想、感情引起波动。

谢砚礼看着这个词。他自小受精英教育,被要求克制谨慎、冷静自持,加上他性子本就冷淡,很少有情绪波动的时候,如果说有波动,大概皆来自秦梵这个太太。

沉默半晌,谢砚礼清冽低沉的嗓音在车厢内响起:"我几年没休年假?"

温秘书捧着行程表手抖了抖,有种不祥的预感:"五年……"

谢砚礼语气平静:"五年年假加上婚假,算清楚,我要休假。"

"吧嗒"一声。

温秘书手里的行程表掉在车座底下。

谢氏集团要完,执行总裁罢工了!

京郊别墅,秦梵没精神多长时间,又开始低烧起来,整个人恹恹地躺在床上,迷迷糊糊又睡了过去。

在此期间,有家庭医生过来给她扎针,秦梵也只是抬了抬眼皮,没说话。隐约能听到医生跟管家的说话声:"太太这段时间劳累过度加精神紧绷,一下子松弛下来,才会生病。"

后来声音越来越模糊。

是啊,她这段时间好像真的挺累的,不是身体上的疲倦,而是精神上的疲倦,一安静下来,整个人便陷入深深的睡眠之中。

等到秦梵再次醒来时,发现自己靠在熟悉的怀里。

她眨了眨有些酸涩的眼睛,仰头便对上男人那轮廓分明的下颌。

谢砚礼正握着她的手腕。

"别乱动。"

秦梵这才感觉到手背一阵异样,看过去,是家庭医生正在给她拔针。

家庭医生:"太太明天再打一次,就可以了。

"不过得好好休养一段时间,别再过劳。"

原来在她睡着的时候,真的被扎了一针。

秦梵头有点晕,软软地靠在谢砚礼怀里,嗓子有点难受,刚想说话,张了张嘴,却发现自己说不出话来了!

早晨明明还好好的!

秦梵害怕地睁大眼睛,指着喉咙。

谢砚礼握住了她的手,眉心深折:"说不出话了?"

秦梵连忙点头,漂亮水润的眼睛里满是惊慌。

天哪,她以后不会变成哑巴小仙女了吧!

她努力想要发音,却依旧发不出一个音节。

家庭医生见谢砚礼表情一下子冷下来,解释道:"太太这是正常反应,大概两到三天就好了。

"一定要饮食清淡,多多喝水。"

谢砚礼接过管家递过来的水杯,用手背试了试温度,这才揽着她的肩膀,将水杯喂到她唇边:"喝水。"

秦梵放心下来,原来只是短暂失声。

秦梵将一杯水全部喝完,眼巴巴地望着谢砚礼:肚子饿了。

这一场生病,重新把她的娇气劲儿给刺激出来了。

谢砚礼把她柔若无骨的身子重新放倒在床上,而后看向管家:"端点清淡易消化的晚餐过来。"

秦梵这才反应过来,原来已经晚上了。

她居然睡了整整一天,也不知道现在网上情况怎么样了,之前蒋姐还让她发条首映礼的微博,秦梵还没有来得及发。她连忙要坐起来,却被谢砚礼重新按回去。

谢砚礼望着她的眼睛,片刻后,薄唇微启:"要手机?"

秦梵连忙点头。

她接过手机时,忍不住心想,谢砚礼是长在她脑子里吗,自己一句话没说,他就能猜到她想要什么。

谢砚礼指尖点了点她的眼尾:"心里骂我?"

秦梵乌黑瞳仁里满是心虚。

这都能猜到?真的是长到她脑子里了吧!

谢砚礼重新扶着秦梵坐起来，让她靠在自己怀里，平静地看着她打开手机微博。

秦梵打开之后，手指顿了顿。

见谢砚礼的眼神没有想要避开的意思，于是仰头看他：尊重一下女明星的隐私？

秦梵桃花眼澄澈清透，仿佛所有情绪都能被一眼看透。

除了心，封闭得严严实实。

谢砚礼与她对视几秒，长指盖在她的手机上："不玩了？"

秦梵连忙夺回自己的手机，现在又假装看不懂她的意思了？

未免谢砚礼出尔反尔，秦梵很有自知之明，自己现在生病肯定是斗不过身体健健康康的谢砚礼，人在屋檐下，不得不低头，他要看就看吧。反正自己手机里也没有秘密。

秦梵先是打开私信看了看，基本上都是粉丝们苦口婆心劝她——

"仙女，求你分手吧，那男人不是你的良配呀！"

"崽崽，搞事业的女人最美，你不想越来越美吗？"

"分手，分手，分手，不分手脱粉。"

"小土狗配不上你，你倒是看看隔壁的'神颜虐恋CP'。"

"睁开眼看看谢太太多幸福啊，禁欲系美男老公天天陪着，你不觉得美慕吗？你好好想想啊，美慕吗？再看看你身边的小土狗？你美慕不！"

……

秦梵看到这条时，心里轻哼，仰头看了眼身边的"小土狗"，她还真的不怎么羡慕。

热搜上没有什么关于她的新闻，秦梵安心几分。

毕竟要是那些影评一直在热搜上的话，可能会适得其反，等热度退散后再发微博倒也好。

于是，秦梵将首映礼那天拍摄的银色鱼尾裙照片发上去——

秦梵V：首映礼成功。

微博一发，刷新后评论就破千了：

"啊啊，女神好美。"

"虽然依旧美，但是首映礼的照片已经满足不了我们了。"

"想看新照片，想看仙女。撒娇打滚。"

"新图新图新图！"

某蹲守秦梵的媒体评论被顶上了热门评论：

秦仙女你已经整整一天一夜没出门了，能不能有点当红女明星的自觉，出门给点热度呀。

秦梵看到媒体记者们居然还蹲在门口，张了张嘴，下意识看向谢砚礼。

这人有没有被拍到啊！

应该没有吧，不然媒体就不会这么评论了。

京郊别墅管理严格，他们只能在外面等，进不来这里的。就算拍到谢砚礼，也只会当他们是邻居。

秦梵安慰完自己，重新将视线放在屏幕上。

见这条媒体评论热度越来越高，秦梵对着自己还粘着医用胶布的手背拍了张照片，回复——

秦梵V：别蹲了，这几天都不出门，没新闻。

秦梵发完之后，便觉得有些疲倦，然后用后脑勺撞了撞谢砚礼的肩膀，意思很明显：仙女要睡觉了。

管家送过来的晚餐恰好也可以入口。

谢砚礼没放下她："吃过再睡。"

秦梵这才再次感觉到肚子饿了，一碗热粥下去，这才活了过来。

临睡前，秦梵都没碰过手机，并不知道她那张手背照片，在网上掀起了新的波澜。

起初大家都在关心秦梵生病的事情，直到有个吃瓜网友在照片上圈出来一个位置：隐隐露出男人的一截手腕和半边细长手指，虎口垂落淡青色的佛珠。

这张被圈出来的照片一出，立刻被各大营销号转发。

标题——秦梵神秘男友首次露面。

别说，光这个标题是挺糊弄人的，真有不少不知情的粉丝网友点进来。

然而，只看到了一只放大后像素模糊的手。

也足够引起议论了：

"别说，这手虽然露了半边，但真挺好看。"

"自从谢佛子手腕上那串黑色佛珠火了之后，现在这些男的怎么都开始戴佛珠了？没有谢佛子那颜值、那双手，戴佛珠就跟中年男人似的。"

"你们说小土狗不会是也看了'神颜虐恋CP'，故意想学谢佛子吧？"

"这可能性还真不是没有！"

"被我们说得自卑了？"

"男人怎么能这么容易自卑，得，小土狗又来了新缺点：自卑敏感玻璃心，配不上仙女。"

……

原本还在夸照片上那只手跟秦梵的手很般配的网友们，也被带得跑偏了。

只有粉丝们关心秦梵生病的事情。

还有网友道：

你们有没有想过，可能谢佛子跟秦梵的神秘男友是同一个人。

这条明白人发的微博很快被淹没在众多评论之中。

温秘书看得胆战心惊，火速联系微博方降热度。

本来想要联系谢总的，但想到谢总说有重大事情才能给他打电话，便忍住了。

要是真被扒出来是谢总，才算是大事吧？

温秘书如是想着，处理完毕之后，便难得在凌晨一点之前上床睡觉。

京郊别墅，壁灯昏暗的室内，谢砚礼垂眸便能看到安睡在他身旁的女孩。近在咫尺，甚至呼吸都有她身上的清甜香气，丝丝缕缕地勾缠着他的心脏。

秦梵睡得有些不安，眉心紧紧皱着，红唇张开，像是梦魇了。

谢砚礼指尖碰到她的眉心，轻轻地揉了揉。

淡青色的佛珠垂在他的手腕下侧，若有若无地触碰着秦梵的脖颈。

秦梵下意识想要伸手去抓，被谢砚礼握住手，重新塞回被子里。

秦梵微沉的呼吸声逐渐平静下来，只是精致的眉心依旧皱着，睡得不安稳。

谢砚礼抽出被子下被她反握住的手，将手腕上的淡青色佛珠一圈圈地解下来，又将床头那黑色佛珠一起塞到秦梵的枕头下面。

男人磁性的嗓音在昏暗中格外清晰："璨璨，快些好起来吧。"

秦梵忽然翻了个身，刚好将脸压在了谢砚礼的掌心之上，脸颊下意识蹭了蹭那温热的掌心。

谢砚礼看了她一会儿，才关闭了最后那盏灯，慢慢在她身边躺下。

翌日清晨，阳光照在雪上，折射出来的光线格外晃眼睛。

腊月北城雪多，昨晚又下了厚厚一层。

秦梵睁开眼睛时，仰头看着雾蓝色的天花板许久，才慢慢地醒神儿。

感觉腰间有点重，她下意识偏头望过去，眼底闪过惊讶情绪。

谢砚礼居然没去上班？

要不是外面的阳光穿过窗帘缝隙射进来了，秦梵还以为天没亮呢。

"醒了？"大概是刚醒来的缘故，男人嗓音有点沙哑，比她先坐起身来。

丝滑的薄被顺着他的胸口滑下，露出大片白皙胸膛，谢砚礼漫不经心地将睡袍重新穿好。

秦梵没说话，她嗓子还难受着呢。

这时，谢砚礼率先起床，走到茶几旁接了杯温度适中的水，递给秦梵。

看着男人走过去又走回来的身影，秦梵感觉自己脑子不够用了。

但是自己不能说话，只能眼巴巴看着他。

她刚才已经看到墙壁上的钟表了，指针指到七点半。

七点半！

这个时候谢工作狂不应该出门一小时了吗？这不符合他平时的作风。

谢砚礼将七分满的杯子递给她："喝水，试试能不能讲话。"

秦梵努力将一杯水灌下去，然后张了张嘴："啊……"发出了一声嘶哑的声音。

下一秒，秦梵捂住自己还湿润的唇瓣，眼神乱飘，刚才那么难听的声音居然是仙女发出来的？

呜呜呜，没脸见人了。

秦梵将脸埋在膝盖里，一副无颜见人、掩耳盗铃的模样。

谢砚礼就这么把她抱起来，往浴室走去。

秦梵猝不及防，下意识想说话，但想到自己那难听的声音，又闭上嘴了，任由谢砚礼把她"端"到了浴室洗手台前。

见秦梵表情还怔怔的，谢砚礼嗓音温沉："明天就好了。"

秦梵睁着一双乌黑的眼瞳，对上谢砚礼深邃如寂静大海的眼眸，总能看出几分温柔。

一次是错觉。

两次还是错觉吗？

秦梵睁着眼睛的时间太长，睫毛忽然眨了一下，却见谢砚礼已经自顾自地开始洗漱。

他们时间难得能对上，早晨站在一起洗漱的时候更少。

秦梵握着牙刷的手有点僵硬。

谢砚礼比她快，洗漱完毕，回卧室拿了双软乎乎的拖鞋放到秦梵脚边："穿好。"

秦梵慢半拍地垂眸，看着男人细长冷白的手指捏着毛茸茸的淡粉色猫咪拖鞋，不搭，但让人移不开眼睛。

秦梵双脚从干净的防滑地垫上踩到柔软的拖鞋中时，感觉浑身都温暖了。

洗漱完毕，秦梵随意扎了个丸子头，便转身回了房间。

谢砚礼已经下楼去了，她还没来得及问他为什么没去上班呢。

秦梵坐在床边，下意识往枕头下面摸手机。

谁知却在手机金属边缘的位置还摸到了……

秦梵将一黑一青两串佛珠拿出来时，表情微微怔了怔，怎么会在她枕头底下呢？

将佛珠捧在掌心，秦梵低头看着。

除了谢砚礼外，没人能将这两串佛珠塞到她枕头底下。

想到男人的目的，秦梵双唇轻轻抿了抿，若有所思地攥紧了这两串佛珠。

她也没来得及看手机，将黑色那串戴到自己手腕上后，便拿着另一串和手机下楼。

没想到，一下楼竟看到谢砚礼在中岛台熬粥的身影。身后几个保姆站成一排，眼观鼻，鼻观心，没人敢拦着。

秦梵轻手轻脚地走过去，拉起谢砚礼那只日常戴佛珠的手，闷不吭声地将淡青色佛珠一圈圈给他戴了上去，然后站在他旁边，一起看着冒热气的锅。

她拿出手机备忘录敲了几个字递到他眼皮子底下："你今天怎么没去上班？"

谢砚礼长指摩挲着回到手腕上的佛珠，神色自若地看了眼屏幕，回道："休年假。"

秦梵连忙快速敲字，再次递过去："你居然有年假？"

谢砚礼已经将粥盛了出来，没去餐厅，反而给她放在面前，拿了个凳子过来："先吃饭。"

而后他慢条斯理地将挽到手肘处的家居服放下，云淡风轻地回道："谢太太，只要是正规公司，都有年假。"

结婚快要三年了，这男人就没放过假好不好？怎么这段时间假期这么多？

上次谢砚礼出差回来，就在市中心公寓那边陪了她几天，今天开始又要休年假，秦梵看着煮得软糯的米粥，狐疑地仰头。

下一刻，后脑勺被掌心抵着，男人嗓音清冽："食不言。"

秦梵吃了一勺子粥，心想："我倒是想言，根本言不了！"

等到用过早餐之后，秦梵才想起来自己忘了件事。

看到手机上蒋姐打来的无数个未接来电，秦梵表情复杂地给她回了条微信消息："忘记跟你说了，我低烧后遗症，暂时说不出话来。"

蒋蓉秒回："这么大的事情你都能忘？现在怎么样了，不行，我得去看看。"

秦梵瞥了眼坐在沙发上的男人，然后默默回道："不用了，谢砚礼在家。"

蒋蓉福至心灵，谢总这是在家照顾她，想到昨晚秦梵发的那张手背照片："难怪昨晚你回复媒体的照片上谢总的手也入镜了。"

这下轮到秦梵震惊了。

什么鬼？

谢砚礼的手入镜了？

那有没有被扒出来？

蒋蓉和她很心意相通："幸好热度下得很快，大家注意力都在你家小土狗为了取悦你，学隔壁'神颜虐恋CP'谢佛子戴佛珠。"

网友们这反应，她真是万万没想到。

大概他们对神秘男友小土狗的形象已经定型了，除非公开神秘男友就是谢佛子，不然怎么都洗刷不清楚了。

秦梵看谢砚礼的眼神有点怜爱。

小可怜。

好端端一总裁，就被她那句"1G网络小土狗"给改变了形象。

原本寺庙照片被爆出来时，谢砚礼的形象还挺好的，最起码是又高又帅又钱还大方。

现在——小土狗，汪汪汪。

谢砚礼察觉到了秦梵的眼神，没放下手中的金融书籍，抬头回视她："饿了、渴了，还是困了？"

秦梵心想："在你眼里我除了这三样就不能有点别的事情吗？"

于是，在秦梵失声的这三天，谢砚礼一直在家里陪着她。

以前谢砚礼就算在家，也有各种会议、各种文件要处理，但这次，秦梵发现谢砚礼是真的在休假。

这天早晨，秦梵嗓子终于略有恢复，隐约带点金属磁性。

秦梵对自己暂时的新嗓音还挺喜欢，跟在谢砚礼身边说话："你今天还不去上班？不去书房处理工作？不用开视频会议？"

秦梵见他没什么反应，拽着他的衣袖震惊猜测："谢氏集团是不是破产了？"

谢砚礼终于给了她眼神——无言以对的眼神。

大概是这段时间谢砚礼的陪伴，让秦梵面对他时自然而然地放开了许多。

甚至秦梵还能若有若无地感受到他的退让，下意识想试他的底线。

秦梵一口气问:"那我以后还能买喜欢的宝贝吗?"

谢砚礼合上书,从容不迫道:"谢太太,谢氏集团不会破产,就算破产了,你想要的也都会有。

"所以,安心。"

"吓死我了,我还以为我要出去拍戏拍广告商演直播帮你还债,那可真是太可怜了。"

秦梵忽略一闪而逝的悸动,煞有介事地拍了拍自己的小心脏。

谢砚礼似笑非笑:"原来谢太太已经准备好和我共患难了。"

秦梵被噎了一下,下巴微扬:"谁让我人美心善呢。"

这时,她手机振动,低头看到蒋蓉转发的《我的独居生活》最后一期录制时间。

后天。

实在是不能继续推了,再推都要过年了,人家工作人员也是要过年的。

秦梵默默地抬头:"谢先生。"

谢砚礼:"嗯?"

秦梵:"这么人美心善对你不离不弃的贤良太太能对你提一个小小请求吗?"

14

Shooting

愿为一盏灯

14

客厅窗帘大开着,谢砚礼坐在落地窗旁的沙发椅上,背对着正午的阳光,像是被镀上了一层淡淡的金色。

他清隽的眉眼如画,认真看着人的时候,眼神格外深邃。

秦梵坐在地毯上厚厚的花瓣形坐垫上,正仰头托腮望着他,漂亮清澈的瞳仁里满是期待。

谢砚礼没答能或者不能,只静静地望着她。

秦梵睫毛无辜地眨了眨:"三天了,你假期应该快用完了吧,要不剩下的几天放在年后你觉得怎么样?"

"不怎么样。"谢砚礼忽然俯身,长指捏了捏她恢复红润的脸颊,留下一句让秦梵发蒙的话,"谢太太,不巧,我的假期可以持续到正月十五。"

随即谢砚礼将书放到茶几上,转而起身走向客厅。

秦梵目瞪口呆地看着那本厚厚的金融学书——满脑子都是谢氏集团是真的要破产了吧,不然执行总裁怎么会这么闲!

"你这是什么假期?产假吗?"

秦梵终于缓过来,抱着抱枕跟在他身边,像是小尾巴一样看谢砚礼倒水,切水果。

管家非常有眼力见儿,除非谢砚礼按铃叫他们,不然大家都在别墅里隐形,绝不打扰先生和太太过二人世界。

秦梵没想到谢砚礼还真点头了:"差不多。"

怎么就差不多了,她伸手摸了把谢砚礼的肚子:"你怀了?"

腹肌平坦,隔着薄薄的家居服,掌心都能感受到属于男人腹部的温度与肌肉弹性。

秦梵摸了之后,还想再摸一下。

谢砚礼居然没把她的手拿开。

秦梵怀疑地抬眸:"你今天怎么不怕你冰清玉洁的身体被玷污,不躲开了?"

谢砚礼将旁边温度刚好入口的水递给她,任由她掌心贴在自己腹部:"大概早就被你玷污过，已经习惯。"

谢砚礼还会开玩笑？天哪。

秦梵都想去试试谢砚礼的额头，看是不是自己把发烧传染给他了。

谢砚礼端着果盘，手指屈起碰了碰秦梵的额头："年假婚假一起休，有一个月时间。"

当然，五年年假放在一起全部休是不可能的，能空出来一个月对谢砚礼而言已经很不容易。

秦梵揉了揉不疼但有些麻酥酥的额头，跟在他身后重新回到落地窗前："这就是说，你这一个月就在家里当咸鱼？"

"公司没你不会乱吗？"

"每年高额薪酬以及奖金养着的精英团队不是白养的。"谢砚礼亲手叉了个草莓送到秦梵唇边，"即便我半年不上班，公司都乱不了。"

秦梵被塞了一嘴草莓，甜丝丝的草莓汁在口腔爆开，莫名地，她心里都觉得有点甜。

休婚假啊，他可真好意思说。结婚都快要三年了，才补休婚假，若不是谢氏集团他说了算，人事部能同意才怪。

秦梵被谢砚礼随手喂了好几个草莓，才想起来正事，扯了扯他的袖子："后天要录制综艺节目，你能不能……"

秦梵弯着眼睛对他笑。

大概没有人能拒绝人间仙女这样明艳的笑，但谢佛子可以。

他回了个微笑："不能。"

秦梵小脸顿时垮了下来。

录制节目当天，节目组导演亲自来了。

他第一次来京郊别墅，忍不住感叹："这个地段我曾经听圈里人提到过，不是随随便便什么人都能买到的，秦老师这位神秘男友倒是真有钱。"

副导演深以为然："这里大概是整个北城最大的别墅区了吧？"

"环境真好，每次进来，空气都觉得清新了。"

别墅前方环水，绿化都有专人天天维护，更何况能住起这里别墅的人，基本上家里都配备了专业的园丁。

导演毕竟见过大世面："不，北城最厉害的要数天鹭湾的别墅区，那才是真正的一房难求。"

"尤其是湖中央那栋。"

蒋蓉原本正想着要怎么跟导演他们解释等会儿可能会在秦梵家里看到某个大

人物时，便听到了他们闲聊的话。

哪有导演说得那么夸张。

她觉得秦梵这套京郊别墅的婚房已经足够惊人了，比这里还要奢华的地方，岂不是要上天堂？

没打扰导演们闲聊，直到快要抵达门口时，蒋蓉慎重地拦在他们身前："诸位，先把摄像机放下吧。"

导演诧异问："蒋经纪人，为什么不能拍摄？"他们来不就是要拍摄居家生活的吗？

蒋蓉想了一下措辞，然后才开口道："这次除了秦梵之外，还有别人在。"

节目组几位主要负责人对视一眼，顿时眼底露出心照不宣的激动："神秘男友？"

"网络小土狗！"

几个人齐刷刷开口。

那个张嘴喊出"网络小土狗"的年轻跟拍女导演，等到看到"小土狗"本人，估计要惊掉眼球。

于是乎，摄像师扛着设备感觉更有劲儿了，甚至还调了调设备，争取等会儿能拍到高清画面。

眼看着大家抻长脖子往别墅内部看，什么都看不到，导演催促："蒋经纪人，赶紧让我们进去，我都能预测到咱们最后一期的收视率绝对要爆棚。"

蒋蓉深呼吸："这位，不能拍！"

这时，从别墅内走出来几位西装革履的精英人士，为首的温秘书看到蒋蓉之后，克制而谦逊地打招呼："蒋姐，您来了。"

副导演手抖了，他见过这群人！

"他们……他们……怎么会在这里？"

这位秘书，他们之前还拍到过，正是谢氏集团总裁首席秘书！

温秘书示意身后的人让节目组将摄像机关闭，开口道："我们跟谢总汇报工作。"

"那么，诸位自便。"

一行人远去之后，副导演以及其他之前跟他来过的人都觉得脑子不够用了。

从秦梵家里出来，来见谢总开会？

每个字他们都能听懂，但是连在一起，怎么这么复杂呢？

导演也认出了这位温秘书，然后下意识看向蒋蓉："是我，想的，那样吗？"

蒋蓉学着导演的断句："是您，想的，那样。"

她也蒙："温秘书他们怎么会一大早出现在这里？"

导演深呼吸："总算明白蒋蓉为什么要他们关闭摄像机，原来那位'神秘男友'居然是商界佛子谢砚礼！"

天哪。这要是爆出去绝对是年度大新闻!

等等——

导演反应了几秒:"秦老师跟谢总的关系是不能公开的?"

蒋蓉点头:"没错,他们暂时还不打算公开。"

导演脑子里的想法五花八门的,也就是说,这个别墅真的是金屋藏娇?

那秦梵在网上还那么大胆地秀恩爱,也不怕人家正室太太打过来吗?

蒋蓉不知道导演已经想歪了:"所以,等会儿进去之后,不该拍的不能拍。就算不小心拍到了,也记得后期制作时一定要剪辑掉。"

节目组众人已经麻木了,僵硬地齐齐点头。

此时刚刚早晨七点,谢砚礼从书房出来后,从管家口中得知节目组已经在别墅门口,便回了主卧。

主卧内,秦梵还躺在床上睡得很香。

由于这段时间生病的缘故,她比较嗜睡,每天睡觉时间超过12小时,大概是想要将前段时间缺的觉补回来。

谢砚礼微凉的指尖碰了碰她红润漂亮的脸蛋:"起床。"

秦梵转了个身,把他的掌心当枕头压在脑袋下,小嘴嘟囔着:"吵死了。"

谢砚礼顺势扶着她的脑袋坐起来:"节目组来了,你确定要这样被拍?"

原本还迷迷糊糊倒在谢砚礼怀里昏昏欲睡的秦梵,一个激灵睁开眼睛。

入目便是谢砚礼那双似笑非笑的眼眸。

"你怎么还在这儿?"

谢砚礼如前两天那般,直接俯身把她抱到了床边:"穿鞋,洗漱。"

脚边是软乎乎的拖鞋,秦梵下意识把脚伸了进去,终于想起来谢砚礼今天非但不会走,甚至还打算露面。

"你要不要再考虑考虑,万一跟上次那只手似的不小心被剪辑进去,网友们又不知道该怎么吐槽你了。"

秦梵拍了拍男人的胸膛:"我都是为了你好,网络暴力可吓人了。"

谢砚礼看了眼钟表:"温秘书他们刚刚出门,大概跟节目组已经碰头了。"

几秒钟后,她面无表情地推开这个狗男人。

故意的,肯定是故意的!

谢砚礼不疾不徐跟在她身边:"我见不得人?嫌我丑?"

秦梵站在洗手台前,镜子里清晰映照出男人清隽俊美的面部轮廓,就算她再睁眼说瞎话,也说不出谢砚礼丑、见不得人这种瞎话。

她神色正经:"不,就是因为你太好看太优秀了,所以才想把你藏起来,不让别的女人看到。"

谢砚礼还真被秦梵这明显的假话取悦了，在秦梵洗漱时，他站姿闲适地靠在门口，眼底带着淡淡笑意。

直到秦梵要出去路过谢砚礼时，谢砚礼按住了她的头顶。

秦梵皱眉要去拍开他的狼爪，而后却感觉那温暖的掌心在她发顶揉了揉，耳边同时传来男人温沉磁性的嗓音："只给你看。"

秦梵顿了好几秒，耳根陡然染上一片绯红。

啊啊啊！别撩了！

不然她就要怀疑谢砚礼是不是故意的。

谢砚礼慢条斯理地看着她乌黑碎发下那若隐若现的绯色小耳朵，忽然从裤袋里拿出薄薄的电影票："下午看电影？"

秦梵眨了眨眼睛，看着那两张票，没反应过来这狗男人到底卖的什么关子："看电影？你看过电影吗？"

而且是在拍综艺的时候看，这人就这么想要公开？

然而这次她却误解了谢砚礼的意思。

谢砚礼拿起她的一只手，将电影票塞进她柔软掌心，平平静静地说："别人能有男朋友陪着，你也有。"

见谢砚礼离开的背影，秦梵怔怔地垂眸，看着两张没有折痕的电影票。

脑海中浮现出之前她拍摄这个节目在室内跟其他嘉宾聊天时，另外那个女嘉宾织瑶的男朋友是又投喂她又陪她去看电影去约会，毕竟是仅有的两个女嘉宾，织瑶总喜欢跟她比较，见秦梵生活单一便说她男朋友都不陪着玩，太可怜了。

所以，谢砚礼是看过这档节目？

秦梵唇角一侧上扬起好看弧度，冲着谢砚礼后背跳上去，故意逗他："你居然把别的女人说的话记那么清楚！"

谢砚礼从背后环过去托住她，语调无奈："秦梵……"

这时，管家敲门进来，难得语气有些不稳："谢夫人来了。"

秦梵瞳仁放大：婆婆大人？

秦梵趴在谢砚礼肩膀上，柔若无骨的身子跟着僵住。

桃花眼睁得圆溜溜的，沉默好几秒，才缓缓从红唇溢出一句话："所以，遇上了？"

管家颔首："遇上了。"

完蛋。

秦梵脑子里冒出来这两个大字，顿时感觉天昏地暗，整个人无力地倒在谢砚礼后背："谢总那么厉害，能把他们都封口吗？"

"我只是个十八线小演员而已，不想这么高调。"

之前还能说是神秘男友,现在……婆婆都来了,她是谢太太的身份藏不住了。

谢砚礼神色从容,把秦梵放下后一同出门:"就算知道,他们也不敢说。"

这个行业的人,最知道什么话该说,什么话不该说,什么事情该知道,什么事情不该知道。

秦梵安心了些,跟谢砚礼一同下楼后,便看到节目组的人坐在会客沙发上,眼观鼻,鼻观心,全都不敢动。

唯独穿着一身旗袍,肩膀上披着羊绒披肩的谢夫人优雅知性地坐在单人沙发上。

前面有人给她上茶,谢夫人正在跟坐在她旁边的蒋蓉聊天。

聊的自然是自家儿媳妇,谢夫人让蒋蓉年后少给她安排点工作,夫妻两个还得备孕呢。

蒋蓉心里苦,但只能点头。

主要是谢夫人气势太盛,给她的感觉跟谢总没什么区别。

在看到秦梵下楼后,蒋蓉宛如看到了救星:"梵梵,你起来了。"

说完之后,才懊恼自己嘴快,一般婆婆听到儿媳妇起得这么晚,定然要不高兴。

果然,看到谢夫人脸色一沉。

完了完了,她好像给秦梵惹麻烦了!

下一刻,却听到谢夫人不赞成地看着秦梵:"这么冷的天,怎么不多睡会儿,你们年轻人不是觉多爱赖床吗?是不是谢砚礼不让你睡美容觉?"

谢夫人想要斥责谢砚礼自己生活作息像老年人也就算了,还把人家年纪轻轻的小女孩带歪,女孩子多睡点儿怎么了,美容养颜。

秦梵解释道:"妈,您误会了。今天有拍摄任务,所以才会早起,我平时没事都睡得很足,您放心吧。"

看着秦梵那双清亮有活力的眼睛,确实不像是缺觉,谢夫人这才信了。

她侧眸看了眼旁边那些节目组工作人员:"那怎么还不开始拍摄?"

"我今天这个造型上镜还行吧?你们有剧本吗?我可不当恶婆婆。"

秦梵表情迷茫,其他人表情也迷茫了。

婆婆大人这是也要来凑热闹,是嫌热搜还不够热闹?

秦梵对导演他们道:"怠慢了,大家可以先去安装设备了,除了卧室、书房,其他地方让管家带路。"

导演他们连忙应好。

想到谢夫人对秦梵的态度,他们远离会客厅后,低声讨论:

"天哪,秦老师叫谢夫人妈,原来秦老师就是传说中的谢太太!"

"被谢佛子一掷千金的那个谢太太!"

"当时我还想谢太太到底是什么样的神仙人物,才能得到谢佛子,现在终于明白了。"

他们站在台阶上往下看。

入目便是站在一处的璧人,皆是盛世美颜,好想拍下来啊!但是不敢。

"没人比他们更般配了,呜呜呜。"

"我总算明白为什么秦老师一直说她家小土狗颜值逆天,现在看来真没骗人,呜呜呜,谢佛子本人真的好帅好迷人,清清冷冷的禁欲系高岭之花绝了。"

"这个秘密,我们得保守多久?"

"好想八卦啊!"

"人间仙女就是谢太太,呜呜呜,我暗戳戳喜欢的注定BE①的CP居然早就HE②了,我要疯了。"

"仙女和佛子,这对CP绝了……"

秦梵并不知道这些年轻的工作人员里面还隐藏着她和谢砚礼的CP粉,此时正在跟婆婆大人聊天。

"妈,您今天突然过来,是有什么事情吗?"

"来看看你们小夫妻,顺便问一下你们俩今年过年回不回去。"

谢夫人让私人助理将给秦梵带的礼物都拿来放好。

秦梵看到那一个个礼盒,觉得自家婆婆真的太用心了,想着过年没有行程,于是点点头:"今年要回去的,刚好砚礼也放假了。"

谢夫人得到满意的答案,在秦梵面前散开披肩,问她:"看妈这条旗袍,有没有觉得眼熟?"

原本谢夫人用D家的黑白披肩将上半身裹住,秦梵还真没看出来。

等散掉披肩后,秦梵才发现,婆婆大人穿的这件旗袍,跟上次送她生日礼物的旗袍是同款刺绣!

秦梵顿时有种不太妙的预感:"记得,妈穿着比我穿着好看。"

千万别提,千万别提,千万别提。

谢夫人下一句:"那你上楼换上,咱娘儿俩穿母女装。"

"妈又定了两套过年穿的红色旗袍,等大年初一,我们还穿母女装,闪瞎隔壁王夫人的眼睛,谁让她整天炫耀她儿媳妇。"

果然,怕什么来什么。

见秦梵不上楼换,谢夫人多问了句:"怎么不换?难道不想跟我穿母女装?"

---

① BE:Bad Ending 的缩写,指悲剧结局。
② HE:Happy Ending 的缩写,指幸福美满的结局。

秦梵察觉到婆婆的眼神，顿了两秒，果然把旁边若无其事的罪魁祸首拉出来。

在婆婆看不到的地方，秦梵用力捏着他的手背。

"你跟妈说。"秦梵把锅甩给谢砚礼。

她本来以为谢砚礼会找个什么恰当又不失正经的理由，万万没想到，他不按常理出牌。

谢砚礼语气淡淡，没撒谎："她那条被我不小心撕坏了，穿不了。"

秦梵想捂脸！

当着婆婆的面，她没忍住，一脚踩在谢砚礼的脚背上。

谢夫人："是我想象的那个撕吗？"

谢砚礼："是。"

谢夫人大概也是没想到儿子这么直白，沉默几秒："我相信你没病了。"

要不是真的被他撕了，谢夫人确定自家这个一本正经的儿子说不出这种谎话。

因为如果不是他亲自做过，他根本就想象不到，夫妻之间还能撕衣服。

直到导演他们准备好设备，下来问道："谢夫人要出镜吗？"

秦梵跟谢砚礼没来得及开口，便听到谢夫人道："出，为什么不出？免得有人说我们家梵梵没有长辈疼爱。"

秦梵听到婆婆这话，恍然睁大了眼睛。

她终于明白素来聪明得体的婆婆为什么在看到综艺拍摄时还不找借口离开，反而稳稳坐在沙发上。

原来她看到了网上那些评论。

之前网络上许多人说秦梵拍摄这档综艺没有任何亲人朋友露面，孤家寡人，没想到婆婆居然注意到了。

谢夫人一想到秦梵对自己"有缺陷"的儿子都能不离不弃，就自然舍不得她受委屈，这样的儿媳妇哪里找！

再说，她原本就挺喜欢秦梵的，现在更喜欢了。

不愧是老爷子临终前选定的孙媳妇，自从她来了之后，砚礼变得越来越有烟火气，连带着病都治好了。

谢夫人认定是秦梵的出现，才会让谢砚礼"病愈"。

导演组一听觉得有戏，原本他们都放弃了拍摄谢夫人跟谢总，现在听这个意思，好像是能拍！

他顿时道："如果不想露脸的话，到时候我们后期会用远景，或者切别的镜头，您放心！一定会塑造出两位的婆媳情深。"

"不用塑造，我们本就情深。"谢夫人冷下来脸时，也挺吓唬人的。

导演自觉说错话，也不敢生出什么不悦，已经满脑子是要如何剪辑，如何造话题。

这期绝对绝对要破收视率!

谢夫人在别墅待到午餐结束后才姗姗离开。

下午两点,谢砚礼便带秦梵去电影院。

原本节目组是打算跟着拍摄的,后来被拒绝,面对谢总,节目组认怂,最后只能含恨从窗口拍摄他们离开的背影。

没想到拍背影,都能拍到——穿着奶白色大衣的女孩偷偷地把手伸进男人袖口里面,似乎是想要用他的手腕取暖。

被穿着黑色大衣的男人顺势反握住指尖,而后握着一同插进男人大衣口袋。

跟拍女导演在镜头后激动:"啊啊啊,真的太甜了,太甜了,我要甜晕过去!"

"这个镜头到时候一定要放大,调慢,N次回放!"

"细节感好绝,我怎么觉得像是在拍豪门偶像剧。"

几个女工作人员顿时挤在窗口围观,激动得少女心都要炸了,脚还忍不住跺地。

不能跟着一起去真的可惜,他们得在这里等着两位回来。

这边导演正在看今天上午拍摄的画面,可惜好多都不能剪辑出来。

他认真地问隔壁蒋蓉:"秦老师什么时候公开?我能再剪辑个完整版,等两位公开之后网播吗?"

蒋蓉思考道:"可以,不过完整版要交给我们保存。"

免得他那边出点什么问题,不小心播出去。

导演就怕这些题材留不住可惜了,便同意道:"但只能交给我们这边播放!"

"自然。"

两人敲定完毕后,秦梵他们已经抵达电影院。

临近过年,商场格外热闹,人来人往,到处都挂满了很具新年特色的装饰。

秦梵戴着奶白色的羊羔绒渔夫帽,脸被卡通口罩挡得严严实实,冬天穿得厚,只能看出她纤细的腿部线条,完全认不出来这是最近正红的女明星。

见大家都在看谢砚礼,秦梵拉着他到角落。

从口袋里拿出一个跟自己同款的黄底小白兔口罩,踮脚就要往谢砚礼脸上戴。

"你弯腰。"秦梵累了。

谢砚礼从善如流地弯腰,目光落在那只兔子以及兔子旁边飘着的小草莓图案上,略略一顿。

戴上之后,秦梵听到男人漫不经心的声音:"果然,我见不得人。"

这狗男人怎么越来越矫情?

她面无表情往上掀了掀帽子,露出一双桃花眸仰头望着他的眼睛说:"谢砚礼,你知道你现在像什么吗?"

谢砚礼垂眸:"嗯?"

秦梵:"小公主!还是有公主病的小公主!"

说完,秦梵迅速溜了:"快走,电影要开始了!"

谢砚礼腿长,三两步便追上去:"秦梵。"

秦梵听到他又连名带姓地喊自己的名字,有点不高兴:"干吗?"语调有些没好气。

谢砚礼从容地走在她身侧,语气轻柔,仿佛说一句再自然不过的话:"我们家有你一个小公主就够了。"

谢砚礼到底知不知道她说的小公主是什么意思?

她是在讽刺他啊!

秦梵蓦地停下要看他,却被谢砚礼按住了后脑勺:"别往后看,有人在拍我们。"

秦梵和谢砚礼看电影这段时间,照片便被传到了微博上。

　　柠檬不加糖:啊啊啊,今天跟闺密看电影,发现了一对身材、衣品超绝的情侣!虽然没拍到长相,但他们的相处好甜呀。

随着微博发出来的两张照片,第一张是秦梵要谢砚礼弯腰给他戴口罩的画面,第二张是谢砚礼掌心按在秦梵后脑,不准她回头,照片上像是温柔摸头杀!

照片被拍得很甜,被情感号大V转发,并发起了"超甜情侣照"话题拍摄挑战。

一夜之间,这个话题火了。

秦梵跟谢砚礼的照片也火了。

当天晚上,最后一期综艺提前结束拍摄,秦梵坐在床上刷微博。

她见谢砚礼从浴室走过来,朝着他晃了晃手机屏幕:"你看,大家都在夸你温柔呢。

"啧啧啧,要是他们知道你当时按着我后脑勺的手有多用力,一定会幻灭。"

谢砚礼停在床边,视线扫了扫屏幕上那张照片,略略一顿。

他随即接过秦梵的手机。

秦梵猝不及防,手里就空了:"你干吗!"倒也没着急去抢。

谢砚礼动作不紧不慢地将照片保存,打开微信,将这两张照片发到自己手机上,并点评:"拍得不错。"

秦梵对他的反应有点蒙,直到手机回到她手里后,看着微信页面,才知道谢砚礼干了什么。

她唇角不自觉地上翘，但刚翘起一个弧度，又迅速抿平。

秦梵指尖捏了捏手机边框，傲娇地哼了声："是我长得好看，就算不露脸也好看！"

谢砚礼探身拿过自己的手机保存，随意"嗯"了一声。

秦梵觉得他是敷衍，抱着自己的小被子蹭过来问："那你觉得我不露脸哪里最好看？"

沉吟几秒，他将手机放下，熄灭了壁灯，顺势把秦梵手里的手机也收走："你该睡觉了。"

秦梵被按倒在床上，眼睛适应了黑暗，看着天花板问："你果然是敷衍我的。"

"敷衍你的仙女老婆，良心不会痛吗？"

过了会儿，谢砚礼沉静的嗓音在她耳边响起："谢太太，你对我的备注，解释一下。"

秦梵心虚地闭上眼睛，翻了个身背对着男人："睡觉睡觉，食不言，寝不语。"

过了一会，她听到耳边传来男人低沉得仿佛从喉间压出来的笑音，磁性好听。秦梵忍着耳朵酥麻感，没有回头。

不知道过了多久，久得秦梵快要睡着时，一只有力的手臂从她腰间伸过来，微微用力。秦梵便落入温暖又有安全感的怀中。

她习惯性地转过身攀上男人脖颈，迷糊中声音轻飘飘的："明天给你改成自热小暖炉。"

卧室很暗，但谢砚礼能清晰地看到她此时依赖自己的模样。

男人顿了顿，环住了她纤细的身子，眼眸闭上。

秦梵早晨在谢砚礼怀里醒来时，已经可以很好地接受了。

毕竟最近这几天谢砚礼休假，每天早晨都发生这种事情，有时候秦梵怀疑自己是不是把谢砚礼当成暖炉了。

她揉了揉柔顺散落在肩膀上的长发，脑子有些混混沌沌，忽然想起自己昨晚好像还答应要给谢砚礼改备注。

秦梵拿开挡在她腰间的手臂，转而探身去够床头上的手机，刚动了动，又被拖回了被窝。

整个人被禁锢住，男人声线低沉："再睡会儿。"

"谢砚礼，你颓废了！七点了，居然还赖床！"秦梵挣扎着要把他的手臂拿开，"我睡不着，我要玩手机。"

谢砚礼想到谢太太的睡姿导致他几乎整夜未睡，将她扣在怀里，半合着眼睛低声问："还乱动？"

秦梵身子一僵——这狗男人威胁她！

感觉到怀里软绵绵的身子安静下来，谢砚礼重新闭上眼睛。

秦梵不敢招惹早晨不怎么清醒的男人，以免惹火上身。

毕竟等会儿她还打算去医院看姜漾，这段时间生病，她才忍着没去医院。

这几天因为她生病，谢砚礼也没碰过她，但每天早晨，秦梵都能感受到他身体的反应，跟他那张高岭之花的脸完全是两种极端。

忽然，手机铃声响起。

秦梵瞥了眼床头："是你的手机响了，快起床接电话。可能是重要工作！"

谢砚礼握住秦梵推着自己胸口的小手，清隽眉心蹙了蹙："是私人电话，不用管。"

然后，秦梵发现谢砚礼握着她的手居然开始往下。

秦梵桃花眸微眯，也不知道哪里来的力气，她从谢砚礼手里抽出了自己的手，卷着被子往床内侧一滚："大白天的，你自重！"

"自重"这两个字秦梵咬得很重，就差让谢砚礼把"清心寡欲"四个字刻在脸上。

谢砚礼看了她一眼，而后坐起身来，却没看床头闹得正欢的手机。

他慢条斯理地把被秦梵扒下来的睡袍重新穿上，脖颈到锁骨那儿被压出来的红痕挡也挡不住。

秦梵眨了眨眼睛。

是她压的？

除了她，好像也没人能半夜把谢砚礼的脖颈弄成这样了。

手机铃声自动断掉后，又开始响。

秦梵别开目光，裹着丝滑的真丝被套，从里面伸出只雪白纤嫩的手臂，把谢砚礼银灰色的手机拿起来："是裴景卿。"

谢砚礼已经往浴室走去："你接。"

他知道裴景卿不会有什么大事。

秦梵看着他云淡风轻地关闭浴室门，轻轻"哼"了一声，谁知道他忙着去浴室干什么坏事。

她也刚好想问问姜漾的情况，便接通了电话。

"裴总，谢砚礼洗澡去了。"秦梵主动道。

谁知，那边裴景卿素来沉稳的声线有点颓废："嫂子，我找你。"

秦梵莫名其妙："什么事？"

裴景卿深深叹了声："嫂子，只有你能救我了。"

秦梵红唇抽了抽，她都不知道自己重要到这种程度，还能救他。

到底什么事，让这位号称"商界狐狸"的裴大少向她求救？

秦梵略一思索："是不是漾漾出什么事情了？"

裴景卿："嫂子，漾漾自从醒来之后，对我特别客气温柔……就跟变了个人似的。"

秦梵听得皱眉："现在这些男人都什么毛病，对你温柔点儿不好吗？"

裴景卿："医生说她脑子没问题，但就是对我不一样。"

都一个多星期了，裴景卿日日处在不安之中，他张了张嘴，半晌才吐露出心声："她是不是不想要我了？"

这话一出，秦梵终于明白裴景卿的意思了。

说半天，是怕姜漾经过这劫之后，要抛弃他。

秦梵想了想说："我今天过去看漾漾，到时候帮你问问什么情况。"

裴景卿连忙应道："麻烦嫂子。"

倒不是秦梵想要帮裴景卿，而是这段时间，她将裴景卿对姜漾的在意看在眼里，也不愿意姜漾错过这个真心对待她的男人。

不过，如果姜漾真的选择放弃裴景卿，那她也会支持小姐妹。

秦梵想着，怎么也坐不住，于是踩着拖鞋走到浴室门口："谢总，您在里面快要半小时了，还没结束？"

里面水声一停，传来男人低沉沙哑的嗓音："进来。"

"不行，我怕长针眼！"秦梵表示拒绝，谢砚礼这邀请，可不是那么好接受的。

谢砚礼背靠在被花洒淋湿的瓷砖墙壁上，才感觉身上的温度降低几分，尤其是她还在外面，完全解决不了目前的困境。

他清隽的眉心深深折起，偏冷的声音带着几分蛊惑："璨璨，进来帮帮我。"

啊啊啊，小土狗犯规，居然撒娇！

隔着玻璃门，男人声线越发低："璨璨……"

秦梵捂着耳朵："你别叫了。"

再叫仙女就把持不住，什么都给你了。

天哪，你见过从西边升起的太阳，你见过撒娇的谢佛子吗？

秦梵纤细白嫩的指尖放在玻璃门上。

没等她做好心理准备，门忽然开了一条缝隙，从里面伸出一只肌肉线条完美的手臂，直接把她拉了进去。

与此同时，北城最大的私立医院，VIP病房。

姜漾穿着病号服，靠坐在病床上，素来张扬肆意的眉眼此时低垂着，安静清雅。

倒是素来平静温和的裴景卿，此时眉宇之间满是躁郁痛苦。

他伸手握住姜漾冰凉的手："漾漾，都是我的错，你想怎么惩罚我都可以，只是不要这样。"

姜漾淡定地把他的手推开，因为失血过多而苍白的面色平静极了："不是你的错，为什么要惩罚你？"

姜漾只是觉得累了，跟裴景卿在一起的这段时间，她所有的骄傲好像都被人踩在脚下一样。

她语气淡淡的："其实我觉得程熹也没错，从她的角度看，我就是小三，正室打小三……"

"漾漾！"裴景卿没想到她会用平淡的语气说出这样诛心的话，"我从来没承认过她是我未婚妻，我也没跟她订过婚，我只爱你，只想和你结婚，我……"

向来温和淡定的男人被逼得快要疯了，心疼的同时，又自责当时为什么不在她身边。

秦梵跟谢砚礼抵达病房时，便看到这幅诡异的画面。

姜漾平和安静。

裴景卿情绪激动。

这，是不是搞反了？

病床上的两人对峙着，没发现他们的到来。

秦梵下意识看向谢砚礼，却见谢砚礼像是没看到，径自牵着她走进病房，在沙发上落座。

谢砚礼把玩着她柔若无骨的指尖，像是按摩："坐下看。"

秦梵："您来这儿看戏的？"

秦梵轻咳了一声，终于让病床上的两人察觉到他们来了。

姜漾和裴景卿齐齐看过去，便看到谢砚礼坐在沙发上，姿态闲适从容，正把玩着站在他旁边的秦梵的手。

裴景卿现在正经历爱情危机，被秀了一脸。

这对夫妻来干吗的？

倒是秦梵，看到姜漾这么有精神的样子，放心许多。

姜漾眼底掠过一抹惊喜："梵梵，你来了！"

面对秦梵时，她眼底的神采一如往常。

将这幕尽收眼底的裴景卿，难受得要死。

十分钟后，裴景卿把谢砚礼拉走，偌大的病房只剩下秦梵跟姜漾。

秦梵捧着姜漾瘦了一圈的小脸蛋说："我们终于可以过二人世界了。"

姜漾也学着她的样子，捧起秦梵的脸蛋："我们家小仙女都瘦了，是不是害怕啦，怕本小姐抛下你先走一步？"

秦梵捏了捏她的唇瓣，捏成鸭子嘴："别胡说八道，还没痊愈呢！"

"嗯嗯嗯，知……道……"

秦梵松了一点："还乱说吗？"

"不说了！"姜漾说话恢复自然，故作委屈，"你对我这个病号好点。"

秦梵拿出家里厨师炖的补汤，盛了一碗后，打算亲自喂她。

至于为什么不是她亲自炖汤，自然要追溯到清早被谢砚礼拽到浴室里开始说起。

在浴室待了足足一小时，她才重新洗漱出门，哪里还有时间给姜漾炖汤？在车上，秦梵全程在谢砚礼耳边念叨。

姜漾很给面子地全都喝了，然后躺在病床上昏昏欲睡，却拉着秦梵的手不放。

秦梵怕她吃饱就睡觉对身体不好，捏了捏她的手心："你跟裴总怎么回事？他今天一大早打电话向我们求救。"

听到裴景卿的名字，姜漾抬了抬眼皮，若无其事道："还能怎么回事，好聚好散呗。"

"我谈恋爱什么时候超过三个月，现在跟他已经要超时间了，分手很正常。"

"你什么时候谈过恋爱了？跟之前那些不是过家家吗，还谈恋爱？"秦梵比姜爸爸还要了解姜漾。

姜漾噎住。

秦梵看着她："说实话。"

姜漾沉默了两秒，然后倒在秦梵肩膀上，有点委屈道："我不想喜欢他了，喜欢他太累了，他爸爸妈妈都只喜欢程熹那样的儿媳妇，连裴家给儿媳妇的传家宝都给程熹了，可见他们多满意。"

"我又不是他们家喜欢的类型，以后就算结婚也会有各种矛盾，趁着现在还能断，赶紧断了。"吃过一次亏就够了，她不想吃第二次。

秦梵双手揽住她清瘦的肩膀，特别心疼："好好好，我们漾漾才貌兼备还有钱，找个什么样子的男人找不到，不在一棵树上吊死。"

"对，不能为裴景卿这棵树就放弃整片大森林。"虽然裴景卿这棵树算是森林里长势最优的，但……大森林也很香，尤其是嫩嫩的小树苗。

就在小姐妹在考虑下一棵小树苗时，裴景卿拉着谢砚礼到医院天台，递给他一听啤酒，满脸写着要借酒消愁。

谢砚礼晃了晃易拉罐："医院禁止喝酒。"

裴景卿已经拉开拉环喝了半听，喝完之后才看向谢砚礼："这酒不禁止。"

易拉罐是正常的啤酒包装，怎么就不禁止了？

直到谢砚礼抿了口之后，才略略顿住，素来清雅从容的表情有那么一瞬间的变化。

入口清甜，葡萄味浓郁。

侧眸看裴景卿喝果汁喝出酗酒的架势，谢砚礼启唇："这里不是精神病院。"

言外之意很明显，你在这家医院待久了，怕是被传染成精神病了。

裴景卿握着易拉罐的手顿住，觉得谢砚礼真的太没有兄弟情。

手臂用力，他撑坐在栏杆上："实不相瞒，我想跳下去。"

谢砚礼顺势将易拉罐放下，语调清冷淡漠："依照天台距离地面的高度，你跳下去，残疾的可能性占百分之八十。"

姜漾住的高级VIP病房，在整座私立医院的最后排，环境安静适合休养，为了保证安静，楼层不高，只有四层。

所以即便他们在天台，也没有很高，一般人跳楼不会选择这种高度。

裴景卿当然不是真想跳楼："你兄弟这么惨了，你不能安慰安慰我？"

谢砚礼瞥了他一眼，终于大发慈悲问了句："怎么了？"

自从姜漾出事，裴景卿整个人变得格外浮躁，还要死要活的。

裴景卿再次打开一听"无酒精啤酒"才开口："漾漾好像想跟我分手。"

谢砚礼没等开口，手机铃声响起，是容怀宴。

谢砚礼抬了抬手，接起电话，想着应该是天鹭湾那栋别墅的事情。

裴景卿后面的话还没说出口，就全都憋了回去。

听谢砚礼跟容怀宴聊什么别墅什么园林，几分钟后，他忍无可忍："你们两个，能不能关心一下可怜的下铺兄弟？"

容怀宴没想到会听到裴景卿的声音，顿了几秒："他怎么了？大上午的你们俩怎么在一块儿？"

他们三个是大学时期的舍友，容怀宴和谢砚礼两个洁癖住上铺，裴景卿自己住下铺。

巧的是他们同年，容怀宴比谢砚礼早出生半个月，霸占了老大的位置，谢砚礼排行第二，裴景卿比谢砚礼还小三个月，位居老三。

谢砚礼漫不经心："哦，他失恋了，在寻死觅活。"

裴景卿："我还没失恋！"

容怀宴没忍住，低低笑出声："你们两个在北城倒是过得精彩，一个追老婆，一个玩失恋。"

"你开免提，我跟他说。"

既然容怀宴要把这活儿接过去，谢砚礼自然毫不犹豫把这个烫手山芋递给他。

容怀宴温润的嗓音响起时，裴景卿还坐在栏杆上。

冬日阳光洒在他身上，倒是有种凄清的氛围感。

容怀宴："老三，男人要是不想分手，有个非常管用的办法。

"只要她不是变心爱上别的男人，肯定手到擒来。"

裴景卿听着跟传销似的："什么办法这么管用？"

容怀宴一字一句，语气正经："跪下求饶。"

这话差点没让裴景卿从天台掉下去。

他还以为是什么高明主意，跪下求饶是什么东西？

裴景卿想着容怀宴那张君子如玉的脸，完全想象不到他给他老婆跪下求饶的画面。

容怀宴不疾不徐："这是我哄老婆的王牌秘籍，传授给你们，不要太感谢我。"

裴景卿皱眉："可行吗？"

容怀宴很有经验："不行的话，就别干跪，跪键盘，跪搓衣板，跪榴莲皮。

"这些还不行的话，只好跪钉子跪刀子。"

这就是他的王牌秘籍？

这边容怀宴自觉对兄弟们不藏私，继续道："年后我去北城出差，老二把过户办了。"

最后这话自然是对谢砚礼说的。

谢砚礼"嗯"了声。

等他挂断电话，裴景卿看向谢砚礼："你说容怀宴是不是骗我们？"

谢砚礼将手机收回去："你试试。"

裴景卿若有所思地从栏杆上跳下来，自我安慰："可能是我猜错了呢？"

或许漾漾并不打算跟他分手，只是说气话，但他很是未雨绸缪地给助理打电话："给我送个搓衣板过来。

"没有？键盘也行，要机械键盘。"

裴景卿洞察力多强，听今天姜漾的口吻，就猜到了她是想跟自己分手，可后来秦梵他们夫妻两个过来，她才没有说出口。

不过是侥幸心理罢了。

下楼时，他没坐电梯，清俊的面容神色凝重。

中午十二点。

黑色宾利停在医院路边，司机早就把车开在这边等着，直到秦梵他们上车。

自从那辆迈巴赫被拍到后，谢砚礼日常出行的车子便换成了这辆。

秦梵问谢砚礼："如果漾漾跟裴总分手，裴总不会找她麻烦吧？"

裴景卿这样的男人，并不是姜漾想要招惹就招惹，想要放手就可以放手的。

但凡裴景卿不放手，姜漾可能会很麻烦。

谢砚礼揉了揉眉梢，后靠在舒适的椅背上，嗓音平静："不会。"

秦梵轻轻松口气："裴总是拿得起放得下的脾性就好。"

然而这口气没松多久，便听谢砚礼语调徐徐："他拿得起，放不下。"

秦梵被谢砚礼大喘气的说话方式气死了，忍不住捏他手臂一下："你给我把话说清楚！"

谢砚礼反包住那只乱动的小手："放心，裴景卿不会强迫她。"只会跪下求她。

当然，后面这话谢砚礼没提，暂时给兄弟保留一点面子。

秦梵狐疑地望着他："你可别骗我。"

谢砚礼睁开眼睛，侧眸看她："谢太太，与其担心别人，不如想想明天回老宅过年的事。"

这话一出，秦梵果然面色微变。

她也不敢再掐谢砚礼，捧着腮装可怜："你会保护我的吧，保护你可爱美貌的仙女老婆？"

谢砚礼对着她微微一笑："当然。"

这微笑，让秦梵瑟瑟发抖。

除夕那天中午，除了谢家人之外，各种亲戚朋友，甚至合作伙伴都提前来拜年。

谢家作为北城第一家族，每年这个时候，门槛都要被踏破。

秦梵今年红了一把，尤其是大年初一《风华》就要上映，不少年轻的朋友抢不着票，都来找秦梵要票。

秦梵被一群少男少女围在中间，生无可恋地仰头看向站在二楼往下看的谢砚礼。

二楼，谢砚礼身后是大片的玻璃窗，自然光洒在他身上，像是给他镀上了薄薄的光晕，素来清冷的面容都柔和了几分。

然而秦梵看到这样的景色后，内心更加暴躁——啊啊啊，狗男人！故意的。

他要失去自己这样的仙女老婆了。

他居然还站在二楼看戏，也不来解救她？

耳边是少男少女们的声音："您手里一定有很多票吧，能不能匀我们几张？"

"大嫂不是女主角吗，我们给您捧场呀！"

"对对对，我们同学也都说买不着《风华》上映的第一场票，太难抢了。"

"您还有吗？"

……

还有一半的人运气好买到了，就在跟其他人炫耀："嘿嘿嘿，我们买到了，

049

嫂子，到时候去电影院支持您！"

"哎呀，本来还打算包场的，谁知差点连一张票都买不到。"

"等过几天热度下去了，我再去包十场给谢太太捧场！"

……

秦梵很清楚，他们的热情基本上都是对谢家。

如果她不是谢砚礼的太太，那在这些天之骄子眼中，自己不过是个女演员而已。

面对那么多贵客之子，秦梵即便心里清楚，也不会没礼貌到不给面子，要维持谢太太的优雅矜持。

她精致的小脸蛋都要笑僵了，今天眼角绝对要多长两条皱纹。全算在谢砚礼身上！

秦梵好不容易挣脱大家热情的围观，抬步上楼时，还能隐约听到客厅里正在跟公公婆婆聊天的长辈们说："你这儿媳妇还挺黏人，这才多久没一块儿就迫不及待去找。"

谢夫人："那没办法，我们家儿子儿媳感情就是好，家和万事兴，不是吗？"

那人笑着道："谢夫人说得对，我们呀，也乐意看到年轻人感情好。"

"我记得他们结婚也三年了吧，怎么还不打算要个孩子？"

谢夫人虽然催谢砚礼他们，但在外人面前还是护着的，她抿了口茶水，笑意盈盈："我们家梵梵可是女演员，这要个孩子从怀孕到生产到坐月子再到产后修复，没有两年下不来。"

"年轻人，先事业为重，我们当父母的，总不能为了想要抱孙子就拖后腿吧。"

"您说得是，不过家里有个孩子还是热闹的。"那贵妇人平时私下就爱跟谢夫人较劲，现在她儿媳妇刚生了对双胞胎儿子，正得意着呢，捂嘴笑，"我们家现在可热闹了，还是你家清静……"

二楼走廊处，谢砚礼坐在尽头休息区的沙发上查看邮件。

秦梵从他肩膀旁探头过来："你不是休假不工作吗？"

谢砚礼指尖顿住，按灭了屏幕，对上她那双明显闪烁着不高兴的眼神："不是工作，是私事。"

这么理直气壮地跟正室太太说有私事，什么私事是她不能知道的？

不过秦梵没有在他这件私事上纠缠，男人嘛，有什么见不得人的小秘密很正常。

秦梵看着谢砚礼那张清冷寡欲的面容，轻啧了声……

秦梵终于想到怎么扳回一局了，她拍着谢砚礼的肩膀，语重心长："你年纪也不小了，修身养性一点，少看乱七八糟的东西。"

"妈还等着抱孙子呢。"

她那双眼睛过分清澈,让人一眼就能看出她想什么。

谢砚礼似笑非笑地望着她,就在秦梵神清气爽觉得自己把谢砚礼堵得哑口无言时,他慢条斯理来了句:"我有太太,为何要看?"

谢砚礼将手机屏幕重新按开,入目还是那封邮件:"想知道是什么吗?"

不得不说,谢砚礼神神秘秘的,秦梵还真的来了兴趣。

到底是什么,不能让老婆看?

这次秦梵看到了发件人的名字——容怀宴?

怎么有点眼熟?

容怀宴是他们婚礼的伴郎,不过多年没见,她都把人名字忘得差不多了。

容怀宴?

秦梵忽然想到:"这不是你那个大学室友伴郎吗?"

同时,她也想起了容怀宴的长相,当时伴娘姜漾还跟她说过无数次,伴郎多帅多帅,想撩!

那是真正的公子如玉般的人物。

也是,谢砚礼身边的朋友,有几个不是与他同样优秀出众的,什么人跟什么人做朋友。

不过容怀宴给谢砚礼发的邮件名称居然是——老婆不在私下看?

怎么都不符合他的长相气质啊。

谢砚礼颔首:"是他。"

秦梵表情一言难尽:"你们男人平时私下都在聊什么?"

没等谢砚礼回答,秦梵便看到了婆婆大人冷着脸上楼:"你们两个,跟我来一下。"

秦梵推了推谢砚礼的手臂。

谢砚礼嗓音平静:"没事。"

随后一同进书房。

"气死我了,气死我了!"

谢夫人优雅的皮相都绷不住,捂着心口:"大过年的这么糟心。"

秦梵上前给她倒了杯水:"妈,您消消气。"

谢夫人接过温水,看到秦梵穿着身雾霾蓝色的掐腰长裙,衬得皮肤白皙,小脸精致,就忍不住脑补她未来的小孙子小孙女,一定也特别可爱。

她重重叹口气:"梵梵,今年是你嫁到我们谢家的第三年了。"

谢夫人刚起了个头,谢砚礼难得打断她的话:"妈,她嫁几年都没用,生不生孩子这事,我说了算。"

谢夫人想打死他。

谢砚礼慢条斯理地整理了一下被秦梵弄皱的衣袖:"您再等三年吧。"

原本谢夫人以为孙子这辈子都没有了,却没想到谢砚礼给她来了个转折,大起大落。

她居然也能接受三年。

谢夫人知道儿子从不说大话:"不骗我?"

"不骗您。"谢砚礼手机振动几下,他垂眸看了眼显示的名字,"我接个电话。"

秦梵还没反应过来,就被这母子两个定下了生孩子的时间。

等等,他们都不问问她的意见吗?

起初秦梵跟谢夫人一样,听到谢砚礼那句生不生孩子他说了算时,还以为谢砚礼不想要孩子,又被他后面那个转折弄得不上不下。

他到底什么意思?

后来,直到除夕当晚,秦梵都没找到机会跟谢砚礼单独聊聊。

入夜,因为禁放烟花爆竹的缘故,外面的无人机灯光秀,也格外壮观。

秦梵站在落地窗前,仰头望着辉煌灯火。

搁在旁边的手机响个不停,都是发来给她拜年的。

秦梵拿起手机,看着屏幕上那些或是群发,或是单独发给她的拜年信息。

她一一回复后,举起手机对着外面绚丽的天空拍下张照片,准备发微博。

点击拍摄键时,才发现身后多了个修长挺拔的影子,存在感极强,但她还是按下了拍摄键,将那道身影同时定格在照片里。

谢砚礼走近时,便看到秦梵发微博的画面,掌心按在她肩膀上:"我入镜了。"

秦梵往玻璃上印出来的他那张脸上贴了个粉色卡通头像:"好看吗?"

谢砚礼:"你应该重修审美课。"

哪有这种课?

秦梵没好气地瞥了他一眼,此时偌大的老宅已经安静下来,只有他们两个站在落地窗前看着外面的灯光秀。

谢砚礼看着外面的灯光忽然开口:"谢太太。"

秦梵乍然听到谢砚礼的声音,抬眸看他一眼:"干吗?"

谢砚礼朝她伸出一只手,掌心朝上:"要私奔吗?"

今晚喝了多少,醉成这样。

哦,他没喝酒。那醉水了?

秦梵微微用力拍了下他的掌心:"不……"

"要"字还没有说出来,便被握住了手:"那走吧。"

"我什么时候说要走的!"秦梵被谢砚礼带了个趔趄,"大过年的,你不要犯病！"

谢砚礼已经拉着她走到玄关位置，先给她披上厚厚的羽绒服，又戴上帽子，最后裹了条羊绒围巾，捂得严严实实。

倒是他自己，只随手穿了件黑色长款双排扣大衣。

男士大衣布料很厚实，但掩盖不了它的设计缺陷，露出男人细长白皙的脖颈。

外面可是要下雪的天气。

秦梵见他就准备这个样子出门，刚走出老宅门口，把自己脖子上那条围巾解下来，踮脚要往谢砚礼脖颈上围。

谢砚礼拒绝："我不冷。"

秦梵跺脚，外面刚下了一层雪呢！

她戴着口罩，说话声音闷闷的："你懂不懂有一种冷是你的仙女老婆觉得你冷？"

谢砚礼薄唇微微上扬起弧度。

在路灯下，垂眸清晰地看到小姑娘眼底的着急。

还笑？

秦梵清晰地看到他眼底的笑意，着急之下，直接拉住他的衣领："低头。"

大概，只有秦梵敢对谢砚礼用这种命令的语气。

偏偏谢砚礼不生气，还从善如流地低下头，声音在寒冷天气中依旧冷冷的，但莫名让人听出了几分纵容："别生气。"

秦梵的羽绒服帽子处有大片毛茸茸的狐狸毛，不围围巾也没关系。

谢砚礼顺手将那大大的帽子盖在秦梵脑袋上，绒绒的毛糊了她一脸。

秦梵好不容易才把帽檐拉开，露出自己半张小脸："去哪儿？"

谢砚礼走在她旁边，拉开车门："私奔。"

秦梵："你看我长得像是那么好骗吗？"

他们有什么可私奔的，是被棒打鸳鸯呢还是被棒打鸳鸯？别说棒打了，家里那两只"大棍"恨不得他们夜夜洞房，赶紧给搞出来个成果。

谢砚礼亲自开车，很快黑色宾利停在北城最大的电影院前。

秦梵站在电影院门口时，便看到门口两侧人物立牌都是《风华》剧组的角色。

其中她和方逾泽的人物立牌最显眼。

她一身婀娜旗袍，自带民国大美人的风情，偏偏纤细白嫩的指间把玩着一把精致的匕首，妩媚与锋利凝成真正的宁风华。

这张海报，也是秦梵最喜欢的。

她看到后，趁着前面的人拍完照片，也跟着上前："给我拍一张！"

秦梵裹得跟白色雪人似的，就算是拍照也没有摘下头上那顶毛茸茸的大帽子。

围着秦梵那条奶茶色老花图案羊绒围巾的谢砚礼,并没有半分女气,反而显得越发清贵温润,就那么随意站着,便是一道风景线。

此时他拿着手机给穿得厚重的女孩拍照,引来不少来看《风华》电影的观众围观。

还有人上前搭讪:"小哥哥,能帮我们也拍一张照片吗?"

秦梵看到谢砚礼被一群小姑娘围住,也顾不得摆造型,上前把谢砚礼从人群中拉出来,仰头望着他围着围巾的面容。

戴着口罩,围着围巾,还能引起围观,还能有小姑娘搭讪,还叫小哥哥?

秦梵哼了声:"谢小哥哥宝刀不老啊,半夜三更都能被这么多小姑娘围观。"

话音刚落。

那群小姑娘惊呼了声:"啊啊啊,《风华》可以入场了,我们快点,我要看仙女的第一部女主角电影!"

"秦仙女,永远的神!"

……

原本那些围着谢砚礼的小姑娘看都不多看他们一眼,朝着打开的放映厅奔过去。

秦梵到嘴边的讽刺戛然而止。

谢砚礼环着手臂,垂眸看她:"嗯,谢太太宝刀未……"

秦梵踮脚要捂他的嘴:"住嘴,住嘴,不准说那个字!"

谢砚礼从善如流地停下,下颌微抬:"那么,我们可以入场了吗,谢太太?"

顺着他的方向,秦梵看到 7 号放映厅的门也打开了,却没有任何人排队。

秦梵怔住了:"你……"

谢砚礼重新握住她微凉的指尖往那边走去,随意道:"谢太太的第一部女主角的戏,自然要支持。"

秦梵看着偌大的放映厅只有他们两个人,口罩下的红唇微微抿起,脑海中浮现出门外那些没有买到票但依旧到场支持她的粉丝。

她扯了扯谢砚礼的衣袖,仰着头露出一双水润的双眸:"我能请外面没买到票的粉丝们一起看吗?"

原本秦梵手里有两张大年初一上午的电影票,还是小兔提前准备好的。

她打算和谢砚礼一起去,当作是回请他上次请自己看电影。

却没想到,谢砚礼居然大半夜把她带来电影院,要第一时间观看她主演的电影,不得不说,秦梵有被感动到。

但她没有时间细细思考,反倒是想起了外面大厅内等候的粉丝和观众。

说完之后,秦梵有些不安,因为谢砚礼喜静。

上次去看电影，他也包场了。

秦梵张了张嘴："有些为难吗？"

下一秒，却发现头顶一沉，隔着两层帽子，秦梵仿佛都能感觉到男人掌心的温度。

谢砚礼说："你可以随意为难我，这是谢太太独一无二的权利。"

有那么一刹那，秦梵竟然从谢砚礼话中听到了宠溺？

宠溺？是她感觉错了吗？

秦梵被毛茸茸的帽子挡住了视线，不能看清楚谢砚礼的表情，只能压下心中的困惑与紊乱的心跳。

她低垂着眼睫毛，看到了谢砚礼垂在身侧的手。

男人手指细长，肤色冷白，还有一串冰凉的淡青色佛珠随意垂下。

她慢慢地碰了上去。手腕上那串黑色佛珠像是不经意碰上了那淡青色佛珠，发出细微的声响。

随即，如她所料，谢砚礼主动握住了她的手。

那一刻，秦梵感觉自己心里仿佛有漫天烟花盛放。

给粉丝、观众送票的事情安排保镖们做，秦梵和谢砚礼已经提前找了角落的位置坐下，这里可以提前离开，就在后门出口旁边。

原本安静的放映厅，渐渐喧闹起来。

秦梵被谢砚礼握着的手却没松开过，原本冰凉的手指都变得暖乎乎的。

不知不觉，秦梵竟然倒在谢砚礼肩膀上睡着了。

看自己主演的处女作电影还能这么心大睡着的，大概只有秦梵这个女演员了吧。

谢砚礼感觉到肩膀沉了沉，侧眸看过去，眼底滑过一抹笑痕。

看着肩膀上睡得安稳纯粹的面容，再看电影里那凌厉妩媚的女人，完全看不出来表演的痕迹。

即便是作为外行人，谢砚礼也看得出来，谢太太的演技确实不错。

她当初要进演艺圈时那肆意笃定的模样，让谢砚礼忍不住揉了揉眉梢："三年，够吗？"

回老宅之后，秦梵洗漱后懒懒地靠在床头，这才想起来自己还没有发新年微博。

看了眼钟表，凌晨四点，好像有点晚。

在电影院从开头睡到结尾大概两小时，她现在完全不困。熟练地打开微博，她轻敲几个字后，下意识看向靠坐在她旁边的男人。

壁灯光线昏暗，却依旧能清晰地看到男人俊美深邃的五官。他神色从容不迫，自带属于他的清冷气质，让人不敢靠近，又忍不住靠近。

谢砚礼感觉到了谢太太的目光，不过他正在让温秘书把陵城那套中式园林别院整理出来，没时间关注她。

既然要交换，自然要有交换的诚意。

"新年快乐"的文案，好像有点无聊。

秦梵点开之前在阳台拍摄的夜幕灯光照，足足看了三分钟，再次望向近在咫尺清冷淡漠的男人，她脑海中闪现出一句话，莫名地，这句话越来越清晰。

秦梵迟疑两秒，还是决定凭心而行，指尖缓缓输入一句话，点击发布——

秦梵V：愿为一盏灯。

随着这条微博发出来的，还有一张照片，照片上，是落地窗外盛大的灯光夜景，而玻璃上，模糊地倒映着两个人的身影。

明明是意境很好的照片，偏偏上面那个粉红色的卡通图案，让这张照片多了趣味性。

粉丝们已经在等着秦梵的新年微博了。

她微博一发，顿时蜂拥而至——

"啊啊啊，崽崽终于发微博了！新年快乐，又是爱你的一年。"

"仙女不愧是仙女，其他明星发的都是新年快乐，就咱们秦仙女独树一帜。"

"朋友们，你们品，你们细品，你们以为她是在跟我们粉丝拜年吗，不，她在秀恩爱！"

"我不管我不管，我偶像的意思就是新的一年要像小太阳一样照亮我们！"

"梵梵小仙女，永远的神。"

"感谢仙女百忙之中还抽出空来敷衍我们。"

"哈哈，新年快乐，宝贝。"

"你们都没看到那个被贴了头像的男人吗，他们一起过除夕啊姐妹们！"

"这是……见家长了？"

"呜呜呜，我们纯洁的仙女明年是不是要嫁人了，我们不允许！"

"就算你男人身材再好，我们也不同意！"

不得不说，秦梵这张照片确实把谢砚礼的身材拍得极好，比例完美，宽肩长腿细腰，隐约还能从薄薄的布料下感受到劲瘦有力的肌肉线条。

自然，都是脑补的。

但，就算这样，他们也不允许！

仙女是大家的，怎么能找个小土狗，如果对方是佛子也就算了。

小土狗不行！

秦梵看着笑得花枝乱颤，她调出来谢砚礼的微信备注，终于把那个"网络小土狗"的备注名改掉了，微凉的小脚器张地伸进谢砚礼被子里。

等谢砚礼看过来时，她眨了眨眼睛，满脸无辜："冷。"

谢砚礼自然也感觉到了她脚上的温度，没作声，也没把她赶出去，任由她越来越嚣张。

秦梵感觉到谢砚礼身上的温度比自己高多了，有点嫉妒，明明今晚出门时他穿得那么少，偏偏人家不怕冷，回家还是暖暖的。

而她呢，穿得又厚又暖，回家还是凉透了。

秦梵把谢砚礼的备注名字改成了早就想改的——自热小暖炉。

越看越觉得形象，忍不住想要偷笑。

然而没等她偷笑太长时间，便被谢砚礼握着手按入柔软的床铺之间。

谢砚礼长指格外肆意，从她腰间抚到了冰凉的脚尖："冷吗？"

秦梵下意识抱住"小暖炉"取暖："冷。"

一双桃花眸望着悬在她上空的男人，纤细的双腿主动攀上了他劲瘦有力的窄腰。

看着男人深邃的眼神，明知道他想要做什么，却像是不知道，慢悠悠地摩挲着。

女人湿润的红唇微启，乌黑眼瞳弥漫着薄薄雾气："谢总要用什么给我取暖？"

"这儿？"

"还是这儿？"

俨然一只蛊惑人心的妖冶女鬼，把人精血吸食干净。

谢太太难得主动，谢砚礼自然不会忍下。

她不刻意勾人时已足够摄人心魄，主动勾人更是让人欲罢不能。

每个动作，都能逼出燎原大火。

谢家老宅，谢砚礼的房间虽然重新装修过，但那张他从小睡到大的木质沉香床，却足足晃了整夜。

翌日，秦梵也不知道过了多久，直到手机铃声响了好长时间，她才哑着嗓子接通了电话："喂……"

秦梵说完之后，才意识到自己嗓子出问题了。

"一个好消息，一个坏消息，你想听哪个？"蒋蓉听到她哑着嗓子的声线，忍住想要翻白眼的冲动。

除夕夜，这对夫妻都不能歇歇吗？

秦梵那双本就带着钩子般的桃花眸，此时是染满了春色过后的潋滟，轻轻一眨，便能激起层层水波。

听到蒋姐的话，她懒洋洋地重新闭上眼睛，蹭了蹭被子，鼻音清甜："都不想听，我想睡。"

"大年初一，你饶了我吧。"

蒋蓉完全没有怜香惜玉："别赖我身上，没饶你的是你家谢总吧。"

感觉到话题跑远，她急忙拉回来："我当你默认先听好消息。"

"好消息是《风华》上映后讨论度极高，完全碾压同时段上映的其他开年大戏。"

秦梵还没睡醒，随口应着："确实是好消息，坏消息呢？"

蒋蓉语调沉了沉："坏消息是有人要搞你们了，刚才有个微博账号爆出来方逾泽隐婚生子，虽然很快被删掉，但我估计对方不会善罢甘休。"

方逾泽隐婚生子？

秦梵立刻坐起身来，这下是真醒了。

方逾泽可是《风华》的男主角啊，要是他因为这种问题被观众、粉丝抵制看电影……

猛地坐起来，秦梵感觉自己腰都快断了，低呼了声："嘶……"

谢砚礼开门便看到她毛毛躁躁的动作，嗓音微沉："腿疼？腰疼？还是……"

"你闭嘴，我在打电话。"秦梵听谢砚礼要说出那个词，指着自己掉在被子上的手机怒道。

谢砚礼目光落在她身上。

随着秦梵起身，丝滑的布料顺着她皮肤滑到腰部，露出大片雪白的皮肤，只是此时上面印着零星淡粉印记，看起来格外暧昧多情。

他声音戛然而止，却走到床边，将被子掀开。

"继续打吧，我不说话。"

秦梵一手拽着盖在大腿上的被子，一手捡起手机："谢砚礼……"

"你这样我怎么说！"

那边蒋蓉已经无语："你们夫妻两个，能不能关注一下我这个大活人。"

"都火烧眉毛了，还秀恩爱，也不怕火烧到你们身上！"

秦梵跟谢砚礼做斗争，随便开了免提："方老师演戏那么多年，他的影迷、粉丝喜欢的是他的戏，又不是他隐婚不隐婚，生子不生子。"

更何况，方老师都四十岁了，有个孩子不正常吗？

秦梵以前也是方逾泽的影迷，只会恭喜他。

蒋蓉听到那边窸窸窣窣布料摩擦的声音，沉默几秒，假装什么都没听到，正儿八经道："总之，无论你在做什么，现在立刻来公司开会。"

秦梵拉扯不过谢砚礼，她放弃挣扎瘫在枕头上，用被子蒙住脸，只露出细腰往下的位置。

谢砚礼心平气和地给她上药，完全看不出任何异样。

俊美面容依旧清冷寡欲，昨晚那肆意妄为，像极了他的第二人格。

"可以了。"

直到男人微微暗哑的嗓音响起，秦梵才把被子从脸上拉下来，露出那双含情般的水眸，

精致的脸蛋不知道是害羞还是动情，已经绯色一片。

谢砚礼此时恍若漫不经心地道："谢太太真是容易害羞。"

啊啊啊！仙女不要面子吗！

秦梵想踹他，然而被男人轻松攥住细细的脚腕："别闹，该下楼了。"

秦梵蓦地反应过来，红唇张了张，试探着问："现在，几点了？"

谢砚礼轻笑了声："十点半。"

大年初一，她在婆家睡到了十点半！

她整个人无力地歪倒在床上，这次是真的没脸见人。

谢砚礼把软倒在床上的女人横抱起来，稳稳地走向洗手间。

秦梵拽着他的衣领，将脸埋在他肩膀上，满是拒绝："我不出去我不出去，我没脸。"

"爸妈知道我们昨晚去看夜场电影。"谢砚礼把她放下来，从容不迫道，"所以，妈让你多睡会儿。"

想到婆婆对美容觉的重视，秦梵撑在洗手台上的手顿住，立马反应过来。

不是谢砚礼不喊她起床，而是婆婆让她睡美容觉，才不让喊的。

秦梵陡然松口气。

秦梵洗漱完毕后，忽然想到什么："妈今天穿了那身红色旗袍？"

谢砚礼回忆两秒，才"嗯"了声。

秦梵得到肯定的回答，洗漱完毕后，三两步跑到衣柜，从最里面拖出来一个霜白色暗纹盒子，单单是礼盒，便能看出做工精细。

打开盒子后，里面整整齐齐摆放着一件霜白为底、红色刺绣的旗袍，淡雅精致，很适合秦梵这个年龄穿，带点红色也适合新年。

尤其这件旗袍是婆婆大人特意定制的婆媳装，她的是红色薄绸上面刺绣霜白色的栀子花，而秦梵这件是霜白色薄绸，刺绣红色蝴蝶兰，明眼人一看便知是出于一人之手。

秦梵挽着谢砚礼的手臂一起下楼，倒不是她想要在婆婆面前表现跟老公多恩爱，而是如果不挽着谢砚礼的手臂，她怕自己腿软会摔倒。

趁着还没有下楼，她小声嘟囔了句："都怪你。"

谢砚礼气定神闲："你太勾人。"

"闭嘴。"秦梵现在跟谢砚礼说话越来越不客气。

她发现谢砚礼的容忍度越来越高，甚至连眉头都不皱一下，顺其自然地闭嘴。

真闭嘴了？

这么听话？

秦梵仰头想要看他时，便听到婆婆在下面愉快的声音："梵梵过来，这身旗袍真不错，妈眼光怎么样？"

秦梵立刻把谢砚礼抛之脑后："您的眼光自然好。

"哇，妈您穿这身旗袍更好看，有点闪到我的眼睛了！"

没有女人不喜欢被这么直白地夸奖，谢夫人也不例外，她顿时眉开眼笑，眼底的笑意更浓。

谢夫人等秦梵用过迟来的早餐后，便打算带着她去隔壁炫耀。

然而秦梵为难道："妈，下午我再陪您，公司有点事情。"

谢夫人了然："我记得你今天有电影要上映，不行，妈也要支持你。"

她行事雷厉风行，说要支持儿媳妇，立刻给私人助理打电话安排，顺便给儿子安排工作："你今天不上班，给梵梵当司机。"

谢砚礼还站在台阶上，清隽眉眼低垂，没有拒绝。

下午一点，黑色宾利停在秦梵公司门口。

谢砚礼侧眸看她："等会儿来接你。"

秦梵反应过来，解开安全带后疑惑道："你要去哪儿？"

谢砚礼降下车窗，薄唇微微上扬起一个弧度："私事。"

秦梵面无表情地把车门砰地关上。

透过车窗，谢砚礼清晰地看到她袅袅婷婷的背影，没有像昨晚那般穿着厚厚的羽绒服，而是在旗袍外面套了件同色系羊绒大衣，衬得身形单薄纤细，用她的话来说，就是冻死也要美！

谁知道一进公司会不会碰上什么员工直播或者明星直播，到时候穿着厚厚的羽绒服素颜撞上去，妈呀……

这不是给他们当背景板吗？

女明星颜值天花板绝不认输！

果然，秦梵一进入公司大厅，便撞上了工作人员正在直播今天有哪个艺人来公司。

工作人员："我们家排面仙女来啦。

"秦老师，能露个面吗？"

秦梵勾唇笑："当然可以。

"大家好，我是秦梵。"

眼尖的人发现原本寥寥无几的弹幕刷新速度快起来——

"这是谁！"

"大年初一秦仙女居然来公司了？"

"仙女崽崽告诉妈妈们，是不是你男朋友家欺负你了！"

"什么运气，随便刷到个直播都能看到新鲜出炉的仙女。"

"好美好美好美！"

工作人员看到观看人数以肉眼可见的速度增长起来，眉眼弯弯："秦老师，要不您再说两句？"

秦梵顺势道："那……祝大家新年快乐，记得去看《风华》哦。"

工作人员看着弹幕说："粉丝们都说买不到票，这部戏可真是太热门了。"

秦梵已经往休息室走去了，随意道："那等会儿我问问蒋姐，能不能在微博做个电影票抽奖。"

话音刚落，便看到蒋蓉远远地朝她招手。

秦梵对工作人员和屏幕上的观众道："下次见。"

"仙女不要走。"

"果然是仙女，下凡几分钟就消失了。"

"也算是大年初一的惊喜见面！"

本来粉丝们都以为最近这段时间见不到秦梵。

这段偶然的直播被粉丝们搬运到微博上，很快便登上热搜。

如今秦梵已经是新一代的流量女王，只要是关于她的话题，随随便便都能上热搜。

凌晨那条"愿为一盏灯"现在还在热搜上挂着呢，"偶遇秦梵直播"这条热搜又上去了。

加上"秦梵《风华》"，大年三十和初一，她已经霸占了热搜一半的热度。

当然，如今热搜第一是属于《风华》男主角方逾泽的，后面跟着个"爆"字。

虽然方逾泽低调拍戏，极少参加综艺节目，即便参加也多为访谈，真人秀甚至从来没有过，但是，偏偏就是这种云淡风轻的作风加上英俊的五官，吸引了一众女粉丝。

会议室，秦梵看到公关部所有人都到齐了，顿了一下问："你们都不用过年？"

会议室瞬间安静。

公关部经理苦着张脸："实不相瞒，我们都刚来。"

等秦梵坐下，蒋蓉递过去平板："你看吧，波及我们了。"

这是一条论坛发布的帖子。

楼主逻辑清晰且严谨地分析了方逾泽隐婚生子这件事，并且配了一家三口同框照片，实锤。

这也就算了，后面就开始说——

某人淡如云地位超然的男演员原本打算去年公布已婚与育子之事，后来拍摄《风华》期间与女主角"人间仙女"做了剧组夫妻，导致变心，便继续隐瞒，暗中想要与发妻离婚，甚至不打算要儿子，只为和仙女共度余生。后来仙女在拍戏期间，通过导演勾搭上了某豪门继承人，两人才分手。

这帖子一出，谁看了不说句"贵圈真乱"。

秦梵看完之后，没着急去看评论，靠坐在椅子上，慢悠悠地抬起双眸："发帖人是个编剧吧？"

蒋蓉万万没想到，秦梵酝酿了半天，就酝酿出这么一句话。

"火烧到咱们这边了，你还有心思开玩笑！"

秦梵："我没开玩笑，这么狗血的剧情，也有人信？"

公关部经理："信，并且深信不疑。

"网友们就觉得这些越看着不可信的越是真相。"

因为，在他们眼里，娱乐圈比想象中的还要复杂。

秦梵刷了刷评论，见果然都是真情实感感叹贵圈真乱的，忍不住嗤笑一声。

蒋蓉头疼道："论坛上的帖子很快就会被搬运到微博上去，在这之前，得想好应对方案。"

秦梵简单粗暴："删掉帖子。

"他们发到哪儿，就删到哪儿。"

气氛一度沉默。

公关部经理："秦老师，我们大概没这么大能力……"

15

银蓝发色

15

会议室重新陷入安静之中。

公关部经理表情尴尬："要不上报一下老板或者副总？"

蒋蓉想到早就休假的两位公司负责人，皱眉道："等你上报完毕，全网都是梵梵跟方老师的绯闻了。"

他们速度很快，查到这个帖子时，也不过寥寥几十人留言，但随着越来越多的点击，搬运到微博是迟早的事情。

蒋蓉将目光移向秦梵，这位小祖宗后面跟了个人形挂件啊。

秦梵睫毛眨了眨："你看我干吗？这种事情不应该公司负责？"

她跟公司分成呢。

秦梵算得可清楚了，要是谢砚礼花钱删帖子，这不等于她花钱删吗？

衡量过后，秦梵认真问："如果我能删掉这些帖子，公司给报销吗？"

众人愣住了。

就连蒋蓉都哑口无言，这是顶级豪门太太该说的话吗！

公关部经理："报！"

这位可是他们公司最新的摇钱树，只要是钱能解决的事情，都不是事情。

当然，等账单放到他面前时，公关部经理吓得差点想辞职。

得到公关部经理笃定的答案后，秦梵这才给谢砚礼发了条微信消息通知他："用一下你的贴身小秘，我们夫妻之间，就不用说谢谢了吧。"

不等谢砚礼回复她，秦梵便直接一个电话打给温小秘。

"温秘书……"

谁知，秦梵话还没有来得及说，温秘书便开口道："太太，刚好我有事情要向您汇报。"

"有几个论坛发布了对您声誉不利的帖子，已经被我们全部删除。"

安静几秒。

秦梵瞥了眼还在等消息的众人："记得把账单给我。"

温秘书："啊，太太，不用您报销，走谢总的账户。"

秦梵凉凉地道:"你在说什么,他的账户里不是我的钱?"

温秘书被谢太太这逻辑给说服了,他认真思考过后发现,谢总平时好像真的花不了多少钱,每个月的支出,百分之八十来自太太。

"您说得对,刚好今天谢总支出一大笔。"

"等等,你说他今天支出一大笔?"秦梵听到了温秘书最后那句话,桃花眸危险地眯起来。

糟糕。

温秘书自觉说错话:"太太,您还有什么吩咐吗?"

"有。"秦梵刚想让他如实招来,便发现全会议室的人都盯着自己,于是压下了心头的疑惑,"你给我想想怎么解释。"

温秘书真是祸从口出。

他非常认真地道:"太太,或许是谢总给您准备的惊喜,您当作不知道吧。"

秦梵若有所思,倒是没想到还能是这个思路。

"你确定他是给我惊喜,不是惊吓?"

就在秦梵快要把正事忘记时,公关部经理略显激动的声音响起:"删掉了。"

"网络上关于秦老师的所有负面帖子都消失了。"

"天哪,效率好快。"

比他们专业公关部都快。

那边温秘书继续道:"太太,我这就将账单发给您。"

说完,迫不及待地挂断电话,生怕又被太太套出什么话。真真是猝不及防!

他捂着心脏,差点就被太太把谢总为她准备了"金丝笼"的惊喜套出来。

秦梵挂断电话后,表情并没有多少开心的意思。

随手将账单转发给公关部经理:"打到我卡上就行。"

公关部经理看到账单上面的数字,捂住心脏,差点梗住。

哪家公关这么贵!

秦梵站起身,淡定道:"效率与成本成正比。"

公关部这些人忽然明白为什么工资那么低了,因为他们效率太低了!

蒋蓉跟着秦梵一块儿离开工作室:"你可真敢说,连公关部的效率都直言不讳。"

他们公司的公关部效率确实是不行,但是公司其他艺人很怕被他们穿小鞋,并且有求于他们,自然不敢像秦梵这样。

秦梵慢条斯理地扣上大衣扣子:"我不是红了吗,我要大牌。"

蒋蓉心想:"把要大牌说得这么理直气壮,可真有你的。"

明知秦梵不是要大牌,蒋蓉无奈道:"在外面你可千万不要这么说。"

"蒋姐，你看我像是傻子吗？"秦梵停住脚步，歪着头满脸无辜地看着她。

蒋蓉对上她那张漂亮脸蛋，沉默几秒，然后道："你是不傻，但你比傻子杀伤力还大！"

回到休息室后，秦梵手机振动一下，便看到谢砚礼的消息。

自热小暖炉："随你。

"什么时候结束？"

蒋蓉瞥了眼，腻歪地颤了下："咦，自热小暖炉，你们夫妻真会玩……

"最近你们感情升温倒是快，你这场病没白生。"

秦梵给谢砚礼回复消息，乍听到蒋蓉这话，指尖微微顿住："你也感觉到了吗？"

蒋蓉："看你笑得跟刚谈恋爱的中学生似的，我是瞎了才看不到。"

"中学生不能早恋。"秦梵义正词严，话锋一转，语调有些惆怅，"我觉得他有点喜欢我。"

"这不是好事？"

秦梵眉尖蹙了蹙："好什么啊，万一我感觉错了呢？"

蒋蓉对于她这种小女生的纠结有些想不通："那你就问他。都是成年人了，有什么是不能问的？"

"问他喜欢不喜欢我？"秦梵果断摇头，"我才不要，万一是我自作多情，岂不是要被他看扁了！"

以后他们还怎么以塑料夫妻的关系相处下去？

蒋蓉给她接了杯水递过去："这也不行，那也不行，你想怎么样？"忽然她想到一个主意，"其实你可以试探试探。"

"例如，让谢总做以他性格绝对不可能做的事情，如果他同意了，那绝对是爱上你了。

"像谢总那样的性子，若不是爱上了，绝对不会纵容你踩他的底线。"

底线吗？

秦梵现在还真的有点摸不透谢砚礼的底线在哪里了。

她若有所思地想了想："他的性子，不会做什么？"

"这事不急，你回去慢慢想，倒是跟宋导的那部戏，下星期入组，你做好准备。"蒋蓉看着行程表。

秦梵在等谢砚礼期间，靠在沙发上不知不觉开始犯困。

蒋蓉看着她里面那件刺绣精美的旗袍："你这旗袍要是皱了，不好打理吧？"

秦梵纤细的身子僵了几秒，然后往沙发扶手上靠了靠，嗓音有点倦："蒋姐，你撑着我点儿，这是我婆婆送我的，晚上还要被她领着去隔壁炫耀呢。"

蒋蓉唇角一抽："豪门太太的生活就这么枯燥无味吗？"

大年初一带儿媳妇去隔壁炫耀，这是什么神奇的娱乐？

秦梵闭着眼睛："谁让隔壁生了对双胞胎呢，天天在我婆婆面前秀。"

谢夫人性子强势，忍得了才怪。

他们炫耀孙子，那她就炫耀儿媳妇！

有这样漂亮精致得跟瓷娃娃似的儿媳妇，以后生出来的孩子绝对比他们家的漂亮！

好饭不怕晚。

秦梵想到婆婆的逻辑，忍不住唇角勾起弧度。

蒋蓉听到秦梵提到婆婆的态度跟提到她亲生母亲的态度完全不一样，便知谢家对她是真的好，谢家的态度其实也可以代表谢总的态度了。

可惜——蒋蓉看着秦梵闭上眼睛的脸——她这个旁观者清，秦梵当局者迷，才会纠结谢总喜不喜欢她。若非在意，怎么会纠结他喜欢不喜欢？

下午四点，秦梵坐在副驾驶上，还有点昏昏欲睡。

谢砚礼扫了她一眼："回去再睡。"

"回去不能睡，要陪妈妈。"

为了让自己精神点儿，秦梵表情倦怠地窝在座椅里，打开了手机，准备看看网上的情况。

方逾泽在业内地位很高，自然跟普通小明星不一样，他手里的公关团队更是圈内数一数二的，短短半天时间，舆论已经发生变化。

粉丝们从大量脱粉表示接受不了，变成他四十岁娶妻生子很正常，不过是为了保护家庭才对公众隐瞒。

确实，并没有任何法律条文甚至道德标准要求演员公布自己的恋爱婚姻情况，只要没有假装单身欺骗粉丝。

方逾泽这么多年，从来没有提及过自己的婚姻与恋情，更没有说过自己单身，他所有的私生活，都是禁止媒体提及的话题。

他都是用演技与角色来吸引影迷的，算是一股清流。

所以到底是谁有这个本事能把方逾泽保护了这么多年的妻儿曝光出来？秦梵若有所思，忽然想起了一个被她遗忘的人。

程熹与方逾泽的妻子认识，并且当时还打算和方太太一起捉奸她和方逾泽。

秦梵记起帖子上那胡编乱造的剧情，莫名觉得可能与方太太和程熹有关。

"程熹怎么样了？"

谢砚礼完全不意外秦梵突然提到程熹，语气有些漫不经心："不怎么样。"

秦梵狐疑："嗯？"

谢砚礼："最少被判八年。"

八年？

秦梵有些意外，她本来以为依照程家对程熹的重视程度，得找最厉害的律师为她争取，程家这是放弃程熹了？

程熹如今也要三十岁了，出狱后年近四十，一辈子过去了一半，人生全都毁了。

"咎由自取。"秦梵对这个结果很满意，"那程家那边？"

"如今北城世家已无程家，程家已经陆续将公司重心转移到 M 国。"谢砚礼嗓音很淡，对程家这种断尾求生的行为不置一词。

秦梵联想到当时程家父母对程熹这个女儿的在意程度，原来关键时候，亲生女儿说放弃也果断放弃。

当时她还羡慕过程熹有这么疼爱她的父母。

秦梵眉眼清冷，红唇溢出冷笑。

听到她的笑，谢砚礼放在方向盘的手指微顿。

秦梵若有所思：既然程熹自身难保，应该伸不出手来，那么这个人是……方太太吗？

方逾泽知道吗？

若是不牵扯到她身上，秦梵懒得管旁人的事情，但这次明显是要把她拉下水的。

删掉帖子是最有效率的让自己免于被牵连的应对手段，但对方若是不善罢甘休的话，迟早还会再爆出来。

只有千日做贼，没有千日防贼的。

红灯，谢砚礼停车。

男人侧眸看向她，不动声色提道："听说谢太太为我省了一笔钱？"

秦梵想起来这件事，顿时将程熹、方太太抛之脑后："谁为你省钱了，那是我的钱。倒是你，今天花那么多钱，花到哪个小妖精身上了？"

她也没看到谢砚礼带了什么礼物，肯定不是给她买的。没等谢砚礼回答，秦梵放在膝盖上的手机振动起来。

谢砚礼扫了眼，笑音淡了淡："这是你的小妖精？"

"嘘……"秦梵看到来电显示，食指竖起，贴在谢砚礼薄唇上，乌黑瞳仁故作认真，"别说话。"

柔软细嫩的手指抵在唇间，谢砚礼身形顿住。

下一刻。

车后传来鸣笛声，谢砚礼重新坐回去，看着绿灯，将注意力集中在开车上。

秦梵在他没看到的地方，指尖轻轻蜷缩了下，但男人唇瓣的温度却像是融进了她食指的皮肤之中，怎么都挥散不去。

唯独将注意力放到手机来电上，她才能让自己心跳没那么紊乱。

她刚才也不知道怎么回事，就那么把手指贴到他唇瓣上。也不知道谢砚礼有没有觉得不舒服，毕竟这位是洁癖重度患者，虽然她手很干净！

"喂，方老师，有事吗？"秦梵稳住心神，让自己嗓音听上去平静。

谢砚礼听到她的称呼，脑海中浮现出她给方逾泽的备注——方男神，薄唇微微勾起冷淡弧度。

她的男神，是方逾泽那样的？

秦梵起初还关注谢砚礼的神色，但很快被手机那边的话彻底吸引了注意力。

方逾泽先跟她道歉："秦梵，不好意思，我的家事牵连到你了。"

他自然也知道论坛上的帖子，只不过还没来得及处理，便被全网删除。

不用想，也知道是谁做的。

但方逾泽还真不知道北城谁有这么大的本事，想到当初裴枫对秦梵那位神秘男友的反应，他便大概能猜出来，定然是比北城裴家还要厉害的世家。

是谁，不言而喻。

想到那人，方逾泽倦怠的眉眼微沉。

秦梵顿了顿，还是直白问道："方老师，您知道是谁做的吗？

"论坛上那些帖子您应该也看过了，虽然是编造的，但能编得让人找不到任何时间上的缺陷，定然是圈内人。更何况，您被拍到那么高清的实锤照片，也不是意外吧？"

他将妻儿保护了那么多年都没有被媒体逮到任何蛛丝马迹，怎么可能在电影上映时，就被曝光出来？

这一行哪里有什么巧合，有什么意外，都是人为。

方逾泽犹豫半响："抱歉，我不能说。

"这件事绝对不会牵连到你，更不会牵连到《风华》，只望你不要追究下去，放过她。"

莫名地，秦梵从他的语气中听出了几分破釜沉舟的沉静。她红唇张了张，没说话，但也猜到了他维护的那个人是谁。

这时，方逾泽忽然低低笑出声："我早该这样做了，今晚看到发布会不要惊讶，最后同你说一声抱歉，祝你和谢总百年好合，恩爱一生。"

不要像他这样，为了追逐事业，差点失去陪伴他半生的妻子。

秦梵乌黑瞳仁闪过错愕，她陡然猜出方逾泽要做什么了。

此时，北城市中心某豪宅内。

方逾泽站在落地窗前打完电话，指间夹着一支香烟，那双被誉为最迷人最有深度的眼眸中布满了红血丝。

遥遥俯视着这个耀眼又充满紧迫感的城市，自从踏入这个城市后，他好像整个人都绷紧了，如果不努力往上爬，便会被这个城市抛弃。

方逾泽出身平凡，能站在这里，全凭他这二十年的努力。见惯了行业内的复杂与混乱，他为了保护天真善良的妻子和他们可爱的儿子，每年在处理媒体关系上，便花费无数，可他一点都不心疼，反而觉得只要可以保护他们，多少钱都值得。

万万没想到，这一切都是他以为的保护罢了。妻子平静贤惠的表象下，是惶惶不安与疑神疑鬼，疑心他在剧组和别的女演员有染，惶恐他会抛弃她。

最终演变成她的一块心病，而他作为丈夫，积年累月竟然没有发现。

烟灰烫到他的手指，方逾泽眼神才动了动。

掐灭香烟，他转身离开露台，看着坐在沙发上陪着儿子玩的女人："念念，我想退圈。"

温柔如水的女子拿玩具逗儿子的手顿住。

今天方逾泽焦头烂额地开会处理被曝出来的隐婚生子新闻，江念念都看在眼里，但她没想到会这么严重，严重到他要退圈的地步。

江念念低低问："为什么？"

是为了那个秦梵吗？

为了她，才毫不犹豫退出打拼多年的娱乐圈，毫不犹豫放弃多年事业。

方逾泽上前抱住江念念的肩膀，将脸埋在她脖颈处，语气倦怠："我累了，也想陪陪你们，不好吗？"

江念念眼神闪了闪，喃喃自语般地说："是吗？"

真的是为了他们母子吗？

想到电影中秦梵那张明艳动人的面庞，没有男人不喜欢这样的女人。

他只是得不到秦梵而已，所以才退而求其次回归家庭，一定是这样。

他已经不爱自己了，因为她生了孩子，变老了，也变丑了，甚至连身材都变差了，比起漂亮耀眼的女明星，她像个黄脸婆。

江念念的眼泪无声浸湿了男人的衬衣。

他不爱她了。

如果被他知道，视频跟记者都是她安排的，他一定会不要他们母子的。

车厢内，秦梵看着电话被挂断，还有些回不过神来，纤细的身子在副驾驶座上缩成一团，表情恍惚，甚至忽略了方逾泽猜到谢砚礼的身份，满脑子都是她唯一欣赏的男演员，竟然要退圈。

直到车子在谢家老宅门口停下，秦梵才恍恍惚惚去开车门，开了一下，没动弹。

她下意识转身望向"司机"："锁了？"

"司机"语气平淡从容："锁了。"

对视几秒。

秦梵眨了眨眼睛："那你倒是打开啊。"

谢砚礼没动："不想开。"

她终于从男神打算退圈这个消息中缓过来，没好气地瞥他一眼："那你自己在这里待着，我还要陪妈妈去秀隔壁婆媳一脸！"

秦梵把秀一脸说得理所当然。

谢砚礼那双深邃的眼睛看着她，也不说话，更没打算解锁车门。

秦梵终于察觉到了不对劲，目光落在他那形状精致好看的薄唇上，然后找到湿巾，往他唇上糊了过去："我手又不脏，你气什么？

"好好好，给你擦干净。"

谢砚礼抬手握住她纤细的手腕，湿巾清淡的香气近在咫尺，他却像是毫无察觉："秦梵，谁是你男神？"

每次谢砚礼叫她名字时，秦梵都觉得后背凉飕飕的。

当然，她也反应过来怎么回事了，眼神闪过意外："这都吃醋？"

她们追星少女把偶像叫"男神"，那不过是称呼罢了。

男神千千万，不行随便换。

谢砚礼松开她的手，揉了揉眉心，不再看她："你下车。"

嘀——细微一声响，车门解锁。

秦梵却坐在原地不动，习惯性地戳了戳他手腕上淡青色的佛珠："真吃醋了？"

谢砚礼没答。

秦梵偏头就能看到男人那张轮廓分明的侧颜，此时薄唇抿平成直线，无情无欲一如既往。

偏偏秦梵就看出来他情绪比方才更冷淡，要么吃醋了，要么生气了，要么就是又生气又吃醋了。

她想了想，拿出手机，把方逾泽的备注改成——方老师。

将屏幕递到他眼皮子底下："有没有高兴点儿？"

谢砚礼淡淡扫了一眼，表情不变。

还气？

秦梵又把才改的"自热小暖炉"的备注换成了"谢男神"，重新给他看："这样呢？"

谢砚礼依旧不言。

秦梵看着他毫不动容的面色，有些头疼。

这男人怎么这么难哄？

她认命地解开安全带，掌心撑在他膝盖上，嘟着红唇便要往他脸颊上亲一口。

谁知，她刚刚探身过去，唇瓣还没有落在男人白净的脸颊上，他原本一动不动的身子蓦然动了。

女人娇艳欲滴的红唇准确地落在男人薄唇之上。

秦梵瞳孔下意识放大。

咚咚咚……

车窗被敲响。

秦梵还没来得及反应，整个人便僵住了，满脑子都是："完蛋了！"

她手忙脚乱地从谢砚礼膝盖上坐回去，双手捂着脸蛋，自欺欺人般地念叨："没看到没看到没看到没看到……"

谢砚礼长指慢条斯理地摩挲了一下沾上她口水的薄唇，神态自若地降下车窗，侧身挡住了秦梵："妈。"

秦梵僵硬得更厉害了，谢砚礼到底还有没有点羞耻心，居然还把车窗降下了！

等等，他喊的什么？

妈？

妈呀！外面居然是婆婆大人！

谢夫人声音响起："这里人来人往的，你别欺负梵梵。"

谢砚礼从善如流："好，回家欺负。"

秦梵没忍住，偷偷伸出一只手，狠狠掐他的手背。

最后还把自己手指掐疼了，谢某人手背上残留着几个指甲印。

秦梵下车，看到婆婆大人欣赏的眼神。

欣赏什么？

欣赏她儿子被儿媳妇压着强吻？

秦梵故作若无其事："妈。"

谢夫人带着儿媳妇直奔隔壁："走，咱们去拜年。"

秦梵没想到婆婆大人这么着急："要不我先回家补个妆？"

"不用，够美了。"谢夫人很满意儿媳妇这张脸，"你要是再漂亮，她家儿媳妇可能要得产后抑郁症了。"

产后抑郁……有这么夸张吗？

谢夫人给秦梵说了几个产后抑郁的案例，还说这个时候尤其需要丈夫的陪

072

伴与照顾。

谢夫人想得很长远,她说:"你们这段时间不生孩子的话,刚好可以让谢砚礼学学,到时候让他亲自伺候你坐月子。"

她一点都不心疼儿子。

谁让儿子不心疼她这个老母亲的!

来呀,母子互相伤害。

秦梵想到那个画面,忍不住偷笑。

当晚,秦梵陪着婆婆大人在隔壁炫耀够了后回谢家。

谢家那些亲戚也到齐了。

大年初一晚上,谢家全族都要聚在谢家老宅用晚餐,秦梵餐后还要陪着女性长辈们打麻将。

直到十一点半,秦梵才回到卧室,累到整个人晕乎乎地躺在床上发呆。

谢砚礼已经换上黑色睡袍,修长挺拔的身影立在床边:"去洗澡。"

秦梵蹭了蹭谢砚礼的枕头,睁着双水润的眼眸很不爽:"嫌我脏?"

今晚他都没好好跟她说话,这男人气性怎么这么大,还惦记着车上那事儿。

她都在婆婆面前牺牲那么大了!

幸好婆婆不是那种见不得儿子被儿媳妇压迫的性子,不然她这样光天化日之下扑在人家儿身上强吻,就足够她喝一壶的。

谢砚礼看了她几秒,也不废话,直接把她从床上抱起来。

"啊!"秦梵惊呼了声,下意识抱住男人的脖颈,"你干吗,吓死我了!"

突然腾空,那种危机感,能吓死人。

谢砚礼手臂很稳,推开浴室门,入目便是已经放满了温水的瓷白的浴缸。

秦梵见谢砚礼打算把她就这么放进去,连忙拽着他的领口扑腾着:"别别别,旗袍又要报废了!"

她身上还穿着那件婆婆送的霜色蝴蝶兰旗袍,上一件被他不小心撕碎了,这件要是泡水了,估计也要完蛋。

谢砚礼从善如流地把她放下来:"洗吗?"

秦梵对上他那双平平静静的眼眸:"洗!"

人都进来了,她能不洗?

秦梵将手放到旗袍领口盘扣位置,一双桃花眸睨着谢砚礼,学着他的刻薄调调:"怎么,你打算留在这里给我搓背?"

谢砚礼薄唇终于溢出一抹笑,但秦梵怎么听都觉得他是在嘲笑她。

下一秒,秦梵眼睁睁看着谢砚礼转身走了。

走了？

真走了？

是仙女今天不够美吗？

在浴室约他搓背，他都能面不改色地走人？

这是正常男人能干出来的事情？

秦梵看着镜子里映照出来的婀娜曼妙、摇曳生姿的身影，身材没毛病，凑近了落地镜，脸蛋上妆容精致，多情妩媚，更没毛病。

所以——秦梵面无表情地脱掉身上的旗袍，小声嘟囔："有毛病的一定是谢砚礼。"

旗袍下，肤色白皙，莹润如玉，不过身上那斑斑痕迹，经过一天后，不但没有消失，反而更重了。

秦梵挤了点卸妆油到掌心，涂抹到同样白净的脖颈上，很快，遮瑕消失，露出藏在里面的痕迹。

镜子里，女人从脖颈到纤长的小腿，皆是不规则的痕迹。

秦梵若有所思地躺在浴缸内："难道昨晚被榨干了？所以今天才这么心如止水？"

与其怀疑自己魅力不行，秦梵不如怀疑谢砚礼不行。

水温微烫，泡澡刚刚好，自动按摩，秦梵还弄了婆婆提前准备的很有少女心的粉蓝色沐浴泡泡。

直到把身子都泡软了，才懒洋洋地裹着睡袍，跟飘似的，重新扑倒在大床上。

谢砚礼坐在不远处落地窗沙发椅上，戴着金丝边眼镜，正在看笔记本电脑。

秦梵趴在床上看了他一会儿，觉得谢总这个样子实在太有斯文败类的感觉，于是凭心而行，给他拍了好几张照片。

就在她闲着没事打算给谢总P图时，微信许久没有动静的圈内群都炸了。

秦梵看着一条条刷过的消息，悠闲的表情立马顿住。

坐直了身子，她表情沉重地点开了微博。

果然——原本热搜第一的"方逾泽隐婚生子"已经被压到了后排，取而代之的是"方逾泽退圈"。

方老师竟真的不给自己留一点退路。

秦梵点开刚刚公布的发布会视频。

方逾泽穿着整齐而正式的全套西装，即将迈入四十岁大关的男人，依旧儒雅英俊，说的话像是潺潺流水，能沁入人心中。

方逾泽嗓音徐徐："从业多年，我自问无愧于心，可最后这遭，倒是有愧于粉丝，毕竟答应你们演到老，要失约了，我很抱歉。"

"我太太是个单纯善良的女人，甚至有些天真，所以从结婚那天起，我就想要保护好她的干净纯粹，不愿她被外界影响。可我好像做错了，这么多年我没有完整地陪伴她超过半个月时间，没有给予她足够的安全感，没有陪伴孩子的成长。他会说第一句话、会喊第一声爸爸、会翻身、会走路时，我全都没有在他身边见证过。"说到这里时，他眼眶微微有点泛红，轻笑了声，"抱歉，我有点失礼。"

调整好心态后，方逾泽嗓音轻松了几分："这次选择退圈，一是为了弥补过去对他们缺失的陪伴；二是也想养老了，毕竟我年纪也不小了，感谢影迷与粉丝朋友们多年的维护与相伴，有缘再见。"

方逾泽最后不忘说个梗，想将沉重的气氛缓和几分："希望大家不要将我的事情迁怒于任何人，希望大家支持《风华》，裴导以及各位主创人员为这部戏付出很多心血，本老年人退休前的最后一部戏，大家记得支持。"

秦梵不是感情泛滥的人，但方老师为了妻儿退圈，真的感动到她了，哪个男人能做到这种地步——在事业巅峰时期选择隐退陪伴妻儿。

方逾泽一个字都没有提秦梵，将秦梵择得干干净净。

毕竟现在大家都沉浸于方逾泽退圈的事情，但凡这个时候谁提他和秦梵那些胡编乱造的绯闻，定然会直接被本就悲伤于这么优秀的演员退圈的影迷们群起攻之，当成都退圈了还不放过他、吸人血谋取流量的黑粉。

对方的计谋不攻自破。

大概对方也没想到，方逾泽会这么干干净净地退圈。

秦梵一遍一遍地看粉丝们剪辑出来的方逾泽发布会视频，看着他提起妻儿时不加掩饰的温柔。

天真善良的妻子吗？

方逾泽并不是容易被蒙蔽的人，那么如果方太太真是他所说的那样天真，很有可能是被利用了。

秦梵想起之前秦予芷生日宴上程熹的捉奸计谋。

或许，从那个时候，程熹就开始布局了。

这恶毒女人，幸好被关进去了，不然绝对防不胜防。

谢砚礼从电脑屏幕前移开视线，隔着薄薄的镜片，能清晰地看到谢太太对着别的男人的视频，一遍一遍地看。

听到最后，谢砚礼都可以背出来方逾泽那段退圈感言了。

"你打算听一夜？"谢砚礼的声音在房间里轻轻响起。

秦梵迷茫地抬起睫毛："吵到你了？忘关了。"

手机背面都有些烫了，她才发现自己居然听了好几遍。

谢砚礼重新收回视线。

秦梵刷了会儿微博，基本上都是影迷、粉丝们哭喊着要求方老师不要退圈，他们不在意他是不是已婚，是不是生子，会一直支持他。

方逾泽的粉丝遍布各个年龄段，虽然平时那些年纪大的粉丝很佛系，从不吵架甚至懒得在他微博底下留言，但当他退圈这个消息一出，微博那八千万粉丝坐不住了。

他最新那条微博还是转发《风华》宣传的微博，此时底下评论已经破百万，全都在哀求他别走。

大半个娱乐圈都在发微博，希望方逾泽不要退圈。

秦梵在蒋蓉的催促下，也发了条。

　　秦梵V：方老师是很优秀的演员、很优秀的前辈，这样的人，无论未来在哪个行业，都会闪闪发光。

秦梵发完微博之后，终于想起来还有个人没哄好。

"我们的谢男神，还吃醋呢？"秦梵穿着纤薄漂亮的真丝睡裙下床，慢悠悠地走到谢砚礼身后，伸手去摘他的眼镜。

谢砚礼没阻止她，往后仰了仰头，恰好露出他的电脑屏幕。

秦梵摘下他的眼镜后，往自己脸上戴，原本想试试度数，下意识眯起了那双桃花眸，却发现——

嗯？平光镜？

隔着镜片，清晰地看到他屏幕上显示的微博页面，刚好是她最新发的微博。

秦梵还以为自己看错了，凑近了细看。

真丝睡裙又薄又滑，贴到男人后背时，像是折磨和勾引。

谢砚礼嗓音微微喑哑："他是光？"

这醋劲儿，也是没谁了。

秦梵刚准备把这个防辐射的眼镜摘下来，下一秒她便被抵在了沙发椅上。

秦梵的脸陡然绯红一片："谢砚礼！"

下一秒——

她见素来洁癖的谢砚礼居然俯下身。

秦梵漂亮的桃花眸猝然睁大，眼尾溢出一点泪水，衬得眼尾那抹殷红越发盛了，像是朱砂烙印在雪白皮肤上。

秦梵整个人无力地倒在沙发椅上，伸出小手指钩着男人的睡袍衣摆，水眸浸润着艳色："想……想……谢砚礼。"

男人漫不经心："嗯，想什么？"

"你。"秦梵很艰难地从红唇中说出这一个字。

谢砚礼忽然朝着她露出微微笑痕，在秦梵期待的目光下，谢砚礼清清楚楚吐出两个字："不给。"

秦梵愣了。

谢砚礼站起身来，当着秦梵的面把被她扯松的睡袍重新穿好系紧，神态悠然地往浴室走去，独留她在沙发上。

谢砚礼怎么这么讨厌！

秦梵姿势还维持着被谢砚礼抱上去的那般，电脑屏幕上显示的微博页面，像是在嘲笑她。

秦梵好不容易缓过来，面无表情回到床上，打开手机，把那个"谢男神"的备注改成了"谢小公主"。

还不给？这调调不是小公主是什么？

等谢砚礼从浴室出来时，秦梵已经睡着了。

谢砚礼冰凉指尖捏了捏她挺翘的鼻梁。

"冷。"秦梵顺势钻进男人怀里，完全忘了睡前还要跟人保持距离，没注意他怀里更冷。

春节秦梵也就闲了两天，便因为宋麟导演一个电话提前进组。

化妆间。

化妆师看着秦梵光滑幼嫩的小脸："秦老师这张脸胶原蛋白十足，不需要过度修饰，就是活脱脱的高中生，平时怎么保养的？"

蒋蓉站在秦梵身后看着她细白脖颈上的那些痕迹，表情复杂：这化妆师明知故问，一边给秦梵脖子上遮瑕，一边问怎么保养。

想听什么答案？被爱情滋润的？

秦梵正在玩手机，语调懒洋洋的："日常保养，没什么特别的。"

如果非要说特别的，那就是定期会有专业美容美体团队上门为她服务。

化妆师："秦老师跟男朋友感情这么好，打算什么时候办婚礼？"

"办婚礼？办什么婚礼，不办。"秦梵正在思考要怎么哄家里那个"傲娇的小公主"，没怎么在意化妆师的话。

她婚礼都办过了，还办什么。

化妆师："啊？"

下一秒看秦梵的眼神带着怜悯，果然是不被豪门接受的女明星。

她重重叹息了声，给秦梵化妆时越发用心了："秦老师，《风华》上映后，您算得上一夜爆红，其实不结婚也无所谓。

"女人嘛，有事业就有退路。"

"对了，您男朋友没说婚后要让您退圈？他就算让您退圈，您也千万别脑子一热同意了！"

蒋蓉原本还觉得这个剧组化妆师太八卦，想着要不要安排秦梵专门的化妆师过来。

没想到她八卦归八卦，倒也没坏心思。

直到化妆师离开，蒋蓉看着秦梵这身高中生打扮："别说，你这张脸可塑性真的很强。"

秦梵看着镜子里比之前试镜时更精致的扮相，清纯少女感油然而生。

她将手机塞给蒋蓉："你给我拍几张照片，我要发给谢砚礼。"

蒋蓉拍照技术虽然没有小兔好，但秦梵颜值过分能打，怎么拍都好看。

"说起来你不是要试探试探你们家谢总爱不爱你吗，试探了吗？"

秦梵摆拍的姿势顿住："别提试探了，现在哄不好了。"

"怎么的？"蒋蓉把手机还给秦梵。

秦梵边看边说道："被他看到我给方老师备注了男神，正闹着呢。

"怎么都哄不好，小公主似的。"

蒋蓉想到秦梵给谢砚礼备注的什么"自热小暖炉"，给方逾泽备注的却是"男神"，她觉得大概是男人都哄不好。

不过——蒋蓉转念一想："谢总都会吃醋了，这不是爱是什么？不是说由爱故生妒？"

秦梵瞥她一眼，再次怀疑："蒋姐，你真是中文系高才生吗？"

被秦梵用怀疑的小眼神看着，蒋蓉轻轻咳嗽，用纸质行程表轻敲她的脑袋："你说他吃醋了不是爱还会是什么！"

"可能是占有欲。"秦梵想到晚上谢砚礼那一出"报复"，都忍不住心颤。

别说，蒋蓉还真被说服了，像是谢佛子那样的大人物，占有欲强烈是正常的。

秦梵把玩着被化妆师编进去的银蓝挑染发辫，若有所思："算了，还是哄好再试探吧。"

哼，等哄好试探清楚他的心思，看她怎么教训他！

暂时"忍辱负重"才能办成大事。

就一个小小的备注，都能吃醋成这样，这男人占有欲太强。要这样下去，她以后岂不是正常社交都要被限制住？

趁着电影开机仪式还没到时间，秦梵将自己的照片发给谢砚礼："是不是很像十八岁青春美少女？"

照片上，秦梵给自己加了个仙仙的滤镜，穿着百褶裙、白衬衣的少女笑容青春又纯粹，偏偏垂在两侧银蓝挑染的小辫子增加了肆意不羁。

发完照片之后，秦梵觉得不够，又自拍录了个小视频，嗓音又甜又软："男人生气容易变老，以后我们出去，别人以为我们差辈分了怎么办？别气了，乖。"

最后桃花眸轻眨，顺便 wink 一下。

秦梵对自己这次少女感十足的照片和视频很满意，单方面认定这是哄他了。

没等到谢砚礼的回复，开机仪式便开始了。

秦梵将手机塞给助理小兔，并且嘱咐道："要是有消息的话，别看。"

小兔嘿嘿一笑："懂了懂了，梵梵姐放心，我绝对不看您跟谢总的夫妻小秘密。"

"嗯，确实是小秘密。"秦梵也不害羞，还坦荡荡地点头。

毕竟，不能被太多人知道她哄男人，那岂不是很没有面子，她可是要面子的小仙女。

谢砚礼收到消息时，刚刚结束会议，还没来得及用午餐。

谢氏集团顶楼办公室，从落地窗能看到楼下人来人往，大家都准备去用餐。

谢砚礼坐在办公椅上，单手松了松领带。

温秘书表情恭敬地将手机递过去："谢总，太太两小时前发消息给您。"

对着提前结束休假回来上班的谢总，他今天一直是战战兢兢的，生怕碍了谢总的眼。

谢砚礼打开照片，看着上面笑得灿烂如朝阳的少女，清冷的神色终于有了情绪。

点开后还跟着小视频，谢砚礼听着她录下来的声音，面色平静。

倒是站在旁边的温秘书，恨不得戳聋自己的耳朵，这是他能听的吗！

尤其是最后那句，妈呀，太太居然让谢总乖？

乖？

这种字眼能出现在谢总身上吗？

温秘书想看自家老板的表情。

谢砚礼看完之后，没有播放第二遍，细长指尖把玩着手机，视线停在秦梵那条消息上。

薄唇微微勾起浅浅的上扬弧度，他轻敲了几个字发过去："谢太太，你距离 18 岁，已经过去 6 年零 4 个月 11 天 12 小时 30 分钟 22 秒。"

温秘书给 Boss 倒水的时候，余光不经意看到这条消息，然后一副不愧是您的表情。

这算术也是绝了。

他大概也猜到太太给谢总发了什么，于是适时问道："谢总，需要将太太的照片打印出来吗？"

谢砚礼有些漫不经心："可以。"他手指轻敲了一下桌面，"放在这里。"

一般来说，能进谢砚礼办公室的要么是公司高层，要么是熟悉的亲友，温秘书倒也不担心会被人发现秦梵就是谢太太。

毕竟，该知道的人早就知道了。

温秘书："是。"

他速度很快，不到半小时，新相框便出炉了，就摆放在谢砚礼平时放文件的位置，黑色沉闷的办公桌与少女的肆意飞扬的照片有些格格不入。

直到有个年纪比较大、从来不关注娱乐新闻的部门经理来汇报工作时，看到谢砚礼桌面上新摆放的相框，夸了句："谢总，这是您侄女吧，长得真漂亮。"

谢砚礼没答。

倒是温秘书，心脏都颤抖了。

生怕这位部门经理被谢总一气之下解雇了。

气氛逐渐凝重。

然而部门经理没注意到气氛不对劲，还问道："我有个儿子，跟您侄女年纪差不多大，不知道有没有缘分……"

温秘书咳嗽了声："陈经理。"

陈经理："温秘书，你嗓子不好？冬天干燥，你没事炖个雪梨汤喝，整天咳嗽影响谢总办公。"

被教训的温秘书唇角抽了抽："陈经理，这位不是谢总的侄女。"

陈经理一拍脑袋："哦，对对对，我想起来，谢总没有侄女，那就是外甥女！"

温秘书终于忍不住了："这是谢总的太太！"

下一秒，温秘书清晰地看到陈经理看谢总的眼神不对劲了，仿佛在看一个……吃嫩草的禽兽。

顿了顿，陈经理尴尬说道："谢太太还挺年轻。"

温秘书觉得这位真是哪壶不开提哪壶。

谢砚礼终于开口了："陈经理，我记得你参加过我的婚礼。"

陈经理："参加过。"他恍然大悟，"原来谢太太换人了。"

温秘书再也听不下去，连忙带着陈经理就往外走："您汇报完工作了吧，谢总还有国际会议要开，您这边请。"

等到了外面，他才跟陈经理解释谢太太根本没换人，让陈经理最近这段时间别在谢总面前晃荡了，并且嘱咐他："您要闲着没事，还是多上上网，活到老学到老是吧。"

办公室内。

谢砚礼看着那张打印出来的照片，里面的人笑得张扬又肆意。

她发的小视频那句话也浮现出来，容易变老吗？

他看起来老？

天鹭湾那栋别墅过户刚好在今天，谢砚礼和容怀宴办好手续后，顺便组了个局。

恰好他们许久未约酒局，裴景卿也来了。

裴枫这段时间《风华》大爆，亦是难得忙里偷闲，也跟着一块儿过来，顺便叫了不少人来凑热闹。

会馆包厢内，两扇雕刻精细的檀木屏风隔开了酒局与牌桌。

相较于外面浓郁的酒气，里面牌桌倒是檀香幽幽，情调盎然，尤其坐在牌桌上那四个不同类型的俊美男人，很是惹眼。

谢砚礼姿势随意，似乎有些漫不经心。

裴景卿也跟他差不多。

容怀宴丢了牌，抿了口面前的烈酒："你们两个怎么回事？"

顶着两张失恋脸迎接他。

尤其是谢砚礼，天鹭湾别墅都到手了，他有什么不高兴的？

见他们两个不说话，裴枫倒是挑起一双狐狸眼："容哥，你有所不知，我哥过年去姜家拜年，连人带礼物被赶出来。

"这也就算了，姜伯父还准备给姜漾选夫，第一要求就是入赘。"

容怀宴想过裴景卿最近感情不顺，没想到这么不顺，沉默两秒："那就入赘，总归不还有你这个弟弟？"

裴枫："关我什么事？"

"我不，我不要！"

容怀宴："裴枫不想要裴家，那你就带着裴家入赘。

"总归都是一家。"

裴景卿仰头，把剩下的半杯威士忌一饮而尽，没说话。

谢砚礼不紧不慢地开口："姜家嫌弃他想入赘不够男人，配不上姜漾。"

噗……

裴枫他们万万没想到还有这茬儿，皆是用怜悯的眼神望着裴景卿，难怪他一进门就开始喝酒，原来最近倒霉成这样，确实挺需要借酒消愁。

"那你呢？"容怀宴转向谢砚礼，"你用天鹭湾哄你太太，准备怎么哄？"

谢砚礼薄唇溢出很淡的笑容，没答。

细长指尖把玩着没怎么碰过的玻璃酒杯，灯光照在玻璃上，折射出光晕，他忽然问："我老吗？"

大家被他这话问蒙了，齐齐看向他，就连裴景卿都抬头看过去。

璀璨的灯光恰好在谢砚礼的上方，光线在他身上像是镀上了薄薄的淡金色，越发显得整个人清隽如画。

即便都是男人，而且都是长相顶级的男人，也否认不了谢砚礼的颜值，跟"老"这个字完全搭不上任何关系。

容怀宴从容的面庞闪过笑意："你老婆嫌你老？"

他记得谢太太似乎是比谢砚礼小几岁。

倒是裴枫，目光落在谢砚礼那身万年不变的衬衣西裤上，提出自己的想法："谢哥，或许仙女只是觉得你穿戴老气横秋。"

谢砚礼指尖钩着淡青色的佛珠，若非那张过分昳丽的容貌与清俊秀雅的身形衬托，光是衬衣西装加佛珠，确实不符合小女孩的审美。

在场的其他男人都有被冒犯到。

裴枫最近把头发染了，染成淡紫色，穿着卫衣牛仔裤，别说，出现在容怀宴他们这群西装衬衣老男人之间，显得过分年轻了。

裴枫被三个气场强大的男人看着，连忙做投降状："我就随口说说，三位大哥别用这种眼神看我，我害怕！"

容怀宴率先收回视线："我太太不喜欢这种风格。"

裴景卿："漾漾也不喜欢。"

当时他跟姜漾初遇，姜漾说就喜欢他穿衬衣西装的样子，让她很有想要扒开的冲动，一眼就喜欢了。

谢砚礼揉了揉眉梢。

没等谢砚礼开口，裴枫已经默默地从手机里搜索出最近秦梵和他一起参加《风华》某次访谈活动时的采访视频。

主持人问秦梵最近喜欢什么风格。

秦梵想都没想，答道："最近啊，喜欢小奶狗类型，又奶又乖那种。"

主持人继续问："那您那位神秘男友是这种类型吗？"

秦梵瞥了眼正在偷笑的裴枫，慢悠悠说道："是啊，可塑性非常强。"

采访视频到这里就结束了。

裴枫假装无视发生的一切，把手机收回来："秦仙女最近喜欢小奶狗类型。"

容怀宴听秦梵的形容，再看一眼谢砚礼："既然你不是你太太喜欢的类型，那就算送一百套天鹭湾别墅都没用。"

"女人啊，用钱能哄一时，不能哄一辈子。"

裴枫倒吸一口凉气："天鹭湾别墅？"

"容哥那套天鹭湾别墅，被你买下来哄老婆了？"

他沉默两秒："谢哥你看我现在去变性还来得及吗？"

谢砚礼扫他一眼，轻轻吐出一个字："滚。"

裴枫滚了又滚回来："其实我觉得容哥这话说得不对，要是砸钱哄不了一时，那咱们财大气粗的谢总可以砸一辈子。"

容怀宴说风凉话："可全北城、全国只有一套天鹭湾。"

裴枫竟无言以对。

裴枫完全想象不到谢哥小奶狗的样子，尤其此时谢砚礼没有丝毫表情，神色冷淡地看着玻璃酒杯，俊美的面容上满是无情无欲的冷漠。

小奶狗？

小狼狗他倒是还能信一点，小奶狗是完全不可能的！

秦梵第一天拍戏就拍到了晚上九点钟，累得什么都不想干，就想赶紧回酒店休息。

谁知刚拍完一场，便被男主角池故渊喊住。

没错，宋麟这部青春电影定的男主角是秦梵上次《风华》的男配角池故渊。

他倒是挺适合青春电影的，长了张英俊阳光的脸蛋，很能拨动少女心，跟秦梵搭戏，完全没有违和感。

池故渊拿着手机，朝着秦梵笑意盈盈："姐姐，没想到我们居然又一起拍戏了，能合照发微博吗？"

秦梵下意识想说"可以"。

但双唇微启，脑海中忽然浮现出某个男人看她微博的画面，她哽住了。

她对上池故渊那张含笑的俊朗面容，摇了摇头："抱歉，不能。"

"谢小公主"对她叫方逾泽男神都能闹小脾气，这要是刚进组第一天，跟男主角合照上热搜，估计更哄不好了。

池故渊没想到秦梵会拒绝，眼底掠过错愕情绪，然后有些低落地垂下眼睛："啊，是我惹姐姐不高兴了吗？"

"是我哪里做得不好吗？"

"啊，是不是我今天NG次数太多，姐姐生我气了？"

"姐姐对不起，你能不能原谅我，明天我肯定不会NG这么多次了。"

"今天第一次跟姐姐扮演情侣，我有些紧张。"

池故渊睁着一双狗狗眼，湿漉漉地看着秦梵，一副"我惹姐姐生气，是我的错，但姐姐可不可以不要生我气"的模样。

秦梵差点慈母心泛滥。

天哪，以后她要是生个池故渊这样会撒娇的儿子，肯定舍不得教育他，到时候让谢砚礼教育，谢砚礼冷脸的样子她都害怕。

见秦梵不说话，池故渊更确定是自己惹她不高兴了："姐姐，我……"

没等他说完，两人的经纪人便一起走过来："你们俩说什么呢，大半夜的小心被拍到。"

拍摄场地是学校，有不少上晚自习的学生从楼上往下看呢。到时候被人将片场照片放出去，还不知道被解读成什么样子呢。

池故渊有些垂头丧气："是我惹姐姐不高兴了。"

秦梵这才从某个男人的思绪中回过神来，她居然想到孩子，第一反应就是和谢砚礼生。

不能再想下去，再想下去，怕不是连宝宝结婚生孩子，她要当婆婆都想完了。

蒋蓉："什么不高兴，我们梵梵不是那么小气的人。"

这对主演拍着纯纯的校园戏，能发生什么争执？

秦梵回过神来后，点头道："我不是针对你，就是我家里有个醋精，看到我跟别的男人单独拍合照上热搜，会吃醋。"

"该道歉的是我。"

池故渊没想到是这个原因，他张了张嘴："姐姐，你不考虑换个男朋友？"

"这样都吃醋的男人，毫无男德！"

"我……"

没等他说完后面的话，就被他的经纪人忍无可忍地拉走了："童言无忌童言无忌，秦老师、蒋女士千万别在意。"

蒋蓉无语地望着他们离开的背影，要是她没记错的话，池故渊今年也有二十岁了吧。

"你说，池故渊这小子是不是暗恋你？"

"刚才想毛遂自荐？"

秦梵怠懒地裹上小兔递过来的到脚踝的羽绒服，把自己包裹得严严实实，才上保姆车："我对小弟弟没兴趣。"

小兔道："我还以为梵梵姐你最近喜欢小池这样的小奶狗弟弟呢。"

秦梵软在车座上，桃花眸懒洋洋地抬起来："什么小奶狗，我最近喜欢无情无欲的佛子。"

"佛子变狼狗，是不是更刺激？"

"哇，好刺激。"小兔忽然想起刚开始在医院病房拍摄到的那段视频，嘿嘿笑，"梵梵姐，等你跟谢大佬公开那天，我要送你一样礼物。"

佛子好像早就被人间仙女拉入凡尘了。

秦梵："神神秘秘的。"

084

不过闭上眼睛,却想起那天晚上谢砚礼把她按在沙发椅上的画面。

那样高高在上的男人,居然愿意为她弯下腰。

秦梵往薄毯里缩了缩,想要挡住自己发烫的脸蛋,忽然想起了一件事。

她悄悄地从毯子里伸出一只白净小手:"小兔,我手机呢?"

"对对对,这里呢。"小兔正沉浸在仙女和佛子的CP中无法自拔,差点忘了秦梵的手机,"您微信有消息哦,但我没看!"

秦梵用薄毯蒙住手机跟自己。

旁边蒋蓉有些无语,朝着小兔抬了抬下巴:"你把她现在这个蠢样子拍下来,下次她要是不好好营业,就发到工作室微博上。"

小兔偷笑。

这边秦梵看到了谢砚礼第一条微信消息,差点没心梗过去。

什么叫作她距离18岁过去6年,还准确到秒。

一点情调都没有!

与第一条消息隔了半天时间,他发来第二条。

谢小公主:"喜欢小奶狗?看到你的访谈视频了。"

秦梵故意回:"访谈没时效性了,我最近更喜欢小狼狗,桀骜不驯狼里狼气!"

谢小公主:"年轻的?"

秦梵先把脸露出来呼吸,随即手机振动了一下。

嗯?秒回?

她重新将自己蒙住,然后看屏幕,入目便是那清晰的三个字。

怎么会突然问"年轻的"?

秦梵秀气的眉毛轻轻皱起,若有所思地滑动着他们上面的聊天记录。

红唇忽然上扬起一个弧度,意识到自己笑了后又故意抿平,才发现她被薄毯挡着脸,并没有人发现她笑。

于是她再也不掩饰唇角笑意,敲了几个字发过去:"不然呢,年纪大的能叫小狼狗?"

包厢内,谢砚礼坐姿散漫了些,看向对面的裴枫,眉眼淡淡:"桀骜不驯的小狼狗,是什么样子?"

裴枫当场就下意识摸了摸自己的新发色,理所当然道:"当然像我这样的才是桀骜不驯、放荡不羁,你们三个就是太守规矩!"

"容易让女人腻歪。"

说最后这句话的时候,裴枫有点心虚。

见三个大人物都用让他心慌慌的眼神望着自己,裴枫轻咳了声,岔开话题:"谢哥,听说秦仙女这部戏的男主角可是池故渊这只小奶狗,他最受女人欢迎,你得看紧点儿,免得老婆被挖了墙脚。"

裴景卿往自家亲弟弟嘴里灌了杯烈酒:"喝你的酒,闭嘴。"

裴枫觉得自己很无辜,被呛得连连咳嗽:"喀喀喀……"

这边,秦梵看到谢砚礼发来的六个点,终于没忍住,笑出声。

外面蒋蓉和小兔对视一眼,从彼此眼中看到了无奈。

小兔小声道:"蒋姐,我觉得你得提前做好准备了。

"我估计梵梵姐忍不了太久。"

什么忍不了太久?

那当然是公开秀恩爱!

现在在她们面前都这么放肆,想到秦梵的小祖宗脾性,蒋蓉还真觉得可能性很大。

蒋蓉决定今晚就回去提前安排秦梵要公开恋情的事情。

毕竟现在她已经不是十八线小演员了,《风华》电影上映不到一周,票房破了十亿,还在不断攀升阶段,票房口碑热度全都爆了。

光是微博粉丝,就狂吸了一千五百万。

现在路上随便找个人都能知道《风华》这部电影。

就在秦梵准备继续逗谢砚礼时,忽然被蒋蓉拉了一下毯子。她下意识拽住,探出来半张小脸。

蒋蓉:"别偷笑了,刚才'缘起'那边说,你的全球代言人广告今晚就要全球投放,记得转发。"

秦梵"嗯"了声,忽然想起一件事:"花瑶那个口红代言人官宣了吗?"

蒋蓉突然笑了:"今晚她的口红广告也上了。

"也不知道'缘起'那边是故意给你出气,还是巧合。"

让一个高奢品牌调整投放广告时间,只为了给他们的代言人出气,这得是多大的面子。

是"缘起"总裁干的吧。

"缘起"的总裁是林缘知,秦梵想起那个人,倒觉得像是他能故意做出来的事情。

秦梵转发了"缘起"官博发的广告大片。

"缘起"官博今晚连发了五条微博,全都是秦梵的视频跟照片。尤其是最后一条美妆线的九宫格,最中央是秦梵涂了浓艳颜色口红的照片,淡淡的金闪,浓郁中带着矜傲夺目。

果不其然,秦梵这组照片被拿出来跟花瑶今晚官宣的斯嘉丽红口红代言照对比，花瑶输得惨烈。

她长相偏小白花，根本撑不起来这种极致浓郁的红色。

反倒是让人将注意力全都集中在那张大红唇上，忽略了她的五官。

当然，如果不拿出来跟秦梵做对比的话，花瑶倒也算是小美女，无功无过。

网友们说话自然毫不客气——

"这么大的品牌选代言人用脚指头选的吗？花瑶那张清纯小白花脸配上这个口红，怎么都觉得奇奇怪怪的。"

"啊啊，秦梵太美了吧！那张脸绝了，我总算明白烈焰红唇为什么美了。"

"我涂大红唇就是血盆大口，秦仙女这才是人间绝色大美女啊！"

"仙女姐姐看看我！"

"秦梵跟花瑶是一个公司的吧，不明白公司为什么要把那个口红代言给花瑶，你们公司不是有个更适合的吗？"

"估计是秦梵已经拿到了'缘起'全球代言人，所以就看不上这个平平无奇的 D 家口红代言了吧？"

都是一线品牌，一个是全球代言人，一个是口红广告代言人，秦梵选择前者好像也没毛病。

"姐妹们，我有个圈内朋友透露，当初花瑶这个口红广告是给秦梵的，但是拍摄当天换成了花瑶，巧的是'缘起'总裁也在拍摄现场，一眼看中了秦梵当他们的全球代言人。你们品，你们细品。"

"嚯，开拍了都能换？这是资源被劫走了？"

"难怪我看花瑶跟斯佳丽红那么违和，如果换在秦梵脸上，大概就和谐了。"

"看我找到了什么！照片！"

照片是之前小兔在秦梵拍摄斯佳丽红口红广告前给她拍的。

当时秦梵累得在保姆车上睡着了，但即便是闭着眼睛，也掩不住艳丽的容貌，让人狠狠期待她睁开眼睛时，会是多么惊艳。

大家顿时把嘲笑花瑶抛之脑后——

"妈呀，D 家现在换口红广告代言人还来得及吗？"

"给 D 家出个主意，也不用重新拍了，直接把秦仙女这张照片买过来算了。"

"哈哈哈，楼上多损啊。"

这不是直接说花瑶的精修广告大片还不如秦梵的一张偷拍照？

这边秦梵转发完官方微博后，便回酒店洗澡准备入睡。

许久没有这么高强度拍摄，她确实是有些累了，也没在意谢砚礼发完六个点之后就再也没有回复她的事情。

蒋蓉离开之前，秦梵喊住了她："对了，蒋姐，你这几天去处理和公司解约的事情，也快到期了。"

蒋蓉知道时间，点点头："好。"

"不过你这里只有小兔一个人行吗？"

秦梵摆了摆手："没事，还有保镖跟司机呢。"

本来蒋蓉打算再给秦梵多配几个助理的，但是秦梵拒绝了，便不了了之。像她现在这样的咖位，还能这么低调只有一个助理的，也是少数。

有时候蒋蓉觉得秦梵真的很大小姐做派，但有时候又觉得她其实很好相处，最起码比其他女艺人要简单多了。

秦梵关上门，便扑在大床上，昏昏欲睡。

北城。

即便夜色深沉，北城的夜晚依旧喧嚣，像是有着挥散不尽的热烈激情。

市中心一家私人沙龙会所内，容怀宴坐在沙发上，看着刚刚洗过头发、乌黑短发凌乱贴在额头上的男人，细长手指把玩着手机说："我陪你来干这种事情，等你去陵城，也得陪我做件事。"

谢砚礼没答，只是看着镜子里映照出来的面容，神色淡淡。

容怀宴习惯他的行事作风，依旧坐得端正斯文，闲闲道："为了陪你，我都让我太太独守空房，你不赔给我？"

谢砚礼终于分给他一个眼神，慢条斯理"嗯"了声："可以。"

容怀宴淡色唇瓣微微扬起浅淡弧度："可别反悔。"

谢砚礼懒得答这个问题，倒是旁边谢砚礼的专属造型师有点手麻……

谢总的造型多年没有换过了，尤其是发色，怎么今天大半夜说换就换？

喝醉了？也不太像，身上几乎没有酒气。

造型师紧张地搓搓手："谢总，您想要换个什么发色？"

谢砚礼还没答，倒是容怀宴指了指墙壁上悬挂着的那占据了半面墙的电视，电视上正在放映的是秦梵的广告大片："看这里。"

谢砚礼扫了一眼，视线微微顿住。

她穿着一袭银蓝渐变的礼服长裙，在满是薰衣草的花田中回眸一笑，像是有细碎的阳光洒在她的身上，美得不可方物。

谢砚礼漫不经心地收回视线："就这个颜色。"

造型师没反应过来："啊，什么颜色？"

谢砚礼下颌轻抬："裙摆的颜色。"

造型师视线瞬间从秦梵那张活色生香的脸蛋落在她裙子上。

这么随意吗？等等，银蓝发色？

造型师震惊地望着被誉为商界佛子的男人，谢总要么不染头发，要么玩这么大吗？

他很怀疑谢总是不是跟容总打赌输了，赌注就是被容总指定他染头发。

这年头总裁们都这么会玩吗？

就连造型师，都想象不出来谢总如果是要染这个发色，会是什么样。

希望不会翻车，不然他也别干了。

但看到谢总这张盛世美颜，造型师心里又略松口气，应该不会翻车，毕竟这张脸的颜值过硬，就算全剃了都毫不影响颜值，还能让商界佛子名副其实。

他动手之前，提醒了句："谢总，这个发色是要漂的。"

谢砚礼不紧不慢道："漂。"

容怀宴在一旁看着，看到群里裴枫在闹着要后续，便拍了张照片发过去："谢佛子要变身小狼狗了。"

裴枫："我去，谢哥真去染了！"

"染的什么颜色，是不是看不出来染了头发的那种暗色系？"

容怀宴回复："用他老婆裙摆的颜色当发色。"

裴枫："这么骚！"

裴景卿："容怀宴，你是不是又忽悠我们？"

上次容怀宴就忽悠自己给姜漾跪下，说是什么哄老婆的王牌技能，他非但没把老婆哄好，姜漾反倒更不理他了。

容怀宴："发你定位，过来见证。

"裴枫，你别跟谢太太通风报信，小心谢砚礼修理你。"

16

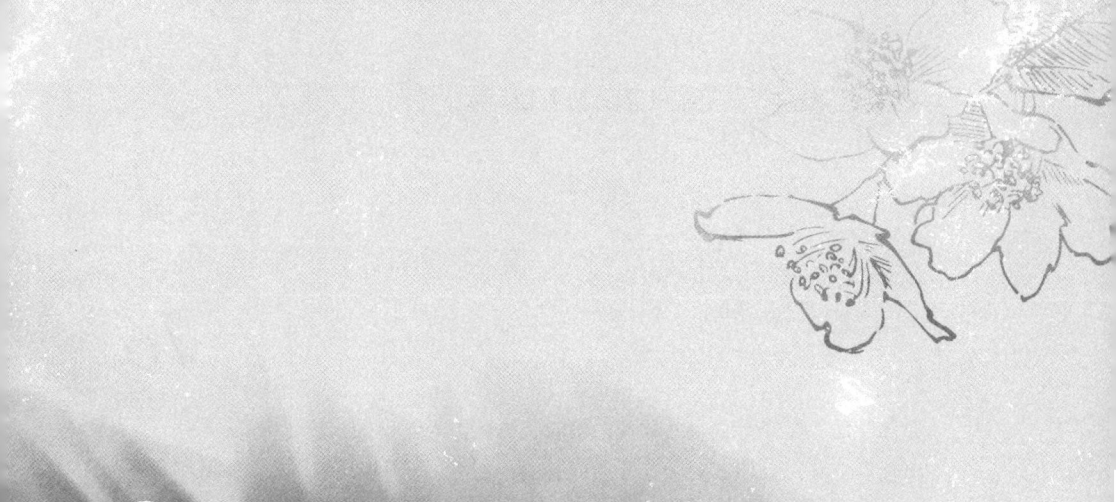

考拉抱

16

翌日一早，秦梵睁着有些酸涩的眼睛，看到振动不停的手机。

她翻了个身，看还不到上戏的时间，略松口气。

每次拍戏，都有种上学的感觉，生怕迟到。

手机上是裴枫发来的好几条消息，全都是惊叹号。

秦梵都懒得往上刷了，最后才看他那句话："秦仙女，你一定不知道你家谢佛子要给你什么样的惊喜。"

莫名地看到裴枫这一堆惊叹号，秦梵总觉得不是惊喜，更像是会面临什么惊吓。

回给他一个"已阅"的表情包，秦梵便起床了。

虽然这么冷的天真的很想要赖床，但仙女要搞事业，不能娇气！

酒店室内温度刚刚好，秦梵从被子里出来也不冷，她随意拨弄了一下及腰的长发，这才去浴室洗漱。

裴枫亲眼见证谢砚礼发色的变化，正激动得一夜没睡，看到秦梵这条消息，像是被泼了凉水，清醒过来了。

对，不能告诉秦梵，免得她发现什么端倪。

到时候没惊喜了，谢哥一定要把这口锅扣在他头顶上。

裴枫稳住心神，默默地给秦梵回了条："其实也不是特别惊喜。

"你好好拍戏，别给我丢脸！"

原本秦梵还真没当回事，等到她洗漱完毕，抽空再看裴枫的回复时，总觉得不对劲。

这不是此地无银三百两吗？

裴枫作为导演是真的很有天赋，但在这种社交细节上，是真的很粗心，完全没意识到自己的话更让人怀疑。

秦梵若有所思，难道谢砚礼还真给她准备了什么惊喜不成？

本来打算问一问谢砚礼的，但是很快秦梵便被高强度的拍摄给挤得连空闲时间都没有。

难怪之前有人说在宋麟导演的剧组，每天过得都跟高考似的。

就在秦梵高强度拍戏这几天，谢氏集团精英团的员工们差点要疯了。

哦，不对，应该是他们谢总疯了！

如果不是温秘书在公司群里一再强调，不准将谢总的任何消息透露出去，恐怕现在关于谢佛子染了一头桀骜不驯银蓝发的事情要传遍大江南北。

幸好谢总平时并不走员工通道，基本上都是从他单独的停车场走总裁电梯直接上顶楼。

因此除了顶楼的员工们，其他员工对此一无所知。

谢砚礼依旧照常工作，并且将未来半个月的工作全都提前安排，打算二次休假。

温秘书不敢多说话，只是每次看到谢总那个发色，都会有些恍惚，以为自己是进错办公室了。

这其实不是谢总的办公室，而是裴二少的办公室吧？

谢砚礼白皙细长的手指握着钢笔，语调淡淡："难看？"

温秘书立刻回过神来，目光落在谢总那张俊美依旧的面庞上。谢总还是一如既往冷着脸，但那银蓝发色真的让人出戏。

莫名地，他有些想不起来谢总之前是什么样子了。

对上谢总那双清清冷冷的淡漠眸子，温秘书冒出来一身冷汗，立刻点头道："好看好看！

"您怎么样都好看！"

本以为这已经是标准答案了，万万没想到，温秘书见谢总眉心轻轻蹙起。

下一秒，便听到他们家老板开口："那么，之前好看还是现在好看？"

温秘书觉得这是死亡问题。

谢总这是跟太太学的吧？

温秘书慎重地站直了身子，脑子里很快地组织语言："是这样的，您现在有种年轻人的不羁风流，以前是成熟男人清冷矜贵的魅力！"

谢砚礼眸光淡了淡，倒是没说这个答案可以还是不可以。

但温秘书感觉没那么冷了，也就是说他这个答案过关。

温秘书深呼吸，幸好他在谢总染了新发色之后，便立刻联系裴二少问了原因。

原来谢总最近想要走的风格是桀骜不驯小狼狗风。

到底从什么时候开始，谢总在太太身上底线一破再破呢？

他现在真的很想知道，谢总还能为太太做到什么地步。

小狼狗，太吓人了。

谢砚礼没管秘书那些发散的脑洞，处理完工作后，漫不经心地看了眼旁边桌面上那张并没有被移走的照片。

她乌黑发丝中挑染的颜色，刚好也是银蓝色。

半响，谢砚礼嗓音平静："会议提前，现在准备。"

"是。"温秘书回过神来，连忙去安排。

一出门，便能听到秘书办的同事们压低声音议论："看到了吗，谢总真的染了银蓝色？"

"啊，绝对不是黑色。"

"你们说谢总为什么突然要染这个颜色？"

"不知道。"

"温秘书知道吗？"

他们遇见温秘书后，下意识问道。

温秘书："知道，但我不说。"

他沉着一张脸："敢在这层议论谢总，不想干了？"

"想想想，我们绝对不说。"周秘书带头捂住嘴，表示自己嘴很严。

能升到顶楼秘书办的，都是人精，自然知道什么该说什么不该说。

其他秘书都开始各自工作，周秘书走到温秘书身边，小声问："是为了太太吗？"

她是少有的知道秦梵是谢太太的人之一。

温秘书倒是没有隐瞒她："除了那位，还能是谁？"

"嗯……"周秘书捂住嘴，差点没忍住惊呼出声。

这是什么甜甜的绝美爱情啊！

谢佛子为秦仙女走下神坛？

温秘书难得见素来稳重的周秘书这一面，隐藏的直男属性让他有些无语："至于这么夸张吗？"

周秘书作为"仙女×小土狗"的CP超话的CP粉，当然激动了。

官方发糖，最为致命。

一周后。

秦梵中场休息时，见制片人带着个熟悉的身影走来。

小兔一边端来一杯微烫的咖啡给秦梵暖手，一边八卦道："梵姐，花瑶来客串了，你说她是不是冲着你来的？"

秦梵将咖啡捧在掌心，暖意几乎沁透心尖，她长舒一口气，有些慵懒地问："冲我来干吗？"

又不是她让花瑶去拍摄那什么口红广告，那不是花瑶自己抢过去的吗？

小兔："哎呀，你怎么还这么佛系，她明显是想要来压你一头的。"

"花瑶可是号称'清纯小白花'，最适合高中女生的扮相，你看她这身打扮，活脱脱的高中生。"

不得不说，花瑶那张脸是真的显嫩，而且个子也不高，很有学生感。

秦梵瞥了眼，忽然说："什么高中生，是初中生吧。"

"噗……"别说，小兔这么看过去，还真是有点初中生的意思。

花瑶在装嫩方面，用力有些过猛。

秦梵后知后觉，懒洋洋地抬起眼，恍然大悟："哦，原来她是来跟我比谁更年轻。"

在口红广告上被她碾压，这是不服气，要在自己擅长的领域找回场子。

确实在扮演高中生方面，花瑶那张清纯的脸蛋更具有优势。

可是——

小兔看着秦梵那张脸，心想："可惜，在绝对的美貌面前，可爱一文不值。"

偏偏有些人就是那么自信，以为会找回场子，搞不好是火葬场。

小兔想通之后，也乐得看戏："姐，你别怕，我会保护你的！"

眼看着花瑶已经在制片人的陪同下走过来，居高临下地望着懒洋洋躺在休息椅上的秦梵："秦姐姐，我们好久没见了吧。"

姿态极高，但语调一如既往地无辜天真，像是可爱的邻家小妹妹。

秦梵也没动弹，盯着花瑶看了几秒，然后慢悠悠吐出两个字："你是？"

下一秒，花瑶脸黑了。

小兔没忍住，差点笑出声。

哈哈，不愧是他们家女明星，一击即中。

制片人看情况不对劲，连忙道："秦老师，花老师是咱们剧组特别客串的演员，演的正是你妹妹的角色。"

"两位还有好几场对手戏呢。"

妹妹？

秦梵红唇微微扬起，她还真是来秀年龄优势的啊，选个角色都这么意味深长。

"看样子秦老师不是很期待和我扮演姐妹呢。"花瑶神色有些黯然。

小兔心想："来了来了，茶里茶气只会迟来不会不来。"

秦梵轻轻叹了口气："跟谁演姐妹我都挺期待的，只不过有点惦记之前演我妹妹的小演员哪儿去了。"

制片人脸都绿了。

难道要说被花瑶挤走了吗？

花瑶脸色也好不到哪里去，差点维持不住表情，幸好这个时候，有个工作人员从剧组外跑来："秦老师，外面有人找。"

秦梵这才站起身，即便没有穿高跟鞋，也比花瑶高了半个头。

她假模假样地按了一下花瑶的头顶："那么妹妹，请多多指教。"

花瑶无语。

小兔连忙跟在秦梵身后，非常适时地递了张湿巾过去："姐，您的手这么嫩，小心点别被扎伤了！"

花瑶头发有点硬，经常在微博秀自己一头浓密发丝，实际上，她头发质量挺一般，近看有些粗糙。

不得不说，小兔这话真的扎心了。

秦梵接过湿巾，轻笑了声："促狭。"

小兔："您教得好！"

一直到剧组门口，秦梵都没看到什么熟悉的人影。

临近黄昏，晚餐时间，剧组外没什么人。

"没人啊。"小兔小声嘀咕了句，然后忽然视线顿住，"梵梵姐，是不是那个？"

秦梵望过去。

不远处一棵高大的梧桐树下，逆着光站着个身形挺拔的男人，戴着黑色口罩看不清楚长相，但是那头在淡金色阳光下格外显眼的银蓝发招摇着。

"啊，看不清脸我已经感觉出来是大帅哥！"小兔使劲睁着眼睛想要看清楚，"姐，你从哪儿来的这么多高颜值朋友！"

秦梵刚想说她可没这么狼里狼气的发色的男性朋友。

见那人朝这边走来，秦梵桃花眸立刻瞪圆了，这是……

谢砚礼？

在秦梵错愕的目光中，谢砚礼已经走到她面前，摘下黑色口罩，露出一张俊美的面容，银蓝发色加上冷白皮，少年的干净清澈感扑面而来。

像是从漫画里走出来的。

直到他垂眸看过来，眼神沉静清洌，取而代之的是冷冬寒霜感。

但秦梵却一点儿都没有被冻着，顿了几秒后，很放肆地踮脚朝他伸出蠢蠢欲动的小手："这是真的吗？"

谢砚礼迅速握住她的手腕："秦小姐，光天化日，想占我便宜？"

男人抬了抬眼皮，似笑非笑道。

果然，还是冰清玉洁守身如玉的谢佛子。

秦梵从那银蓝发色的惊艳中回过神来，双臂忽然勾住面前男人的脖颈，跳上去要够他的头发："我就占了，你能怎样！"

想起蒋蓉说试探谢砚礼的底线，就知道喜欢不喜欢她。

秦梵在看到谢砚礼这发色后，觉得自己好像不用试探了。

在看到他的刹那间，秦梵仿佛看到了高高在上的佛子遍染人间烟火。

果然如她所料，谢砚礼没有躲开，反而顺势把她举着抱起来，语调带点无奈："闹什么。"

哇，举高高！

旁边小兔捂住自己的嘴：这是她能看的画面吗！

一边拍照，小兔还要一边暗中观察有没有被记者拍到，有没有工作人员围观，有没有路人经过，心惊胆战。

秦梵还是剧中的打扮，乌黑长发中挑染了银蓝色，她被谢砚礼举起来后，长长的发丝在半空中划过漂亮的弧线。

明明是随意的动作，却让人少女心泛滥。

尤其是谢砚礼这个发色，简直要戳爆秦梵的少女心。

回到保姆车后，秦梵趴在谢砚礼肩膀上，光是研究他这个新发色，就研究了大半天，忍不住钩了钩男人的手指，拉长的语调又甜又软："嗯，桀骜不驯小狼狗？"

刚刚秦梵特意问过温秘书，谢砚礼这个发色是她跟他说完最近喜欢的风格是桀骜不驯小狼狗风后当天晚上染的。

这不是巧合。

谢砚礼薄唇闭着，没答。

秦梵当他默认害羞了，把玩着男人细长的手指，假模假样地叹口气："你说，要是我不太喜欢小狼狗类型了呢？"

"你要变回来吗？"

果然，谢砚礼终于分给她个眼神。

对上谢砚礼那张脸，秦梵还是忍不住屏住呼吸，缓了缓，她捂住小心脏："算了，你还是别看我了。"

面对这样银蓝色的大狼狗，她真的恨不得什么都答应他。

她现在确实是变心了！

她不喜欢小狼狗了，不够刺激，还是谢砚礼这样又冷又傲的大狼狗更能让她心旌摇曳。

秦梵强迫自己不去看他。

谢砚礼见秦梵别开视线，清隽眉目微沉："为什么不看我？"

"不好看？"

秦梵软软地倒在椅背上，语调故作凶狠："你最好别勾引我，小心我……"

察觉到她并非嫌弃，谢砚礼眼底多了丝温度，长指摩挲着淡青色的佛珠，嗓音悠悠："嗯？"

像是从唇齿间溢出来的音节，偏冷的声音却透着莫名的润泽。

秦梵缓缓吐出后面的话："我想强吻你。"

跟漫画里的绝色美男接吻，秦梵想想就觉得小心脏快要炸掉。

啊啊啊！

她眼神不受控地又落在谢砚礼那张脸上——他真的跟银蓝发色毫无违和感。

这男人到底怎么长的！

老天爷太过分了，未免过分偏心。

清清冷冷的美男子，完全戳中秦梵的点。

秦梵盖住眼睛："所以你最好离我远一点，我快要控制不住自己了。"

"到时候亵渎了我们冰清玉洁的谢佛子可不要怪我。"

谢砚礼看着她露出来的下半张脸——红唇润泽，形状漂亮。

秦梵没听到谢砚礼说话，只听到细微的起身声，她没动弹，怀疑谢砚礼已经下车了。

谁知身前像是落下阴影。

没等秦梵将手放下来，便感觉唇上落下柔软微凉的触感。

秦梵下意识张嘴，没来得及说话，清冽如高山白雪的气息便侵袭而来，仿佛能浸透她骨髓，浑身上下都溢满他的气息。

秦梵没来得及动，双手便被他轻轻握住，抵在弹性的座椅上，缓慢压下。

听着他恍若低喃的声音："给你亵渎。"

他双唇触及她薄嫩的皮肤，秦梵纤细的肩膀忍不住战栗起来。

"还喜欢吗？"谢砚礼覆在秦梵身上，任由她纤细如玉的指尖插进他的发丝之间，无意识地摩挲着。

秦梵眼尾一片湿润，仰头望着他，视线有些模糊，恍惚间似乎是一条银蓝色的大狼狗把她咬在唇齿之间，无法挣扎开。

她脑子还算清醒，这个时候自然不能嘴硬说不喜欢，而且她确实是喜欢的。

"喜欢。"

细白指尖轻轻扯了一下男人的短发，脑子乱七八糟地想，真不愧是谢总的专属造型师，漂染后发质还能这么好。

秦梵没想到只是接吻而已，她心跳居然那么快。

隐约之间，她好像发现心跳素来平稳的谢砚礼，也有点乱了。

保姆车私密性极好，后车厢独立的空间被保护得严严实实，无论里面发生什么，外面都看不到。

白色保姆车外。

小兔一点都不冷，甚至激动得浑身发热："温秘书，谢总这头发真是为了梵梵姐染的吗？"

"为什么要染这个发色？"

"太帅了吧，大帅哥！"

配得上他们家小仙女。

她第一次见到这样的非主流发色居然可以帅成这个模样。她对漫画里那些五颜六色发色的美少年有了新的认识。

温秘书也守在车门旁，此时听到小兔的话，知道这位是太太的贴身助理，倒也没有隐瞒，而且跟小兔说了就等于跟太太说了。

于是，温秘书道："确实是为了太太，上次太太说喜欢小狼狗，我们谢总就咨询裴导，总结出了小狼狗风格。"

先是外形上的改变，而后是行为上的。

温秘书扫了眼安安静静的车厢，想着照谢总以前的性子，大概是不会在车里做什么事儿，但放荡不羁的小狼狗呢，自然不会在意场合。

"哇，谢总好用心！"小兔忍不住捧脸感叹。

"对啊，而且谢总的发色是那天看到太太广告片上的银蓝渐变礼服选择的颜色。"温秘书不动声色地给他们家谢总疯狂输入好话，真的假的掺杂着一起来，"根据裴导现场看到的，谢总染发那天，一直在循环看太太那广告大片，谁都不准换台。"

这个是夸大的，当时是裴枫不让人换。不过温秘书非常顺畅地安插在他们谢总身上，塑造出又深情又隐忍的谢总。

简直把小兔激动坏了，这件事就是豪门贵公子和当红女明星的偶像剧照进现实啊。

谢总太宠了吧。

也是，像她家仙女这么好这么美的，谢总是眼神多不好才不好好宠着，毕竟仙女姐姐受欢迎着呢，这不剧组某个男主角天天献殷勤。

作为回报，小兔将这件事说给了温秘书听。

说完之后，小兔还继续问："温秘书，谢总还有什么其他宠妻小秘密，是我们家梵梵不知道的？"

温秘书一时之间还真想不起来。

倒是捧着文件走过来的周秘书听到了小兔这个问题，压低了声音说："我倒是知道一个。"

小兔跟温秘书的眼神齐刷刷看向她。

周秘书一身正式职业装，表情严肃，看起来就不像是喜欢八卦的。

但没想到她居然真的说出个大八卦:"我昨天帮谢总送了两幅画到天鹭湾别墅,那两幅蒙得严严实实,挂在了顶楼空出来的一层。

"谢总的保镖队长亲自挂画,小心翼翼,不敢将蒙在上面的珍贵绸布解下来。"

她神秘道:"我怀疑,这两幅画与太太有关,不知道是不是谢总给太太的惊喜,谢总擅长油画。"

天鹭湾本来就是谢总为了太太用陵城的中式园林公馆交换而来的,甚至划出去一大笔钱重新装修。

周秘书说到这里便不说了。

小兔总觉得天鹭湾这个名字有点耳熟,但怎么都想不起来。

等到休息时间结束,夜戏准备开拍时,秦梵才从保姆车出来。

冬夜的月光清冷,秦梵裹着件黑色到脚踝的羽绒服,将自己包裹得严严实实,只露出一张小脸。

白皙精致的脸蛋染着淡淡的绯色,原本如水的桃花眸,此时更是水波潋滟,让人看了便心肝都颤抖。

小兔看到秦梵这双眼睛,扶着她下车:"梵梵姐,你没照照镜子吗?"

"我要是谢总,都舍不得让你出来。"

秦梵听到小兔这话,不受控地想到刚才男人用清冽磁性的嗓音在她耳边说:"今晚请假。"

原本秦梵真的很想要当一个昏君,但就算是被美色冲昏头脑,她也有女演员的敬业精神,最起码拍完今晚的戏份再请假!

不然白白让剧组等她那么长时间,还要浪费剧组资源。

虽然"祸国妖姬"说一切损失他来赔偿,但秦梵也强撑着劲儿从"谢妖姬"怀里出来。

出来之后一瞬间有点后悔。

新鲜出炉的大狼狗老公不香吗,为什么要当个卑微的打工人?

秦梵回到化妆间后,顺便给谢砚礼又改了新的备注。

把"谢小公主"改成了"谢狼狗"。

改完之后,秦梵觉得还是不太符合谢砚礼今日给她的这个惊喜,指尖顿了顿,最后改成了"谢妖姬"。

小兔把秦梵这一系列动作看在眼里,刚准备偷笑,却发现秦梵羽绒服里面那百褶裙衬衣的校服戏装已经不见了,变成了修身保暖的针织裙。

她忍不住惊呼了声:"姐,你衣服呢?"

秦梵想到那套校服,乌黑发丝下的耳朵发烫,没好气地敲了她一下:"别大惊小怪的。"

小兔捂住嘴，倒吸一口凉气："不会是弄脏了吧？"

"你想哪儿去了？"秦梵一看小兔这个眼神就知道她肯定想歪了，"少低估我们家谢总的实力。"

就一个半小时的休息时间，他们能干吗？

小兔更震惊了："这么长时间，你们什么都没干！"

是仙女魅力不够，还是佛子过分冷静？

秦梵趁着化妆师还没有来，让小兔给她把备用的校服找出来，总之，绝口不提之前那件去哪儿了。

小兔这才注意到秦梵今晚格外娇艳欲滴的红唇，咽了咽口水："姐，你这嘴等会儿怎么跟化妆师解释？"

秦梵很随意："我男人探班了，还能怎样解释？"

她就没打算这几天让谢砚礼躲躲藏藏的，再说他又不是什么男明星，戴个口罩，除非私下见过他的，不然根本没人能认出来。

不对，很有可能私下见过他的人，也认不出来了。

毕竟那头银蓝发，实在不符合谢总平时一丝不苟的冷淡脾性。

说完，秦梵便懒洋洋地拎着衣服进了更衣间，留下一脸蒙的小兔。

原地顿了几秒，小兔立刻给蒋蓉发消息："蒋姐，一级战备！"

蒋蓉很快回复她一个："OK。"

小兔又激动又紧张，然后拿出手机打开"仙女×小土狗"的CP超话看了又看，再溜达到隔壁"神颜虐恋CP"超话看了看，这才缓下来劲儿。

很快这两个CP超话就要合二为一了。

到时候要想个什么CP名字呢？

化妆师进来时，便看到小兔对着手机屏幕笑得跟花儿似的。

她忍不住感叹了声："年轻真好，跟男朋友聊个天都能开心成这样。"

小兔觉得真是天大的误会，她单身！

此时，保姆车内。

窗户打开后，冷风袭来，里面清甜旖旎的香气逐渐消散。

谢砚礼没有回他自己的车子里，而是坐在秦梵惯常坐的位置上，此刻正闭目养神。

旁边整整齐齐叠着一套少女样式的校服。

周秘书将文件送过来时，眼观鼻，鼻观心："谢总，天鹭湾已经开始按照您给的图纸重新装修了，还需要两个多月。"

101

她很适时地继续道:"太太这部戏拍摄周期也刚好是三个月,届时可以直接入住。"

谢砚礼漫不经心地用手摩挲着垂落下来的淡青色佛珠,神色淡淡地应了声。

温秘书给周秘书使眼色,让她继续说。

周秘书只好硬着头皮:"谢总,您打算在太太这边待多长时间?不会是陪到太太这部戏结束吧?"

谢砚礼嗓音清冷:"再说。"

完蛋了。

素来最有时间观念的谢总,现在居然连时间安排都不给了!

温秘书和周秘书对视一眼,不敢再多言,主动岔开话题:"谢总,这段时间,重要工作交给执行副总呢还是您处理?"

谢砚礼抬了抬眼眸,凉凉地看了他们两个一眼。

顿时,两位洞察力最强的秘书果断退下。

得,谢总再次罢工!

他们都不敢看谢总旁边那件格格不入的校服裙。

谢砚礼闭目小憩,没几分钟,私人手机振动了一下。

他看了眼闪烁的屏幕,将手机拿起来点开,入目便是谢太太的微信消息,是一张备注截图。

看到谢太太对自己的备注,谢砚礼习惯性地弯起唇角,而后将秦梵的备注也修改,截图发给她。

秦梵点开截图。

只见谢砚礼把她的备注改成了——小浑蛋。

啊啊啊!

她不是他的仙女老婆了吗!

秦梵发了个"仙女生气,哄不好了"的表情包过去后,便将手机递给小兔,准备拍戏。

这场夜戏是女主角要拉着学霸男主角逃课,最后被学霸男主角按在教室辅导作业的戏。

秦梵惦记着早点回去陪那个让她心痒痒的大狼狗,于是演技超常发挥。

跟池故渊的对手戏拍得非常顺利,几乎都是一条过。

直到最后一场在操场和今天才进组的花瑶拍摄时,总是过不了。

秦梵漂亮的眉尖蹙着,看着对面比自己矮了半个头的花瑶,穿着同款的校服,但她长发扎成乖乖的丸子头,清纯可爱。

秦梵那银蓝挑染的发色就格外张扬肆意,居高临下地站在台阶上望着她。

花瑶看向导演："宋导，很抱歉，我入不了戏，能真推吗？"

"秦姐姐肯定会注意力道，不会推倒我的。"

这场戏拍的是姐妹吵架戏份，后来姐妹两个动手，秦梵不小心把花瑶推倒在地，之后池故渊抱起花瑶去医务室。

然而秦梵推花瑶，花瑶的眼神怎么也对不上这一场戏。这么简单的戏都能卡这么久，想让她真推？

秦梵双手环臂，轻笑了声："好啊，那就真推。"

宋麟也有些不耐烦，这么一场简单的戏 NG 五六次，直接拿起喇叭："那就真推。"

"各部门准备。"

既然演员要求来真的，为了呈现出来的效果，宋麟也不会拒绝。

小兔忧心忡忡地望着，肯定是花瑶又要搞事情。

她身旁站着周秘书。

周秘书对女演员之间的竞争不是很懂，但也发现了小兔的紧张情绪："是有什么问题吗？"

小兔："有，某个绿茶等会儿要假摔了！"

她话音刚落，那边秦梵手刚碰到花瑶，花瑶便重重地摔倒在地。

顿时整个现场乱成一团。

"花瑶老师！"

"瑶瑶！"

小兔咬牙切齿："我说吧！"

从她们这个角度，也看不清楚刚才发生了什么事情，只能看到秦梵一推，花瑶就重重摔下台阶。

周秘书咂舌："她演技这不挺好，刚才怎么还 NG 那么多次，就是为了暗算太太？"

"那我们不过去帮忙？"

眼睁睁看着大家都冲向花瑶，周秘书本来也打算冲向他们太太，谁知小兔不动弹，她对剧组不了解，也只好跟着小兔没动。

小兔哼笑了声："我都能猜到她要假摔，我们家仙女能猜不到？"

秦梵忙着要回去跟她家那只银蓝色的大狼狗过二人世界，便顺着花瑶的意思，没想到她来这种无聊的"手段"。

不过这种手段虽然很无聊，但确实是有用。

片场不允许拍摄照片，从导演拍摄的角度，完全看不出任何破绽，花瑶别的方面不行，这方面倒是做得天衣无缝。

可惜——

秦梵从来不按常理出牌。

"花老师真敬业,今年年底盘点的时候,公司一定要给你发个敬业奖!"

说完,她看向还坐在不远处的导演:"宋导,还不快让工作人员送花老师去医院,再不去她伤都要痊愈了。"

噗……

池故渊没忍住笑出声。

宋麟想到秦梵的脾性:"今天先到这里……"

话音未落,便见秦梵跟放学似的,一刻都不停地往外走。

花瑶张了张嘴,就这么被工作人员和她的助理从台阶上架起来,话都说不出来一句。

秦梵就不怕她爆出去吗?

"秦姐姐,你该跟我道个歉。"花瑶当着一众人的面,有些委屈道。

秦梵正在穿小兔递过来的羽绒服,天气太冷了,仙女受不了。

没等秦梵开口,小兔便说道:"不是夸您敬业了吗,这么冷的天,穿着裙子都能往台阶上撞,就是为了表现出好的拍摄效果。今天能这么早下戏,真的多亏了花老师舍生忘死,在 NG 五次之后大胆选择真推。"

这长长的一段话,连讽带刺,是个人都能听出来小兔的话中之意。

所以,花瑶是故意的?秦老师没用力?

在场的基本都是墙头草,心疼弱者是本能。当看到秦梵居高临下望着倒在地上疼得低叫的花瑶的这个画面时,自然先心疼花瑶。

然而就在小兔觉得自己像是守护仙女的勇士时,却发现仙女已经走神了,正望着她身后的入口处。

直到周秘书低低的声音响起:"谢总来了。"

嚯!

小兔条件反射地转身。

却见秦梵已经在她转身之前,直奔那个银蓝发色的年轻男人。

剧组所有人都齐刷刷看向秦梵的身影。

秦梵直接投入那个徐徐走来的男人怀里:"你怎么进来了?"

一边说着,一边把他后背上那个黑色的卫衣帽子扣到他头顶,口罩加宽大的帽子,几乎将他整个脸都挡得严严实实。

谢砚礼伸出一双温暖的手掌,碰了碰她冰凉的脸颊,不动声色道:"来接你。"

秦梵握住他的手,有点开心。

谢砚礼身材修长挺拔,即便不露脸,都自带矜贵凛然的气质。

不过那头银蓝发过分时尚桀骜，让人下意识忽略他的气场。

"秦姐姐，这是你男朋友吗？"花瑶目光落在被秦梵抱住的那个男人身上，忍不住问道。

"你还不去医院？"秦梵瞥了她一眼，没答她的话。

花瑶被噎住。

她觉得秦梵有毒，气得胸口起伏不定，凭什么每次自己都讨不了好！

但在这么多人面前，她却依旧要维持无辜单纯的形象。

秦梵不管她，走到导演面前："宋导，我家人来了，明天能请假吗？"

宋麟看谢砚礼，总觉得有点眼熟。

顿了顿，他竟然答应了："这段时间大家赶进度也累了，明天全部休息一天。"

全剧组的人看秦梵的眼神，都像是看救世主。

半小时后，酒店门口。

秦梵望着谢砚礼，眉眼含笑："不知道我有没有这个荣幸，邀谢总明天共度假期？"

当天晚上，假期还没有来得及共度，先共度良宵。

夜色正浓。

秦梵眉眼怠懒，趴在总统套房丝滑的真丝床单上，托腮看床边正在穿衣服的谢砚礼。

光线暗淡，依旧能衬得男人那清冷俊美的面容不像是真实的存在，银蓝发丝搭在额头，有些潮湿的不羁，此时他正微微弯腰捡丢在地面上的黑色卫衣，背部线条流畅而性感，让人移不开眼睛。

"好看？"

谢砚礼嗓音微哑，整理着没有任何图案的上衣。

"好看。"秦梵答得果断，忽然说了句，"谢砚礼，我有点心虚。"

心虚？

谢砚礼垂眸看她。

秦梵对上男人那双清冽眼眸，长长叹息了声："有种背着老公跟小狼狗偷情的感觉。"

谢砚礼从薄唇溢出冷淡的笑音："谢太太。"

提醒她自己的身份。

秦梵当没听到他语调中的危险，无辜地眨了眨眼睛："你看你现在像不像是情夫偷情结束跑路？"

莫名地，看到银蓝发色的谢总之后，秦梵总是忽略他的危险性。

忘记了谢狼狗比谢佛子更肆无忌惮。
……
等秦梵彻底没有劲儿差点从真丝床单上滑下来时，外面天色已经亮了。
谢砚礼昨晚原本打算去隔壁新开的房间休息，现在自然也没来得及过去。
"谢太太，你是不是故意的？"
秦梵没力气，嗓音软绵绵道："什么呀……"
她故意什么了？
谢砚礼彻夜未眠，也没有丝毫倦色，白皙的指腹摩挲着她的脸颊，漫不经心道："故意留下我。"
"自恋！"秦梵卷着同样丝滑的被子翻了个身，远离男人的掌心温度，免得脸颊不受控地被他贴得发烫。
谢砚礼看着她纤细的背影，指尖顺势撩开她的发丝，露出她那片白净漂亮的后颈皮肤，而后俯身在她额头上印下轻若无物的吻："可以再睡四小时。"
现在不过早晨五点，但他却没有上床。
秦梵摸了摸额头，有点痒，本来也没什么困意，下意识问他："你要去哪儿？"
谢砚礼不疾不徐："哦，偷情结束，情夫自然要趁夜离开。"
秦梵没绷住，差点笑出声。
幸好及时把自己脸蛋蒙住："那你赶紧的，我老公要回来了！"
要不是她现在浑身没有力气，真的很想再次给他修改备注。
万万没想到，谢砚礼居然会陪着她演戏！
试探什么的，彻底不需要了。
谢砚礼看着大床上鼓起来那一个小小的还在颤抖的"山包"，眼底闪过他自己都没有意识到的温柔，衬得那头银蓝发也温柔起来。
总统套房所在的楼层本就人少，凌晨五点，更没有人经过。
温秘书站在门口："谢总，现在没人，赶紧走吧！"
谢砚礼脑海中浮现出谢太太的偷情论，忍不住揉了揉眉梢，神色冷淡下来。
温秘书看着自家谢总的身影，总觉得有点冷，但还是赶紧跟上。
作为贴身秘书，谢总在哪儿他在哪儿！
精英团那么多人不差他一个，但是谢总身边就他这么一个贴心人，他绝对不能离开谢总半步。
温秘书都快要被自己的忠心耿耿感动了。
贴心的温秘书说："谢总，太太今日不拍戏的话，还需要准备早餐吗？现在已经五点出头，不到两小时就到早餐时间了，太太应该赶不上吧。"
谢砚礼刷开门，随意摆摆手："不必准备。"

谢太太大概要休息到中午。

温秘书默默提醒:"您还能休息一小时。"

这是谢总平时的睡眠时间,谢砚礼扫他一眼,眼神冷了冷。

温秘书皮都绷紧了,即便是银蓝发谢总,也还是他家喜怒不定的老板!

于是立刻反应过来:"您在休假,该多多休息,总归不用开早会。"

将门关上后,温秘书站在走廊,长长松口气。

果然,温柔的谢总,只针对谢太太,与他们无关!

秦梵醒来时还有点恍惚,尤其看着外面那大亮的天色。

小兔已经自己开门带着午餐进来:"梵梵姐,您终于醒了。"

秦梵猛地从床上坐起来:"几点了?"

起来时太快,头还有点晕。

小兔不知道秦梵昨晚跟谢砚礼约了今天要约会,迷茫地打开手机:"中午十二点,您不要这么着急,今天不是放假吗?"

"对了,谢总呢,回去了吗?"

在小兔心里,谢总还是那个工作狂谢总,来看完秦梵后离开很正常。

"啊,起晚了!"秦梵抓了抓散乱的发丝,连忙从床上爬起来,往浴室冲去,"你给温秘书打个电话,问问他谢砚礼在哪个房间?"

"好。"小兔找到温秘书的手机号,表情困惑,自言自语道,"原来谢总还没走呢。"

秦梵看着镜子里的脸蛋,即便是不化妆,依旧明艳动人,尤其是面颊上自然晕染开的粉色,像极了打了自然的腮红,美貌过人。

捂住那双春水肆意的桃花眸,秦梵觉得今天好像不用化妆也可以。

不过不化妆好像不太重视这场约会,秦梵没纠结太久,洗漱的工夫便决定还是要化妆的。

精致的仙女怎么能不化妆就出门?

她准备化妆时,小兔的声音传来:"姐,谢总说让您不用着急,他等您。"

秦梵指尖顿了顿。

这一秒忽然觉得"等"这个字,比"爱"更动人。

秦梵选衣服的时候有些纠结,站在衣橱旁边,指尖滑过一排衣服,都不是很满意。

她是不是又该买新衣服了?

啊,女人出门之前,总是缺少一件衣服,想念她占据了整层楼的衣帽间!

小兔提议道:"要不选这件雾霾蓝的大衣配银灰色连衣裙?跟谢总的发色很般配。"

"毕竟谢总染的是你裙摆的颜色,你穿谢总发色的搭配,是不是很浪漫!"

有种双向奔赴的感觉。

啊,她枯萎的少女心呀。

"你再说一遍。"秦梵停在雾霾蓝大衣上的手顿住,表情有点古怪。

小兔:"雾霾蓝大衣配银灰色连衣裙……"

秦梵:"下一句。"

小兔:"跟谢总发色很配。"

秦梵秀气的眉尖蹙了蹙:"再下一句!"

小兔终于反应过来了:"差点忘记说,谢总是染了你当时'缘起'广告大片的那套银蓝渐变礼服的裙摆颜色,温秘书说谢总染发那段时间,一直看循环播放的广告片,不允许别人换台的!"

"谢总真的太会了!

"姐,你说谢总是不是已经爱上你了,无法自拔的那种!"

不然高岭之花的谢佛子啊,居然为了秦梵的一句话,而改变自己平时的风格。

他不应该是不在意任何目光的吗?现在这么在意秦梵的喜好,并且为之改变。

如果这都不算爱!

小兔越说越激动,倒是秦梵低垂着眼睫毛,看起来很淡定。

小兔见她不应,终于从激动中缓过劲儿来,小心翼翼喊了声:"姐?

"你不高兴吗?"

秦梵抬起眼睫,黑白分明的眼瞳里像是盛满了星光:"高兴啊。

"算他眼光好。"

小兔见秦梵选择了那套搭配,大大地松了口气。

黑色宾利停在酒店外,秦梵上车时,衣摆扫过男人手背,而后在里侧坐下。

谢砚礼目光落在她这身搭配上,神色微微顿住。

倒是前面开车的温秘书开口道:"今天太太过分美丽了!

"尤其是这身搭配,跟谢总的发色很般配,出去一看就是情侣。"

秦梵悄悄地伸出一只手,钩了钩谢砚礼的指尖,却一本正经地问温秘书:"为什么是情侣不是夫妻?"

温秘书笑道:"哪有夫妻这么走心的,只有热恋小情侣才会这么浪漫!"

他的意思是,谢总很浪漫。

秦梵确实也知晓了温秘书的意思,小指钩着谢砚礼细长的手指:"原来我们谢总也会浪漫。"

温秘书想到那套天鹭湾，见谢总没搭话，他便答道："谢总还给您准备了更浪漫的惊喜！"

秦梵："嗯？"

温秘书看到他们谢总抬起眼睛朝他看了眼，顿时皮绷紧了："我什么都没说！"

秦梵侧眸看向谢砚礼："你给我准备了什么浪漫惊喜？"

"没准备。"谢砚礼语气平淡，薄唇没什么情绪地吐出这三个字。

秦梵对上谢砚礼那双漆黑如墨的眼眸，却看不出什么情绪。

真没准备？

哄骗谁呢，是不是惊喜等会儿不就知道了？

秦梵以为惊喜是今天的。

谢砚礼已经从秦梵的表情猜出她的想法："今天没惊喜。"

"真没有？"秦梵怀疑地看向温秘书，"温秘书，你骗我？"

温秘书差点哭出来："我哪儿敢啊，太太，谢总的惊喜不是今天的，您别问了，既然是惊喜，不知道才会惊喜啊。"

秦梵终于不折腾温秘书了，蹭到谢砚礼旁边，刚准备用甜甜的声音问他去哪儿。

下一秒，便被谢砚礼从容不迫地按了回去，很不解风情地给她系上安全带："坐好。"

秦梵忍了忍，瞥到他那张俊美出众又贴合她少女心的面容后，到嘴边的话咽了下去。

她忍！

果然，谢砚礼还是不要说话更符合她的审美。

又冷又傲大狼狗。

等谢砚礼也系上安全带后，温秘书才发动了车子。

谢砚礼看秦梵精力十足，倒是不介意她把玩自己的手指："不困？"

被谢砚礼这么一说，秦梵忍不住用力捏了一下他的指腹："你说呢，困死了！"

"我现在就是强撑着精神在跟你约会。"

约会？

谢砚礼听到这个词，薄唇微微上扬。

秦梵嘟囔着："今天都过去一半了，明天我又要拍戏，还不知道下次是什么时候。"

宋麟导演就是个工作狂，他的剧组相较于裴枫的剧组，没那么轻松，进度赶得很快。

秦梵在《风华》剧组适应了那边的进度，进了宋导的组后，用了一个星期才逐渐习惯。

"假期还有七天。"

本来秦梵还小声嘟囔着，但是没想到耳边传来男人清冽有磁性的嗓音，她一下子顿住了。

她在干吗，居然在惆怅少了半天时间跟谢砚礼约会！

啊啊啊！

谢砚礼不会看出来什么吧？

秦梵偷偷看向谢砚礼，却见他依旧是云淡风轻的表情，没有笑话她，也没有追问她。

他只一如既往地用那双眼眸看着她，仿佛眼里只有她。

"你一个总裁怎么又休假这么长时间，公司真的不会垮掉吗？"秦梵掩饰性地岔开话题，没有把愉快表现出来。

随即她的手腕被圈住了。

她诧异望过去："你干吗？"

却见谢砚礼清隽的眉心折了折："不喜欢我陪你？"

秦梵怎么会不喜欢，她喜欢死了！

这男人怎么回事，看起来挺聪明的，怎么就不懂内敛的少女心啊！

她没挣开谢砚礼的手，偏了偏眼睛不看他，却从形状漂亮的红唇中说了几个字："喜欢的。"

一字一句，清晰入耳。

"哎呀，别跟我说话了，我困了。"

秦梵说完之后，便闭上眼睛，面朝车窗方向，乌黑发丝下那小耳朵习惯性地泛起红晕。

恰逢红灯，谢砚礼解开安全带，捡起后面的薄毯，给她盖上。

秦梵闭着眼睛，感觉到男人身上清冽如寒霜的气息，忍不住拽了一下他的衣摆，而后睁开眼睛，探身在他薄唇上亲了口，又快速地闭上眼睛，像是什么都没有发生。

谢砚礼看着她颤抖的睫毛，没动。

秦梵没睁眼，说："我没占你便宜，是你过来勾引我。"她把"倒打一耙"这个词诠释得明明白白。

车厢内安静下来，仿佛只能听到浅浅的呼吸声。

秦梵确实是没睡饱，短短半小时路程，居然睡着了，等到再次睁开眼睛时，却发现车厢内只剩她自己。

嗯……

秦梵身上的安全带已经解开，她有些慢半拍地往外面望去，发现外面是一片沙滩。

大概是下午的缘故，沙滩上人并不多。

秦梵看了眼时间，感觉这一天又要过去，再过两小时太阳都要落下了。

秦梵老老实实穿上大衣，戴上围巾，将自己包裹得严严实实才推开车门。

门外只有温秘书。

"太太，您醒了。"温秘书连忙从车厢内拿出一只保温杯，"谢总给您准备的！"

"他人呢？"秦梵被冷风一吹，整个人精神不少，环顾四周，想要找谢砚礼的身影。

温秘书指着不远处正在卖糖炒栗子的店铺，那里排了长长的队伍："谢总给您买糖炒栗子去了。"

原本是打算他去买的，但是谢总不知道想到什么，喊住了他，自己去排队。

秦梵拧开杯子，里面是甜甜的桂花水，是她喜欢的味道。

顺势看向温秘书手指的方向，入目便是在人群中格外挺拔显眼的男人，还有他身后一些小姑娘在议论纷纷。

还有人去找他说话，但都被谢砚礼清冷的神色给吓回来了。

秦梵抿了口温热的水，没有着急去宣示主权，就那么安静地望着谢砚礼用手机付款后，白皙长指捏着褐色的牛皮纸袋。

温秘书："太太，您在看什么？"

秦梵饶有兴致："没想到你们家谢总也会手机支付啊，我还以为他要甩出一张黑卡给老板呢。"

温秘书顿了几秒，开口道："太太，谢总虽然平时不接地气，但也并不是刚刚下凡。"

该会的都会好吗！

而且，您现在该关心的不应该是谢总要被一群年轻女孩子围住要电话号码吗，您这么淡定真的对吗？

去宣示主权啊！去说这男人是我的！

温秘书差点泄露自己戏精的内心，下一秒，手里就多了保温杯，是秦梵塞给他的。

"太……"刚说出一个字，却见他们家太太朝着谢总冲了过去，耳边只留下秦梵一句话："去宣示主权。"

温秘书心想："太太为什么总是这么突然！"

谢砚礼没想到秦梵会突然跑过来，停在原地。

秦梵旁若无人地跳到谢砚礼怀里，纤细小腿圈住男人修劲有力的窄腰，双臂勾住他的脖颈，额头抵着额头："不许你跟别人说话！"

语气很霸道。

谢砚礼顺势环住，任由她挂在自己身上，薄唇溢出淡淡一个字："嗯？"

感受到她额头被风吹得沁凉，略略顿住，便对上秦梵那双乌黑的眼瞳。

没几秒，语调平静："没说话。"

秦梵闭着眼睛抬起下巴："那你亲我一下，我就相信你。"

这之间有什么逻辑关系吗？

谢砚礼想起容怀宴说的，女人不需要你帮她们捋逻辑，只需要你听话。

虽然谢砚礼不怎么赞成容怀宴的理念，但这一刻，身体比大脑反应快。

看着近在咫尺那微微嘟起的唇瓣，谢砚礼单手抱着她，另一只手准备取下脸上的口罩。

就在秦梵把围巾拉下来的瞬间，不远处有个女生尖叫："啊啊啊！"

"那是秦梵！"

谢砚礼还没取下脸上的黑色口罩，怀里的软玉温香便跳下去，拉住他的手腕："快跑！"

谢砚礼被秦梵拽着往温秘书那边跑去，谢砚礼从来没有这么跑过，更没有被人这么拽着跑过。

今天全都在谢太太身上尝试到了。

偏偏，还没亲到。

温秘书眼疾手快地早早将车门打开，而后迅速上车，发动车子。

一系列动作，像是经过专业训练。

秦梵坐回车上，轻轻喘着气："温秘书，要是谢总把你解雇了，你可以来我这儿应聘司机。"

温秘书看后面追车的粉丝们："太太，我连做个经纪人都不配吗？"

车子停在路边位置，直接上马路，温秘书很快便把她们甩开。

不得不说，这个车停的位置，选得相当好。

秦梵此时没顾得上谢砚礼。她今天被美色所惑，居然这么在粉丝面前露出脸，想要公开谢砚礼，幸好他戴着口罩。

秦梵一边给蒋蓉打电话，一边看了眼他，小声吐槽了句："红颜祸水。"

那边蒋蓉听到秦梵这话，血压差点飙高。

她想过很多种公开方式，万万没想到，秦梵差点被粉丝逮到！

蒋蓉："就算你要公开，能不能先通知一下我这个经纪人！"

秦梵："抱歉抱歉，实不相瞒，我今天真的是头脑一热，被谢总的美色给迷惑住了。"

蒋蓉顿住："谢总的美色你不是都习惯了？还能被迷惑，你看我长得像那么容易被忽悠的人？"

早不迷惑晚不迷惑现在被迷惑？

她怀疑是小祖宗故意搞事情！

秦梵瞥向谢砚礼那银蓝发色，哽住两秒："等新闻出来你就知道了。

"反正不怪我，都怪我家谢砚礼太迷人！

"幸好我反应及时，自制力强大，不然他口罩都要拉下来了。

"关键时刻我稳住了自己。"

见证一切的温秘书表示太太真的很会往自己脸上贴金。

幸好他不是太太的经纪人，果然经纪人这个活儿不是谁都能干的，当个司机也挺好。

倒是谢砚礼，淡定地拿出湿巾擦手。

蒋蓉一个字都不信。

秦梵放弃挣扎："反正现在粉丝们都以为我们家谢总是小土狗，不能再坏了。

"这次大家肯定会被我们家谢总的美貌震惊，不会再叫他小土狗了。"

这样的盛世美颜，什么小土狗！

秦梵很有信心："这次只有好处没有坏处。"

蒋蓉："你确定没乱来？"

一边说着一边开始搜索微博，暂时还没有查到有人将偶遇秦梵的事情发布到公共平台。

自然，这也需要时间。

谢砚礼细长好看的手指剥了个栗子塞到秦梵嘴里，像是奖励。

秦梵咬了咬软糯香甜的栗子，眉眼舒展。

"还想吃。"那双桃花眼眼巴巴地望着他，意思非常明显——继续剥。

蒋蓉头疼："都什么时候了，你还有心思吃，万一被人扒出谢总身份怎么办？"

秦梵问温秘书："多少人知道你们家谢总的新造型？"

温秘书连忙回道："只有裴导他们和秘书部的同事。"

秦梵更放心了："不会有人联系在一起的。"

谁能想象，无情无欲的佛子会染一头桀骜不驯的银蓝发。

秦梵觉得等谢砚礼回公司的时候，估计会染回来，他总不可能顶着这样一头银蓝发去出席什么正式商务论坛、酒宴以及其他公开活动。

起初蒋蓉不知道秦梵为什么这么笃定，直到她在微博看到粉丝拍摄的照片，

113

差点没把手机丢出去。

那是谢总？开什么宇宙玩笑。

看到路人拍的照片时，秦梵的粉丝们全疯了——合着半天，仙女喜欢的类型不单单是小土狗，还是非主流！

其实照片拍摄得很好看，氛围感很强，昏黄的阳光下，一半光影打在两人身上。

男人单手抱着露出整张脸蛋的少女，微微低头，与她额头相抵，考拉抱格外亲昵甜蜜。

少女形状漂亮的唇瓣微微嘟起，像是在索吻，而男人细长白皙的手指恰好勾在耳朵旁，下一秒便要取下口罩。

非常非常甜蜜的照片，男人身影挺拔清俊，只是那头银蓝发在阳光下格外招摇放肆，像是桀骜不驯的痞性少年。

然而就算是拍得再好看，也改变不了粉丝们看到心中不食人间烟火的仙女竟然选择一个行走的非主流男人时的感受——大失所望。

在他们心里，秦梵可以选择谈恋爱，但是谈恋爱的对象怎么着也得配得上仙女，就算不是仙子，也得是高质量顶级男人。

男明星搞这种发色是酷 boy，但现实中的男性没有男明星的颜值，就是非主流！

尤其是粉丝们认定秦梵的男朋友是小土狗属性，现在小土狗加非主流，一时之间，心态全都崩了。

于是，连带着不少大 V 粉丝都表示接受不了，宣布脱粉。

如果之前只是口头要脱粉吓唬秦梵，那么现在都付诸行动。

"秦梵粉丝大面积脱粉""秦梵什么时候分手""秦梵神秘男友非主流"，三个热搜直接霸占了今日新闻全部热度。

下面除了粉丝还有看好戏的吃瓜群众——

"只有我觉得这张照片很绝吗？绝美的绝。"
"还有这个发色，种草了，明天就让我男朋友也去染！"
"啊，秦梵这张脸真的太好看了，路人拍都毫无瑕疵！"
"她男朋友就算戴着口罩感觉也很帅啊，侧面睫毛好长。"
"这什么神仙发色，太酷了，桀骜不驯小狼狗永远的神。"

粉丝们完全听不进去路人的劝告——

"楼上怎么这样的瞎话都说得出口,如果真的帅,怎么出门都戴口罩?又不是男明星,长得丑才不敢露面。"

"对啊对啊,秦梵这个女明星都敢露脸,他一圈外人怕什么!"

"你们知道什么叫作口罩杀手吗?"

"小土狗配这种发色叫非主流。"

"我不能接受,秦梵,快分手!"

"秦梵你是不是光要男人不要粉丝了?"

……

大批粉丝喊着脱粉,然后大批路人以及秦梵的观众粉都来劝架——

"什么小土狗,这分明是桀骜不驯小狼狗!"

"粉丝们能不能不要戴着有色眼镜,真的很帅啊,很般配。"

……

甚至连将照片发出来的那个女生也在粉丝群里说:

"虽然他没摘下口罩,但给人的感觉真的很帅很有气质,当时很多女孩子都跟他要电话号码。"

但是粉丝们对秦梵男朋友的固定印象就是小土狗,现在又是什么非主流小狼狗,无论是什么狗,都配不上他们心目中的人间仙女姐姐。

只要没真实出现在他们面前,他们都不会相信秦梵的神秘男友真的帅。

当天晚上,蒋蓉连夜从北城飞来源城,直奔秦梵的酒店。

秦梵懒洋洋地靠在沙发上,身上盖着谢砚礼的外套,清冽的气息沁入鼻间,让她忍不住蹭了蹭。

旁边蒋蓉看她一眼,再看一眼,最后没忍住,将平板屏幕推到她眼皮子底下:"回神了,朋友!"

"看过了。"秦梵想到粉丝们的留言,抬了抬眼皮,"这样也好。"

"好什么好!"蒋蓉差点一口气没上来,震惊地望着秦梵,现在大批粉丝脱粉,她居然能说出"好"这个字。

秦梵往大衣里面缩了缩身子,睫毛轻轻颤抖,声线压低了几分:"蒋姐,其实我也是刚刚才知道,原来'不食人间烟火的仙女'这个人设在他们思维里是那样根深蒂固。"

根深蒂固到影响到他们对自己身边人的判断，觉得仙女就应该配一个怎么样的另一半，一旦不符合他们的预期设想，甚至越跑越偏之后，便会生气。

蒋蓉冷静下来，静静听着她如潺潺流水的声音。

秦梵："这段时间接到的剧本，局限性太大了，要么是仙女，要么是美人，基本上都是这种类似的角色。

"这是一件很可怕的事情，这样下去我的演艺生涯很快就要终止。"

原本秦梵也没想清楚为什么那么多本子找过来，角色都这么单一，她还以为是自己拍的戏太少了，所以导演们都还不放心用她。

这次粉丝们闹这一出，让秦梵恍然大悟：原来自己给人的形象已经固定了。

蒋蓉并不是听不进去话的经纪人，这段时间她也在思考这个问题，但反应没有秦梵快。

现在被秦梵一说，也恍然大悟。

她若有所思地点了点屏幕："那现在我们要怎么办？"

秦梵随意道："该怎么办怎么办，总归我早就公开过有男人的事情，没必要整天跟着澄清。"

粉丝虽然在微博闹腾，但路人们怜惜她，狠狠刷一拨路人缘。她既没违法也没背德，就好好地跟老公上街游玩，怎么了？谁也管不着。

蒋蓉赞同："总归很快就有其他热搜压下去，冷处理也好。"

要是女明星天天因为恋爱上头条，还各种澄清，更像是买热搜似的。

女演员，被关注的还是作品比较好。

蒋蓉刚准备联系公关部合理降热搜，却发现热度已经全部降下去了。

秦梵抿了抿双唇："应该是温秘书做的。"

那也是谢砚礼吩咐的。

秦梵想到今天头脑一热，差点跟谢砚礼公开。如果他口罩拉下来的话，大概今天的微博，要直接垮了吧。毕竟他是谢砚礼呀。

蒋蓉自言自语："谢总怎么突然降热搜，难道猜到你的想法了？"

"总不能是不想被人说是非主流小土狗吧？"

秦梵身子动了动。

此时，同一层楼尽头的套房内。

谢砚礼神色淡淡，端坐在落地窗旁边的椅子上，没有任何桀骜不驯之感，清冷矜贵如暗夜中的上弦月，高高在上俯视众生。

温秘书战战兢兢立在一旁："谢总，热度已经降下去了。"

"嗯。"谢砚礼从薄唇中溢出凉凉的一个字。

温秘书余光瞥到谢总面前那已经失去温度的糖炒栗子，还是没忍住，低声问道："既然您想公开，为什么不告诉太太？"

"或许太太也担心您不想公开呢？"

"夫妻之间，还是要多多沟通。"

温秘书想着适当的措辞，免得谢总以为他是在教上司怎么做事。

谢砚礼长指漫不经心地摩挲着圆润通透的淡青色佛珠，感受上面经文的触感。

就在温秘书以为谢总不会回答他的话时，空旷到有些寂寥的房间中响起男人冷淡的声音："她想当一个演员。"

温秘书先是顿了一秒，而后才反应过来是谢总在说话。

不过，这之间有什么联系吗？

谢砚礼自然不会跟温秘书解释，只是随意挥挥手："没事就出去。"

温秘书只能应："是。"

很快，偌大的客厅便只剩下谢砚礼一个人。直到"嘀"的一声，门被刷开的声音忽然响起。

原本看向窗外的谢砚礼缓缓转身，入目便是门口探进来的一个小脑袋。

秦梵漂亮灵动的桃花眸四处看看，很快便在落地窗前看到了那熟悉的银蓝色头发，顿时眼睛弯起："谢总，是你叫的服务吗？"

谢砚礼："谢太太这是又在玩什么小把戏？"

秦梵将自己裹得严严实实进来，关上门后，蹑手蹑脚走向谢砚礼，像是做贼似的。

谢砚礼就看着她演，直到秦梵走到他面前，仰头看着他那张优越出众的面容。

秦梵穿了件看起来就很厚重的山羊毛大衣，像是一只圆滚滚的熊，越发显得那张脸蛋小巧精致。

谢砚礼垂眸看她，忽然唇角溢出淡淡笑音："来自棕熊的服务？"

什么棕熊？

这男人有没有点审美，这是今年最流行的大衣了好不好！

算了，她不是来跟他计较审美这种小事的。

秦梵当着谢砚礼的面将那件大衣脱下来，大衣顺着女人纤薄的肩膀滑了下去，落在铺设了地毯的地面上。

谢砚礼素来平静无波的眼神，在触及秦梵里面的打扮时，终于露出一丝丝的情绪。

只见秦梵最里面居然穿着校服裙，比昨天见的时候，还多了两条白色的长袜，衬得小腿纤直漂亮。

踩在地面上时，秦梵的长腿微微并拢，一双水眸无辜地望着他，上下打量："让我想想从哪里开始吃。"

拉长了的音调，又甜又软，绵长旖旎，她像是一只假装清纯的女妖，身子柔若无骨地攀上了男人修劲有力的腰肢，在危险的边缘试探。

谢砚礼没动，任由她攀附在自己身上，嗓音未变："谢太太准备从哪里开吃……"

略略一顿，终于伸手将她按在了落地窗前，贴上她温热的后背，双手顺着玻璃，扣在她手背上。

他的薄唇轻触上她的耳垂，低语："任你品尝。"

秦梵一低头，便看到对面楼上的灯光闪烁，甚至还有人往这边看过来。

"别，会被看到……"

她没想到谢砚礼会这么直接，都不看看什么地点吗！怎么着也得去卧室床上，然后把窗帘拉上。

她可不想刚下了娱乐新闻头条，又冲上社会新闻头条。

已是晚上九点，外面霓虹灯蔓延至整条街道，下方人来人往，不单单住在对面的人能看到他们，甚至楼下行人仰头也能看到他们。

旁边落地镜映照出此时两人拥抱在一起的画面，格外清晰。

谢砚礼没让她回头，不知过了多久，他的声线染上喑哑，才告诉她："是单向玻璃。"

外面的人就算是站在窗外，也看不清楚。

秦梵悬着的那口气终于彻底放下来。

谢总不愧是谢总，什么时候都能让人出乎意料。

等回到床上时，秦梵看了眼手机，刚刚好零点。

谢砚礼从浴室走来，银蓝色的头发沾了水的缘故，凌乱搭在男人额头上，原本清贵自持的男人顿时染上不羁肆意，让人更加移不开眼睛，秦梵忽然朝他伸出一双手臂："抱抱。"

难得见秦梵这么撒娇，男人清隽的眉峰微扬。想到她今天这一出送礼上门，谢砚礼将浴巾丢在架子上，抬步朝着秦梵走过去。

"看上了什么礼物？"

没等谢砚礼说完，秦梵就已经扑腾着过去捂住他的嘴，瞪着一双清清亮亮的眼眸怒道："在你心里，我是那种为了礼物就这样做的女人吗？"

谢砚礼见她小脸不高兴："下个月底北城有场拍卖会，压轴品是一只粉彩镂空花瓶，你不是喜欢收藏花瓶？"

秦梵除了翡翠珠宝之外，还喜欢收藏各种漂亮的瓷器花瓶，家里衣帽间那层楼专门收拾出来一间房间,来放她所有的花瓶。

此时听谢砚礼提起来这只花瓶,她顿时眼睛亮了。

粉彩镂空的花瓶,她没有!太过于珍稀,没想到居然会出现在北城。

秦梵潋滟的眼眸抬了抬,顺手摸了一下谢砚礼的手腕,把自己塞进了他的怀里,朝着他笑得风情旖旎:"谢总,还要服务吗?"

谢砚礼把她按在床上,而后慢条斯理地将她身体盖住:"不要。"

这男人总是不按常理出牌就很烦啊!

谢砚礼探身关上壁灯,而后将秦梵隔着被子揽入怀中:"明天让温秘书给你带两本书。"

这是讽刺她没文化!

秦梵咬他一口,唇瓣贴着男人的锁骨含含糊糊嘟囔了句:"刻薄!"

谢砚礼:"明天不拍戏了?"

秦梵哼道:"拍。"

藏在他怀里的她唇角却不由得微微上扬,原来是怕她明天起不来,这么贴心呀。

临睡之前,秦梵总觉得自己忘记了什么。

直到快要睡着时,她摸索着攥着男人的手指说:"谢谢。"

旁人不知道,但秦梵却能感觉出来,谢砚礼让温秘书降低新闻热度是为了她,而他不公开也是为了她。

忽然之间,她和他像是心意相通了般。

几天的时间,粉丝们闹也闹过了,折腾也折腾过了,但是没用,秦梵依旧高调地在微博秀恩爱,每天微博发的内容都是银蓝色的大狼狗给她准备了什么东西。

吃吃喝喝玩玩拍戏,快乐极了。

谢砚礼这段时间几乎每天都来看秦梵拍戏,后来宋导认出了这位,差点惊掉眼球。

不过全剧组也只有宋导当初在私下的酒局中见过谢砚礼,其他人都没见过,自然没能将这位桀骜不驯的痞性男人跟传闻中无情无欲、端方守礼的谢砚礼联系在一起。

有宋导帮着掩饰,谢砚礼在剧组畅通无阻。

最后这天,因为秦梵这几天赶进度太累,不爱吃饭,连带着提前订的私房菜都碰不了几口。

谢砚礼难得亲自下厨,做了几个菜送来。

午餐休息时,秦梵坐在休息椅上打开食盒,看到里面的菜色与之前大不相同,倒是像上次谢砚礼做的那样。

"你做的?"

谢砚礼将筷子递给她,云淡风轻地应了声。

秦梵吃了一口,然后幽幽叹口气:"你今晚就要走了,干吗还做菜勾引我?"

"以后我更吃不下别人做的了。"

谢砚礼不动声色:"还有一个半月。"

秦梵眼巴巴望着他:"那你还会来探班吗?"

谢砚礼语调从容:"不会,要出差。"

秦梵扁了扁唇瓣,知道谢砚礼经常出差,只好点点头:"那等回家之后,你会经常做给我吃吗?"

这要是换了普通男人,面对仙女老婆这样的请求,自然想都不想就答应了。

然而谢商人思索两秒:"报酬。"

秦梵面无表情地夹了一筷子糖醋鱼,不想再跟他说话。

人都要走了,就不能留下点好印象。

谢砚礼就看着她吃,顺便将那份糖醋鱼端到自己面前。秦梵还以为他要吃独食,却没想到男人细长的手指拿着筷子,将细细的鱼刺挑了出来,动作自然矜贵,仿佛在做什么雅事。

鱼肉没有散开,最后他用勺子浇上一点汤汁,才推到秦梵面前。

秦梵腹诽的话一下子咽了回去,然后拿出手机默默拍了张照片发微博。

一句话没说,但粉丝们秒懂她的意思。

粉丝们自虐般地看她的微博——

"来了来了,今日份秀恩爱。"

"已阅,知道是你男人给你挑鱼刺了。"

"呵呵,真是居家好男人哦,还会挑鱼刺了。"

"这种软饭男能不能离漂亮姐姐远点,都在剧组多少天了,没工作吗,剧组缺你一个保姆吗?"

"搞不好人家还是厨师呢,姐妹们注意照片上刻意露出来的其他菜。"

"秀秀秀,小土狗非主流软饭男到底有什么可秀的啊?恋爱中的女人都这么无脑。"

"哎……就无语。"

"仙女人设崩塌……"

"再不回头,你绝对要毁在这个男朋友身上。"

"秦梵,你还有什么惊喜是我们不知道的?"

秦梵刷到最后这条，然后留言——

秦梵 V：还有很多惊喜是你们不知道的。// 从今天开始失恋：@秦梵，你还有什么惊喜是我们不知道的？

粉丝们要吐血了。
完了完了，他们有种不祥的预感。
还能塌房塌得更厉害吗？

谢砚礼休假结束后，便直接去国外出差，年底和年初都是最忙的时候。

刚好秦梵专心在剧组拍戏，其间她参加的独居综艺最后一期播出，差点没让粉丝们昏过去。

都叫婆婆为妈妈了。
完了，更不会分手了。

最后那期谢夫人出镜，倒是吸引了不少视线。节目组照顾到秦梵他们并没有公开，所以即便谢夫人出镜，也是远景或者背影之类的，除了认识的人，自然没人能发现她的身份。

节目组剪辑的时候暗戳戳地把完整版也剪辑出来，等秦梵公开那天，导演就把完整版放出去！还有前几期一些小细节，也要重新剪辑。

没错，导演知道秦梵和谢砚礼的关系之后，默默地把第一期秦梵和谢砚礼在谢氏集团相遇的拍摄记录拿出来刷了一遍，发现了好多细节！

类似于秦梵自然地打开谢总办公室里的抽屉拿零食，又如秦梵离开谢总办公室时，谢总手上留下的牙印。

这都是精彩瞬间啊！

于是导演在播放完最后一期后，片尾加了个："彩蛋不定期播出。"

播出那天，秦梵特意趁着化妆的时候看节目，连带着化妆师跟剧组工作人员都一起看。

工作人员："哇，秦老师，您婆婆身材跟衣品太好了吧，好有气质。"

他们完全想象不到这么有气质、知性优雅的女士，其儿子是桀骜不驯痞性小狼狗类型。

这段时间，工作人员们都远远地见过秦梵的男朋友，因为没有深入接触过，所以都以为他是那般皮相——又冷又傲又酷。

除了秦梵，从来不搭理任何人，包括宋导。

秦梵听到他们夸谢夫人好看，眉眼弯弯。

这时，小兔和几个保镖提着下午茶过来分给大家。她走到秦梵身边，递过奶茶后，表情有些严肃。

秦梵接过奶茶，桃花眸撩起看她一眼："怎么了？"

大家都很有眼力见儿，见秦梵她们有话要说，带着自己的下午茶道谢后便陆续离开休息室。

小兔这才压低了声音说："姐，方逾泽老师的妻子在外面的咖啡店等你。"

谁？

方逾泽的妻子？

秦梵还以为自己听错了："她找我干吗？"

说完之后她忽然想起来一件事——上次论坛上那些说她跟方逾泽有越轨关系的帖子似乎就是方太太发的，当时因为方逾泽果断退圈，才使得这件事落下帷幕，她也没继续追究，毕竟人家解决得很快，没让她卷进去。

小兔表情没变："我是买下午茶回来时遇到她的，她说如果你不去的话，她就一直在那边等。"

秦梵觉得这位方太太是不是哪里有什么大病？

"姐，我看她精神好像不太对。"小兔辅修过心理学，观察很敏锐，"要是咱们不管她的话，她会不会闹到剧组里来？"

秦梵打开手机准备给方逾泽去个电话，谁老婆谁负责，却发现他电话居然打不通，用小兔的手机同样打不通。

小兔："可能是拒绝陌生来电。"

秦梵又给他发微信试了一下，惊叹号显示非对方好友。

秦梵秀美的眉毛微微扬起："也就是说，他把我联系方式全删掉了。"

小兔默默点头："确实是这样没错。"

秦梵真的笑了，方逾泽应该不会闲着没事把她删掉又拉黑，那么最大的可能就是身边人干的。

这位方太太到底怎么回事，方逾泽都为她退圈了，还不能给她安全感吗？

虽然她能理解方太太把与丈夫有绯闻的女性联系方式删掉这种行为，但也没必要连陌生号码都拒绝接通吧……

这是要把方逾泽的正常社交全都断掉吗？

秦梵忽然站起来，整理了一下散乱在肩膀上的长发，然后随意在脑后扎起来，微卷的碎发随着她的动作晃动着，明艳的眉眼中透着慵懒的劲儿。她随即往外走："去看看。"

如果方太太是被程熹那个恶毒女人蒙骗的，那她去说清楚，让人家夫妻和好，也算是还了方逾泽雪中送炭的恩情。

毕竟当初在她求助无门时，是方逾泽主动把她引荐给了裴枫，这个人情她不能不还。

小兔跟在秦梵身边，紧张兮兮问："要不要多带几个保镖？"

秦梵想到之前曝光的方逾泽隐婚的视频中，方太太身形纤细，弱柳扶风。

她气定神闲地穿上大衣，将自己包裹得严严实实，又戴上毛线帽和围巾，确保出门肯定不会被人认出来，随意开口道："怎么着，难道她身边还跟着什么壮汉？"

小兔："这倒没有，她自己来的。"

"对啊，又是公共场合又是一个人来的，难道你怕她跟我扯头发？"

"扯头发的话，她直接闹到剧组来不是更好？"

到时候无论秦梵跟方逾泽有没有什么事情，秦梵"被正室打上门"的新闻绝对下不了头条了。

约在咖啡馆，就知道方太太不是来找她扯头发的。

听到秦梵的话，小兔恍然大悟，连忙跟上去："那我跟你一起。"

她不放心。

秦梵没拦着，"嗯"了声。

现在是中午休息时间，秦梵去跟副导演说了声，便离开剧组。

抵达咖啡馆时，秦梵很容易便看到坐在里侧那个穿着白色羊绒大衣的女人，正怔怔地偏头看着窗外，不知道在想什么。

不算惊艳的美，但如空谷幽兰，静静绽放着属于她的美丽。

有那么一瞬间，秦梵好像有点明白方逾泽为什么会为了方太太而退圈了。

直到秦梵走到她面前，江念念才抬头。

秦梵语调平静温和："方太太，你好。"

"你好。"江念念目光落在秦梵身上，见她虽然戴着口罩与帽子，但依稀能看出露出来的皮肤的柔嫩。

而自己脸上却有细细的皱纹了，江念念下意识摸了摸眼尾。

秦梵将她的动作与神色收入眼底，不动声色地坐下，让小兔去旁边挡着。

江念念回过神来："要喝什么吗，我请你。"

秦梵没摘下口罩，语调倒是平和许多："不用麻烦了，我还有半小时要上戏，方太太找我有什么事情吗？"

江念念双唇紧紧抿着，她没有犹豫太久，深吸一口气，直直地望着秦梵道："你那么漂亮，又是光芒万丈的女明星，只要是男人都喜欢你这样的女人，可是我只有我的丈夫，你能不能……"

话音未落，秦梵难得没有礼貌地截断对方的话语，嗓音淡了淡："方太太，你这话侮辱了你的丈夫。

"方老师为了你退圈,在你心里,他就是这样会轻易喜欢上其他女人的人吗?"

江念念张了张嘴,即便是没看到秦梵的表情,也从她的语调中听出了凌厉。

她放在膝盖上的手紧紧握起来,原本鼓起来的勇气,好像一瞬间消失了。

原本江念念是打算闹到剧组,让秦梵颜面扫地的,可临到这里,她忽然想见见这个被丈夫喜欢的女人。

此时看到秦梵,她才明白,如果她是男人,也会喜欢这样光芒万丈的女孩吧。

这样的女孩,真如同程熹说的那样,经常破坏别人感情吗?有一瞬间,江念念心底那个念头摇摇欲坠。

秦梵在看到江念念那一刻,便觉得自己这次应该是来对了。方逾泽喜欢的女人,不是个真正歇斯底里、不分青红皂白的泼妇。

那么定然是程熹说了什么、做了什么,才会让她产生猜忌。那个女人真的是进了监狱都不安分。

秦梵没有继续聊方逾泽的话题,而是话锋一转:"程熹被判了好几年,你知道吗?"

江念念有些恍惚,没想到秦梵会突然提到程熹。她怎么知道自己认识程熹?

秦梵:"所以你宁可相信一个犯罪分子的话,也不愿意相信枕边人的话?"

江念念不是傻子,也听出了秦梵的意思:"你的意思是,你和他……没有那种关系?"

可是程熹把照片与视频都给她了,她也确定过,不是假的。秦梵见她精神恍惚,眉心微微蹙起,确实如小兔说的那样,精神不是很对劲。

"我早就结婚了,并且深爱与信任我的先生,所以对别人家的丈夫一点兴趣都没有。"因为四下无人,且秦梵又包得严严实实,所以并未刻意压低声音,站起身说道。

说完,秦梵准备走人。

临走之前,看了眼精神不对劲的江念念,最终还是善心大发,微微叹了声,俯身在她耳边道:"方太太,如果不是真的爱情,怎么会有男人在知道妻子是断绝他事业之路的幕后之人后,还能自责没有陪伴她?"

话音刚落,秦梵忽然顿住,漂亮的眼眸定定地望着坐在被绿植挡住的座位上的男人身影。

他刚才整个人瘫在沙发上,又有绿植阻碍视线,导致小兔还真没发现这里有个人。

裴枫晃了晃手机,朝着秦梵笑道:"嫂子,你的真情告白,我会向谢哥转达。"

那头紫色的头发招摇着。

裴枫并没有注意听秦梵她们说话，只在秦梵站起身来时，才发现是她。当时他刚好打开和谢砚礼的聊天页面，于是更碰巧地把秦梵站起来说的那句话录进去发送给了谢砚礼。

想到自己说了什么，秦梵表情微变，三两步朝他走过去："裴枫！"

她现在连裴导都不称呼了。

经过这段时间的相处，秦梵觉得自己那么尊重裴枫，简直像个傻子！

这个人除了导演方面的天赋之外，生活上根本没有任何值得尊重的东西。

江念念迷茫地看着事情的发展：她是真结婚了，还是演戏？但另外那个人好像是裴枫导演，秦梵应该请不动裴导帮她演这样的戏吧。

她现在脑子有点乱。一边是视频与照片证据确凿，一边是秦梵说的程熹是犯罪分子，不能相信罪犯的话，一边又是震惊于秦梵这样光芒万丈的女明星居然早就结婚了，为什么结了婚女人还能这么光彩夺目呢？

在江念念心中，结了婚的女人都如她这样，在婚姻中渐渐消磨掉自我。怎么会是秦梵这样，仍如豆蔻少女。

那边秦梵好不容易抢到了裴枫的手机，语音消息已经撤不回来了。

秦梵点开语音："我……深爱与信任我的先生，所以对别人家的丈夫一点兴趣都没有。"

还没听完，秦梵一口气哽住，按了暂停键，怒瞪着裴枫。

裴枫摊手："你们都老夫老妻了，说什么爱不爱的，有什么好害臊的。"

秦梵气得快要冒烟："你还说！

"我不要面子吗？

"应该他先跟我说！"

裴枫想到谢砚礼的脾性："那你别想了，谢哥不可能说这么酸不溜秋的话，他能在行动上表现出爱你，已经够跌破眼镜了。"

秦梵瞥了眼他的发色："是你骗他染头发？"

裴枫不满她这个用词："怎么能是骗，谁骗得了谢砚礼？

"应该是他心甘情愿改变造型博谢太太一笑。"

见秦梵不说话，裴枫笑意盈盈："这个惊喜怎么样，有没有被惊喜到？"

秦梵这才想起来前段时间裴枫跟她说的谢砚礼要给她惊喜，原来是指这个。

"他还有什么其他惊喜？"

见秦梵心情平复下来，没有再纠结于被他录音发给谢砚礼的事情，裴枫果断推着她的肩膀往咖啡馆外走："走，咱们慢慢说。

"他给你的惊喜多着呢。"

秦梵差点被他这粗鲁的动作弄得原地露馅儿，幸好她围着厚厚的围巾。她顺便嘱咐小兔:"你去送一下方太太。"

方太太情绪不对劲。

忽然秦梵拽着裴枫停下:"等会儿,你是不是有方老师的联系方式,给他打电话,说方太太在这里。"

裴枫诧异道:"方太太?"

顺着秦梵的方向看过去,因为江念念背对着裴枫的缘故,他还真没认出来。

看裴枫的眼神,秦梵就知道他认识,整理了一下围巾:"要不你在这里联系方老师,我看他太太情绪不太稳定,免得出什么事情。"

"我下午还要拍戏。"

裴枫本来就是探班秦梵的,遇见方太太是意外,却也不能不管,毕竟遇到了。

他跟方逾泽合作过几部戏,是少有的知道方逾泽已婚并且育有一子的圈内人,还和方太太吃过饭。

两年前见方太太的时候,她还是挺活泼的样子,现在怎么跟变了个人似的?

想到秦梵说的那句情绪不稳定,裴枫没有浪费时间,迅速给方逾泽打了电话又走向江念念。

见裴枫帮忙,秦梵这才放心地回去拍戏,免得到时候方太太在找她的路上出事,她不好跟方老师交代。

别人的事情解决之后,秦梵才有心思想谢砚礼。

都怪裴枫,偷听她们聊天也就算了,还录音!

秦梵拿出手机想要跟谢砚礼解释两句,但打了一长串解释,又全部删掉。

"小心!"

小兔连忙拽住拐弯的秦梵,然而没拽住,秦梵直直地撞上了池故渊的胸膛。

"姐姐小心。"池故渊扶住了秦梵的腰肢。

当然,因为秦梵穿着她目前最爱的泰迪熊大衣,就是之前被谢砚礼戏称为棕熊的那件,旁人根本分不清腰在哪里。

池故渊扶住秦梵腰肢的同时,顺手接住了秦梵猝不及防被撞得掉下去的手机,入目便是屏幕上的备注——大狼狗。

脑海中顿时浮现出秦梵微博评论下那些路人戏称她男朋友的话,什么桀骜不驯放荡不羁小狼狗?

他那双狗狗眼望向秦梵。

秦梵接过来手机,语带感谢:"幸好你手快,不然我得换新手机了。"

"谢谢呀。"

"不用客气。"池故渊心中平复下来,然后装作无意般问,"姐姐喜欢小狼狗吗?"

"上次不是还说喜欢小奶狗?"

秦梵看时间，快要拍摄了，边往前走边随口道："说过吗？可能忘记了。"

"那你现在喜欢小狼狗还是小奶狗？"

见池故渊非要问个一二三四，秦梵对上他那双湿漉漉的狗狗眼，忽然想起之前小兔戏谑的话，说池故渊喜欢她。

难不成真的暗恋她？不然干吗想要知道她喜欢什么类型。

不过人家没有表白，她总不能直白地说"别喜欢姐，没结果"。这要是会错意，多尴尬！

以后还要拍对手戏呢。

于是秦梵答道："最近更喜欢大狼狗，又冷又傲的那种。"

旁边小兔腹诽：您直接把谢大佬的名字打在公屏上算了。

不过谢大佬狼起来，真的太绝了，这样的大狼狗，她也想要一个。

池故渊若有所思，捏了捏拳头，给秦梵鞠躬道："姐姐，我明白了！"

然后转身跑了。

秦梵一脸蒙："他明白什么了？"

小兔光在想她什么时候能有只大狼狗，真没注意池故渊的反应。

顿了几秒，小兔道："大概知道你喜欢的类型后，他高攀不起？"

毕竟大狼狗天花板就是谢大佬了。

秦梵："现在年轻人这么容易自卑？"

算了不想了，还是先拍戏。

本来秦梵还以为裴枫将消息发给谢砚礼，谢砚礼会问她，但是没有，什么都没有，他像是没收到裴枫那条微信语音。

秦梵后面都把这件事给忘了。

方太太被方逾泽接走之后，方逾泽亲自来跟秦梵道歉过，不过因为秦梵拍戏比较忙碌，也只是简单地见了一面。

后来关于他们夫妻的事情，秦梵便不关心了。

若是这样他们还能渐行渐远，那只能说有缘无分。

裴枫原本是来探班秦梵的，万万没想到，却因为这头紫色的头发上了热搜。

热搜标题：裴枫为博秦仙女一笑，紫发造型探班。

裴枫看到这个热搜差点没晕过去，这标题怎么这么眼熟，这不是他之前调侃秦梵和谢砚礼的话？

现世报来得太突然！

热搜之后全网都知道，秦仙女最近极爱这种桀骜不驯的类型。

莫名其妙地，网上居然流行起漂染这种五彩缤纷的奇幻发色，一时之间，紫发银发蓝发金发甚至绿发等满天飞。

秦梵的粉丝们看到众多男女明星开始染这些非主流发色，他们也不好意思用非主流来嘲讽小土狗……

因为他们发现，好像小土狗的发色最好看。

还有一些路人，都是什么造型，发质都干枯了，还有那蓝色，妈呀，荧光蓝吗？

人果然需要对比，这么一比较，粉丝们甚至觉得谢砚礼那头银蓝发格外好看，相较于有专业造型师的男明星们都不差什么，甚至颜色更讲究、更好看，也不知道是怎么调出来的。

在秦梵拍戏的这段时间，谢砚礼那头银蓝发成了全国网友心头的白月光。

结束宋导这部电影的拍摄，秦梵参加完杀青宴没有时间休息，直接坐飞机回北城参加颁奖典礼。

上次裴枫来探班，就是告诉她《风华》参选国内含金量最高的电影奖金诀奖，入围了最佳女主角、最佳男主角、最佳男配角、最佳女配角、最佳导演、最佳剧本六个奖项。

池故渊作为《风华》最佳男配，自然也要前往北城参加今晚的开幕式与颁奖典礼。

他追出来跟秦梵道："姐姐，我没买到你的同班飞机，不过今晚颁奖典礼见面时，你一定会惊喜。"

惊喜？

秦梵坐在车上，见他说完便转身跑走了。

蒋蓉已经习惯秦梵魅力无穷："小池弟弟这颗心，还没被你伤透？"

秦梵有些无辜："我没伤过他。"

这段时间，拍戏的时候，池故渊都很有礼貌，后期入戏也越来越快，提前一个月便完成了拍摄。

不想再聊池故渊，秦梵举着小镜子照了照："这段时间都没怎么好好护肤，感觉皮肤都粗糙了，你给我约全身美容了吧？"

蒋蓉："约了。"

谢太太有吩咐，她岂敢不遵从："等中午到了北城可以直接过去。"

秦梵下午做完美容，晚上再走红毯出席颁奖典礼，时间刚刚好。

小兔看着秦梵那张光滑细嫩的脸蛋，忍不住咽了咽口水，女明星的自我修养太好，皮肤这么好还粗糙了？

那她的皮肤岂不是抹布？

而且梵梵姐所谓的没好好护肤，是把每晚两小时的护肤时间缩减到一小时……就算拍戏累到爬不起来，也得让她帮忙在脸上敷个面膜。

难怪说女明星这种职业不是正常人能做的，她洗完脸光是涂水乳、精华、眼霜都觉得麻烦！

蒋蓉见秦梵闭上眼睛准备睡觉，说："你杀青了，不跟谢总说一声？"

光有女明星的自我修养，没有已婚女士的自我修养？拍戏结束都不跟老公说一声。

秦梵瞥了眼现在的时间，是早晨七点。

她哼笑，没怎么思考便脱口而出："现在F国是凌晨一点。"刚好是谢砚礼的睡觉时间。

此时，北城国际机场，谢砚礼提前结束出差，精英团一行人通过VIP通道直接离开机场。

温秘书看着行程表道："谢总，太太颁奖典礼结束得今晚十一点之后，这段时间，您可以参加个商业论坛。"

"商业论坛在下午三点钟。"偷瞄了眼谢总那头银蓝发，温秘书顿了顿，"需要取消吗？"

这段时间在F国，谢总这发色并未引起什么轰动，毕竟他很少在那边工作，那边的人并不知道"谢佛子"这个称呼，自然不懂这个发色代表了什么。

虽然惊艳于大Boss的新造型，但也只是增加了想要找Boss搭讪的金发碧眼的女郎数量罢了。

当然，她们还没靠近谢Boss身边，便被保镖们架走了。

谢总素来对女色没什么兴致，如今亦是。

但是现在不同啊！回国了，要是谢总这头银蓝发出现在国内公开场合，一定会引起轰动。

谢砚礼坐在车座上，长指轻揉眉心，缓解倦怠的神经，嗓音淡淡："先去研止会所。"

听到谢总要去研止会所，温秘书长长地松口气，看样子谢总是打算把这异常放荡不羁的发色染回来。

那就好那就好，还是熟悉的谢总。

这段时间每次看到谢总这头银蓝发，温秘书都不太习惯。然而温秘书没想到，谢总并不是要恢复原本的造型！

研止会所。
还是之前那个专门为谢总服务的造型师。

他的第一反应也是："谢总要染回来吗？"
谢总看着镜子里映照出来的面容，嗓音淡淡："黑发长出来了。"
温秘书、造型师一时无语。

17

Shooting

最佳女主角，接你回家

17

秦梵抵达北城时，已经中午十二点，甚至没来得及去吃午餐，便直奔蒋蓉约好的研止会所。

春寒料峭，秦梵最怕冷，还没有下车，便感觉到瑟瑟寒风侵入骨髓，有那么一瞬间，她想重新窝回去。

秦梵："现在回家让美容团队上门还来得及吗？"

蒋蓉用眼神告诉她来不及了。

谁让她现在住的地方距离颁奖典礼地址太远，来回得三个多小时，而美容会所内有最好的造型工作室，一个流程下来，刚好可以直接去走红毯。

秦梵刚准备生无可恋地下车，却听到站在外面的小兔惊呼："看那边是不是谢总的车？"

她循着小兔指的方向看过去。

寒风之中，一辆黑色轿车疾驰而过，车身线条冰冷高贵。

短短几秒时间，秦梵被冻得睫毛颤了颤："应该不是。"

谢砚礼现在应该还在 F 国，更何况，车子出来的方向是研止会所，秦梵想象不到谢砚礼去做美容造型的画面。

蒋蓉敲了敲小兔的脑袋："北城这样的地方，这样的车型马路上随处可见，瞎激动什么。"

小兔觉得谢总那辆感觉就是与众不同嘛……

好吧，或许真的是她看错了。

秦梵冻得眼睛都睁不开，整个人恨不得挂在小兔身上："今晚走红毯，我想穿羽绒服。"

蒋蓉心想："真是没有一个省心的！"

"第一次入围女主角就穿着羽绒服走红毯，以后每次获奖，你这黑历史都要被翻出来。"

而且哪有女明星穿羽绒服走红毯，除非特殊设计的羽绒材质礼服。

当然，蒋蓉并没有打算让他们家小祖宗走那种哗众取宠的路线，有一张女明星天花板级别的高颜值面孔，出场就是焦点，自然是要越美越好。

秦梵懒洋洋地说："借你吉言能获奖。"

倒不是秦梵对自己没信心，而是入围最佳女主角的基本都是国内演技一等一优秀的女演员。

与她们相比，秦梵觉得自己不过是新人罢了。

出道至今，她没有入围过任何奖项，现在直接与老牌女演员争夺最佳女主角，怎么都觉得悬。

小兔连忙说道："姐，你最近没上网，现在大家对你能否获得最佳女主角的猜测是五五开。"

"也就是说，你的演技已经得到了大众认可，可以与那些一线女演员一较高下。"

《风华》的成功有目共睹，没人忽略秦梵的演技。

有些女演员的灵气是与生俱来的，天生就是演员。而秦梵，恰好也是其中之一。

蒋蓉看着秦梵穿着厚厚大衣的背影，唇角忍不住露出笑意，不过想到最近公司施压，笑意停住几秒。

小兔扭头："蒋姐，你怎么还不进来，在外面吹冷风是新的养生方式？"

蒋蓉作为三十多岁的职业女性，已经开始进入养生模式，平时挂在嘴边的就是营养均衡、合理膳食、养生方案。

她此时忍不住翻了个白眼，没好气道："对，新的养生方式，你要不要来吹吹，吹成面瘫脸上皱纹就变少了。"

小兔捂住脸："那还是算了。"

秦梵已经进去，里面暖气开得很足，她顿时感觉整个人活过来了："小兔进来，把门关上。"

小兔连忙应道："好，蒋姐，那你在外面吹吧。"

蒋蓉心想："小兔这孩子，看着挺聪明的，怎么有时候也傻乎乎的。"

秦梵没关注她俩的对话，已经在跟等待的美容师商量等会儿她要做的项目。

出于时间原因，之前定好的项目要改变一下。秦梵六点之前要抵达颁奖典礼现场，他们现在有五小时准备。

为了避免穿礼服不好看，蒋蓉只给秦梵准备了盘蔬菜沙拉。

秦梵看着菜叶子，沉默几秒："蒋姐，我一直有个秘密没有告诉你。"

蒋蓉总觉得她要闹什么幺蛾子："我现在不太想听你的秘密。"

小兔举手："我想听！"

她对女明星的秘密最感兴趣了。

旁边那些造型师、美容师也瞪大了眼睛，竖起了耳朵——嚯，果然给女明星做造型，能听第一手的八卦、吃第一手的瓜。

下一秒，秦梵用那双黑白分明的眼眸望着蒋蓉，缓缓说出"惊天秘密"："我的胃其实长得靠后，所以少吃一点点，不会有小肚子的。"

她伸出纤细的手指，比画着"一点点"："光吃沙拉，万一走红毯时，我低血糖犯了晕倒怎么办？"

想听八卦的众人觉得这算什么惊天秘密，他们想要听真秘密。

蒋蓉对上她期待的眼神，没有丝毫怜香惜玉，摇头道："我给你准备几块糖，等你走完红毯，要是觉得要晕了，就偷偷在台下吃一块。"

这人根本没有低血糖好不好。

秦梵闭上眼睛，从红唇中溢出几个字："蒋蓉，你没有心！"

蒋蓉："嗯，我没有，那糖也不用给了。"刚好她不必担心秦梵偷偷吃糖被镜头发现。

自从了解了秦梵的性子之后，蒋蓉真的越来越会拿捏她的小脾气，虽然一般情况都会被秦梵反拿捏回来。

但事关秦梵第一次入围最佳女主角奖项，搞不好能捧回奖杯，蒋蓉自然不允许出现一点点意外。

小兔小声在秦梵耳边说："姐，没事，等颁奖典礼结束，回家让谢总做顿丰盛的晚餐给你接风洗尘！"

她记得这段时间这位光芒万丈的女明星经常念叨谢大佬的厨艺，到了后期甚至三餐都要念叨一遍。

秦梵瞥了她一眼，有气无力道："他还在外面出差，等他回来，我怕早就饿死了。"

小兔："哦，差点忘了。"然后怜惜地看着秦梵，"那今晚结束后，我们就去吃大餐吧！你想吃什么，我现在就订。"

蒋蓉也答应了："要是能得奖就是庆功宴，没得奖就是补偿你受伤的小心脏。"

秦梵听小兔提到谢砚礼的厨艺，更饿了，委屈巴巴地吃完一盘蔬菜沙拉便躺在美容床上，开始第一步。

想到谢砚礼，她拿出手机给备注为"大狼狗"的联系人发了条微信："想吃你做的菜，委屈巴巴。"

很快，秦梵收到了条回复。

大狼狗："好。"

秦梵红唇微微报着，心想："好什么好，人在F国，还不知道猴年马月才能吃到。"

蒋蓉还给她接了个电影客串，过几天就要飞南方城市拍摄，到时候可能会错过谢砚礼回国。

秦梵越想越心疼可怜的自己，异国恋真是太难了。

秦梵："那得什么时候才能吃到……"

大狼狗："你想什么时候，就什么时候。"

秦梵："F国风水有问题，我们无情无欲的谢佛子也学会哄骗人了。"

秦梵忽然想起来，快速敲下几个字："我听温秘书说有很多金发碧眼的小姐姐想要和你搭讪？谢佛子魅力无穷哦。"

谢砚礼没回话，简单粗暴地给她发了个文件过来，是他这段时间在F国所有的工作安排。

秦梵打开从第一天往下看，工作安排全都满满的，甚至连休息时间与用餐时间都规定严苛。

每天的休息时间没有超过六小时，用餐时间没有超过一小时。

剩下的时间都被工作填满，确实是没有时间跟金发碧眼的小姐姐勾搭。

秦梵刷到后面都懒得看了，无聊又时间苛刻的行程表，跟谢砚礼这个人似的，没有新鲜感。

哎，秦梵想到谢砚礼那银蓝发色，立刻把"没新鲜感"这个词收了回去。

没新鲜感的男人偶尔有点新鲜感，就过分蛊惑人心。

可惜，谢砚礼回国后，就得把发色染回来了。

秦梵想到谢砚礼又要恢复成之前一丝不苟清清冷冷的谢佛子，自己以后看不到谢砚礼这么桀骜不驯的大狼狗发色，颇觉可惜地叹了口气。

美容师手持机器停住："秦小姐，是弄疼您了吗？"

秦梵："没有，继续吧。"

美容师："那就好，那您闭上眼睛，要开始做眼部了。"

秦梵这才放下手机，闭眼专心享受美容时刻，不知不觉地睡着了。

下午四点，秦梵换好了新造型站在落地镜前。

不单单是小兔，就连几位造型师都很难克制住蠢蠢欲动想要拍照片的手，秦梵盛装实在是太美了。

她的妆不算很浓，是那种很薄透的妆容。但秦梵五官精致，越是略施粉黛，就越衬得那张脸明艳动人。

小兔拿出手机狂拍好几张。

"呜呜呜，太美了，梵梵姐你是仙女下凡吧！"

造型师跟着附和："更像是神女下凡，气质太绝了！

"给那么多号称颜值天花板的女明星化妆，只有秦老师这张脸才是真正的无可挑剔。

"颜值天花板永远的神！

"到底哪个男人那么幸运,以后能娶到秦老师这样的仙女姐姐。"

"有时候秦老师的粉丝说得挺对的,真的没有男人配得上人间仙女。"

原本这段时间秦梵在微博各种秀恩爱,她人间仙女的人设已经开始崩塌,但造型师们看到秦梵这盛装之后发现,崩塌是不可能崩塌的,这张脸一出场,就是绝杀。

秦梵提了提裙摆,正回眸从镜子里看手臂两侧系成蝴蝶结的羽毛绸带,乍然听到造型师的话,勾唇一笑:"有人配得上呀。"

造型团队里大部分是年轻女孩子,忍不住想要跺脚:"秀恩爱了!"

"抓起来!"

"没错,抓起来,我也想养仙女。"

这次秦梵红毯造型选择了拖地长裙,银色裙摆上是一层层的白色羽毛,裙子是抹胸的设计,纤细手臂两侧绑着同款羽毛绸带,随着她走动,绸带散在身后,曼妙婀娜。

这是秦梵亲自选的,因为羽毛看着暖和。

当然,穿在秦梵身上的效果也非常好。

秦梵红毯是跟《风华》剧组一起走,除了提名最佳男主角的方逾泽没有来,剧组的演员、导演、编剧都来了。

作为年度最受瞩目的电影,《风华》剧组走红毯被排在后面的位置。

等候时间,裴枫丝毫不见外地打算上秦梵的车。

秦梵正在刷微博,今天颁奖典礼盛大,星光璀璨,自然受到网络关注。尤其是微博上,特意开辟出一个"金诀奖"的入口,里面各大入围演员嘉宾的粉丝们已经热闹起来。

秦梵点进去,便看到热门微博里居然有自己的粉丝,他们在一众粉丝颇多的演员中杀出了条血路。

微博热门可是各大演员的粉丝们的必争之地,这代表了排面。

秦梵大V粉丝发的是她九宫格的照片,也是蒋蓉从秦梵工作室的账号发出去的。

因此,还没走红毯,粉丝们就已经开始期待"人间仙女"的再次驾临。

令秦梵没想到的是,在这条微博下,除了粉丝之外,还有许多路人——

"这女演员是谁啊,好漂亮,一进来就看到了!"

"天哪,居然还有人不认识秦梵?那看过《风华》吗?"

"秦梵是新人女演员,去年主演《风华》入围金诀奖最佳女主角,手握一线杂志封面与高奢品牌'缘起'全球代言，主演宋麟导演的青春电影刚刚杀青，期待秦演员未来其他作品。"

"本来以为是个花瓶美人，没想到进了超话之后，居然全都是在夸演技，突然有点搞不懂了。"

"最近娱乐圈内卷得厉害，不但要求颜值，更要求演技，不错不错。"

"许久没有关注了，没想到出现这么厉害的新人，未来可期。"

"看了几个《风华》的片段剪辑，不得不说这个新人演员有点东西。"

"不过……这么漂亮又有实力的女演员审美好像有点问题，怎么选了个非主流男朋友？"

原本粉丝们看路人对秦梵全都是好评，还有些骄傲秦梵是他们喜欢的偶像呢。然而在看到"非主流男朋友"这六个字的时候，齐刷刷僵住了。

这些路人怎么回事，为什么要朝他们心里捅刀子？

但是！他们说秦梵男朋友是非主流是小土狗可以，别人却不能说！

于是乎，粉丝们纷纷涌来——

"什么非主流，这是最近的流行趋势，只能说很时尚。"

"现在那些男明星不都这么搞，怎么到我们家小土狗这里就成了非主流，小土狗的银蓝发色不比那些绿不绿蓝不蓝黄不黄的高级、好看？"

"没错！仙女喜欢的小土狗再土也是神犬！"

"什么神犬，是狼王！"

……

路人们蒙了，他们听说的不是秦梵粉丝们对她的男朋友观感很差吗，怎么都这么维护？

秦梵看到那什么"神犬""狼王"没忍住直接笑出声，不过这段时间她没有白秀恩爱，粉丝们都知道维护大狼狗了呢。

她刚截图发给谢砚礼，裴枫便打开车门进来："外面冻死了！"

入目便看到秦梵对着手机屏幕眉眼带笑的画面，到嘴的话戛然而止，话锋一转："啧，突然想亲自给你写个本子。"

裴枫有专业的编剧团队，虽然拍摄电影不少，但自始至终只为一个人写过本子。

但那位演员已经退圈，导致他的本子被压箱底。

想到那位惊才绝艳却如流星般绚烂了短短几年的女演员，裴枫便觉得可惜，从那个时候开始,他就很少给人写本子了。

万一他本子还没写好,人家先退圈,他找谁说理去?谁知道秦梵会不会过两年也退圈回家生孩子了。

秦梵还在给谢砚礼发送截图,她抬眸看向裴枫:"我还有这个荣幸?"

裴枫懒散地靠坐在她对面,也不管西裤会不会弄皱,坦然得仿佛在自己家里:"有啊,不过你得确定十年内不会退圈。"

"不然我写好了,你回家生孩子,然后养孩子……"

裴枫越说越觉得可怕,表情渐渐凝重。

秦梵这样有灵气的女演员演艺圈难得一见,怎么能就这么浪费?

裴枫忽然正色道:"我算了一下,男人最佳生育年龄在 25 到 35 岁,女人的最佳生育年龄在 23 到 30 岁。

"你们两个可以五年后再决定要孩子,在最佳生育时期,你觉得怎么样?"

秦梵看了眼他染回黑色的短发,然后晃了晃手机:"要不让另外一个当事人告诉你?"

裴枫目光落在秦梵手机屏幕上。

是一段长达一分钟的语音消息,从秦梵这里发过去的,就在刚刚。

回忆了一分钟前的对话,裴枫有点气恼。

裴枫捂着心口,大受打击:"嫂子,我为你的事业真心规划,你居然这么对我,你良心不会痛吗?"

秦梵气定神闲,凉凉道:"裴导,我记仇。"

上次他怎么偷偷发语音出卖她,这次就让他亲自尝尝!

"上次知错了吗?"秦梵长按几秒,出现"撤回"的标志。

裴枫忍辱负重:"知错了。"

秦梵:"还有下次吗?"

"没有了没有了。"

裴枫看着屏幕:"超过两分钟不能撤回,快要超出时间了!你快点撤回!"

这个时间点,谢砚礼应该在工作,没空看微信。

裴枫自认了解谢砚礼的工作狂属性,一般上班时间,他不会看消息。

见裴枫急得额头都出汗了,秦梵这才点了撤回,随即一道微信消息提醒音传来。

车厢内,刚才还打闹的两个人面面相觑,然后同时看向手机屏幕,入目便是谢砚礼发来的一条语音消息。

秦梵抿了抿唇,幽幽道:"我撤回了,按理说他要不是秒看消息,应该听不完……"

裴枫一巴掌盖住额头，已经不敢听谢砚礼的语音。他重新倒回车椅上装死，恨不得回到五分钟前。

秦梵稳住心神，悄悄点开那条语音，便听到男人低沉清冽的嗓音传来："璨璨，你想吃什么？"

十秒的语音消息，只有这一句话。别说秦梵，就连躺倒在椅子上的裴枫都蒙了："他没听到？"

"这是巧合？"

不然谢砚礼怎么会发这种风马牛不相及的话？

秦梵跟裴枫对视一秒，然后开始报菜名："我想吃红烧小排、宫保鸡丁、麻婆豆腐、芋儿鸡……"一口气报了七八个菜名后，秦梵还觉得不够，最后补充道，"还有你上次做的糖醋鱼，要没鱼刺的那种！"

旁边裴枫都听呆了，让他更呆的是，谢砚礼回复的一条新语音："再加个椰子鸡汤好不好？"

秦梵回复："好……"

"好什么好，你又不能给我做。"

她越报菜名越饿，忍不住从蒋姐给她准备的小包里拿出两块糖，分了一块给旁边目瞪口呆的裴枫。

蒋蓉带着来找秦梵的池故渊过来时，便看到一位光彩照人的女明星，一位号称鬼才导演的名导，两人齐齐剥开糖纸，以一副喝酒的架势把糖塞进嘴里。

蒋蓉感到疑惑，什么鬼？

秦梵跟裴枫也齐齐看向蒋蓉身后的池故渊，见到他那头灿烂的淡金色短发，齐声说了句："什么鬼？"

此刻，谢砚礼参加的商业论坛刚刚结束，晚宴开始前还有采访环节，他未参加采访，拿着手机走到门外。

被谢砚礼那银蓝发色震惊的商圈大佬们望着他的身影，忍不住也八卦：

"这真是谢砚礼，不是谢砚礼的双胞胎弟弟？"

"没听说谢家有双胞胎，而且就那无情无欲的调调，谁装得出来？"

"这更可怕了。"

……

在众多黑发甚至脱发的商界大佬之中，谢砚礼的高颜值已经足够惹人注意，偏偏他这次还染了这种银蓝发色，那张清俊的面容都被带得更昳丽肆意。

原本就是媒体关注的焦点，现在更被关注了。

有记者跟在谢砚礼身后，隐约听到他声线低沉，问手机那边的人想吃什么，最后还说了句什么椰子鸡汤。

妈呀！

谢佛子平时聊天都这么接地气的吗？

谢砚礼在转身准备回到大厅内时，被这个胆子比较大的媒体记者拦住："谢总，能请问您一个问题吗？"

谢砚礼顿住。

记者略松口气："是什么促使您染了这样的发色？"

"毕竟您之前并非这般风格。"

全场安静。

几秒后。

谢砚礼平静清冷的声线传遍厅内："哦，最近我太太喜欢这种风格。"

男人银蓝短发下那双如寒星的眼瞳染上浅淡笑痕。

此时，红毯外。

《风华》剧组已经聚齐，秦梵用宽大的羊绒披肩将自己肩膀裹住，幸好下半身是及地长裙，并且羽毛铺在裙摆上或多或少能挡住点寒风，面前还有两个身形高大的男人站在风口。

这显得旁边穿着黑色丝绒礼服的秦予芷格外凄凉。

胖胖的男编剧倒也很有爱心，也帮她略微挡了一下风，毕竟是女孩子，要是过分差别对待，被粉丝媒体之类的拍到，也不太好看。

但秦予芷看到她面前那个胖编剧，表情更阴沉了——他这是什么怜悯的眼神？自己什么时候需要这种人怜悯了。

秦予芷目光从编剧身上挪到秦梵身上，冷风中脸上的微笑有些僵硬。

这边，池故渊扭头看向秦梵："姐姐，你还冷吗？要不去车里吧，等红毯开始再叫你。"

"啊啊啊！"

秦梵还没有说话呢，红毯两边粉丝们的尖叫声几乎要刺破夜幕。

原因是池故渊顶着头淡金色短发，穿着暗纹西装，恍若一下子从小奶狗弟弟变成了成熟有魅力的男人。

嗯，也很有小狼狗的意思，此时这只小狼狗俯身在秦梵耳边说话。

人群中也有他们的CP粉，当然，更多是看热闹的，俊男美女的组合谁不爱看。

秦梵纤细的身子站得很直，对池故渊礼貌一笑："不冷，而且要开始走红毯了。"

刚才蒋蓉带着池故渊上车时，他们还没来得及说话，便有工作人员喊他们剧组走红毯。

所以秦梵到现在都不知道为什么他今早还是黑发小奶狗，几小时后变成这个样子……

池故渊见秦梵终于跟他说话了，刚准备朝她笑，忽然表情顿住，假装冷酷："嗯……"装了两秒，没绷住，"姐姐，你觉得我这样帅吗？"

裴枫终于听不下去了，这是挖他们家谢哥的墙脚呀。

这能忍？小奶狗装什么大尾巴狼？

裴枫瞥他一眼："还能有我帅？"

秦梵随口道："都很帅，轮到我们了。"

下一刻，两个男人同时朝她伸出手臂，让她挽着一起上台。

秦梵在他们伸出手臂之前，往前走了一步将披肩递给工作人员，而后提着长长的裙摆，身姿曼妙动人地登上红毯。

覆着羽毛的绸带飘在她身后，平添了几分摇曳感。

两个男人完全不尴尬地对视一眼，然后同时收回了手臂，齐齐跟在她身后，落后半步上了红毯，似乎已经忘了还有个同组女演员。

秦予芷新做的指甲几乎要陷入掌肉，最后还是忍住了。她没有挽旁边编剧的手臂，提着裙摆，随之登上红毯。

其实这样的位置也算是正常，毕竟男主角没来，秦梵作为女主角，第一个走红毯。

不正常的是，分明有男演员跟男导演朝她伸出手臂，偏偏她还自己一个人走。

"秦梵，秦梵！"

"秦仙女人间绝色！"

"仙女太美了，仙女姐姐看我看我看我！"

"秦梵，你什么时候分手？"

在一群粉丝的尖叫声中，这个声音格外清晰。

原本秦梵正不断在心里暗示自己是个没有感情的走红毯机器人，满脑子都是什么时候才能走完这短短的路程，仙女真的不抗冻！直到这声音叫回了她的魂儿。

秦梵睫毛轻轻眨了眨，桃花眸看向说话那人。那是一个举着她的灯牌的女粉丝，大概是没反应过来秦梵会朝她看过来，被自家偶像的美貌惊艳了几秒，然后想到偶像家里那个小土狗非主流男朋友，顿时哽住了。

这样的仙女，就得配男神配仙子！再不济她旁边那两个"保镖"也不错啊。

于是粉丝夆着胆子重复道："女神，你什么时候分手？"

"你值得更好的！"

旁边裴枫都听不下去了，什么叫作"值得更好的"，这世间还有人比谢砚礼更好?

裴枫还没来得及说话,秦梵已经拿起主持人递过来的话筒,面朝镜头,红唇含笑:"可是在我心里,他是最好的。"

原本热闹的红毯像是被按了暂停键,陷入片刻安静。大家都不可置信地望着秦梵,没想到她居然当众说这种话,这与当众告白有什么区别?

全场大概只有裴枫认可秦梵的话。就算是高傲如裴枫,也不觉得谁比得上谢砚礼。就他们这辈,如果非要说的话,那么陵城容怀宴算一个,还有他大哥,商界老狐狸,当然,这只老狐狸现在忙着追老婆,已经不配与容怀宴他们并列。

裴枫十分嫌弃他亲大哥。

红毯是现场直播的,颁奖典礼还没开始,秦梵这段视频便传遍了网络。

所有女明星争奇斗艳的红毯造型的热度,全被秦梵这句话碾压了。

当秦梵这句告白的热搜词条压在她们头顶时,这些女明星还有点庆幸,幸好不是被秦梵的美貌碾压……

多多少少找回点面子。

这条视频以绝对热度,压在了第一的位置,网友们被秦梵的美貌与大胆惊艳——

"秦梵的红毯造型虽然少,但从来没有让我们失望过。"

"漂亮姐姐就该多穿着漂亮礼服工作,谈什么恋爱,人都谈傻了,当众告白这种事情都敢。"

"秦梵美则美矣,就是恋爱脑。"

"不得不说,秦梵这一拨太敢了,她是真不怕粉丝脱粉啊。"

"你们没发现吗,秦梵自从公开恋情之后,就不走流量路线了,你看她接的戏,这是要走实力路线。"

"也是,人家正常谈恋爱不偷不抢也没违法犯罪,真搞不懂粉丝们闹腾什么。"

热搜词条下,各种言论都有。

但大部分人不懂秦梵一个这么有潜力的女明星,为什么要恋爱脑,为什么审美是那种非主流。

舆论基本五五分,一边支持秦梵谈自己的恋爱,不要管粉丝;另一边是让她不要恋爱脑,别被那个非主流土狗蛊惑,理智点儿。

直到媒体在微博上发布一张动态图片,才打破了平衡的舆论。

照片上,两个不同类型的英俊男人站在秦梵面前替她挡风,还嘘寒问暖,却对同组另外一个女明星秦予芷不闻不问,对比过分明显,顿时引起秦予芷庞大粉丝团的不满,他们随之发表了一些对秦梵不利的言论。

原本秦梵那些粉丝还在群里哀叹,看到秦予芷粉丝的言论,顿时团结了起来。他们喜欢的明星他们可以自己说,但是不可以让不相干的人来诋毁侮辱。

粉丝们在超话发秦梵美美的红毯造型照,又在秦梵热搜词条下回复不知情路人,免得他们误会秦梵,顺便将秦予芷出道至今这么多年的黑料有理有据地剪辑成视频,然后发布到她的超话与热搜词条下,给路人网友避雷。

围观的吃瓜群众忍不住感叹——

希望其他明星的粉丝们能引以为戒,故意挑事污蔑诋毁,迟早遭到反噬。

颁奖典礼现场,秦梵他们并不知道此时网络上的情况。

秦梵一坐下,暖和过来后,就感觉饿了。摸了摸手包里剩下的四块糖,秦梵刚准备吃独食。

耳边传来裴枫幽幽的声音:"我也饿了。"

秦梵掌心那块糖被她攥得温热,她抬起眼看向裴枫。

裴枫慢悠悠道:"在红毯上我冒着被全网黑的后果帮你老公说话,你却连块糖都舍不得给我。唉,有些人长得像仙女,没想到心这么狠,后悔啊。"

秦梵无语,将手里的糖塞给他:"给给给!"

刚才红毯上陷入诡异的安静时,场面是裴枫挽救回来的。

裴枫说:"我做证,秦梵跟她那位神秘男友非常般配,以后你们就知道了,仙女下凡是拍戏给大家看的,请大家多多关注《风华》,关注秦梵的新电影。对了,我们今年还打算合作一部新作品,请大家多多关注。"

这话一出,主持人连忙接过话头,将话题引到他们的作品上。

秦梵自己说她的男人多优秀,所有人都觉得她是恋爱脑,但裴枫来说,虽然大家会以为他是看在秦梵的面子上,但最起码还是会信一点点。

倒是秦梵,摸着最后三块糖:一共六块糖,裴枫这个贼子分走两块,好气!

然后余光瞥到池故渊也眼巴巴地望着自己,秦梵深吸一口气,大方地分给他一块:"给你。"

只剩下两块,秦梵不能厚此薄彼,一块给了编剧,剩下最后一块,她看了眼同剧组最后一人——秦予芷。

秦梵细白柔软的手指剥开漂亮糖纸,塞在嘴里之前朝着秦予芷微笑:"秦女神控糖期,就不给你了,免得眼尾又多长几条皱纹。"

秦予芷还得保持笑容:"谢谢。"

这一幕也被镜头拍摄下来,直播弹幕刷得很快——

"仙女想吃糖又舍不得的样子真的好可爱!"
"秦梵全组就没分给我们家芷芷女神。"
"分糖不分给你们芷芷,我们梵梵想分给谁就分给谁。"
"秦梵有点刚啊,直接连表面功夫都懒得做,爱了爱了。"
"心里有鬼的才会像秦予芷这样虚假微笑吧,真没看出来,秦予芷平时一副清流女神的样子,背地里怎么小动作一堆。"
……

颁奖典礼进行到下半段时,秦梵去后台休息室换内场礼服。

秦梵依依不舍地将羽毛礼服换下来,刚换上新礼服,便看到蒋蓉冷着脸进来:"你上热搜了。"

小兔跟在蒋蓉身后,给秦梵多带了几块糖,这是秦梵之前嘱咐她的。

秦梵接过来糖,很淡定:"知道了。"

她在红毯上说出那句话的时候,就预料到了今晚热搜一定会很热闹。不过大家来来回回都是那些话,她都淡定了。

她又吃了块糖,懒洋洋地闭着眼睛靠在椅子上,让化妆师帮她整理妆容。现在估计大家提起她,再也不是什么人间仙女,这样倒也不错。

蒋蓉面无表情:"你为什么不给秦予芷分糖?"

秦梵:"我自己的糖想给谁就给谁。"

她反应过来:"热搜是我没分糖给她?"

秦梵穿了身白色的鱼尾长裙,用精致的金银线重工刺绣,睁开眼睛时,眼尾银白色的星星亮片像是活了,越发衬得她漂亮慵懒。

看着秦梵这张脸,蒋蓉沉重地点头:"除此之外,你们俩的粉丝还闹起来了。

"这种时刻,就算是不喜欢她,在镜头面前多多少少也装一下。"

秦梵哼笑了声:"蒋姐,我没有当场把她按在地上打一顿,已经很忍了。"

蒋蓉对上秦梵那双清亮双眸,居然觉得她说的是真的,幸好小祖宗没真干出这种事情。

几秒后,秦梵突然问:"我粉丝赢了吗?"

蒋蓉心想:"这是重点吗?"

秦梵看她表情,放心了。应该是赢了。

化妆师是秦梵的私人化妆师,自己人不会出去乱说。

这时,外面传来敲门声。

化妆间里虽然只有秦梵，却并非她私人用，而是三个女明星合用，分开时间使用。

蒋蓉以为是其他女明星来补妆换衣服，答道："请进。"

换了身墨绿色绸缎长裙的秦予芷与她的助理推门而入。

蒋蓉挑眉："秦老师，有事吗？"动作却很隐秘地挡在秦梵身前。

秦老师？秦梵听到这个称呼，将目光移向门口，入目便是秦予芷那张熟悉的脸。

秦予芷上前两步，看着秦梵道："我们能单独聊聊吗？我找你有点私事。"

秦梵看到秦予芷那眼神，忽然想到什么："可以。"

她差点忘了，程熹能那么痛快地认罪，还要多亏了秦予芷"帮忙"呢。

要不是秦予芷这个猪队友的刺激，程熹也不可能口不择言，让秦梵抓到一丝把柄。

秦梵坏心眼地猜测，程熹出狱之后，最想弄死的人大概就是秦予芷了吧。

所以，秦予芷完成了任务，自己还没有给她"好处"呢。

这里面只有她们俩，以秦梵的战斗力，吃亏的还指不定是谁，于是蒋蓉她们放心地将化妆间留给秦梵和秦予芷。

这段时间秦予芷一直想要找秦梵，奈何找不到机会。

秦予芷走到秦梵面前，朝她伸出一只手："你答应我的东西都得给我，不能私自留底。"

秦梵靠在椅子上没动弹。

两人对视几秒，就在秦予芷表情越来越不对劲时，秦梵忽然笑了。

秦予芷心生不安："你笑什么？"

秦梵桃花眸弯着："笑你蠢。秦予芷，这么多年，你还那么蠢，我说什么你就信什么。"

她终于慢条斯理地从椅子上站起来，在秦予芷耳边低声道："那天，我是诈你的。"

秦予芷瞳仁陡然放大："你……"

秦予芷刚要下意识地挥巴掌，却被秦梵扣住手腕，按在她刚才坐过的化妆椅上："这里有监控哦。"

秦予芷陡然僵住，只能眼睁睁看着秦梵迤迤然离开。

门外，秦予芷的助理看到秦梵自己一个人出来，表情错愕，连忙冲到化妆间。

秦梵抬了抬下巴，完全没有压低声音的意思："给她们把门关上，免得秦予芷丢了《风华》的脸。"

一旁的蒋蓉想要捂她嘴："祖宗啊，你说悄悄话能不能小点声！"

秦梵已经提着裙摆，慢悠悠地往颁奖典礼的现场厅走去，白色鱼尾裙衬得她身材纤秾合度、玲珑有致。

她说："下次。"

蒋蓉："还有下次？"

等秦梵重新回到台下时，奖项已经颁到了最佳男配角，获奖的是池故渊。

池故渊站起身跟同剧组人拥抱，秦梵自然不会没礼貌，再说两人还二次合作了青春电影，不能让观众觉得他们不和。

没想到，池故渊抱秦梵时，虽然很绅士没有用力，却多抱了两秒，并且在她耳边低声说了句话："姐姐，我等你。"

秦梵顿了顿："等什么？"

要不是镜头集中在他们这边，裴枫真的很想把他们拉开。

他心想："谢哥，你再不宣示主权，你老婆身边的花花草草又多了！"

等到池故渊顶着那头招摇的金发上台后，秦梵重新坐下。

裴枫把玩着手机，这是刚才他助理特意送过来给他解闷的。

手机振动几下，忽然看到财经头条推送给他一条新闻，裴枫一看这标题——商界大佬谢砚礼的"沦陷"。

喔！什么沦陷？

除了谢太太，还有什么能让谢砚礼沦陷？

裴枫手比脑子快地点开这条推送新闻，点进去后，发现是条剪辑过的视频。

视频中只有一张谢砚礼的远景照片，他那头银蓝发在众多大佬之间，格外闪耀，配音是他清洌磁性的声音："我太太最近喜欢这种风格。"

裴枫："嘶！"

秦梵知道裴枫在玩手机，听到他倒吸一口凉气的声音，将视线从台上正在领奖的池故渊身上移过去："怎么了？"

裴枫缓慢地抬起头："说出来你可能不信，你老公……公开宣示主权了。"

前一秒他还想谢大佬什么时候宣示主权，万万没想到，下一秒就上财经头条。

秦梵的桃花眼微微扬起，在暗淡的灯光下，眼尾那银白星子闪闪发光。

莫名地，秦梵第一反应竟然不是担心突然公开对她事业会有什么阻碍，而是兴奋。

兴奋吗？难道她也开始期待和谢砚礼公开吗？

秦梵控制住不够理智的心跳，从手包里拿出换衣服时小兔塞给她的手机。

财经记者等到商业晚宴一结束，立马将在这期间写好的新闻稿发布出去。

传闻中一丝不苟冷清端方的谢大佬，居然顶着头银蓝发参加商业论坛，这已

经可以引起轰动了,更轰动的是:

这位大佬居然自爆,特殊的银蓝发色是为了迎合谢太太的喜好!

啊啊啊!

这样无情无欲的谢佛子,居然为了哄太太开心,放弃一贯原则。

谢太太到底是什么神仙,居然能让谢佛子做到这种地步?

很快,这条财经新闻被搬运到了微博,短短时间热度便碾压了今晚所有颁奖典礼的新闻,冲上热搜前排。

有网友看到谢砚礼那熟悉的银蓝发色,忽然有了个大胆想法——

"谢砚礼这发色怎么跟秦梵家的非主流小土狗那么像?"

"妈呀,不会是同一个人吧?"

"天哪,虽然谢佛子这采访照是远景,但你们有没有觉得眉眼跟小土狗戴着口罩有点像!"

"好像真的有点像!"

"谢大佬跟小土狗?怎么可能是同一个人!'神颜虐恋CP'粉麻烦你们在自己的超话讨论,不要放到梵梵面前,谢谢。"

"人家说的可是太太,又不是女朋友,CP粉散了吧。"

"估计是巧合,谢氏集团总裁谢砚礼三年前就结婚了,三年前秦梵才多大,还没到结婚年龄吧。"

"可能不是巧合,这个发色看着像是同一个造型师调出来的。"

"还真是,你们说是不是小土狗模仿谢总?他是不是也刷'神颜虐恋CP'超话?听大家说仙女跟佛子般配,就一直模仿佛子?"

"对,他还模仿过谢佛子戴佛珠!"

"哈哈哈,不得不说,小土狗对仙女也是真爱了。"

……

秦梵看完新闻,指腹无意识地摩挲着冰凉的手机边框。

蓦地,一条微信消息进来——

大狼狗:"最佳女主角,接你回家。"

此时,台上颁奖嘉宾正在宣布入围最佳女主角的演员。

当镜头扫到下方入围女演员时,秦梵低着头快速输入一句话:"还没宣布,你怎么知道我是最佳女主角?"

而后她不露痕迹地微微抬头,对着镜头扬唇一笑。大屏幕上出现秦梵那张特写镜头下都毫无瑕疵的明艳脸蛋，灯光下，她的桃花眼熠熠生辉。

这时，秦梵掌心振动了几下。

看大屏幕镜头扫向其他女演员，秦梵低头，红唇不自觉地上扬，比之前镜头上那矜持优雅的弧度要灿烂许多。

这时镜头来了个大拐弯，在扫向其他人后又扫了回去，将秦梵这个笑容完整捕捉到。

秦梵心思放在微信消息上——

大狼狗："璨璨，别明知故问。"

秦梵忍笑得厉害，要不是场合不对，她真的就笑出声来，潋滟双眸比闪耀的华光还要璀璨。

还明知故问，谢大狼狗真是越来越闷骚。

说一句在他心里，她就是最佳女主角很难吗？还得靠她自己理解！

万一她脑子不好使，理解不了他的意思呢？

秦梵本来还想故意逗逗他，下一刻，手臂被坐在她旁边的裴枫轻碰了碰："最佳女主角，该你上台领奖了。"

秦梵迷茫地抬起双眸，入目便是大屏幕上她在《风华》中穿着旗袍的宣传照，而旁边用金色的大字写着"最佳女主角秦梵"。

真是最佳女主角？谢砚礼这嘴是开了光吧？秦梵第一反应就是，回家一定要狂亲他那张开了光的嘴！

主持人："让我们欢迎最佳女主角秦梵上台领奖！"

"恭喜啊，最佳女主角。"裴枫站起身来，先拥抱了一下秦梵，而后在她耳边低声说，"再不回神你要成表情包了。"

秦梵愣了。

秦梵彻底清醒了，仙女不能变成表情包大户！

秦梵没跟其他人拥抱，只是轻轻点头，而后便提着裙摆，气定神闲地上了领奖台。

原本准备跟她拥抱的池故渊，还没来得及伸手。他有些嫉妒地看向裴枫，都怪裴导速度太快。

裴枫拿出手机给秦梵拍照，语调散漫道："小屁孩装什么成年人，画虎不成反类犬。"

他说话素来不客气。

池故渊干脆坐到秦梵位置上，靠近裴枫，理直气壮："秦姐姐喜欢这种类型！"

"错，你秦姐姐喜欢的是高岭之花，你也就算是路边小花小草吧。"

裴枫怕他不懂，又举了个例子："你想想看，喝惯了露水的仙女，还会去喝路边的河水？"

池故渊不服："我怎么就小花小草，怎么就路边河水了？

"我怎么着不比她那个小土狗男朋友强？"

裴枫听到他气鼓鼓的话，刚好把拍的照片发给谢砚礼，有时间跟这个小家伙聊聊："所以怎么着，你打算挖墙脚，插足别人的感情？"

池故渊抿了抿唇："当然不是，我等姐姐厌倦了那只小土狗，再正式追求她。

"反正我年轻，等得起。"

这话把裴枫给整不会了。

人家也不是说要现在挖墙脚，人家选择当备胎……

他还真不能站在什么道德制高点来说教："我估计她厌倦不了，那位也容不得她变心。"

要是秦梵变心，裴枫想到那个后果，感觉后背都凉凉的。

这时，他手机振动，传来谢砚礼的消息回复。

谢砚礼："她穿了高跟鞋。"

裴枫秒懂这位的意思。

老子可真是你们夫妻两个的小太监呢，他就是手欠，干吗要给谢砚礼发秦梵上台的照片。

人家谢大佬关心的就是他们家仙女老婆穿高跟鞋上下台危险，也不关心自己为他们俩操碎心！

秦梵站在舞台最中央，看着下面坐着的前辈和同辈演员，那并不算沉重的奖杯，此刻捧起来却觉得沉甸甸的。

当初秦梵进入演艺圈是意外，后来她逐渐喜欢上拍戏的感觉，也曾想过拿到最佳女主角的奖杯时，要说些什么获奖感言。如今真的站在这里，好像也没什么可说的。

她只想立刻离开这里，跟等在外面接她的谢砚礼分享自己此时的成绩与激动。

秦梵梦想的初次扬帆，在这闪闪发光的领奖台上。

她白皙的手指握住话筒架，微微俯身，用清软好听的嗓音说道："拿到这个奖真的很意外，感谢组委会对我的认可，感谢裴枫导演的信任，给我饰演宁风华的机会，感谢所有台前幕后的工作人员，我会继续努力，争取未来演绎出更多更好的作品。"

裴枫主动领掌，在一片掌声中，资深主持人俞姐调侃道："咱们最佳女主角是不是还忘了感谢一个人？"

这一下，掌声更热烈了。这些艺人其实也都很八卦，自然关注了秦梵跟她男朋友的新闻。

"男朋友,男朋友,男朋友!"

大家喊的声音越大,池故渊表情越难看。

倒是裴枫,一直跟着起哄,起哄到主持人都忍不住让工作人员给他个话筒了。

裴枫大大方方接过话筒:"作为你获奖感言里唯一拥有姓名的男人,你要是在这种关键时候不提一下某人,我怕回去之后,会被他按在地上打。"

众人大笑:"哈哈哈!"

秦梵无奈地看着他,真是看热闹不嫌事大。

不过裴枫后面一句话,让她怔了怔。

裴枫继续道:"刚才某人还发消息,说你穿着高跟鞋,让我扶你下台。"

"哇!好贴心。"俞姐惊呼,"裴导等会儿记得扶我们女主角下台哦。"

裴枫放下话筒,便直接走到台下等着,惹得几个主持人又是一阵调侃。

秦梵听裴枫提到谢砚礼,他真有这么贴心到连穿高跟鞋的细节都考虑到了?

面对众人或戏谑或祝福或冷漠的表情,秦梵清澈的双眸凝望着镜头,像是透过镜头看向那个人。

顿了两秒,秦梵晃了晃手上的奖杯:"当时我说要当演员,你还觉得我闹着玩,看,拿到奖杯了。"

秦梵的语气亲昵又傲娇,像是在对爱人撒娇。说完,她后退一步,礼貌鞠躬后下台。

裴枫走上台阶扶着她一同下台:"仙女撒娇。"

秦梵瞥他一眼,高冷女神范十足。

裴枫心想,果然仙女撒娇是某人专享,随即阴阳怪气道:"娘娘慢点走,免得陛下担心您摔了。"

秦梵:"小裴子,摔了本宫你可是要被砍头的。"

裴枫看透了这虚伪的世界!

下面颁发的是最佳导演奖,因此,裴枫还没坐热乎,又被叫到了台上去。

《风华》在这届金诀奖斩获最佳男主角、最佳女主角、最佳男配角、最佳导演四个奖项,成了最大赢家。

秦予芷早在最佳女主角颁奖时,早早退场,生怕自己表情管理失控。

有网友很损地把之前《风华》剧组走红毯的那张照片P了图,左边秦梵三人圈起来,打上"获奖小分队",右边秦予芷和编剧圈起来,弄得光线很暗,头顶标上"没拿奖二人组",旁边还有一个大大的青白色"惨"字,格外显眼,气得秦予芷当场就把手机砸碎了。

秦予芷想到自己被秦梵耍了,又在这次颁奖典礼成了她的陪衬甚至于垫脚石,便恨得不行。

她深呼吸,让自己冷静:"先不回家。"

颁奖典礼结束后,秦梵便在工作人员的引领下,走特殊通道离开,不用想也知道,这是谁安排的,《风华》剧组的几个人也随同一起。

裴枫还说:"我们真是跟着沾光。

"一人得道,鸡犬升天呀。"

话音刚落,工作人员便道:"前面就是出口,直通凰岸大街。"

此时,空旷的街道上只有寥寥几辆车经过,而停在路边的黑色宾利分外显眼。不远处裴枫他们的车也徐徐驶来。

宾利车窗降下,露出男人那张清隽如画的面容,在银蓝发色的衬托下,清冷中透着玩世不恭的张扬放荡,让人移不开眼睛。

秦梵脚步停住,远远看着男人下车,并没有如上次那般,因为有其他人在场而刻意阻拦他走来,而是在原地等着。

初春雨水绵绵,清幽冷寂,微暗的夜空中像是垂下细密水帘,修长挺拔的男人穿着一袭刚刚从商业宴会中出来的正式西装,撑着黑色雨伞,不疾不徐朝她走来。

这画面像是一幅徐徐展开的水墨画,丹青圣手也难以描绘出画中那抹身影的半分清贵自持。

秦梵看着谢砚礼旁若无人地朝她伸出一只手,偏冷的声音在雨中磁性好听:"璨璨。"

会场外宽大屋檐下的第三层台阶,秦梵垂眸与他对视两秒,没说话,气氛瞬间僵持。

就在裴枫怀疑他们夫妻两个是不是在自己不知道的时候发生了什么矛盾时,蓦地,秦梵嫣然一笑,扑到谢砚礼怀里。

谢砚礼单手将她抱起来,没有让长长的白色裙摆散落在沾满雨水的地面上。

嚯!小兔和裴枫动作一致地拿出手机拍照。

小兔:"啊!这是什么偶像剧情节。"

裴枫:"谢哥这臂力绝了!"

秦梵熟稔地抱着男人细长的脖颈,脸颊贴了贴他微凉的侧脸,丝毫不觉秀恩爱有什么不对。

蹭完之后,才扭头朝着那些"围观群众"挥手:"下次见。"

谢砚礼稳住轻轻发颤的伞柄,黑色雨伞抬起,完整露出男人那张俊美面容,他微微颔首,嗓音一如既往:"多谢几位对我太太的照顾。"

"走啦。"秦梵先是轻轻扯了扯谢砚礼一丝不苟的衬衣,接着接过他手中的黑色雨伞，"我撑着，你别把我掉下去。"

谢砚礼薄唇扬起几不可察的弧度，温声道："好。"

两只手空出来，顺势换了个抱她的姿势，像是抱孩子那样把她竖着抱起来。

秦梵小小地惊呼了声，低头看到男人那银蓝发，忍不住伸出手想要摸一把。但最后还是忍住了，看向小兔："把奖杯交给温秘书，你不用送我了，直接回家。"

小兔立刻应道："是！"撑开伞迅速跑向黑色宾利旁等候的温秘书。

看着俊男靓女离开的背影，裴枫漫不经心地扫了眼已经愣住的池故渊："看到了吗，人家很恩爱。"

池故渊张了张嘴，好半响才从谢砚礼那句"太太"中缓过神来。

他认出了谢砚礼，更明白他那句太太代表的含义与警告。

池故渊："原来，她就是谢太太……"

裴枫看向池故渊的经纪人："这孩子是不是傻了，你记得别让他出去胡说八道。"

池故渊的经纪人也刚从这么大的秘密中缓过神来，连忙点头："我明白我明白，裴导放心。"

天哪！原来秦梵是谢砚礼的太太！

他不过是跟着艺人来参加个颁奖礼而已，居然知道了这么个惊天秘密。

重点是，他这个艺人还暗恋人家谢总的太太，还打算挖墙脚！这是要死哦。

池故渊的经纪人连忙跳起来拍了一下他的脑袋："你给我清醒清醒！"

"那是谢总啊谢总！"

池故渊魂儿都跟着秦梵他们走了，他知道那是谢总。难怪裴导一直说他比不上秦梵的男朋友，说他是路边小野花、小破河，原来如此。

回到家已经凌晨一点，秦梵卸妆洗澡准备下楼，在楼梯上便看到了餐桌上摆放着色香味俱全的夜宵。菜色熟悉，是她点的那些，当时还以为谢砚礼是故意逗她，没想到他真准备了。

秦梵下楼到一半，忽然转身返回，往三楼衣帽间跑去。

谢砚礼将最后那个汤放到餐桌上后，这才抬眸看过去，入目便是谢太太跟后面有人追似的背影。

男人清隽眉目微微凝起，淡淡声音在安静的别墅内响起："慢点走。"

秦梵已经跑上三楼，俯视着一楼大厅内的男人，没跟他客气："你也过来帮忙。"

随即她迅速进了衣帽间，烟粉色裙边消失在门口，像是带着小钩子一样，勾着人不自觉听她的话。

谢砚礼目光微顿，而后看了眼桌面上还冒着热气的夜宵，才往楼梯方向走去。

途中，细长如玉的手指顺势将挽起的袖口放下，慢条斯理地重新系上袖扣。银蓝发色桀骜不驯，却掩不住谢砚礼的斯文端方，透着几分正式感。

很快，到达衣帽间后，谢砚礼的正式感就被秦梵递过来的那个纸箱子打破了。

秦梵拍了拍掌心不存在的灰尘："走吧，你带打火机了吗？点火器找不到了。"

谢砚礼手臂一沉，垂眸便看到箱子里那整整齐齐的香氛蜡烛，幽淡的香气若有若无地缭绕在呼吸之间。

谢砚礼没来得及答，秦梵便直接动手了，她见谢砚礼身上还穿着衬衣西裤，立即便猜到谢砚礼在她洗澡卸妆的这段时间，全把时间用在做夜宵上。

秦梵红唇忍不住翘起，忽然伸出小手往他裤袋里摸去，理直气壮："我自己找。"

谢砚礼长腿顿住，薄唇无奈道："没有。"

"我要证实你没骗我。"秦梵小手已经伸进他空空的裤袋，像模像样地摸来摸去，"咦，好像真没有。另一边呢？"

秦梵趁着谢砚礼双手都捧着箱子不能阻拦自己，就肆无忌惮欺负他，毕竟能欺负谢总的机会可真是不多！

谢砚礼没动弹，慢悠悠道："谢太太，还想吃夜宵吗？"

秦梵刚伸进去的手僵住了。

嗯，暂时还不想玩火自焚！

秦梵若无其事地把手收回来，从他捧着的箱子里的一堆香氛蜡烛中拿出两个："我帮你拿两个减轻负担。"

秦梵说完就跑，生怕下一秒就吃不了兜着走。在识时务这方面，谢太太非常有经验。

谢砚礼重新回到餐厅时，秦梵拿着那个"找不到的点火器"等着他。

将香氛蜡烛放下，谢砚礼似笑非笑地望着她。

"哎呀，这样更有气氛，更有仪式感！"

秦梵假装无事发生，郑重对待谢砚礼亲自准备的接风宴。见她忙着点蜡烛，谢砚礼先去洗澡，他衬衣袖口皱了。

等谢砚礼洗完澡，换了身正式的衬衣西裤下来时，客厅的灯光已经灭了，昏暗中，唯余下中岛台上错落有致摆放的蜡烛闪烁着温柔的光晕。

往里走，餐厅内也是如此。

餐桌上没有用香氛蜡烛，秦梵只开了餐厅角落那盏做装饰的落地台灯。柔和的光线洒落在餐桌上，如她所言，气氛感十足。

秦梵坐在餐桌前，满意地欣赏着自己的作品。谢砚礼目光落在她身上，在灯光与烛光双重光线的映照下，少女脸颊白皙，眼眸弯弯，动人心弦。

秦梵恍然不觉，她在欣赏烛光的同时，也有人在欣赏她。等谢砚礼在她面前坐下时，秦梵才回过神来。

谢砚礼清冽的嗓音染上几分温沉："怎么不吃？"

秦梵理所当然说："等你呀。"

谢砚礼洗澡很快，但他还是伸出手背试了试盘子温度："我去热一热。"却被柔软的掌心按住了手腕，秦梵朝着他眨了眨眼睛："我偷偷尝了一点点，刚刚好可以吃。"

眼神清澈，眼珠黑白分明，睫毛轻轻眨动，带着点少女独有的无辜娇嗔。

烛影绰绰，谢砚礼问她："好吃吗？"

见他不动筷子，秦梵给他夹了自己钦点的红烧小排："你自己尝尝。"

看着被她夹到唇边的排骨，谢砚礼眼底闪过一抹笑痕，没碰，反而往后仰了仰，指着糖醋鱼道："我想吃鱼。"

秦梵下意识把排骨放下，给他夹了鱼肉，男人慢悠悠道："有刺。"

秦梵手腕一顿，终于反应过来，眼神震惊地看向对面男人。

喂他就不错了，居然还敢嫌弃。

谢砚礼望着她，忽然，睫毛低垂幽幽叹了声："做菜两小时，没什么胃口。"

秦梵："好好好，我给你挑刺。"

她忍不住心想："果然是'谢小公主'！"

秦梵给他们家"谢小公主"挑鱼刺，挑刺时却发现，鲜嫩的鱼肉里面一根刺都没有。

谢砚礼漫不经心的声音响起："忘了，鱼刺已经挑好了。"

"真是……"秦梵忍不住小声嘟囔了句，唇角却暗暗扬起来。

喂了"小公主"，秦梵认真吃他亲手做的夜宵，仿佛能从中感受到男人隐晦的用心。

吃完之后，秦梵摸了摸自个儿的小肚子："我今晚要长三斤肉！"

空气中已经萦绕着淡淡香氛蜡烛的味道，丝丝缕缕缠绕在心尖。

谢砚礼问她："吃饱了？"

秦梵总觉得他这话的意思是把你喂饱了，就该我吃了。

至于吃什么，不言而喻。

秦梵耍赖般坐在椅子上，朝着谢砚礼伸出手臂："我走不动了，你抱我。"

椅子被拉开，下一秒，秦梵便落入男人怀中。

被抱起来时，秦梵双腿紧紧勾住谢砚礼劲瘦有力的窄腰，身上裙子布料丝滑，她生怕自己掉下去。

秦梵的真丝睡裙是腰部镂空的设计，谢砚礼抱着她时，掌心毫无阻隔地贴到那薄薄的皮肤上，秦梵下意识抱紧了他。

她触感敏锐的腰窝处，谢砚礼腕上沁凉的佛珠与他发烫的指尖形成冰与火般的鲜明对比，此刻耳边传来男人低沉的笑音："谢太太，你太用力了。"

秦梵被他笑得腿软了一下，两条纤细的小腿顿时从他腰间滑了下来，随即被谢砚礼轻轻松松捞了回去。

秦梵一低头，便看到他原本放在自己腰后的手正托住她的大腿，淡青色的佛珠压在柔软白皙的皮肤上，硌出几点暧昧的痕迹。

秦梵手臂环住男人脖颈，忍不住趴在他肩膀处脸红："不准笑了。

"我怎么就用力了，明明是你太脆弱！"

谢砚礼路过中岛台时："把蜡烛灭掉。"

秦梵无语。

到底要夸他有危险防范意识呢，还是要怀疑自己的魅力不行？都这种时候了，他还能分出心神来管蜡烛灭不灭。

秦梵伸出一只细白的小手，用灭烛罩一一熄灭。偌大的餐厅陷入黑暗之中，唯独角落那盏台灯亮着，微弱的灯光照着他们上楼的路。

秦梵忍不住揉了揉谢砚礼没擦干的短发："湿的。"

她来了兴致："要不我给你擦头发吧！"

谢砚礼怀里抱着一个人，依旧可以稳稳上楼："还要再洗一次，不急。"

秦梵："洗过为什么还要再洗一次？"她怀疑道，"你嫌弃我手脏！"

谢砚礼没答，当秦梵被他放到床上时，对上那双漆黑如墨的眼眸，她终于明白为什么要再洗一次了。

"嗯……"

主卧灯光明亮，他们极少在这种明亮到极致的光线下，这样会让秦梵有种莫名的羞耻感。

黑暗能隐藏她的表情，但在这么亮的灯光下，湛蓝色大床上少女所有的反应都清晰可见。

无从躲避，无从挣脱。

仰头对上男人那被灯光几乎映照成淡金色的发色，秦梵有些恍惚，忽然脑子一抽，说了句："你这样，有点像池故渊……"

……的发色。

然而最后三个字没机会说出来，便被咬住了唇瓣，男人低哑的嗓音幽幽："璨璨，今晚别睡了。"

谢砚礼从来不说假话，说不让她睡，就真没让她睡，炽亮的灯光整整一夜没有熄灭。

而吃瓜网友们也整整一夜忙着吃瓜。

秦梵金诀奖最佳女主角
商界大佬谢砚礼银蓝发色亮相商业会谈
秦梵获奖感言自曝出道前恋爱

牢牢霸占微博热搜前三。
其中讨论最多的就是——

"天哪,秦梵居然出道之前就谈恋爱了?疯了疯了。"
"难怪之前有采访,她绝口不提'单身'这种词汇。"
"完蛋了,我有种预感,仙女是不会跟小土狗分手了,呜呜……"
"要分手早就分了,还能公开?"
"难怪之前有人爆秦梵之所以资源这么好,背后是有大佬的,原来这个大佬是她男朋友。"
"楼上,秦仙女走到现在全靠她自己的努力,凭什么把努力的成功嫁接在别人身上?"
"我们粉丝看梵梵一路走来,经历风风雨雨,好不容易试镜成功《风华》女主角,又凭借演技拿到最佳女主角,被某些人三言两语抹杀掉她的努力。"
"如果她出道之前就有男朋友当靠山,那为什么一出道还需要去演那些小角色,直接让男朋友投资电影当女主角就是。"

不得不说,粉丝之间感觉都是很敏锐的,谁故意搞他们,都能感应出来。
不过他们没有学着秦予芷的粉丝开小号黑人,反而实实在在地收集证据,打算让专业人士教他们好好做人。毕竟网络不是法外之地,造谣中伤,会被严惩。
当夜还没有睡觉的,除了他们,还有温秘书和谢氏集团的公关团队。
温秘书看着"神颜虐恋CP"的超话,居然无事发生?这么明显了,他们作为CP粉居然还没发现!这正常吗?
倒是仙女×小土狗的超话,一群因为看了红毯直播的网友路人蜂拥而至——

"让我看看被仙女表白的男人到底是什么神仙?"
"嗯,好像有点不对劲,小土狗是什么意思?"
"我本来以为小土狗这个名字是戏称,怎么好像是真的?"
"挺帅啊,怎么粉丝会觉得他是土狗,奇奇怪怪。"

"妈呀，这大长腿，这身材，绝了！我也想拥有这样的土狗！"

"今天超话新人好像有点多，作为过来人，我劝你们先不要真情实感地喜欢，多了解了解小土狗。"

"类似于 1G 网民[①]，学人精，你们品，你们细品。"

新粉丝：什么东西？

温秘书在这两个超话之间来回看，恨不得亲自上阵告诉他们：什么学人精，这就是本人啊！

沉默两秒，温秘书看向公关部经理，表情认真地问："你说有没有可能，把这两个 CP 超话合二为一。"

这样他们总能明白了吧。

公关部经理心道："你怕是在为难我胖虎。"

于是乎，这一夜，他们大眼瞪小眼，最后还是什么都没做。

眼睁睁看着谢总只有一条微博的账号疯狂涨粉五百万！这银蓝发色被"秦梵家的小土狗"引领潮流后，再次被谢砚礼带出圈。

粉丝们不敢提醒谢砚礼，只敢在超话里提及没有微博账号的小土狗：推荐一下你的造型师，我们可以考虑暂时允许你跟仙女在一起。

而此时，他们的仙女正被他们心中的小土狗抱在怀里，往浴室走去。

洗完澡后，谢砚礼顶着一头潮湿的短发，把她抱到洗手台上坐稳，而后递给秦梵干毛巾，拉着她纤细的手腕往自己头上带："不是要给我擦头发吗？"

秦梵手腕无力，睁着双潋滟的桃花眸，用力在他头顶上揉了一下："不擦了！"

谢砚礼双手抵在秦梵两侧，掌心贴着洗手台，完全堵住她逃跑的路线。

秦梵看着他凌乱碎发下那双含着笑意的眼眸，素来严谨自持的男人难得这么凌乱不羁，却莫名多了几分少年感。

直到目光落在他系得很松的黑色浴袍上，浴室灯光下，露出大片胸肌，以及蜿蜒而下若隐若现的腹肌。什么少年感，这就是头喂不饱的大狼狗！

翌日下午，秦梵醒来后才知道，都那么明显了，网友居然还没扒出来她跟谢砚礼的关系。

这届网友怎么回事！非得说明白？

秦梵想到之前定制的一对耳环，她坐在化妆镜前戴上耳环，自拍一张发微博。

[①] 1G 网民：网络用语，通常用于形容某人面对网络潮流及网友的激烈讨论一脸茫然。

秦梵 V：懂？

附带的照片上，少女神态慵懒，白玉般的耳朵垂下两只精致的玫瑰金耳环。

左边一个"谢"字，右边一个"谢"字。

秦梵微博一发，经纪人电话随之而来。

蒋蓉："起床第一件就是发微博折腾我？"

秦梵凑近了梳妆镜，指尖轻轻拨弄着耳环，那个"谢"晃晃悠悠，越看越好看。

"我以为你昨晚就做好准备了。"秦梵想到昨晚自己在红毯与颁奖典礼上说的话，以及谢砚礼那银蓝发色曝光的事。

网友们再瞎应该也能扒出来她那个神秘男友跟谢砚礼是同一个人吧？万万没想到，她刚才刷微博，居然没人把他们联系起来，这就很气！

那种明明已经做好准备要公开，但吃瓜群众却不给力的感觉，真是……

她又不能直白地去认领隔壁银蓝发色上热搜的谢砚礼就是她家小狼狗！那仙女多没有面子。

蒋蓉意味深长："你以为这样，网友们就能联想到了？天真！

"要是联想不到，你就别折腾了，顺其自然地等他们扒出来，行吗？"

秦梵想着自己那条微博就差把谢砚礼的"谢"字打在公屏上了，傻子才猜不到呢。

一般来说，CP 粉的逻辑——同款等于地下情，同框等于昭告天下，巧合等于一起发糖！

到了她和谢砚礼这里，"神颜虐恋 CP"超话粉丝都六位数了，总有清醒的吧！

秦梵答应了："行。"

她在两个人同上热搜时期，毫不避嫌地把"谢"字戴到耳朵上，正常 CP 粉应该能顺势扒出来她跟谢砚礼的关系吧。

蒋蓉不知道看到了什么，忽然笑出声："你自己看微博。"

秦梵眼皮子一抽，总觉得蒋蓉这笑暗示意思很重。

不会真的是……秦梵立刻返回微博页面，刷新。

她五分钟前发的微博已经有了上万回复——

"啊啊啊，终于发微博了！仙女姐姐好美！"

"果然我喜欢的演员就是厉害，有颜值有实力，恭喜最佳女主角。"

"恭喜我们的最佳女主角！秦演员冲呀！"

"仙女姐姐的耳环好别致呀！"

"呜呜呜感动，梵仙女太有礼貌啦，获奖感言连幕后团队和粉丝都感谢了不说，事后发微博还要感谢一次，爱了。"

"仙女，永远的神！"

"求耳环链接！"

"哈哈，同求，我也想要梵仙女的'谢谢'同款耳环。"

"信不信不出一小时，网上就冒出来一堆秦梵同款，姐妹们快去蹲着吧！"

"笑死，梵仙女同款拿来吧！"

大概路人也被粉丝们带歪了，完全没往隔壁某银蓝发色谢佛子热搜上那个"谢"字上想，纷纷评论——

"不得不说，秦梵修养确实很高，看到了获奖之后微博秀奖杯的演员，她感谢粉丝真的让人很有好感。"

"好感度飙升！"

"实不相瞒，那对耳环我也想拥有，哈哈。"

"还有那张素颜照也很绝，能求个护肤教程吗？"

"护肤教程跟首饰教程，你们没发现，秦梵每次首饰都很简单，但每一样都格外精致独特，我甚至没见过什么明星跟她撞款。"

"好像真的是这样，不知道她从哪里淘的宝贝。"

"搞不好是私人定制，之前居然还有人说秦梵造型不行，我查了一下，她每次的礼服都很贵，而且基本都是独一无二！"

……

秦梵睫毛许久才轻轻眨动了一下，看着这个发展，跟想象中的完全不一样，她不理解。

蒋蓉声音从开了免提的手机中传出来，犹带笑意："网友跟粉丝的脑回路，你猜也猜不到。

"总之，他们认定的东西，就算拿出证据，他们也不信，只会往他们想象的那个思路去思考。

"别说你这暗示了，就算现在有人爆出来你跟谢总的正面接吻照，搞不好他们也觉得是处理过的图。"

秦梵终于幽幽道："所以按照这个逻辑，就算我跟谢砚礼发微博直接公开互动，他们也会觉得我们是被盗号了。"

"答对了。"蒋蓉又安慰了句，"大概真是上天让你们暂时先别公开，别违背天意。而且从今天开始你跟谢总不用搞地下情了,开不开心?"

秦梵明白蒋蓉的意思,顺其自然被媒体记者拍到,比他们这样直愣愣地公开要好很多。

再者,现在没曝光也是件好事,能让大家把注意力放到她获奖这件事上,而不是绯闻。

只是秦梵觉得有点可惜。

顺其自然吗?

秦梵下楼时,便看到管家、保姆一如往常各司其职。

昨晚只有他们两人的安静别墅,像是梦境。

管家:"太太,先生让厨房给您准备了餐食,随时都能用,现在要上吗?"

秦梵随口说:"可以,他什么时候走的?"

要是她没记错的话,自己临睡前,已经凌晨五点,谢砚礼没睡觉就去上班了?

管家恭声道:"先生九点四十五分才去公司。"

秦梵差点没忍住笑出声,谢砚礼居然迟到了,今天谢氏集团的头条新闻肯定是:工作机器谢 Boss 为什么迟到?

想到自己最近没有行程,秦梵突然眼睛亮了亮,顺其自然!

她要去找谢砚礼约会。

嗯,顺其自然。

此时的谢氏集团,确实是因为昨晚的热搜,全体员工们都非常期待见到谢大 Boss。

他们想看看,昨晚财经新闻到底是不是真的!然而他们一直等到十点多,才看到谢总那辆常坐的宾利姗姗来迟。

因为今天是谢砚礼出差回来的首日,照常为了安定员工们的心,所以并未走专属通道,而是露了个面。

上午十点一刻,谢氏集团。

暖阳驱散几分初春的寒意,照在线条冰冷的黑色豪车上,越发显得它盛气凌人,难以接近。

此时大厦门口已经站满了等候的管理层,员工们懂事地绕行,却不由得将视线放到入口。

谢砚礼素来低调,此时他乘坐的车低调地停在路边,车门被率先下车的温秘书打开。

等谢砚礼下车后,大家恍然大悟——尊贵来于灵魂,并非外物堆砌,而是与生俱来的。

即便染了放荡不羁的银蓝发色，依旧掩不住他清贵高傲的气质，甚至会让人忽略这独特的发色。

因为他们不敢张望，不敢细看。

管理层纷纷低垂着头，没有一个东张西望的，皆是恭恭敬敬："谢总上午好。"

谢砚礼姿态优雅从容地系上西装扣，往大厅内走去，途中听到他们的问好，淡淡应了声："上午好，各自回工作岗位。"

一如往常地淡漠，清冷。

"是。"

直到谢砚礼与精英团离开，众人才敢抬头，远远望到那清贵挺拔的身影，银蓝发色格外显眼。

"谢总居然真的染了这个发色！"

"不得不说，这个发色染在谢总头上，真的过分迷人了！"

"刚才我还以为是什么男明星从谢总车上下来。"

"我要是年轻二十岁，绝对要撂下脸皮追他！"有个女高管忍不住说。

她原本以为自己欣赏不来这种年轻人的发色，原来只是欣赏不来那些人的颜值罢了。

在顶级颜值面前，独特是加分项啊！

公关部高管说："那你是别想了，年轻三十岁，你也比不上谢太太。"

他是高管中少有的知道谢太太身份的人。名门出身，颜值逆天，如今在事业上亦是上升阶段，纵观他知道的所有女性里面，只有秦梵配得上他们谢总。

女高管不信："谢太太真有这么优秀？"

秦梵无论学历还是容貌都是一等一的优秀，从小是被赞美着长大的，现在把小时候的照片拿到网上去，还能被称赞是未加滤镜年代真正的大美人。

公关部高管慎重点头："比你想象中要优秀。"

别说是女高管了，其他没见过谢太太的同事也都升起了好奇心。谢太太到底是哪路神仙，能让佛子下凡？

公关部高管离开时，一个跟他关系好的老同事暗暗提醒："你把谢太太的期待值拉得太高，到时候曝光了没有大家想象中那么优秀，他们可能会失望。"

公关部高管笃定："不会失望。"

他意味深长补充了句："只会惊艳。"

老同事："是吗？"

与此同时，谢氏集团公司群里，谢砚礼的银蓝发色照片已经满天飞，不过基本都是背影。

是角落的员工们偷偷拍摄的，他们不敢拍正面。

中午休息时分，谢氏集团员工群：

"啊，谢总太帅了，想嫁！"

"谢总黑发蓝发都好帅啊！"

"我没想到竟然在大 Boss 身上感受到了少年感，是我疯了。"

"不，是谢总太帅了！"

"又是羡慕谢太太的一天。"

"还有更羡慕的，谢总前段时间让人拍了那只宣传了很久的古董镂空花瓶，因为谢太太喜欢收集各种花瓶。"

"妈呀，这口糖吃得我牙好疼！"

"哈哈，还有更牙疼的，据某高管说，谢总办公桌上是谢太太的照片！"

"好想看！"

"想想吧，等什么时候调到秘书办，或许还有可能……"

不得不说，大家都很有自知之明，因为谢砚礼的办公室不是谁都能进的，就算能进，也没有近到可以看到他桌上相框的程度。

就在大家逐渐安静下来时，一条消息跳出来：

"同志们，大新闻大新闻！秦梵来公司了！"

"啊啊，温秘书亲自接待她上了总裁办公室那层！"

顿时，整个群再次炸了。

秦梵！

是他们知道的那个秦梵吗？

电梯内，秦梵戴了个口罩，但挡不住那辨识度极高的漂亮眉眼，也难怪能被谢氏集团的员工认出来。

就连温秘书也没搞懂秦梵的操作，他趁着电梯没人问道："太太，您这是来？"

秦梵秀丽的眼眸轻扬，说得跟喝口水那么简单："怎么，我来看看我老公工作，有问题？"

温秘书赶紧摇头："只是有点突然。"

"还得给个准备时间？总不能他办公室藏了女人需要处理吧？"秦梵似笑非笑，随口说。

温秘书沉默几秒。

实不相瞒，还真的藏了个女人。

"等等，你什么意思，真藏女人了？"秦梵桃花眸眯起，语调溢满危险感。

温秘书沉痛地点头："您进去就知道了。"

忽然想到什么般，他压低声音在她耳边道："就藏在休息室。"

162

嘶！秦梵心脏骤停了半下，对上温秘书那双眼睛，总觉得应该不是她想象的那样。

总裁办公室的门被突然推开，办公桌前，谢砚礼清隽眉心蹙起，入目便是此时应该在家里躺着的熟悉身影，眼底冷色骤然融化。

温秘书跟在秦梵身后，清晰地看到自家谢总眼神变化，心疼地抱住可怜的自己。

谢总之前那眼神肯定是针对他，看到太太才立刻变脸。

嘀，男人！

秦梵是私下联系的温秘书，因此谢砚礼不知，此刻见她风风火火闯进来，倒也不生气："怎么过来了？"

不能让外人看笑话，于是秦梵瞥向温秘书，温秘书识趣地把门关上，清冷的办公室内只剩下两人。

秦梵想到温秘书的话，先是到处溜达了一圈，连谢砚礼长腿边的办公桌下都检查过。

谢砚礼将人拉到自己膝盖上坐下："看什么？"

秦梵答得理直气壮："女人！"

谢砚礼低笑了声，喉结轻轻滚动："除了你，谁还能藏这里？"

秦梵对上他含笑的双眸，谢砚礼难得这样笑，原本冷漠清贵的男人，刹那间风清月朗。

尤其在那头银蓝发的映衬下，连他身上冬日寒霜般的气息都仿佛变成了夏日柑橘的干净清澈。

秦梵强迫自己蹦跶的小心脏安静下来，别被谢某人的美色蛊惑。余光瞥到休息室紧闭的门，她蓦地站起来："那就是藏在休息室里。"

谢砚礼无奈地望着她的身影。

秦梵刚走了一步，脚步顿住，返回，重新坐回男人膝盖上，探身就往桌面上那个反扣的相框够过去。

上次来的时候，可没见到这么精致的相框，一看就是女孩子用的。秦梵晃了晃相框，没着急看里面照片："被我逮到了吧。"

谢砚礼往椅背上一仰，办公椅轮子猝然滚动，吓得秦梵差点把相框丢出去。

谢砚礼像是什么都没发生一样，靠坐在椅背上，神态慵散随意："嗯，逮到了。"

秦梵原本只是坐在他膝盖上，被他这一通操作，整个纤细的身子都窝进了他怀里，隔着薄薄的衬衣布料，能感受到男人身上的温度。

秦梵把相框拍到他的胸口上，心有余悸："你是不是想名正言顺换个老婆，才故意吓死我！"

说话间，她眼瞳陡然放大，落在那相框上。

这是她上次发给谢砚礼的照片，他居然打印出来放在办公桌上？

秦梵环顾四周，发现只有这个少女心十足的粉色相框跟这间冰冷的办公室格格不入。

她看着照片上自己因为拍摄宋导那部青春电影而挑染的银蓝渐变发色，逐渐与谢砚礼那银蓝发色融为一体。

秦梵眼神有些恍惚，脑海中莫名浮现出那天梧桐树下看到的穿着黑色卫衣的男人，冷白皮银蓝发色，桀骜中又满是少年的纯粹。

再看照片上的自己，像是回到了学生时代——桀骜却干净的少年在宿舍楼的梧桐树下，耐心地等待初恋打扮完毕，一起去约会。

谢砚礼松松握住她的手腕："谢太太不去检查藏没藏人了？"

男人清冽的嗓音带着戏谑，让秦梵一下子回过神来。

"检查啊，为什么不检查！"

在看到这个相框后，秦梵想起温秘书那意味不明的眼神，和他口中那个藏在休息室的女人……

秦梵忽然想到油画，连忙快走两步："家里那两幅油画不见了，不会被你藏在公司休息室了吧！"

"啊啊啊！

"被人看到了怎么办！"

等等，温秘书是不是看到过？

谢砚礼腿长，轻松跟在她身后进了休息室。

推开门，入目便是冷色调墙壁上那错落有致的相框，秦梵想象中不堪入目的人体油画不见踪影，她长长舒了口气。

谢砚礼看她表情，徐徐道："不会被看到。"

油画只能他一个人看。

秦梵已经凑近了墙壁去看那一张张照片，全都是媒体偷拍他们的照片，但居然都很好看，而且氛围感很强，像是特意请摄影师拍摄的。

例如慈悲寺的月下照，谢砚礼背着她，再有他们在医院安全通道的接吻照，她被抵在楼梯扶手，当时没意识到，现在看照片才发现，谢砚礼故意把手放在她后腰，免得她被硌到。

秦梵指尖轻轻触碰微凉的相框，然而还没碰上，便停住了。

休息室窗帘半开着，光线刚好照到秦梵脸上，她仰头看谢砚礼时，桃花眸下意识眯起。

"谢砚礼，你这是什么意思？"

秦梵很少这么郑重其事地叫谢砚礼的名字。

平时开心了叫老公，不开心叫谢总。

谢砚礼垂眸，对上她明亮的眼眸，半晌，才从薄唇溢出极轻一个字："嗯？"

她指着那些照片，一字一句："为什么会把我的照片挂在这里？

"为什么会把我发给你的照片打印出来摆在办公桌上？

"为什么我还没拿到最佳女主角，你却说我是最佳女主角？

"又为什么要把这么珍贵的东西送给我？"

她撸起衣袖，露出一双皓白手腕，上面戴着那黑色佛珠，极致的黑白对比，在阳光下，神秘的禁欲感油然而生，让人忍不住匍匐于这神秘之下。

秦梵看起来很冷静，但只有她自己知道，将这模糊的分界线擦清楚需要多少勇气。

深吸一口气，她红唇张了张："你是不是，是不是……"

喜欢我？

最后三个字她没说出口，桃花眼却直勾勾地望着近在咫尺的男人，这已经表明了一切。

谢砚礼看着她假装冷静，实际上指尖已经紧张地蜷缩起来，忽然很轻很轻地笑了一下。

笑得秦梵快要维持不住那冷静的表象时，垂在身侧的手被男人握起来。谢砚礼慢慢地将她蜷缩的指尖抚平，动作很温柔。

在秦梵心脏快要蹦出来时，他语调悠悠："璨璨，你喜欢我。"

秦梵原本还小鹿乱撞，谢砚礼这话一出，她瞬间被他笃定的语调气得想原地去世。

她条件反射地反驳："我没有！"

她原本是要激谢砚礼说喜欢她的，怎么到他嘴里，就成她喜欢他了！

这些照片又不是她偷偷摸摸挂在自己公司休息室里，谢某人总是不按常理出牌，把秦梵气得只想甩手走人。

听到秦梵反驳，谢砚礼慢慢将她舒展开的手指与自己十指相扣，不疾不徐道："蓄谋已久，难以启齿，璨璨，可我喜欢你。"

越是情深，越难以说出口。秦梵蓦然顿在原地，怔怔地望着他，恍惚间以为自己产生了幻觉。

她竟听到谢砚礼告白了？

片刻，秦梵终于反应过来。

她眼底盛满愉悦，踮脚攥住男人衬衣领口，与他眼神平视，唇角勾着掩不住的笑弧："你再说一遍。"

165

咫尺之间，谢砚礼先是伸手捂住她那双清澈见底的眸子，又把人拥入怀中，秦梵纤细的身躯刚好与他的怀抱契合。

下一秒，秦梵听到男人微哑的嗓音在她耳边响起。

他说："璨璨，我是正常男人。"

秦梵："所以？"

谢砚礼低喃："所以，也会害羞。"

噗——秦梵乐不可支，忍不住想要去摸谢砚礼的耳朵，看有没有害羞得红了。然而她没机会，被"恼羞成怒"捂住她眼睛的男人吻得浑身发软，再也闹腾不起来。

18

我的，绝不分手

18

相较于休息室内春色盎然，此时谢氏集团热闹多了。

毕竟他们公司真的很少有女明星过来，尤其这位女明星还是跟他们谢总有CP超话的。

即便两位都各自有正经交往的对象，但……

总裁和女明星这种组合，真的很难不让人好奇。

公司群：

"秦仙女已经在谢总办公室待了两小时了！"

"天哪，谢总也沦陷在仙女裙之下？"

"谢总不是这种人，会不会是谈合作？我记得秦仙女跟咱们公司之前不是有个游戏合作？"

"谢总跟谁单独谈合作超过一小时过？"

"我不说了。"

"我也不说了。"

"保密，懂？"

"懂懂懂！"

"贵圈真乱。"

"等等，你们仔细看，秦仙女被爆出来的那个男朋友真的很像我们谢总啊！"

"难道……"

"难道……"

"难道……"

温秘书蹲在总裁办门口，正在抽空看公司群。

他看到同事们的聊天快速刷屏，也跟着紧张起来——难道，他们要发现秦仙女的男朋友就是谢总了吗？

果然，还是他们公司精挑细选的高素质人才有慧眼。

下一刻，一条新消息映入眼帘，温秘书绝倒。

"难道秦仙女的男友还照着咱们谢总整容了？"

"真是要把模仿谢总进行到底啊。"

"你们说，秦仙女这是看够了假货，所以来找真的了？"

"妈呀，那两个多小时谢总都没出门，怕不是要沦陷在秦梵的妖精裙之下。"

"你刚才还说是仙女裙，现在又成了妖精裙？"

"实不相瞒，姐姐是很有三观的，仙女再美，来勾搭有妇之夫都不是好东西！"

"谢总这么好勾搭？"

"得看谁先勾搭，你是男人，被秦梵这样的女人勾搭，能不软？"

……

看着话题走向越来越奇怪，温秘书终于没忍住发言："你们大胆点猜。"

看到温秘书出场，群里刷得更欢快了。

"这还不够大胆？"

"喔，难道现在谢总已经跟秦梵在办公室……温秘书你让我大胆猜的。"

很快，群里被惊叹号刷屏。

纷纷为这位大胆兄点赞。

猜还是您敢猜啊！

温秘书心想："罢了，带不动带不动，这瓜我自己一个人吃。"

温秘书："工作时间，刚才几个闲聊的都记下来了。"

众人："啊，温秘书你钓鱼执法！"

温秘书刚准备放下手机，微信置顶发来消息。

大Boss："按照这种款式，各找一套衣服过来。"

换……换衣服？

温秘书手一抖。

完了，谢总果然彻底被秦妖精给勾住了，谢氏江山不保啊。

温秘书擦了擦不存在的眼泪，然后亲自去商场按照大Boss发来的照片选购服装。

怎么说呢，瞧瞧这男装，谢总真是越活越有少年心了呢。

大家原本都在等秦梵什么时候出来，没想到等到他们下班，整个大厦灯光全暗了，都没等到秦梵下楼。

他们没想到的是，早在下午四点，从不迟到早退的工作狂谢Boss被谢太太拉着早退了。

谢砚礼今天不但感受了迟到，更感受了早退。一天之内，把他之前的规矩全都破了。

站在商场楼下，秦梵拉着谢砚礼正在照玻璃墙，玻璃墙面上映照出两人手牵手的画面。

重点是他们穿着情侣装，秦梵还特意让温秘书给她买了银蓝色的挂耳染发片。

在初春料峭的寒风中，两人穿着奶乎乎的杏仁色连帽情侣卫衣，帽子上还有两个垂下来的毛球。

秦梵拿出手机，对着玻璃墙拍了张照片说："你看，我们像不像逃课出来的小情侣？好怕被老师逮到哦。"

"你逃过课吗？"

谢砚礼从来没穿过这种颜色，虽然他表情依旧平静，语调却染着无奈的纵容："我从不逃课。"

"啧，谢砚礼，你没有青春！"

秦梵仰头看向他时，眼角微微上扬，漂亮的眉眼顿时张扬起来。远远看去，倒真像不良少女在强迫好学生逃课。

然而下一秒，谢砚礼抓起秦梵两侧的卫衣帽缘，扣到她脑袋上，只余下垂在胸前的银蓝挑染鱼骨辫晃了晃，灵动俏皮。

秦梵之前表露出来的张扬气势顿时消失得无影无踪，她好不容易拨弄开帽檐，露出一双明亮的双眸，仰着头望他，没好气道："你干吗！"

别以为他告白了就能对仙女为所欲为！

说话间，秦梵很不服气地拉着他卫衣上的小毛球："低头。"

谢砚礼顺势低头，而后卫衣帽子也被秦梵猛地扣在头顶。

谢砚礼没生气，反而顺势把她抵在玻璃墙角落位置，俯身在她耳边道："这么想被拍？"

秦梵这才看到他身后有人在拍照，对方像是在对着手机自拍，但那紧张又激动的表情，已经出卖了她们。

秦梵拽着谢砚礼的领口，在那几个女生激动得手机镜头都晃了时，主动踮脚吻上男人的薄唇。

女人清甜馥郁的香气沁入呼吸之间，谢砚礼难得被她这样的操作弄得怔住了。

见谢砚礼不动，秦梵亲得没劲儿，在他下唇咬了一口才松开，小声嘟囔："为什么不亲我，你不是早就想公开了吗？"

上次还在医院安全通道故意被媒体拍到，虽然不知道后面为什么他把媒体拍到的照片全都按下没发。

谢砚礼指腹慢条斯理地抚着她水色莹润的红唇，触手柔软，对上秦梵漂亮的眼眸，他缓缓道："璨璨，你就打算这样公开我？"

秦梵睫毛轻颤了两下：怎么，他还对公开的姿势不满意？

"你有意见？"

谢砚礼还真颔首:"确实有。"

秦梵嘴上嫌弃:"就你小公主!"

她知道谢砚礼"公主病"发作,不想被粉丝偷拍,然后再顺其自然地发微博公开。

毕竟当时在安全通道,他都能理所当然、光明正大地在媒体镜头下吻她。

谢砚礼这样的人,骨子里就是高傲的,这样偷偷摸摸确实不符合他的性子。

秦梵没怎么思考,便反握着他的手直接走向那边正在拍照的女生们。

因为是下午的缘故,商场外人并不是很多,除了这几个女生外,其他人都没注意这个角落。

"啊啊啊,真的是秦梵!"

"她发现我们了吗?我要死了,我超喜欢她。"

"应该不会吧?我也喜欢她!她真的好仙女好漂亮!本人脸好小。"

"女明星约会被粉丝发现,主动过来是干啥,正常来说不应该跑吗,果然是我喜欢的演员,就是这么出其不意。"

"肯定是发现我们了,要我们删照片。"

"太可惜了……"

"她真的来了!"

秦梵耳朵很尖,听到她们故意压低的说话声,忍不住扬起唇角:"你们悄悄话说的声音太大了。"

女生们心想:"这什么大型尴尬现场。"

秦梵掀开几乎要盖住眼睛的宽大卫衣帽子,露出那张精致到极点的面容:"下午好。"

秦梵看着她们身上还穿着校服,好奇地问:"你们这是逃课?"

女生们激动得脸都红了:"没有没有,今天周五,我们放学早!"

女生有些语无伦次:"我们都是好学生,你的粉丝都不是不良少女!"

原来还是她的粉丝,秦梵看着她们小脸上的表情都不是作假,是粉丝啊,更好了。

她一本正经道:"那就好,好孩子不能逃课。"

谢砚礼侧眸看她一眼,薄唇勾起意味不明的弧度。

小戏精。

女生们连连点头:"我们肯定不会逃课,女神你放心吧!"

而后手忙脚乱说:"对不起,我们打扰女神约会了吧,我们这就把照片删掉!"

秦梵刚想说不用删。

谁知,忽然一个女生惊呼一声:"天哪,好帅!"

众人齐刷刷顺着她的视线看过去。

她们这才发现，秦梵身边那个很高的男生居然长得那么帅！近在咫尺的盛世美颜，简直要惊爆眼球。

这次谢砚礼没戴口罩，那张俊美清隽的面容完整地展露在人前。

年轻男人穿着杏仁色的卫衣，还戴着卫衣帽子，露出点银蓝发，简直就是又奶又狼的绝世大帅哥。

女生们捂住嘴，表情天崩地裂：天啊，说好的小土狗呢？

这些都是只喜欢秦梵的粉丝，对秦梵那个小土狗男朋友真的没有抱任何希望，因此根本不愿意去看谢砚礼一眼。

尤其谢砚礼个子高，若非刻意抬眸去看，要想忽视也不是做不到。若不是刚才有个女孩不小心瞥到惊呼出声，她们还不知道小土狗长这样。

"这……这……这是……小土狗？"

有女生颤着嗓子问出声，等问完之后才发现自己这话有贬义，连忙改口："是仙女的男朋友？"

仙女男朋友果然是仙子！

太绝了，这张脸，不过怎么有点像谢佛子？

她们都没见过谢佛子本人，最多只看过谢砚礼本人的远景或者侧脸。

此时，秦梵男朋友这极具冲击力的美貌展现在她们面前，她们都觉得秦梵男朋友这张脸，好像比谢佛子更优越一些，完美到没有任何缺点，就连皮肤都是那么清冷的冷白皮，配这头银蓝发实在是太绝了！

秦梵挽住谢砚礼的手臂，歪了歪头："不明显吗？"

众人觉得过分明显了啊，女神！

她们蓦然发现，这居然是情侣装！

刚才谢砚礼挡在秦梵正面，她们还真没注意到，后来也只把注意力放在见到女神身上了，光顾着激动，哪里注意到穿着。

见她们张着嘴说不出来话的样子，秦梵又问了句："我们般配吗？"

粉丝们："般配……"

她们真是没想到，女神私下这么平易近人。对着这对顶级颜值，她们真的说不出什么不般配的假话。

她们恨不得现在就掏出手机，原地变成仙女 × 小土狗的 CP 粉。

还是忍不住偷看谢砚礼。因为谢砚礼个子太高，她们偷看时也就自己觉得自己隐蔽。

秦梵没拆穿她们，笑意盈盈："那不打扰你们了，我们先走了。"男朋友也正大光明地秀了，秦梵便告别道。

见秦梵没有让她们删掉照片,粉丝们对视一眼,从彼此眼中看到了惊喜,信誓旦旦道:

"女神,你尽管放心,我们绝对不会把你男朋友的照片曝光出去的!"

"我们懂,你是想一个人独占男朋友的盛世美颜吧,所以才没公开。"

要是她们有这样的男朋友,也恨不得藏起来,不让别的女孩看到!

秦梵愣了。

不,你们不懂。你们其实可以曝光出去,我一点都不介意。但粉丝们那闪闪发亮的眼神,愣是让秦梵把到嘴的话咽下去。

这跟她想象中的完全不一样!

车内。

秦梵怏怏地倒在谢砚礼肩膀上刷微博,果然,没有任何关于他们出来逛街的热搜上来。

秦梵发微信跟小姐妹姜漾吐槽今天的事情后,补充道:

"你说为什么别的明星捂得严严实实出门都能被媒体、粉丝拍到,我今天都没戴口罩,居然没人拍我!

"是我不够红吗?"

姜漾回复:"不,宝贝,是你没跟媒体提前通气儿,捂得严严实实,哪有那么多巧合被媒体就拍到了,他们还不是提前埋伏好的?

"要不我现在就跟媒体透露一下你的行踪?"

被姜漾这么一说,秦梵恍然大悟,果断拒绝:"不行,那太明显了吧!"

拍到她没戴口罩到处溜达的高清照片,确实是太明显,这个圈子里没有秘密,到时候传出去她还要不要这张漂亮小脸蛋了!

到底怎么样才能高调又不失隐秘地被记者拍到呢,这是个问题。那些跟她的记者最近都怎么回事,她手里有超级大新闻想要透露给他们,拿出之前跟她的劲儿呀!

秦梵用小脑袋撞了撞谢砚礼的肩膀。

谢砚礼坐在驾驶位,见她已经放下手机,侧身给她系上安全带:"不高兴?"

秦梵鼻音柔软带着几分娇气:"不高兴。"

她抬起眼睛看谢砚礼:"你不失望?"他不早就想公开了?

然而秦梵从男人这张泰山崩于前而色不变的脸庞上,看不出半分失望的情绪。

谢砚礼已经发动了车子,偏冷的声音在空旷车厢内越发磁性:"璨璨,你不是说不喜欢我吗,为什么在意我失望不失望?"

秦梵噎住——他明知故问!

"嗯，璨璨？"

谢砚礼见她不说话，耐心地喊她名字。秦梵闭上眼睛，裹上早就给她准备好的小毯子，往椅背上一靠，安详地闭上眼睛："别打扰我睡觉。"

下一刻，男人清冽好听的笑声传遍车厢。秦梵忍不住把毯子往上遮了遮，挡住自己发烫的小脸蛋。

笑笑笑，笑什么笑！还笑得这么好听，是想要勾引谁呢。在毯子下，秦梵揉了揉发烫又酥麻的耳朵。可恶，她被勾到了。

殊不知今天偶遇的粉丝里面有个是她的大V粉丝，虽然没有发照片，却把今天偶遇她的事情发到大号上。

梵仙女家的小甜甜V：姐妹们！今天跟同学们提前放学去商场逛街，你们猜我遇到了谁！啊，秦仙女和她男朋友呀！仙女真人比电视上美无数倍，重点是小土狗超级帅！帅得我们现在小心脏还扑腾扑腾的。呜呜，姐妹们对不起了，从今天开始我要成为仙女和小土狗的CP粉了，有缘再见。

关注她的其他一些秦梵的粉丝均是满脸问号，留言纷纷是——

"甜甜，你被盗号了吗？"
"还是卖号了？"
……

大家完全不相信这位秦梵的超级忠心粉丝在偶遇秦梵之后，就这么……变CP粉了？

然而小甜甜没有回复任何粉丝，只是用实际行动表明了自己的态度，她加入了CP超话，并且把自己的微博名修改成了"今天仙女跟仙子结婚了吗"。

其他粉丝看到后纷纷疑问：仙子？

她作为仙女和小土狗的超话粉丝，是怎么说出"仙子"这个词的！

小土狗配吗？

小甜甜莫名有种众人皆醉我独醒的优越感，直到她刷到某个粉丝最近参与的超话——"神颜虐恋CP"超话，神使鬼差地点了进去。

作为秦梵粉丝，她之前从来不进这种失了智的CP超话。

超话置顶就是当初秦梵参加独居综艺第一期时，在谢氏集团与谢氏总裁谢砚礼惊鸿一见的对视。

小甜甜暂停了好几次，才看清谢砚礼的面容，虽然模糊，但掩不住清隽如画。等等，这张脸……怎么跟今天见过的秦梵神秘男友那么像！

她坐在电脑前看了半小时，然后默默地在自己之前发的那条微博下留言：

"姐妹们，小土狗真的很帅，长得跟隔壁"神颜虐恋CP"超话里的谢佛子一模一样，你们怎么看？"

然后她这条评论下回复无数——

"破案了，小土狗照着谢佛子整容了。"
"果然是学人精！"
"难怪你觉得他帅，照着谢佛子整得能不帅？"
……

这蜂拥而至的评论，把亲眼见过谢砚礼的小甜甜也给整不会了……是这样吗？能整得这么自然？那谢佛子真人得神仙成什么样？

小甜甜其实也只敢看了仙女男友一眼，总盯着偶像的男朋友看太失礼，所以她也很蒙。

偶遇秦梵果然没被太多人关注，毕竟连张照片都没有。不过小土狗照着谢砚礼整容这个话题，还是小范围在粉丝群里传播过，但没传出去。

粉丝很有数，家丑不可外扬！

秦梵在家里没休息几天，作为如今演艺圈风头最盛的女演员，自然有很多工作源源不断地找过来。

几天后，渔歌会馆门外。

秦梵刚跟一个导演谈完新戏，送走导演后，便上了保姆车，准备前往机场。

身为高奢品牌"缘起"全球代言人，秦梵被邀请参加他们次年新品早春系列的大秀。

这次行程没有保密，如今机场大概有媒体、粉丝等着了。

秦梵打开崭新的首饰盒，拿出一对精致耳环。

等蒋蓉看清楚耳环图案后，差点没晕过去："小祖宗，你能不能别玩了……"

秦梵让小兔帮她拿着镜子，而她对着镜子将新定的耳环戴上去。两只嵌满了蓝色钻石的小砚台在细白柔嫩的耳垂上摇摇晃晃，格外可爱讨喜。

秦梵满意地让小兔把镜子收回去，慢悠悠道："没玩儿呀，我就想知道，这届网友脑洞多大。"

当然，更重要的是……秦梵想哄一下某个男人。

若不是过分明显了，她还想把这个小砚台戴在左边，另外准备好的那个戴在右边呢。

谢砚礼告白后，她还没什么表现呢，这个实际行动他应该能感受到吧？

秦梵打开搁在膝盖上的另外一个首饰盒，里面是一对粉钻耳钉，这对设计不同，是"蝴蝶结礼物盒"形状的耳环，垂下来两条细细白色钻石链条，也很美！

不过跟秦梵身上这套淡蓝色兔毛编织小外套不太配，蓝钻砚台的更配一点。

蒋蓉头疼道："小兔给她摘下来，戴上'缘起'那边送的珠宝。"

小兔没动，然后在蒋蓉的眼神下，慢慢道："蒋姐，这两件耳饰就是'缘起'总设计师亲自操刀给梵梵姐设计的珠宝。"

蒋蓉顿时明白了。

难怪秦梵之前热情要求亲自跟设计师讨论设计图！在她懊悔把这事交给秦梵时，保姆车已经在机场停下。

机场。

带着手幅的粉丝们看到秦梵后，欢呼声陡然炸开——

"啊啊啊！是秦梵！"

"仙女姐姐看我！"

"看我看我！"

……

粉丝自发地组织，虽然热闹、规模很大，但很有秩序，丝毫没有造成混乱，更没有影响到其他乘客。

喊完几句后，便在秦梵的示意下安静下来。

秦梵竖起一根纤白如葱段的手指："嘘，别吵到其他人。"

粉丝们说话声音都变小了："我们听你的。"

"能签个名吗？"

秦梵垂眼给粉丝们签名时，侧颜清晰被拍。即便是这种撑脸拍摄，她的皮肤都没有丝毫瑕疵，五官精致，睫毛又长又密、自然卷翘，红唇柔润，就连脸庞轮廓都精致极了。

拿粉丝的话来说，就是真人美得让人忘记呼吸。

幸好秦梵一行人提前了两个多小时抵达机场，而后在粉丝们自发的护送下，顺利进入候机楼。

小兔长舒一口气，看向满脸淡定的秦梵："第一次经历这么大规模的粉丝送机，好紧张，好感动，我们家女演员终于也有粉丝送机了！"

这么多粉丝，是多少进入娱乐圈的追梦人梦想中的画面。

而上次，她们参加商场活动时，商场全部的人都在围观秦予芷，没有人注意到二楼也有个女明星。

距离那次，短短不到两年时间。

"姐，你可真淡定。"小兔忍不住感叹道。

秦梵捂住自己的小心脏："不，我一点都不淡定。

"我现在超级紧张的！"

蒋蓉正端着平板处理工作，此时瞥了她一眼："你紧张照片发到网上后，有没有人发现你的小心思？"

秦梵抬了抬那双水光潋滟的桃花眸，语调懒洋洋地含着笑意："知我者，蒋蓉也。"

蒋蓉一点都不想知这个爱挑事的小祖宗。

秦梵幽幽叹了声："这次，网友们不会还脑洞大到猜成别的吧？"

"别的，例如什么？"小兔好奇问。

秦梵把玩着手机，若有所思："例如，觉得我最近要官宣什么才女的戏？"

看着秦梵耳朵上那小砚台耳环，小兔顿了顿："搞不好真的有可能。"

秦梵并没有等到看网络上的情况，便已经登上前往F国的飞机。而这段时间，媒体也将秦梵机场照发到网上。

原本大家都在安静地夸赞仙女的盛世美颜，很快关注到她身上的各种配饰，例如那张侧颜照上最清晰的蓝色钻石砚台耳环。

原本十分珍稀的蓝色钻石，却被秦梵日常佩戴着。就算是一线女星，也很少有把这种品级的珠宝日常佩戴的，基本都是晚宴或者颁奖典礼等重要场合才舍得拿出手。

在机场人多的时候，被人不小心刮到碰到，特别容易丢失。

"秦梵佩戴珍稀蓝钻耳环现身机场"热搜很快爬上头条。

起初大家没有意识到这个耳环的造型，只是沉浸在蓝色钻石的神秘美丽之中，直到有人提起——

"仙女这耳环造型也太别致了吧，砚台造型，有种时尚与国风相结合的艺术感。"

"啊啊，想要同款，但这个好像要不起！"

"秦仙女戴玻璃片都跟钻石似的，我们戴钻石跟玻璃片似的……"

"楼上真相了……"

这时，有人把秦梵上次颁奖典礼结束时发的那张自拍照跟这张照片合成一张，并配字：秦梵最近的首饰都挺有意思的，好像是要官宣"缘起"的高奢珠宝代言人。

这张照片并没有在网络上引起太大的轰动，但此时在北城寸土寸金的金融中心，谢氏集团某个普普通通的工作岗位上，传来一道女性惊呼声，同办公室的同事齐刷刷看过去。

下一刻，他们同时听到自己手机振动了一下。

公司群炸了，刚才尖叫的女员工快速敲字，几乎要敲出残影：

"啊啊，看微博热搜，我发现了一个天大的秘密！"

"你上班刷微博。"

"温秘书，我要举报，这里有人上班刷微博。"

然而等女员工后面话发过来后，他们整齐划一地变成了问号与惊叹号。

女员工："上次秦梵来公司找谢总还记得吗？温秘书多么殷勤还记得吗？秦梵跟谢总共处一室直到全公司下班时间都没出现还记得吗？当天下午有路人爆出来秦梵跟长得很像谢总的神秘男友约会还记得吗？你们细品，细品啊！"

随后她发来一张照片，照片上，是网友那张合二为一的照片，女员工用加粗的红色线条圈出来秦梵的耳环，一个标上"谢"，一个标上"砚"——

女员工："真相只有一个。"

女员工："秦梵那个总是照着我们谢总学的神秘男友小土狗就是我们谢总啊！"

其他员工：

"真的！"

"不可能吧？"

……

一群人仔细回味女员工这几段话，偌大的办公间顿时齐刷刷发出震惊叫声。

天哪！谢总等于小土狗？也就是说秦梵等于他们老板娘！

不单单是这个办公间，整个谢氏集团的大楼都轰动了，大家都不是傻子，顺着女员工给出来的这根线，他们抽丝剥茧发现许多之前忽略了的东西。

对啊，世界上哪有那么多巧合，秦仙女前脚采访说喜欢又奶又乖小奶狗风格，后脚染了银蓝发色的男朋友剧组探班，重点是神秘男友探班那段时间，他们谢总休假了！

之后谢总出差回来又顶着这头银蓝发，在商业会谈那种公开场合说谢太太喜欢这种风格。

有员工问："说起来，秦仙女今天去F国参加大秀，谢总今天是不是也去F国？"

众人："嘶……"

"是的……"

"没错……"

"我亲眼看见温秘书订的机票……就在秦仙女后面一个航班。"

"嚯!"

"关注到真的了?可以发到网上吗?"

有悄悄关注"神颜虐恋CP"超话的员工战战兢兢地打上这行字,下面一群人不约而同提醒温秘书。

此时在机场候机的温秘书刷着群消息,差点喜极而泣:果然,关键时候还得靠他们公司选择的优秀人才啊!瞧瞧这推理能力,终于在线了!

温秘书:"下班时间,你们想干什么都可以。"

这群人顿时福至心灵。

妈呀,温秘书的意思是可以发出去?

再大胆点想,温秘书的意思代表谢总的意思,所以意思是谢总想公开了!

推理完美!

群里顿时纷纷提醒公关部:干活了!

飞机上虽然开通了网络服务,但信号不太好,秦梵刷了好几遍,都没法刷新微博,最后只好气呼呼地戴上眼罩睡觉。

小兔刷了好几遍,终于刷到了新热搜,差点没忍住惊呼出声。

蒋蓉跟秦梵坐在一块儿,秦梵靠窗,她坐在边上,与小兔隔着过道:"小点声。"

小兔激动得手都抖了:"姐!"她压低了声音,"热搜,热搜!"

蒋蓉想到秦梵机场上那通操作,连忙拿出手机打开微博,然而刷了半天没刷出来。把小兔的手机拿过来,蒋蓉看到热搜第一,后面跟着个"爆"字。

#仙女佛子是真的!#爆。

置顶微博是一条来自谢氏集团员工群的截图。

发微博的是谢氏集团的一位员工,她之前的微博有关于入职谢氏集团的其他信息,而且也有认证,因此从她手里出来的群截图,大家深信不疑。

重点是,顺着截图内容,网友们纷纷扒出了其他之前被忽略过的东西,这次他们用放大镜扒!

之前大家怎么都想不到,这对八竿子打不着的人,居然是真夫妻,天哪,秦梵拿的是豪门太太隐藏身份闯荡演艺圈,还拿到最佳女主角的剧本吗?

现在反过来一想,网友、粉丝们炸开——

"我之前居然瞎成那样？这俩都这么明显了，居然还以为他们毫无关系！"

"不说了，我已经在前往医院途中，眼疾过分严重。"

"呜呜呜，我也瞎了，所以小土狗等于谢佛子吗？"

"说什么小土狗，闭嘴！那是谢佛子，不容亵渎的佛子啊！"

"妈呀，所以'神颜虐恋CP'其实是'神颜甜宠CP'吗？"

"仙女佛子我醉了，完全想象不到这对居然是真的！这是对什么人间妄想夫妻啊！"

"天哪，他们那些暗戳戳的互动太甜了，你们快看独居综艺第一期，秦梵气呼呼离开后，谢总手上有牙印啊！"

"所以那段没有被录进去的'谈合作'内容，谢佛子到底对我们仙女做了什么，才让仙女气得咬他？"

"啊，脑补一万字！"

"超话可以改名吗？可以合并了，两个超话直接改成'妄想夫妻'怎么样？"

"'妄想夫妻'很棒！"

"还改什么名字，立刻马上去重新申请一个CP超话，把这些全部搬运过去！"

"所以，姐妹们，秦梵是刚到结婚年龄，谢佛子就迫不及待把人家小姑娘娶回家了？"

"说好的高岭之花呢，说好的不近女色呢，原来佛子不是无情无欲，而是把所有独特都留给一人！"

"甜晕了……真夫妻的糖才是真的甜。"

这时，有人把谢砚礼账号那条唯一的微博搬运过来：

谢太太生于锦绣，长于荣华，与佛无缘，仅与我有缘。

还有秦梵的最新微博，她上次颁奖典礼结束发的自拍照，还有那句："懂？"
懂了，他们现在全都懂了。
什么再次感谢粉丝，人家是"谢砚礼"的"谢"！
粉丝们：这个姐夫实在是找不出任何错，鸡蛋里都挑不出骨头，含泪祝福。
面对越来越多的证据，粉丝们都愣住了，只能机械地回复路人：一切等官方，大家暂时不要传播。
呜呜呜，他们粉丝巴不得这个新闻是真的！谢佛子跟小土狗，他们疯了才选择小土狗！

百分之九十九的粉丝默默祈祷：千万是谢佛子，千万是谢佛子，千万是谢佛子，信女愿意三个月不吃火锅、小龙虾、甜品，不喝奶茶、果茶、肥宅水！日日吃草喝水，作为还愿。

短短半小时，"妄想夫妻"的新超话申请人已经快要破七位数。

微博瘫痪了好几次，全网边扒他们的相处细节，边等着这对夫妻出来回应。

等秦梵一觉醒来，飞机即将抵达F国国际机场。

秦梵先去洗手间整理了下，又略微吃了点东西，才发现蒋蓉跟小兔看她的表情奇奇怪怪。

秦梵随口问道："你们有事？"

干吗都盯着她吃东西？

蒋蓉和小兔同时收回视线，异口同声："没有！"

更怪了好不好，秦梵眼睛眯了眯："快说，别搞些神神秘秘的。"

小兔憋不住："姐，你跟……"

还没来得及说，便看到空姐从那边走来，小兔到嘴边的话还是噎了回去。空姐提醒她们飞机落地时间，又对着秦梵看了好几眼，这才依依不舍地离开。

被这么一打岔，秦梵是飞机落地后才知道网上到底发生了什么事情。

不过历经十小时的飞行，此时网上已经从大家等待正主回应，变成了对他们感情的各种猜测。

忽然冒出来的网友浑水摸鱼——

"十多个小时了，还没有人出来公开，女方没有也就算了，男方那边也没有，怕不是两人对公开产生分歧了。"

"你们看秦梵又是戴'谢'又是戴'砚'的耳环各种暗示，怕不是没经过人家男方同意，现在就蹦跶着要出来自曝。"

"男方自始至终可是一声都没吭，怕不是根本就不想公开。"

"都是秦梵一厢情愿吧，什么'神颜妄想夫妻'，这就是某仙女自导自演的笑话。"

"她最近是不是有什么戏要上了，搞热度呢？"

"瞧瞧，不到一天时间，涨粉千万，比爆了的热播剧女主角还要吸粉呢。"

"散了吧，估计早就无声无息分手了……"

……

网友跟粉丝不一样，他们很容易被这种言论误导，从而真觉得秦梵是炒作的。

毕竟大白天爆出来，却没有任何人出来回应。

蒋蓉也是刚刚看到这些像是有组织一样的言论出来，压低声音在她耳边道："谁干的，胆子这么大，现在全网谁不知道你跟谢总的关系，居然还有人敢搞你？疯了吧。"

这是玩哪一出？秦梵懒得关注那些趁机黑她的人，都是跳梁小丑罢了，也就骗骗不知情的网友。

无凭无据，就一张嘴造谣，或许等时过境迁，这些造谣的话，也都成了"秦梵炒作"实锤。毕竟很少有路人会去重新关注这件事的来龙去脉。

对方打的就是这个主意，破坏她的路人缘。如今秦梵路人缘太好，这些人怕她身份公开之后，无论是资源还是本来就出众的实力，会让她们之后再也没有出头的机会。

所以，不单单是一个人，或许是一群人推波助澜。秦梵靠坐在车椅上，若有所思看着微博上热热闹闹的议论。

当然，她看的是那个依旧霸占热搜第一的词条——仙女佛子是真的。

秦梵红唇慢慢勾起，看完前因后果，没想到居然是上次自己去谢氏集团探班谢砚礼时，留下了证据，让他的员工发现了。

啧——这届网友真是不行呀。

这样才扒得出来，而且扒出来之后，居然还相信那些带节奏的人的话，以为她跟谢砚礼没有立马回应，是因为对公开产生分歧。

他们傻吗？产生分歧还会光明正大手牵手去商场逛街？

"缘起"来接她的还是上次那个负责人丘添，就在秦梵思考着要怎么回应时，他热情道："说起来还要恭喜秦小姐和谢总公开了，哦，不，应该称谢太太！"

蒋蓉立刻接话："多谢丘总，不过还是叫秦小姐吧。"

"懂懂懂，低调是吧，秦小姐太低调了，未来可期！"

"能签约您成为我们线下所有产品的全球代言人，真是我们'缘起'的福分。"丘添依旧很会说话。

而后他试探道："不过听说现在网上舆论有些负面的，需要我们'缘起'出面的话，蒋经纪人和秦小姐尽管开口。"

蒋蓉："好，我们一定不会客气。"

说话间，酒店到了。

到酒店后，没有外人，蒋蓉才问出口："谢总那边怎么回事？"

"你在飞机上不知道情况也就算了，谢总那边总知道吧，谢氏集团公关部居然没处理？"

而且谢总好像没有公开的意思，难道是秦梵曲解谢总心思了？毕竟商人的心思你别猜，猜也猜不对。

就在蒋蓉胡思乱想，顺便等着国内他们新组工作室的公关部视频开会时，那边小兔惊呼了一声："谢氏集团官博发声了！"

蒋蓉连忙凑过去，秦梵也抬眼看向小兔。

小兔立刻将平板电脑递到秦梵手边："姐，你快看。"

秦梵垂眸。

谢氏集团V：谢总本日行程表了解一下。

后边附了一张谢砚礼的行程表图片。

"不愧是大公司的官博，瞧瞧这高冷粗暴的风格，爱了爱了。"小兔忍不住感叹。

但凡有点脑子，看到谢砚礼今日行程表，就知道人家追老婆去了，哪有时间搭理网上那些流言蜚语。

秦梵点开评论，果然如小兔所言——

"啊，课代表来了，秦梵今日飞F国的行程了解一下。"

"谢氏集团，你们就这么把你们大Boss的千里送惊喜给破坏了，真的不会被扣工资吗？"

"哈哈，祈祷秦梵不要看到。"

"晚了，我看秦仙女的小助理刚才点赞了！"

"还在天上飞的谢佛子：冷漠微笑，了解一下。"

"散了吧散了吧，什么要分手，谢佛子连两三天都舍不得跟仙女老婆分开，这叫男方不想公开？"

"谢佛子那头银蓝发都不同意分手！他把想要公开、想要名分打在公屏上了，可惜这届网友不行，愣是把人和小土狗联系不到一块儿去。"

"论固定思维的可怕。"

"重点是大部分人都是固定思维，觉得谢佛子无情无欲不可能是小土狗那种看起来就是妻奴的男人，甚至有少数人猜测这两个人或许是同一人时，都会被无视。"

秦梵把谢砚礼的行程表看了一遍又一遍，唇角上翘的弧度越来越明显。

谢砚礼就是故意的，故意不告诉她他也要来F国。她临走那天晚上，这人一股要把未来三天夫妻生活预支的劲儿折腾她。

183

蒋蓉跟小兔被这笑容，甜得牙疼。

蒋蓉忍不住在她耳边喊道："谢太太，回神了！"

秦梵揉了揉耳朵，抬起一双自带潋滟水色的眸子："干吗？"

被秦梵用这样的眼神看着，蒋蓉差点忘了后面的话，几秒后，她点了点热搜："你准备怎么回应？"

蒋蓉心想："秦梵简直像是自带撩人系统，也就谢总能降住这种人间小妖孽。"

没等秦梵想好，手机忽然振动了下，是谢砚礼的微信消息，要她的地址。

秦梵看到谢砚礼已经下飞机，估计此时他已经知道了网上的情况，按照她对谢砚礼的了解，他绝对是要公开的！

不行，她不能比谢砚礼迟。

于是乎，蒋蓉跟小兔看到秦梵从刚才的气定神闲，一下子变得紧张兮兮，从手机相册挑挑拣拣，最后还是选定了很早很早之前她偷拍谢砚礼的一张照片。

秦梵对着那张照片看了好几秒，轻轻呼吸，毫不犹豫地点击发布。

秦梵V：我的，绝不分手！

后边附了一张照片，照片上，谢砚礼还没有染银蓝发色，他坐在落地窗前的沙发椅上，仪态优雅从容，面前摆放了一盘黑白残棋。柔和的阳光穿透玻璃，男人乌发冷白皮，气质清冷如寒玉，长指上随意垂落着早先那串黑色佛珠，如神佛误入凡间。

照片一出，网友粉丝们差点喜极而泣——

"来了来了，终于来了！"

"秦仙女不愧是你，直接把谢佛子的高清照片公布出来，呜呜呜，你男人太帅了吧！"

"我收回你看男人眼光有问题的话，听到空气中啪啪啪的声音了吗，是我脸被打肿的声音。"

"啪啪啪！"

"脸好疼，谢佛子颜值真的绝了！"

"你的你的，佛子只有仙女配得上！"

"呜呜呜，梵仙女你们真的结婚了吗？"

"你们夫妻的颜值真的太绝了……"

"恩恩，我就有一个问题：你每天是不是被你老公的盛世美颜帅醒的？"

"哈哈哈，我已经开始期待他们俩的孩子了！得好看成什么样子？随便凑合着父母的五官长长又是一代神颜。"

"仙女，带你老公参加参加什么真人秀节目好吗？"

"看你们俩睡觉我都能看三天两夜。"

"姐妹们，快去看谢佛子也发微博了！"

"他们夫妻是商量好的吗？"

秦梵也是被粉丝指路，才知道谢砚礼发了微博。

她心脏莫名跳得有点快，点击那个微博时，指尖忍不住轻轻颤抖。

直到小兔一惊一乍的声音响起："啊，我要死了！

"谢大佬为什么这么会！"

　　谢砚礼Ｖ：偏偏孤山引清梵。

后边也附了一张照片，照片是一张很朦胧的月下照，巨大的月亮下，身形挺拔清俊的男人背着身披宽大黑色西装的女孩，踩着山路台阶，一步一步走得很稳，仿佛能背着她永远走下去。

热评第一：

"什么引清梵，是引秦梵吧！"

热评第二：

"偏偏孤山引秦梵！"

热评第三：

"看到这张照片，莫名感动到哭……是我泪点太低了吗？可是佛子真的太会了，这对给我永永远远爱下去好吗？"

小兔在套房客厅比秦梵这个当事人还要激动，激动到跺脚："呜呜呜，谢总真的太会了。姐，你老公啊，这是你老公！"

秦梵看到谢砚礼微博的第一反应就是：输了输了。从文案到照片，自己都输了。第二反应：可是怎么办，自己输得心甘情愿。这男人真的太会了，呜呜，少女心啊！

谢砚礼是不是报名了什么情话知识小课堂！

听到小兔的话后，她回过神来："对，我老公，你激动什么？"

小兔："这都能醋？"

秦梵轻哼了声："醋，以后想都不能想。"

小兔思考片刻："那我能想你们俩在一起的画面吗？"

秦梵："小兔，你思想不健康。"

小兔："姐！你跟谢总在一块儿的画面只有不健康的可以让我想吗？"

她手里还有很多特别健康、特别浪漫的照片和视频当精神食粮呢。

秦梵理直气壮："老夫老妻之间的画面健康了才有问题好不好。"

小兔："是这样吗？"

就在这时，外面传来门铃声。

小兔屏住呼吸："是不是谢总来了？"

她可以就近围观了吗？然而下一秒，她被秦梵赶回套房的次卧："别出来，老夫老妻久别重逢，你懂的。"

"砰"的一声，房门在小兔眼皮底下关上。

小兔羡慕刚才下去接谢总他们的蒋蓉姐。

秦梵走到门口落地镜前，看着自己身上还穿着之前的黑色丝绒长裙，思考是不是有点不太郑重。

万一谢砚礼穿着特别正式，那她……

秦梵纠结几秒，门铃声没再响起，倒是门卡开门声响起，这下她不用纠结了。

房门打开，秦梵看清楚谢砚礼后，直接如往常般扑上去，挂在他脖颈处："老公，举高高！"

谢砚礼接住谢太太热情的投怀送抱，并没有如她所言那样"举高高"，反而侧眸看向旁边的几个人，用英文说："诸位见笑，我太太比较活泼。"

秦梵陡然僵住，这才发现站在门口的不单单是谢砚礼，还有几个外国人，他们正表情意外地望着她。

秦梵好尴尬。

酒店走廊安静极了。

蒋蓉站在旁边，忍不住捂脸。

她不是发消息告诉过这位小祖宗，谢总带了合作伙伴一块儿过来吗？

秦梵当时正站在落地镜前思考要不要换衣服，哪里有时间去看手机。

此时她缓慢地从谢砚礼身上滑下来，然后整理了下不存在什么折痕的裙摆，漂亮脸蛋上的表情优雅又得体："你们好。"

秦梵表面假装什么都没有发生，内心疯狂尖叫。真不愧是网友说的惊喜，真的让她大大地惊喜了！

哪个男人前脚在网上深情告白，后脚千里送惊喜，身边还跟着一群电灯泡？

秦梵邀请他们进去之后，在身后狠狠瞪了眼谢砚礼。

谢砚礼捏了捏她的指尖，眸底染上淡淡笑意："嗯，小戏精？"

秦梵没好气："谁害的！"

这时，有人隐约听到了声音，下意识转身看过来。

秦梵条件反射般恢复表情管理："请进。"

男人压低的笑音在她耳边响起。

好吧，戏精就戏精，夸她演技好。只希望所有人都能忘记刚才她那不矜持的一面，更希望他们不知道举高高是什么意思……

蒋蓉看到空荡荡的客厅："小兔呢？"

不招待客人，又跑哪儿去了。秦梵见蒋蓉皱眉，为免蒋蓉以为小兔不好好干活，开口道："我让她回房间了。"

蒋蓉刚好站在次卧门口，听到这话后，下意识敲门："小……"

话音未落，房门被猛地打开，就像是小兔一直站在门口似的。

小兔清亮的声音响起："姐，这么快就出来了？"

众人愣住了。

小兔后面的话，在看到满客厅西装革履的外国人时，戛然而止。

"我们这是在哪儿？"

蒋蓉终于没忍住，一巴掌拍在她脑门上："去给客人倒茶！"

小兔终于反应过来："我刚才说梦话呢！"

"这就去这就去。"

然而现在找补已经迟了，秦梵清晰听到几个外国人中英文夹杂着问，他们是不是打扰了？

秦梵现在只想挖个洞，把自己埋进去。

谢砚礼却旁若无人地拂了拂她散落在耳边的碎发，磁性好听的声音在她耳侧落下："什么事？"

秦梵面无表情，对上男人那清隽眉眼，忍了忍："你不懂的事。"

谢砚礼不疾不徐，含笑道："那劳烦谢太太今晚指教一二。"

而后他清晰地看到秦梵乌发下那玉白可爱的小耳朵，泛起了艳丽的绯色。

秦梵："啊啊啊！"

仙女的脸……没了。

谢砚礼云淡风轻地对她道："你进去休息会儿，我还要谈点事情。"

谢砚礼来F国确实是有生意要谈，然而没想到自家太太会给他这么大一个惊喜。他难得迫不及待想要来见秦梵，自然顺便将工作地点挪到了她的房间。

秦梵恨不得立刻消失，在听到谢砚礼的话后，略松口气，却也很有礼貌地给大家准备好茶点，然后顺便拖着蒋蓉一起回到房间，小兔紧随其后。

蒋蓉进门就说："我给你发过消息。"

小兔："姐，我错了……"

187

秦梵看着手机上未查看的微信消息，深吸一口气——

小兔咽咽口水，小心翼翼说："换个思路，大概仙女下凡都需要历劫吧？"

秦梵："不，这不是仙女历劫，这是仙女刚下凡，便直接摔成大饼脸。"

没脸见人了！

蒋蓉若无其事地岔开话题："要不你再刷一下微博，现在网上都在说你跟谢总是'人间妄想CP'呢。"

"难得的真夫妻糖。

"呀，裴导也发微博了，你回应一下？"

秦梵没兴趣，她满脑子都是刚才一而再，再而三尴尬的画面，跟想象中见谢砚礼合作伙伴的画面完全不一样！

她应该是优雅得体、美丽端庄的谢太太！刚才那幼稚撒娇精是什么鬼。

她像是幽魂，打开小兔收拾好的衣柜，找到睡裙往浴室走去，准备洗个澡冷静冷静。

小兔快速上前，戴罪立功之心格外迫切："姐，要不你穿这个？"

"今天可是大喜日子呢，堪比洞房之夜。"

大喜日子？尴尬两次的大喜日子？

秦梵抬起眼，看到被小兔从衣柜箱子底层翻出来的一条薄纱睡裙，汉服交领的设计，唯独一条刺绣精致的宽大腰带聊以遮掩。

等等？她出差行李箱中为什么会有这玩意儿？

秦梵目光看着那件睡裙，漂亮脸蛋上满是震惊。

小兔解释道："这是姜大小姐上次送的一箱新款裙子里面的，我看这条睡裙很漂亮，收拾行李的时候就收拾进来了。"

秦梵拎起那件绯红色轻纱睡裙，心情复杂："小兔，我是变态吗？出差在酒店一个人穿这种睡裙？"

若不是小兔也对谢砚礼的行程毫不知情，秦梵都怀疑她是不是被收买了。

小兔无辜地眨眼睛："姐，你不是说酒店暖气太足，要带薄一点的睡裙，睡觉舒服？"

秦梵思考了几秒，她好像确实说过这种话，但——这叫薄一点？再薄一点就没了！

将这件睡裙丢回给小兔："我可是正儿八经的端庄淑女，才不会穿这样的睡裙。"

"丢……"

秦梵话锋一转："收起来，以后不准再拿出来！"

小兔捧着被丢过来的睡裙，看着秦梵前往浴室的背影，小声嘟囔："可真的很美呀……"

这时蒋蓉幽幽道："兔啊，你流鼻血了。"
"以后脑子里少想些有的没的。"
"啊。"小兔连忙把睡裙抛给蒋蓉，"蒋姐接住，别脏了裙子！"
蒋蓉心想："她不应该先关心一下自己的鼻血吗？"
蒋蓉倒也还是接了过来，睡裙入手丝滑，价值不菲。
别说，姜大小姐出手，必是精品。
秦梵从浴室出来时，主卧已经没人了，唯独奶白色的真丝床单上，铺着那件绯红色的轻纱睡裙，刺绣着精致交颈鸳鸯图案的长长腰带垂在床边，冰冷空旷的酒店主卧内透着几分旖旎。
秦梵洗完澡后，刻意把之前的事情忘掉。
在看到那身睡裙后，略一顿，还是团了团塞进衣柜，然后把自己埋进被子里，打开手机刷微博，同时脑子里不断暗示自己：忘掉忘掉忘掉！
忘掉尴尬，忘掉睡裙。她还是单纯干净的小仙女！
很快，秦梵注意力倒是真的被微博转移了，因为此时网友们纷纷在她微博下留言：想要谢佛子这样的男人！
凭什么？谢砚礼是她一个人的！合法合理！
后来秦梵才看到，起因是裴枫发的微博。

裴枫V：来来来，帮大家回顾一下，谢某人为了得到公开名分的资格做了哪些事情。1. 商界佛子豪拍翡翠珠宝公开表白太太。2. 将随身戴了多年的珍贵佛珠赠给太太。3. 寒冬之夜穿着单薄衬衣背着谢太太下山。4. 为了迎合谢太太喜好，打破底线把头发染成银蓝发色。5. 多年没有年假的工作狂为了陪伴太太，请假一个月。这些都是有迹可循的东西，还有一些秘密，不告诉你们，哈哈。

裴枫还特别贴心地配了九张图，是他总结的这些事情的所有证据。
他特别想说天鹭湾的事情，但……要忍住。天鹭湾啊！这哪个女人受得住。
想到天鹭湾，裴导意犹未尽，没隔几分钟，再次发了条微博。

裴枫V：还有一个特别特别大的秘密想要跟你们分享，但不能说，以后你们就知道了。

别说这个大秘密了，仅仅是他列出来的这些就足够粉丝们看个痛快，一群人跑到秦梵微博下面——

"仙女眼光真的太好了，这样多金俊美还疼爱老婆的男人你是怎么找到的？"

"爱疯了，呜呜呜，我以前一直以为是仙女为了小土狗下凡，现在才明白，原来是佛子为了仙女走下神坛。"

"这是什么神仙爱情啊！第一次喜欢的CP就是这样天花板的真夫妻CP，以后还怎么让我看别家CP。"

"楼上，我也是！感觉我喜欢上这对CP，人生已经到达了终点。"

"我也是！除非你们俩生个颜值更高的崽崽，让我们看！"

"这么好的基因，赶紧多生几个别浪费，造福人类！"

"今天又是想要偷佛子的一天。"

"组团偷吧。"

"姐妹们，是佛子下凡给了你们错觉，让你们最近胆子肥了，还敢妄想商界佛子谢砚礼。链接了解一下。"

链接是谢砚礼曾经的新闻采访——无情无欲，高岭之花。

上头了的女粉丝们才逐渐清醒，她们忘了，佛子还是佛子，只不过是一个人的小奶狗罢了，与她们无关……

秦梵看到她们一群人演完了一场戏，刚准备回复自己微博下的粉丝评论，又一个字一个字地删掉。

删掉的回复是："他是我一个人的！"

回到裴枫的微博，她又看了好几遍。仔细想想，谢砚礼好像真的为她破例了很多次。她知道的，不知道的，很多很多次，原本心里那点小脾气完全消散了。

秦梵从被子里露出一双眼睛，直勾勾地望着那紧闭的黑胡桃木的衣柜。想了想，最后伸出了试探的小脚脚，下床将那被她胡乱塞进衣柜的薄纱睡裙拿出来，快走两步，进了浴室内。

浴室灯没关，比卧室要明亮许多，灯光照在瓷白的墙面上，似乎一切都无所遁形。

秦梵皮肤白皙细嫩，乌发漆黑如瀑，散落在不盈一握的细腰后，衬得身上那件薄纱睡裙越发风情妩媚。

只不过秦梵眉心轻轻蹙着，考虑自己要不要穿成这样。

谢砚礼推门而入，入目便是秦梵正对着的落地镜里那双水汪汪的眼眸，她的眼尾微微上翘，晕透桃花色，朦胧欲醉，动人心魄。

谢砚礼目光往下，见她如珠玉般精致的脚旁垂落着迤逦裙摆。

秦梵被吓了一跳，蓦地转身："你怎么不敲门！万一我在洗澡呢？"

谢砚礼随手将身上的西装丢在脏衣篓里，细长指尖漫不经心解着衬衣纽扣，清冽的声音在浴室内显得格外有磁性:"哦,我以为谢太太是在邀请我。"

秦梵听他颠倒黑白:"我邀请你什么了?"

"邀请我……上课。"谢砚礼身上的衬衣已经解到了腰腹位置,线条优美的腹肌若隐若现。

秦梵被突如其来的男色弄得有点蒙,直到男人朝她走来。

谢砚礼微微捧起她的脸颊,手腕上冰凉的佛珠不经意垂落在她锁骨位置,凉得秦梵一个激灵,清醒过来。

脑海中浮现出谢砚礼之前说过"指教一二",终于明白他话中所谓"邀请上课"是什么意思,秦梵毫不犹豫地反驳:"我才没有!"

下一刻,谢砚礼同样微凉的指尖从她脸颊一路滑至腰带位置,嗓音含着轻笑,薄唇微碰着她的耳垂,低语:"还说没有,连实践课的服装都穿上了。"

秦梵张了张嘴,还未答,便听到男人徐徐道:"嗯,谢太太这件实践服很有创意。"

话音刚落,秦梵感觉腰间一松。绯色睡裙在女人玉白的脚下堆落一地,恍若大朵大朵瑰艳绽放的玫瑰。

肩头一凉,秦梵乌黑瞳仁放大,有些不可置信地望着谢砚礼。没想到他居然这么直接,上来就把她的睡裙给弄地上,还什么实践课的服装,第一次听到有人把那种事说得这么一本正经的。

"谢砚礼,你……"

秦梵刚说了半句,谢砚礼长指顿了顿,缓缓俯身捡起掉在地上的绯色薄纱,重新披到秦梵光滑白皙的肩膀上,顺手将腰带也给她系紧,表情恢复往日平淡,再也没有方才那调侃意味,语调从容:"是我不小心,别着凉了。"

秦梵:"嗯?"

她忍不住看向旁边的落地镜,漂亮脸蛋上满是错愕——是仙女美貌不够动人,还是身材不够风情万种?

谢砚礼居然能面不改色地重新给她穿上睡裙?睡裙掉下去之前,还撩拨她说什么上课不上课,指教不指教的。现在衣服都脱了,就这?

以前秦梵从来不会怀疑自己的魅力,但是每次都会在谢砚礼身上翻车。谢砚礼这人,反应从来都跟正常男人不一样。

秦梵忍无可忍地拽回自己的裙摆,往浴室外走去:"不用你管!"

看着绯色裙摆迤逦至透白的瓷砖地面上,谢砚礼拦住她,顺手把人举着抱起来:"不举高高了?"

突然被举起来,秦梵低呼了声,对上男人似笑非笑的眼眸,立刻反应过来自己又被戏弄了!

秦梵不服气，纤细身子灵活如美人蛇，顺势勾住男人脖颈，双腿也跟着攀上他修劲有力的腰侧。

娇艳欲滴的红唇翘起上扬的弧度，语调绵长傲娇："现在晚了，我不想举高高了。"

随着她的动作，绯色布料顿时贴到了男人的黑色西裤上，浓郁的绯色与极致的黑色，碰撞出靡丽招摇的色调。

"好，那就不举了。"谢砚礼从善如流应道，却没有松手，反而就这么抱着她走进浴室内侧，把她放进了放满温水的浴缸内。

一入水，秦梵身上的薄纱顷刻间像是变成了透明的，乌黑柔滑的长发也浸入水中，湿湿地贴在薄纱之上，她趴在浴缸边缘，仰头望着谢砚礼，犹抱琵琶半遮面，比方才更加撩人心弦。

秦梵手腕被男人握住没入水面之下，秦梵挣脱不开："谢……"

……砚礼。

谢砚礼没等她说完，薄唇覆上了她微启的红唇，贴着她柔软的唇瓣道："不用谢。"

……

浴室炽白色灯光下，秦梵仰头看着天花板，光晕越来越绚丽，就连脑子都炸开绚丽的灯花。

女人白皙脸颊像是染上眼尾的桃花色，贝齿紧咬着下唇，再也说不出一句挑衅的话。

呜，又输了。谢砚礼根本不给她说话的机会，好气，但好喜欢他。

第二天秦梵醒来时，卧室内只剩下她一个人。她慢慢从床上坐起来，丝滑的真丝被面顺着肩膀滑落到腰间，露出像是落上了朵朵寒梅的大片雪白皮肤。

秦梵下意识摸了一下旁边空出来的位置，床单已经凉透了，可见精神十足的谢总已经走了很长时间。

秦梵懒洋洋地下床，准备去浴室洗漱，随口嘟囔了句："吃完就走，当本仙女是什么呀。"

进入浴室，昨晚的满地水迹已经消失不见，唯独脏衣篮最上方那皱皱巴巴的薄纱布料让人忍不住回忆起昨晚发生的事情。

秦梵看了眼赶紧收回视线，她没想到谢砚礼昨晚重新将这件睡裙穿到她身上后，在浴缸内一直没有脱下来。

直到一个多小时后，才把这件湿漉漉贴在身上的薄纱除掉。

看着镜子里写满了春色漾泄的眼瞳，秦梵用凉水洗了好几遍，才感觉浑身温度降下来。

仙女要纯洁。纯洁！能不能不要再想了啊！都怪谢砚礼，愣是把她这么一个纯洁的小仙女变成这样。

网上居然还说是她把佛子拽下神坛，哼哼哼，分明是男狐狸精把仙女变成这么不纯洁的样子！

秦梵洗漱完出门第一件事，就是找到手机把谢砚礼在自己手机上所有备注改成了"吸仙女仙气的男狐狸精"。

正准备出门时，她才注意到蒋蓉两小时前发来的微信。

蒋姐："大秀下午举办，但最晚中午12点就要去做造型！"

"你跟谢总恩爱归恩爱，别忘了重要事情。"

秦梵这才瞥了眼时间，差1分就12点，立刻打开卧室门。入目便是蒋蓉那张脸，正抬手似乎准备敲门。

秦梵立刻晃了晃手机屏幕还没有关闭的时间显示："还差48秒！"

蒋蓉急了。

"真是小祖宗，快点，车子停在外面了。"

在秦梵路过时，蒋蓉忽然撩起她披散在肩膀上的长发，看清楚她后颈没有吻痕后，略略松口气。

"幸好谢总还有点理智，没给你在脖子上弄出什么痕迹，不然还要花时间在身上遮瑕！"

秦梵顿了一秒。

只要蒋姐往下稍微拉一点领口，就知道什么叫作人间险恶。

下楼时，蒋蓉想到之前已经选好的造型和礼服："幸好礼服露出来的皮肤不多。"

秦梵刚准备说话，目光却落在站在酒店门口的温秘书身上。

温秘书身边还跟着几个人高马大的外国保镖，而他手里捧着个黑色暗纹的礼盒，礼盒薄而大，像是首饰盒。

几个保镖眼睛眨都不眨地盯着那个礼盒，就跟对待什么传国玉玺似的，秦梵忍不住被自己的比喻笑到。她猜到了，这是谢砚礼给她的礼物。

嗯，是她错怪谢某人了，人家并不是那种吃完就跑的男人，这礼物不是奉上了？

果然，秦梵一出门，温秘书便迎上来："太太，您要去参加'缘起'的大秀吧？"

秦梵抬了抬桃花眼，漫不经心应了句："嗯，你们谢总又有什么指教？"

温秘书立刻道："谢总对您哪敢有什么指教，不过谢总今日有个重要活动不能陪您参加，特意奉上歉礼。"

说着，温秘书打开黑色首饰盒，里面竟然是一整套的粉色钻石首饰：项链、耳环、手链、戒指。

这简直像是少女时代幻想自己是公主时，会拥有的粉钻首饰，梦幻美丽。

秦梵红唇上翘："算他识相。"

说着，就跟收下一件普普通通的礼物似的，随手递给小兔："拍照发给造型师，重新选礼服，配这套首饰。"

秦梵原本戴的是"缘起"的珠宝，但现在只能说一声抱歉了。谁让谢某人送的这套首饰，实在是太让人着迷，没有女人抵抗得住这粉色钻石的诱惑啊！

小兔手忙脚乱地捧着首饰盒，生怕摔了！

温秘书站在一旁，没有离开，秦梵瞥他一眼，温秘书解释："钻石贵重，我们保护您。"

秦梵："说人话。"

温秘书轻咳了声："国外没有国内安全，谢总让我将您安全送到秀场。"

一般来说，拦路抢劫这种事情国内少有发生，但国外不一样，野起来怕不是连总统都敢抢。

造型师看到这套粉钻首饰后，信誓旦旦要给秦梵做一个又仙又美的造型，绝对要配得上这套首饰。

等秦梵入场时，果然如造型师说的那样，甚至惊艳到了国内外时尚界众多赫赫有名的时尚大佬。不少人都朝着秦梵抛出橄榄枝，邀请她参加各个时尚大秀。

当然，也有人问她这套首饰。

秦梵穿了件茶白色抹胸小礼服，长腿优雅地交叠，抹胸边缘是一簇簇胡粉色桃花，挡住半边若隐若现精致白皙的锁骨，往上戴着的是钻石项链。

项链用了十几颗粉钻，配了高品质白钻，耳朵上那垂下来的耳环，做成了光芒四射的太阳形状，中心亦是用的大颗粉钻。

秦梵没戴戒指和手链，仅身上这两样珠宝，就成了焦点。除粉钻首饰之外，她仙气飘飘的气质更让人瞩目。

现场照片传到国内后，自然掀起了波澜，"秦梵佩戴粉钻首饰看秀"词条也跟着爬上了热搜。

秦梵作为新一代的话题女王，起初网友对她的颜值更感兴趣，后来她拍戏，有颜值又有实力吸引了很多粉丝，而现在，与谢砚礼的公开，又为她带来大量的CP粉，可想而知，如今话题度最高的就是她。但凡有点风吹草动，便能上热搜。

热搜刚上，热度便节节攀升——

"啊，绝了绝了，难怪秦梵备受那么多一线杂志与品牌青睐，就这颜值，我要是大牌负责人，我也选秦梵拍封面、当代言人！"

"秦梵真的是颜值天花板了，这张脸风格百变，可塑性好强。"

"哈哈，秦梵为什么总是摸项链，摸耳环？"

"应该是品牌借的，怕掉吧，都是谢太太了，还是这么小家子气。"

"听说秦梵是豪门私生女哦，能嫁给谢佛子是耍了手段的，这么没见过世面也正常。"

……

秦梵粉丝们没想到还有这种评论——

"看神仙姐姐不香吗，臆想什么？"

"仙女摸耳环都是风情万种，这么贵重的钻石珍惜点怎么了？"

"姐妹们，快去看隔壁助理小兔的微博，珠宝是谢佛子送的，佛子绝了！"

"震惊……"

"震惊！"

小兔的微博下，一群人蜂拥而至。

助理可爱兔：啊呜吞下这口钻石狗粮。

后边附了一张照片，照片上是一整套的粉钻首饰，除了耳环、项链之外，还有秦梵没有佩戴的手链跟戒指。

小兔的微博强势打脸了那些说秦梵项链跟耳环是借的的人，谁借一整套首饰就戴两件，明显是自己的东西，才想戴什么就戴什么。

粉丝们顿时神清气爽，将这个截图丢在热搜词条上，看他们还说仙女首饰是借的。

然而还是有人不放过任何一个角度——

"这首饰也没写她的名字，谁知道是不是借来的。"

不得不说，这些人毫无逻辑的评论，真的会让不明真相的人对秦梵观感变差。秦梵粉丝们自然不允许，于是两方各执一词。

倒是有放大镜路人将小兔发的照片首饰盒角落位置圈出来："这里的'璨璨'

是主人的名字吧？所以真不是秦梵的啊。"

路人这话一出，轮到杠精们神清气爽。别说，他们都没发现这么小的刻字呢。

杠精们：

"看清楚哦，写的不是秦梵，是'璨璨'，人家给璨璨的。"

"之前不是有人说秦梵是私生女吗，难道是真的？不然怎么会这么小家子气。"

……

很快，网上舆论就成了作为豪门私生女的秦梵设计嫁入谢家，又凭借那张勾魂夺魄的脸蛋迷得谢佛子神魂颠倒。

秦梵结束大秀时，才知道自己居然有了新的外号——秦狐狸精。

她才不是狐狸精，谢砚礼才是真的男狐狸精好吧。

秦梵表情怠懒地靠在车椅上，看着国内那些乱七八糟的新闻。温秘书坐在副驾驶，神色略有些凝重："太太，有人在各大平台散播您是豪门私生女的传闻，好像笃定了您不会公开家世一样。"

秦梵极度厌恶秦家那一家子，自然不愿意跟他们扯上任何关系。

那人大概太了解她，才会利用这种舆论，既不让秦梵干干净净的，又让她没办法澄清。

如果秦梵要澄清自己不是豪门私生女，必然要牵扯出来秦家那一摊子事。

想到秦母，温秘书觉得太太大概宁可认了自己是豪门私生女，也不愿承认自己与秦家的关系。

果然，秦梵听温秘书说完，慵懒的表情淡了淡，抿着唇不说话时，那气场像极了谢砚礼，温秘书感受最为真切。

蒋蓉皱眉问道："谁这么了解你？"

"秦予芷？"

她脑子里顿时冒出来这个人的身影，秦梵指尖漫不经心地摩挲着手机屏幕："她没这个智商。"

不过秦予芷没这个智商，但其他人有啊。

她看向温秘书，缓缓道："温秘书，你查一下这段时间，秦予芷都见过谁，做过什么事情。"

秦予芷那个人又蠢又毒，上次吃了那么大个闷亏，定然会报复。无论这次是不是她，警惕些总没错。

温秘书立刻应道："是！

"那这次网络上关于您是私生女的传闻,您打算如何处理?"

秦梵暂时没作声,温秘书试探道:"不如先把这些假新闻撤掉?"

秦梵还没答,蒋蓉已经开口了:"也不必撤掉了。"

秦梵与温秘书一同看向她,蒋蓉示意他们看手机:"就在刚才,谢总发了微博。

"舆论应该要彻底扭转了。"

温秘书:"噗……"

现在谢总发微博,他这个首席秘书居然不是第一个知道的!这时,他手机微博的特别关注提醒姗姗来迟。

确实是谢总长草的微博账号终于出现第三条微博,自然,也是关于他太太的。

这次只有简单几个字。

  谢砚礼 V:璨璨 @ 秦梵。

顿了几秒,温秘书喃喃道:"不愧是谢总,简单粗暴有效。"

是他们想多了,删什么微博,撤什么热搜,谢总一句话秒杀,既澄清了粉钻确实是他送的,又再次宣告谢太太的重要性,再有人趁机浑水摸鱼抹黑谢太太,也得掂量掂量。

果然,如温秘书所料,谢砚礼这条微博发出后,隔壁谢氏集团官博列出来密密麻麻一堆微博账号,并发布微博——

  谢氏集团 V:网络从来不是法外之地,律师函记得收。

后边还附了一张律师函图片,有心人搜一下图上这些账号就知道都是造谣秦梵是私生女的人。

这下,他们删微博比什么都快,这一个个反转看得粉丝们应接不暇。

秦梵粉丝:这就是有靠山的感觉?

粉丝躺赢?怎么办,好像有点爽哦。

恰好车子在酒店停下,秦梵下车就看到了站在欧式立柱下的男人,一袭惯常穿的暗纹西装,低调工整,外面穿了件黑色双排扣大衣,身影修长挺拔,煞是惹眼。

秦梵旁若无人地朝着他走过去,踩着高跟鞋越走越快,最后是跑起来的。

原本裹着的羊绒披肩从肩膀掉下去,露出她身上那件如桃花般漂亮盛放的抹胸小裙子,场景看起来比偶像剧还要浪漫。

然而谢砚礼接住秦梵时,对话却没有任何梦幻浪漫的意思。

秦梵钻进他怀里:"嘶,好冷好冷,快点抱住我!"

197

她两条纤细的小腿都冻得打哆嗦，虽然冬去春来，但F国的平均温度还是仅在十摄氏度，并不适合穿着小裙子到处晃荡，尤其是秦梵这个怕冷的。

谢砚礼顺势用大衣将她抱住："急什么，我又不会跑掉。"

"万一呢？"秦梵仰起头，望着谢砚礼那俊美如画的面容，就连下颌线都优越极了，伸出一只冰凉的小手摸了摸男人的下巴，"我要是不跑过来，下一秒就有金发碧眼的小姐姐来找你约会了。"

秦梵意有所指地示意他看旁边，不远处的台阶下，几个金发碧眼的大美人正望着他们，用赤裸裸的眼神看着谢砚礼，眼底还透着可惜。

谢砚礼注意力集中在秦梵那只冰凉的小手上，随意"嗯"了声，看向站在她身后不远处正捧着秦梵披肩的温秘书："还不送过来？"

温秘书没听到谢总指示时，并不敢打扰这一幕神仙画面。

听到后才三两步走来，将披肩双手奉上："谢总。"

谢砚礼将身上的大衣脱下来披到秦梵身上，而后才用那柔软的羊绒披肩包住她露出来的两条腿，将人直接打横抱起，往酒店内走去。

一系列动作很快，秦梵还没反应过来，手臂已经下意识环住他的脖颈。

嗅到大衣上清冽的气息，秦梵身子逐渐软在他怀里，下巴磕着他肩窝位置，像猫咪那样蹭了蹭，小声在男人耳边道："我看到你发的微博了。"

谢砚礼没在意酒店工作人员和客人的目光，径自抱着她走向电梯，身后温秘书很有眼力见儿地按了电梯。

蒋蓉还有事情要处理，先去了"缘起"总部那边。因此只有温秘书跟小兔一左一右跟着他们，两人眼观鼻、鼻观心，没有一个吱声的。

谢砚礼："嗯。"

就"嗯"？秦梵不满意，指尖不老实地揉他耳朵。谢砚礼偏头想要躲，还是被她得逞。

秦梵哼道："小兔，你念念网上是怎么评论咱们谢总微博的。"

小兔跟在秦梵身边时间不短，明白她的意思，偷笑着打开手机，轻咳了声念道："那我开始了？"

秦梵："开始。"

恰好这个时间段电梯没人，就他们四个。

小兔念道："哈哈，你们有没有发现，谢佛子的微博用两个字能涵盖一切：老婆老婆老婆。

"用一句话来形容就是：全世界我老婆最宝贝。

"别人家微博就算再秀老婆最起码也能掺杂点别的，例如吃饭睡觉秀老婆，谢大佬微博只有老婆老婆老婆，我想知道谢大佬什么时候能发条与老婆无关的微博？

"在线求谢佛子发与秦仙女无关的微博。

"大概要等到天荒地老?

"不,或许仙女生崽崽那天,我们可以等谢佛子秀崽崽。"哈哈。"

秦梵原本还戏谑地看着谢砚礼,然后越听越不对劲,怎么后面就成了她生崽崽?

本来只是想调侃谢砚礼微博只有她,现在好像连她自己都被调侃进去了,那不行。

"可以了可以了。"秦梵立刻阻止住小兔。

谢砚礼慢悠悠道:"继续,很有意思。"

小兔不知道该听谁的,忽然一把将手机塞给温秘书:"我嗓子哑了,温秘书声音好听温秘书来。"

被迫声音好听的温秘书愣住了。

看到温秘书那茫然又震惊的表情,秦梵终于没忍住,趴在谢砚礼肩膀上笑得花枝乱颤。

小兔真是活宝,难得见谢砚礼这位素来稳重的首席秘书露出这样的表情。幸好秦梵的手机铃声忽然响起,让温秘书逃过一劫。

秦梵看到陌生号码来自檀城。

在檀城,她只有一个认识的人。秦梵原本弯弯的桃花眸,看到手机来电后,笑意瞬间消失。握着小兔递给她的手机,没有第一时间接通。

谢砚礼垂眸看她:"谁?"

秦梵在接通前一秒,低低说了句:"我奶奶。"

电话那边并非秦老夫人,而是秦老夫人的贴身助理杨媛。

杨媛公事公办:"二小姐,午安,我是杨媛。

"老夫人请您回国后到檀城一趟。"

秦梵语气很冷淡:"奶奶有什么事情要吩咐吗?"

杨媛解释道:"事关您父亲的遗产分割,请您务必过来。"

秦梵想起姜漾在秦家出事那天,她不想回忆,却记得清清楚楚,她的母亲就是用这所谓的父亲留给她的遗产把她调离姜漾身边,漾漾才会出事。

她睫毛低垂,语调平静:"如果我不想要呢?"

杨媛忽然笑了:"二小姐,秦家的一切本就是您父亲的,您才是最有资格竞争的人。

"所以,为什么不要?"

19

Shedding

迟到十年的叛逆期

19

  自从接了这个电话后,秦梵便兴致缺缺,卧在沙发上发呆,甚至都没换下身上那件礼服。
  耳垂上那两枚太阳形状的粉钻耳环都静止了般,可见她多久没动过了。
  谢砚礼端着杯温水过来时,看到沙发上的女孩像是精致的瓷娃娃,他将玻璃杯递过去。温热杯壁触碰到秦梵手背时,她的眼神终于有了波动,迷茫地仰头。
  谢砚礼嗓音清朗:"喝水。"
  秦梵"哦"了声,双手捧过杯子,冰凉的指尖略略染上温度。
  谢砚礼没急着问她,只是坐在她旁边打开手机,不知道在做什么。
  几分钟后,惹得秦梵看他:"你在干吗?"
  她伸出一只纤指习惯性地戳了戳他松松垂在手腕处的佛珠,语气不满:"你就不关心我一下?"
  谢砚礼语气有些漫不经心:"正在关心你。"
  "你关心我什么啦?"这男人洞察力那么强,能看不出来她接了电话后心情就不好?居然都不问她,这叫关心?
  谢砚礼将屏幕递到她面前:"看你的新闻。"
  秦梵这才发现,他看的正是"缘起"官博发的她的九宫格照片——这次她参加大秀的现场精选照。
  而秦梵眼睁睁看着谢砚礼熟练地长按照片保存,红唇张了张,哑口无言。
  他没骗人,确实是正在关心她。保存也就算了,谢砚礼顺便把屏保换成了一张她的侧颜特写照,太阳形状的耳环格外显眼。
  秦梵指尖有些不受控地碰了碰耳环:"为什么是太阳形状?"
  谢砚礼没答,反而打开他白天发的那条微博的评论,其中热评第一条被他点了赞。
  热评第一:"所以这套太阳形状首饰的设计理念是'璨璨'!璨璨就是秦梵!"
  谢砚礼握住她顿住的手腕,与她的指尖一同触碰耳环上的太阳:"喜欢吗?"
  秦梵睫毛忍不住颤了颤,对上男人那双漆黑如墨的眼瞳,忽然问:"这是你亲自设计的？"

谢砚礼若无其事地捏了捏她的耳垂："被你发现了。"

秦梵听到自己心跳越来越快，脑海中甚至忘记了那个纠缠她所有情绪的电话，满脑子都是眼前这个男人。

她从未想过，这套粉钻首饰居然是谢砚礼亲自设计的。难怪她之前看那个首饰盒上写的"璨璨"两个字有些熟悉，那正是谢砚礼的笔迹呀。

除了姜漾之外，好像又有一个人将她放在了心上。在这个世界，她不再孤零零的。

秦梵那双本就潋滟的桃花眸像是浮上一层薄薄水汽，朦胧而脆弱。

与她对视，谢砚礼指尖顿住："这么感动？"

下一刻，他的怀里便被塞了个"软玉温香"。秦梵没收力气，谢砚礼猝不及防，直接被谢太太扑倒在沙发上。幸而沙发宽大，他们才没一起掉下去。

秦梵趴在他肩膀处，脸颊贴着他的脖颈蹭了蹭，素来轻软的嗓音有点哑："感动到想以身相许。"

谢砚礼难得走神，想起了她昨夜腰带上绣的那两只交颈鸳鸯，好像就是这样的姿势——缠绵而亲昵，仿佛世间只有他们两人。

秦梵说完之后，许久都没有等到男人的答案，微微支起身子看他："你就没有想说的？"

仙女都以身相许了，他不说话，难道是有什么其他心思？例如对她腻了，还是觉得她主动，所以就没新鲜感了？

情感论坛上说，男人的劣根性都是得不到的才是最好的，女人一旦跟男人告白，就不被珍惜了。

听不到谢砚礼的答案，有那么一瞬间，秦梵脑子里冒出很多乱七八糟的想法。

对上他那双明显在走神的眼眸，秦梵蓦地张嘴，咬上男人近在咫尺的喉结，带点气急败坏。

谢砚礼抱着她的手用力几分，嗓音带着暧昧的低哑："有。"

秦梵愣了两秒，才想起自己之前的问题，她道："说吧，我听着呢。"

谢砚礼清隽眉眼大概是沾上了薄欲，竟昳丽至极，让人不由得沉沦，男人薄唇微启："我同意。"

她说想以身相许。

谢砚礼答同意。

乍一听好像没什么毛病，但秦梵思索后，却怎么都觉得不对劲，忍不住攥住他的衬衣："你……"

话音未落，谢砚礼就这么抱着她坐起身，微烫的薄唇擦过她的唇角，轻轻地吻着。秦梵忍不住咬着下唇，往后仰了仰脖颈。

最后不知怎么，仰躺在沙发上的成了秦梵。她睁着一双水润无辜的眼眸："谢砚礼，你欺负人，我后悔了。"

小礼服裙摆不长，露出一双漂亮的长腿，秦梵恍若未觉。

谢砚礼最后重新将吻落在她唇上，男人薄唇柔软，秦梵却莫名心悸。

后面的事情秦梵记不清了，只隐约听到耳边男人的嗓音："迟了。"

后悔迟了。

一番打闹后，秦梵虽然身体很累，但心里那口郁气倒是散了。

晚上睡觉前，秦梵主动趴在谢砚礼怀里告诉他电话里的事情。

秦梵脾性看似懒散，对什么都不在意，实际上，内心敏感又脆弱，很难信任一个人，若是有个人真的走进她心里，她又会对那人毫无保留。

面对谢砚礼，秦梵莫名地卸下所有心防，愿意将任何事情都告诉他，甚至问他的意见。

谢砚礼对于秦家那些事情，早在与秦梵结婚之前便一清二楚，但毕竟是与秦梵有血缘的亲人，他自然不好越俎代庖。

如今秦梵主动告诉他，谢砚礼眼底闪过淡淡笑意，长指摩挲着她柔嫩的指腹，不疾不徐道："我陪你去。"

秦梵小声嘟囔："我又不是怕一个人去……"

其实无论是不是遗产，她都不在意了。秦家那些东西，她一点都不稀罕。

谢砚礼语气意味不明："是我想陪着谢太太拿回属于你的东西，再脏也是你的，自然得由你处置。"

秦梵顿悟："你说得对，就算捐了，也比喂狗强。"

在她心里，秦家那对父女比狗还不如。

"睡吧。"谢砚礼轻拍她的肩膀。

秦梵抱着他的腰："不困。"而后主动亲了谢砚礼下巴一下，用那双桃花眸望着他，"你累吗？"

谢太太这么明显的暗示谢砚礼如何看不懂。

掌心顺着她脊背滑下，嗓音含着沉沉的笑："倒是我的错，让谢太太误会。"

原本是心疼她今日工作劳累，谢砚礼克制住自己，谁知却被太太怀疑，这确实是他的错。

外面不知何时下起了倾盆大雨，雨越来越大，竟有种要将这个城市淹没的错觉。

雨声完全盖住了其他声音，而秦梵沉迷于自家谢总的男色之中，完全不知道网上已经因为他们两个的路拍而疯狂讨论。

半夜三更，有个在F国留学的女大学生发到INS上的一张照片被营销号搬运到了微博上——

娱乐圈没秘密：有路人偶遇秦仙女跟谢佛子，还是真夫妻更甜，"人间妄想夫妻"。

随后附上了三张照片：

第一张照片背景是酒店欧式立柱下，年轻男人用自己身上穿着的黑色大衣将穿着小礼裙的漂亮女孩裹住，女孩整个人都窝进男人怀里，格外依赖。

第二张是谢砚礼的大衣披到了秦梵身上，他正弯腰用羊绒披肩包住她裸露出来的双腿。

第三张是谢砚礼将秦梵打横抱起往酒店大厅离开的背影，披肩流苏在半空中划过好看弧线。

网友们白天刚吃了一嘴谢佛子喂的狗粮，现在又被偶遇路人喂糖。

这口狗粮，原来是甜的。

于是刚刚开通的"人间妄想夫妻"CP超话就沦陷了——

"甜死了甜死了甜死了，以后秀恩爱就按照这个水平来好吗！"

"这对夫妻颜值真的绝了，路人偷拍都堪比大片！"

"谢佛子的细节都好宠啊。"

"呜呜呜，我不行了，实不相瞒，我已经激动得心脏供血不足，狂喝好几支补血口服液急救！"

"噗，被楼上笑死，哈哈哈哈哈。"

"别光看照片啊，再回忆一遍谢佛子那套名为'璨璨'的粉钻首饰，妈呀，璨璨、太阳、粉钻，谢佛子太会表达了。"

"我就想知道谁说谢大佬是无情无欲的商界佛子的，这分明就是超会的神仙男朋友、神仙老公啊！"

"谢佛子分明是只对秦仙女有情有欲，这种男人真的好让人心动！"

"嘶，别说，仙女和佛子，想想就带感。"

"人间妄想夫妻"这个CP超话开通短短几天时间，已经有新鲜甜蜜的夫妻真糖源源不断输进来。

例如，离开F国的前一天，秦梵拉着谢砚礼去河边散步，两个人坐在河边的长椅上，背影被路人拍下来，都能让大家激动。

秦梵回国那天，来接机的粉丝们举着的牌子，是她跟谢砚礼的Q版照片，很可爱，可爱到秦梵没忍住拿出手机对着横幅拍照。

有粉丝喊道："仙女，你喜欢这个吗？"

秦梵笑意盈盈："喜欢。"

为首的粉丝大方道："那送你！"

说着，便把那长长的横幅卷起来，塞给秦梵旁边的助理。

小兔抱着横幅，无助地看向秦梵。

秦梵从来不收任何粉丝赠送的贵重礼物，但横幅倒是可以收下，主要是她很喜欢那个Q版的蓝发谢总，真的好可爱，尤其穿着黑色卫衣，让秦梵想到了第一次看到谢砚礼染银蓝发色的场景。

看着这个女粉丝，秦梵想了想，从随身携带的小包里拿出一个精致的小盒子："这是回礼，我记得你。"

女粉丝接过小盒子，差点哭出来，仙女竟然记得她！

这是秦梵跳古典舞时候的粉丝了，直到现在，这个粉丝依旧初心不变。

其他粉丝满脸羡慕，直到秦梵快要离开机场时，身后传来那个年纪不大的女生扬高的声音："梵梵小仙女，我们还有机会看你再跳一次古典舞吗？"

秦梵脚步顿了顿，对着停在她身后的粉丝们回眸一笑："当然。"

女粉丝捏着秦梵送她的那盒单价四位数的巧克力激动尖叫："啊！"

新粉们其实都不太懂得这个女粉的激动，他们喜欢秦梵时，秦梵已经退出古典舞圈，所以并不清楚她在古典舞圈的地位，更没有现场见过仙女跳舞，自然理解不了。

上了保姆车后，蒋蓉担心道："你不是受伤不能再跳舞了吗，真的没问题？"

今天她说会再跳古典舞的事情，肯定会被传遍，要是跳不了，岂不是成了欺骗粉丝？

秦梵正在跟还在F国的谢砚礼发微信，发完后才道："不适合高强度跳舞，但偶尔跳跳没关系。"

"刚好今年要办生日会，到时候抽一些幸运粉丝来现场。"

蒋蓉松口气："也好，还有半年时间，刚好你也能练练。"随即岔开话题，"你跟谢总在F国这段时间，国内关于你们的话题倒是热闹极了。"

话落，在副驾驶座玩手机的小兔陡然喊道："有媒体爆我们仙女是抢了亲姐姐的未婚夫才嫁入豪门！"

秦梵第一反应就是："我独生女。哪里冒出来个亲姐姐，还抢未婚夫的那种？"

"就离谱！"小兔气呼呼，"居然真有人信，还说什么'豪门秘辛只有想不到没有他们做不到'，还说什么'姐妹抢未婚夫这不是正常操作'，酸死了！"

他们家梵仙女才貌双全，还需要抢别人家的男人？笑话。

倒是蒋蓉，想的就多一些："现在媒体谁不知道你是谢太太，还有人敢爆这种新闻，定然是幕后有人操作，而且这人有所倚仗。

"你觉得会是谁？秦予芷？她为什么要这么做？"

秦予芷在网上爆料出这些东西，对她而言也不是好事吧，毕竟她也是当红女明星，跟另外一个当红女明星扯上姐妹吵架，这是伤敌一千自损一千二。

秦梵正在看小兔说的新闻，确实是一家娱乐自媒体发布的，说是秦梵姐姐的闺密爆料，甚至还有秦梵小时候的照片以及户口本有个姐姐等证据，几乎锤死了。

秦梵从小就长得粉雕玉琢，导致下面不少网友歪楼——

"秦梵小时候未免太可爱了吧，绝对没整容。"

"妈呀，忽然更期待秦梵跟谢总未来孩子的颜值了！"

"楼上都什么三观，这是重点吗？"

"啊，对，重点是秦梵抢姐姐未婚夫，但……这些证据只能证明秦梵有个姐姐，不能证明她抢了姐姐未婚夫吧？"

"你们对谢佛子是不是有什么误解，他是那种被两个女人争抢的男人？"

……

网上倒是各执一词，毕竟证据不足，网友们都不是傻子，更不会随随便便被当枪使。

秦梵快速地扫完了那所谓的实锤，白嫩指尖把玩着那串没有再藏起来的黑色佛珠，声线微凉："应该还有后招。"略一顿，"是秦予芷，但或许也不是秦予芷。"

有些东西，秦予芷拿不到。秦梵眼眸轻合，忽然想到奶奶私人助理杨媛在电话里那意味深长的话。

没等她想通，指尖摩挲佛珠时，被上面的刻纹硌了一下。她下意识睁开眼睛，刚准备垂眸看佛珠是不是被她玩坏了，余光却不经意扫到路口疾驰而来的越野车，正直直地朝他们撞过来。

她蓦然喊道："小心左边！"

电光石火之间，司机猛地一踩油门，恰好与那辆直撞过来的越野车擦着车身而过，越野车直直撞向路中间的硬度极高的隔离栏。

大概怕撞上，越野车司机条件反射般猛打方向盘，极稳的车子猝然在路中间侧翻，发出一声巨响。

保姆车已经停下，幸好此时路上人与车都不多，并未有其他伤亡，蒋蓉与小兔连忙解开安全带去看秦梵。

小兔心有余悸:"差点就撞上了,幸好姐你反应快,司机也是。"

那辆越野车撞的方向,刚好是秦梵坐的位置,若是撞上,后果不堪设想。秦梵的新司机是谢砚礼安排的,反应速度不是普通司机可以比的。

这次若是换了个普通的司机,反应绝对不会这么快。

秦梵看着空荡荡的手心,说出来的第一句话:"我的佛珠呢?"

不是她反应快,若不是她忽然被佛珠上的经文硌到了,就不会下意识睁眼,也就不会那么巧地看到那辆像是疯了一样的越野车。

蒋蓉从前排座椅底下将那串沾了点尘土的佛珠捡起来递给秦梵:"在这里,没坏。"

秦梵将佛珠擦拭干净,这才略松一口气。

手指再次摩挲佛珠时,却感觉不到之前被经文硌到的位置。

蒋蓉已经打开车门:"我也下去看看。"

司机早在停车后就下去查看情况了。

秦梵已经冷静下来,想到那辆疯了般的越野车:"别让人跑了。"

蒋蓉:"好。"

她一下车,恰好看见那辆侧翻的越野车内爬出来个灰头土脸的中年男人,他一爬出来就准备跑。

蒋蓉连忙喊司机:"于叔,别让他跑了!"

司机于叔是军人出身,三两下便将那人按在地上:"兄弟跑什么,出车祸要等交警过来。"

那个中年男人挣扎着:"我又不是故意的,你放开我!"

蒋蓉踩着高跟鞋走近,恰好听到他这话,眼眸微微眯起:"此地无银三百两,这话你还是说给警察听吧。"

毕竟是市中心,交警很快便将这里围起来。秦梵早有先见之明,并未下车,一切事情交给开车的司机和蒋蓉处理。

当谢砚礼得知秦梵在国内出车祸,素来镇定自若的男人差点将手机摔了。

温秘书立刻道:"太太毫发无损,您不必担心。"

"只是这次车祸或许并非意外。"

谢砚礼从会议室出来便脚步不停地往外走去,俊美面庞上的表情像是浸透了霜寒:"立刻准备私人飞机,回国。"

他很少动用私人飞机,主要是如今航班很多,没有必要浪费飞行资源,而这次为了早点亲自确认秦梵平安无事,他不惜动用。

温秘书想到还没有完成的工作:"谢总,那明天与艾斯集团的合作谁谈……"

其实太太平安无事，谢总可以完成明日工作再回国。

"谢总，要这么急吗，其实太太没事……"

谢砚礼语气很淡："现在无事，不代表下次运气也这么好。"

他正在看国内传回来的路边监控视频，当那辆越野车与秦梵的保姆车擦身而过时，谢砚礼感觉自己心脏骤停了几秒，没有一刻如现在这般，他想要守在她身旁，一刻都等不及。

谢砚礼指尖轻敲几个字，发给谢氏集团精英律师团负责人："彻查到底。"

想到明日的工作安排，谢砚礼不容置喙道："让元廉去谈，你留下盯着。"

元廉是谢氏集团在 F 国分公司的行政总裁，略一顿，谢砚礼淡淡道："若是这个合作能谈成功，明年把他调回总公司。"

温秘书："是！"

元总早就想调回国内了，明天的商务谈判，他绝对拼了命也要谈成功。

不愧是他们大 Boss，即便最紧急之时，也能将所有事情安排得明明白白，算得清清楚楚。

主要是谢总早就打算将元总调回国内，这次还利用他想要回国内的心思，把明天的商务谈判安排给他。

谢砚礼对温秘书的想法不感兴趣，边上车，边拨通了秦梵的电话。

秦梵接到谢砚礼视频电话时，已经回到京郊别墅的家里。看到谢砚礼的来电时，秦梵正躺在浴缸内按摩，舒服地眯着眼睛。

至于几小时之前发生的事故，并没有在她心里留下多大的阴影，毕竟也没任何人受伤，不过是个小事故罢了。

想到自己正在洗澡，秦梵把视频换成了语音接通，那边传来谢砚礼低沉的嗓音："开视频。"

秦梵拍了拍浴缸里的水："我在泡澡，谢总这个要求是不是过分了点？"

谢砚礼没有亲眼看到她平安无事便不能放心："你身上什么地方我没看过，视频。"

秦梵："哎呀，我真的没事，连点擦伤都没有！"

她知道谢砚礼应该是得知自己出了个小车祸的事情。

"还要多亏了爷爷为你求来的佛珠。"秦梵感叹道，顺便岔开话题，免得谢砚礼一定要她这个时刻开视频。

听到秦梵精神十足的调调，谢砚礼没有再强求："在我回国之前，这段时间都不要出门。"

"这次车祸不是意外。"

209

秦梵大概也猜到了："可那辆越野车真的是刹车出现问题，那个越野车司机可能会被放走。"

毕竟这更像是一场意外事故，且没有任何伤亡，并非蓄意谋杀。

谢砚礼："不会。

"等我回家。"

秦梵："好。"

挂断电话之前，秦梵一只手搅动着温热的池水，忽然说道："谢砚礼，我想你了。"

分开还不到一天时间，但秦梵感觉两人分开已经很久很久。就在秦梵以为谢砚礼不会回答时，却听到他略带点喑哑的声音："我也想你。"

秦梵心跳陡然漏了一拍，有那么一瞬间，她发现，"我想你"比"我爱你"更动人。

谢砚礼回国当晚，一个重磅新闻几乎将所有吃瓜网友炸翻。

新的爆料——清流女神秦予芷与人间仙女秦梵是亲姐妹。之前媒体爆料的那个抢夺亲姐姐未婚夫，正是抢夺秦予芷的未婚夫。也就是说，如果不是秦梵插足，如今谢太太应该是秦予芷。

这个爆料一出，秦予芷的粉丝们炸了。

秦梵懒洋洋地躺在沙发上看平板电脑，看着秦予芷所谓的闺密自导自演，几乎要将整个舆论玩弄于股掌之中。

开着免提的手机传来蒋蓉的声音："你说得没错，他们果然有后招。

"秦予芷不会真的和谢总有过婚约吧，不然怎么会这么有恃无恐？"

"她应该不会傻成这样，无凭无据就这么爆料给你添堵。"秦予芷这个谎言太好拆穿了。

秦梵知道当年自己和谢砚礼结婚，是正常的商业联姻流程，至于之前定的是不是秦予芷，她不清楚。

但想到之前婆婆说过，谢老爷子临终之前，早早地就为孙子定下了孙媳妇，而且是看的生辰八字。她和秦予芷的生辰八字完全不同，总不可能是二叔不愿意让秦予芷嫁给谢砚礼，调换了她们的生辰八字吧。

嫁给谢砚礼好处那么多，秦予芷除非是疯了才把这个好处让给她。就算她二叔有通天的本事，也不敢在联姻上蒙骗谢家。

秦梵总觉得自己忽略了什么重要的点。

蒋蓉问："那我们现在还是按兵不动？"

秦梵见网友们一口一个"连亲姐姐的未婚夫都抢"，一口一个"亲姐姐"，秀美的眉心蹙起。谁跟秦予芷是亲姐妹，堂姐妹她都厌恶极了。

忽然，她手机振动几下，有新的来电，看着那个倒背如流的号码，秦梵眼神凉了凉，是秦夫人的号码。

她接起电话，那边传来男人和蔼的声音："梵梵，我是二叔。"

秦梵没什么情绪："二叔。"

本来以为他是为了秦予芷的事情，没想到秦临道："你妈妈最近精神状态不太好，我打算把她送到疗养院住段时间。

"定在今天下午两点，你要来送送她吗？"

秦梵站起身，走到落地窗前，看着外面暖意融融的太阳，却从背脊传来一阵森冷寒意。

她沉默了几秒，忽然低低笑出声："二叔觉得我要送吗？"

秦临像是没听出秦梵语调中的意味深长，不动声色回道："虽然你跟你妈妈有点误会，但好歹生恩大于天，她精神不好也是因为天天惦念着你，或许你过来看看她，她就好了呢？"

"好了之后，就不用去疗养院。"

秦梵指尖漫不经心地捻动着黑色佛珠："哦，原来我这么重要呢。"

见秦梵绝口不提要过来看秦夫人，秦临颇有耐心："你自然是重要的，梵梵，毕竟我们是一家人。"

秦梵若无其事，随口说："既然如此，那二叔把当初我爸的股份还给我吧，一家人放在谁的名下不都一样？"

秦临没想到秦梵这么直白，被噎住几秒："梵梵别跟二叔开玩笑，你妈妈真的病得很严重，你从小就是孝顺孩子……"

秦梵越听越觉得恶心，懒得跟他虚与委蛇："昨天我出了个车祸，腿断了，走不了。"

而后直接挂断了秦临的电话，顺便将这个电话号码拉黑，眼不见心不烦。

但挂断之后，秦梵看着外面风景，却怎么都平静不下来。这次车祸的第一嫌疑人就是秦临，不然太过于巧合。

奶奶到底要给她什么遗产，让秦临如此狗急跳墙，不单单设计了车祸要撞死她，甚至今天还用秦夫人威胁她赴鸿门宴。刚才她提到股份是试探秦临，难道当年爸爸手中的股份还没有到秦临手里吗？

秦梵越想越觉得这个可能性很大，不然秦临这些年为什么那么忌惮远在檀城的奶奶，以及还能对自己这个对他不怎么待见的继女兼侄女这么和蔼。

明知道秦临别有用心，而且很有可能是要她的命，秦梵不傻，自然不会以身犯险。

211

不过，想到那个给予自己生命的母亲，秦梵忍不住揉了揉眉梢。她那么脆弱，如菟丝花一样，永远天真烂漫，怕不会相信枕边人想对她的亲生女儿下毒手吧。

秦梵打开通讯录，看着备注为"奶奶"的名字，犹豫了许久，才缓缓点了拨通键。

听到熟悉的声音，秦梵发现奶奶好像连声音都苍老了些。

秦老太太："梵梵。"

秦梵回过神来，想到自己的目的，她一本正经地胡说八道："奶奶，二叔要把我妈送去精神病院，我怀疑他在外面可能有了小三，才打算把我妈折腾死给小三让位。"

秦老太太大概也没想到秦梵上来就是告状，不过听后却皱眉："他敢！"

当年死活要娶去世兄长的妻子，一副情深似海的样子，这才短短几年，竟然变心了，还敢把人送去精神病院？

"有您这句话我就放心了。"秦梵带着庆幸，"对了，奶奶，上次您让杨助理给我打电话，既然我已经嫁出去了，那份遗产还是留在秦家吧。"

秦梵话题跳跃性太大，老太太反应了几秒："该是你的就是你的，你姓秦，永远是秦家人，谁都改变不了。"

以前老太太也从来没说过这样坚决的话。

秦梵眼眸微微眯起，思绪万千。

她懒得过分解读秦老太太的话，不过这通电话的目的也达到了，老太太不会让秦临真将秦夫人送去疗养院。

而此时，远在檀城的私立医院高级单人病房内，秦老太太穿着病号服靠在软枕上，缓缓放下电话，看向杨媛。

杨媛给老太太倒了杯水："秦总怕是按捺不住要对二小姐动手了。"

秦老太太原本保养得当的脸因为这场大病满是苍老的皱纹，她重重叹息。

当年她优秀的大儿子去世后，秦老太太当机立断重新掌权，就是因为过分了解小儿子，知道他不是继承人的料。

这些年，她将一切都看在眼里，小儿子看似温和像个儒商，可知子莫若母，秦临藏得再好，也掩不住急功近利的脾性。如果秦氏集团落在他手里，迟早要被败光。

这不，她刚刚透出点风声，秦临便按捺不住想要对梵梵动手了。亏她还觉得这个儿子毕竟与梵梵有血缘关系，是亲叔侄，不可能下狠手。

而现在，她不确定了。秦老太太咳嗽了几声，才慢慢开口："我这把老骨头也活不了几年了，下星期挑个日子，召开发布会，宣布秦氏集团新一任继承人，免得总有人惦记。"

宣布之后，他死心了也就不闹腾了，免得惹出大祸。

杨嫒想了想："不如就选在您八十大寿上？"

"刚好也在这个月，也郑重一些。"

秦老太太差点都忘了自己八十寿辰，她抿了口水："也好，也好。"

杨嫒扶着秦老太太躺下："您手术过后没多久，再休息一会儿吧。"

"我生病的事情，千万不能说出去。"秦老太太临睡前，又提醒了句。

杨嫒："您放心，我一个字都不会透露。"

看着老太太安心地闭上眼睛，杨嫒无声地摇摇头，她毕业后就被老太太选中成为她的贴身助理，对老太太感情很深，也很心疼这个连生病都不敢对亲人说的老人。

所以有权有钱又如何，亲生母子之间互相猜忌，互相防备。

临睡之前，秦老太太没忘记秦梵提的那件事："你等会儿给秦临去个电话，告诉他既然娶了就好好过日子，别忘了当年他是怎么跪在我面前求娶的。"

"好，您好好休息。"

给老太太掖了掖被子，杨嫒只留下一盏昏暗的壁灯。

病房陷入寂静之中。

谢砚礼一下飞机，就知道了网上关于秦梵与秦予芷的新闻。

抢未婚夫？

他薄唇勾起冷漠的弧度。

公关部经理亲自来接机，恭敬问道："谢总，您与秦予芷女士之间，真是前未婚夫妻关系吗？"

这件事他得问清楚，才能出公关方案。免得他们这边前脚刚否定了，对方后脚拿出证据，到时候他们就不能占据主动位置。

谢砚礼语气淡了淡，形状好看的双唇溢出三个字："她也配？"

毒舌但……好爽。

精英团不少人都听到了谢总这句话，莫名有种爽感。

有老板娘珠玉在前，谢总除非是审美扭曲才会选择秦予芷，秦予芷确实不配。

温秘书偷偷在后面把谢总这句话发给了老板娘，然后收到了老板娘发的奖金。温秘书狂吹老板娘彩虹屁，这样大方漂亮的仙女老婆，一定是他们谢总烧了八辈子香才求来的。

公关部经理想的比较多："谢总，如果我们澄清之后，秦予芷那边拿出什么与您有过未婚夫妻关系的证据怎么办？"

"例如伪造？"

毕竟谢太太是秦家人，其实秦家要想伪造也挺容易的。

谢砚礼急着去见自家太太，偏冷的声音染上几分冷嘲："那就别给她伪造的机会。"

公关部经理瞳孔微微放大，对啊，他怎么没想到呢！她想说话，直接堵住嘴不就行了？

温秘书彻底服了，谢总果然还是那个谢总。不过他看到谢总银蓝发色下那隐隐冒出来的乌发，试探着上前道："谢总，您又该补色了。"

谢砚礼冷淡地扫他一眼，温秘书立刻闭嘴。差点忘了谢总着急去见太太呢，哪有时间处理这些细节问题。

谁知，刚走了没两步，谢砚礼道："让造型师去京郊别墅。"

温秘书明白了，是他低估了谢总想要取悦太太之心。

谢砚礼没有在这件事上纠结，反而想到另一件事："天鹭湾那边装修得怎么样了？"

这次答话的是负责天鹭湾的周秘书："已经全部安排好了，随时可以入住。"

谢砚礼冰冷的面容这才略略回暖。

谢砚礼到家时，秦梵已经睡着了。

秦梵是被谢砚礼亲醒的，她迷迷糊糊睁开眼睛，还以为自己在做梦呢，主动攀上男人脖颈，嘟囔了句："怎么又梦到你了？"

"在梦里都不安分。"

男人磁性好听的低笑声响起："原来经常梦到我。"

秦梵蒙眬中听到男人的笑声，逐渐觉得不对劲，怎么掌心下男人的皮肤温热，像是真实存在的。

她下意识又摸了好几下，而且迷迷糊糊不知道胡乱摸到了什么位置，引得谢砚礼轻咬她的唇角，气息发烫。

秦梵终于反应过来，不是在做梦，而是真的。

桃花眸蓦然睁开，入目便对上男人那双深邃如墨的眼瞳。

她张了张红唇，喃喃道："你回来了。"

谢砚礼低低"嗯"了声，薄唇重新覆到她柔软湿润的红唇上，细细地逡巡着每一寸属于他的领土。

秦梵再迷糊、再困也被他亲醒了。等好不容易被谢砚礼抱着坐起来时，秦梵才捂住快要爆炸的小心脏，嗓音有些断断续续："你干吗啊！"

谢砚礼长指摩挲着她越发殷红的唇瓣，慢条斯理道："睡美人不是要被吻醒吗？"

有理有据，让人无法反驳。

毕竟——他说她是睡美人！

秦梵："所以这有什么好反驳的，睡美人被吻醒没毛病。"

秦梵张嘴咬上他在自己唇边作乱的指尖，声音含混不清："睡美人是被王子吻醒的，你又不是王子。"

谢砚礼声线微哑："嗯？"

秦梵："你是男狐狸精！"

她唇瓣湿润，没用什么力气，谢砚礼只要微微用力，便能将自己的指尖解救出来。

然而他却故意没将手指拿出来，不小心碰到秦梵舌尖时，吓得秦梵牙关一合，重重咬了下去。

几秒钟后，秦梵捧着男人被自己咬出深深齿痕的手："活该！

"谁让你不收回去的。"

正常人不是条件反射收回去吗，就他反应跟常人不一样。

谢砚礼语调平静："谢太太，你吓到我了。"

秦梵愣住了。

颠倒黑白！到底谁吓到谁了。

谢砚礼看出她的质疑，徐徐道："你说我是男狐狸精。"

秦梵眯了眯眼睛，双手抱臂而后往床头靠了靠，睨着他："你本来就是。"

下一刻，谢砚礼深邃眼瞳上带着撩人心弦的颜色，忽而慵懒地轻笑："忽然被谢太太看穿，所以吓到我了。"

男人清隽如画的面容随着他刻意扬起的尾音，竟然透着几分缱绻。

秦梵哑口无言。

这男人什么时候脸皮这么厚了，竟然真承认自己是男狐狸精。而后谢砚礼为了证明自己是男狐狸精，慢条斯理地从床上站起来，当着秦梵的面解着衬衣。

别说，还真勾到了秦梵。

秦梵一边偷偷咽口水，一边不断地在脑海中告诫自己：你是见过大世面的仙女，怎么能这么轻易就被勾引到！

克制住，一定要克制住！然而她的手已经不受脑子控制，覆到了男人露出来的腹肌上。

谢砚礼看着她越发肆意的小狼爪，好一会儿才停下作乱的小手。

秦梵显然还有些意犹未尽，抬起桃花眸望着他。

谢砚礼看她的眼神，似笑非笑："还想继续？"

秦梵想到这狗男人的脾性，幽幽问："怎么，难不成继续是付费高级VIP用户的特权？"

"没错。"谢砚礼还真顺水推舟,"所以秦小姐打算怎么支付？"

秦梵顿了两秒,转身从床头柜摸出来一张黑卡塞到谢砚礼西装裤里:"再给我办个专属会员卡,本小姐把你包了！"

这语气说得大方极了,谢砚礼将黑卡拿出来,薄唇溢出笑音,用他的钱包养他,谢太太真是商界鬼才。

谢砚礼指尖夹着那张薄薄的卡片:"秦小姐,谢某诚挚邀请你加入谢氏集团。"

秦梵眨了眨眼睛,没理解他的意思:"加入谢氏集团当老板娘？"

谢砚礼不疾不徐:"不,当首席财务官。"

谢总敢说,谢太太也敢应。

谢氏集团未来的首席财务官表示:"首席财务官大还是老板娘大？"

"哪个职位大,我要哪个！"

可以说是野心很大了,没等秦梵弄清楚,外面传来敲门声。

管家:"先生,造型师到了。"

谢砚礼已经换了身家居服,准备出门。

秦梵站在床上,扑到谢砚礼后背:"造型师来干吗？"

她身上只穿了条吊带睡裙,就那么扑在男人身后。

谢砚礼顺势勾住她的大腿,将她背起来:"补色。"

补色？秦梵目光落在男人近在咫尺的银蓝发色上,有点依依不舍地摸了摸:"算了,别补了,还是染回黑色吧。"

谢砚礼背着她的身形顿了顿,以为自家太太已经厌倦了他。

没想到秦梵自言自语:"漂染太多次发质会变差。"

而且她有点想念谢砚礼黑发时候的样子了,乌黑发色与冷白皮肤,衬得整个人清冷如玉,更加高不可攀。

秦梵手指穿插在男人银蓝发丝上,揉了好几下:"舍不得。"

这么好的发质,要是因为漂染次数过多而变差了,岂不是可惜！谢砚礼没反驳机会,就被秦梵决定了。

秦梵从他后背滑下来,便拽着他往外走:"我要看着你做造型！"

谢砚礼反握住她的手腕:"换衣服。"

难怪谢砚礼把她背到了衣帽间,秦梵忍不住眼睛弯弯,语调拉长,又甜又软:"那你帮我选衣服。"

谢砚礼捏了捏她的指尖:"好。"

女人让男人选衣服,结果就真是"选"而已。

谢砚礼:"这件。"

秦梵："颜色太寡淡了，配不上我的盛世美颜。"

谢砚礼："这个？"

秦梵："我今天想要穿裙子。"

谢砚礼找了条裙子："那这个？"

秦梵："我今天想穿膝盖以上的长度。"

谢砚礼沉默两秒："你喜欢哪件？"

秦梵自己从旁边衣柜里取出一件湖蓝色的国风连衣裙："那就这件吧。"

所以真的只是让谢砚礼"选"，最后还是她定。被折腾了这么长时间，谢砚礼耐心再好，也忍不住捏了一下秦梵的鼻尖："小浑蛋。"

等夫妻两个下楼时，造型师已经准备好了。

温秘书做事妥帖，不单单把谢砚礼常用的造型师叫过来，而且连带着一整个造型团队，都在外面随时候命。

造型师还是第一次见到谢太太，果然比电视里更美，与谢总很般配。等谢砚礼坐下后，他照常问道："谢总今天还是要补色？"

谢砚礼："不补。"

秦梵还是第一次陪谢砚礼做头发，很好奇，根本坐不住，站在他身后说道："他要换个颜色。"

造型师想到谢总银蓝发色的由来，条件反射地看向秦梵的裙子："今天要换湖水蓝？"

"这个颜色，上色后颜色可能不对劲……"

那句绿色他没说出口，谢总现在越玩越大吗！造型师表情多变，秦梵忍不住笑了声："不是，染回黑色。"

幸好不是，造型师重重松了口气。差点就以为谢总跟谢太太要为难他让他调制出跟谢太太裙子一模一样的颜色，他真的做不到啊！要是染成绿色，自己的事业怕是刚到巅峰就要遭遇滑铁卢。

谢砚礼看得出秦梵眼底的戏谑，面对她自然无奈："别闹，乖乖等着。"

秦梵一本正经："我没闹，我在给你想新造型呢。"

"虽然染回黑发，但可以换个发型。"

"你好几年都是这个发型了！换一换有新鲜感。"

谢砚礼："随你。"

造型师万万没想到，高贵冷艳的谢佛子私下对太太居然这么纵容，连发型都任由太太指点。

想到谢总当时染了谢太太礼服颜色的发色，造型师又觉得好像能理解了。

半小时过去了，秦梵还没有想到新发型。最后她灵机一动，从手机相册找出来一张很久之前婆婆大人发给她的谢砚礼高中毕业照。

高中时期的谢砚礼眉眼已经初具如今的风采，不过比如今的内敛矜贵多了点锋芒，乌黑的短碎发，露出白皙精致的额头，凌乱又张扬，少年气油然而生。

这种发型，即便是如今也很流行。更何况谢砚礼这张俊美如画的面容，任何发型都驾驭得了。

谢砚礼看过之后："换个。"

秦梵："就这个，好看！"

谢砚礼坚持："换个。"

秦梵眨了眨眼睛，无辜又委屈："你上学时候的样子，别人都见过，就我没见过！这点小小的要求，你都不能答应。谢砚礼，我还是不是你最爱的仙女老婆了？"

谢砚礼沉默几十秒，想说爱不起。

秦梵蹲在他腿边，可怜巴巴地杵着他的手指："老公，如果你剪这个发型的话，我就更喜欢你了！"

谢砚礼垂眸看她："真这么喜欢？"

秦梵连忙点头："喜欢，特别喜欢！"

谢砚礼薄唇微启，随后抬眸："那就这个。"

他倒想看看，谢太太能不能承受喜欢的后果。造型师被塞了一嘴狗粮，吃饱之后，技术居然超常发挥。

重点是之前秦梵心疼老公总是补色发质变差，让他染回黑色，在造型师先把新发型剪好之后，准备染黑色时，她果断不心疼了。

谢太太："补色！"

染什么黑色，还是银蓝发色的"高中生"谢砚礼更香！啊，为什么他们家老公这么帅！

夜幕降临，月光倾洒在别墅外那偌大的泳池水面上，夜风一吹，水面波光粼粼，月影破碎。

一墙之隔的主卧内，只留下一盏壁灯。昏黄光线下，秦梵仰头看着撑在她身前的男人。

剪短的银蓝碎发下，谢砚礼的面容像是被精心雕琢的美玉，清清冷冷，然而眸底却藏着深不见底的火焰，像是桀骜不驯又掌控一切的狼王。

秦梵完全沉浸在谢砚礼这少年时期的发型中。美色惑人，导致她完全忘了，这位是假高中生，真大狼狗……

翌日，秦梵感觉腿不是自己的腿，腰也不是自己的腰了。

秦梵表情沉重地扶着腰艰难地坐起来，望着谢砚礼正在落地镜前打领带的背影："果然，蓝颜祸水，古人诚不欺我。"

谢砚礼已经穿戴整齐："谢太太，迟到的是我。"

昨晚被祸水缠着的是他本人，秦梵听出他的言外之意，理不直气也壮："还不是因为你太诱人！"

秦梵看到谢砚礼，忍不住朝他伸出手臂要抱抱："真想把你藏起来。"

这样的造型加西装也好帅，把秦梵抱到浴室，谢砚礼弹了弹她的额头："藏起来怎么赚钱养你……"

话音未落，坐在洗手台上的秦梵在他唇角敷衍地亲了口："我想了想，男人还是得出去历练，藏在家里算怎么回事。"

"老公加油赚钱！"

而后推了推他的胸膛，一副你赶紧去赚钱养本仙女的架势。谢砚礼被她气笑了，没动，反而按住她的后脑勺，反吻回去。

等到他离开浴室后，秦梵才看向镜子。镜子里的女人脸颊绯红，唇色鲜艳欲滴，一看就知道经历了什么。

"呜……"

秦梵捂住发烫的小脸蛋，她堕落了！

直到蒋蓉过来，秦梵才从刚才的羞耻感中缓过来。蒋蓉是带着新剧本来的，顺便告诉秦梵她挂在头条新闻上的后续。

秦梵沉迷男色，把网上那什么姐妹抢未婚夫的事情给忘了，更忘记问谢砚礼。

蒋蓉将平板电脑推过去："你家谢总已经解决了。"

秦梵狐疑地接过："怎么解决的？"

就昨晚那战况，谢砚礼还有心思上网！

秦梵看到平板上空白的页面："这什么意思？"

蒋蓉神秘抬了抬下巴："看搜索框。"

搜索框显示"秦予芷"三个字，秦梵重新点击一下搜索确认，发现依旧是空白页面，要不是蒋蓉的暗示，她还以为是家里网速不行。

作为女明星，却在微博这样的平台搜索不到任何资料，甚至连秦予芷的微博都凭空消失了般，这代表了什么，不言而喻。

秦梵又刷新了一次，果然还是没有，终于明白蒋蓉说的都被谢砚礼解决了是什么意思。

这种解决方式，符合谢总脾性。不需要澄清，不需要公关，直接把搞事的人完全封口，很可以。

蒋蓉见秦梵把平板电脑放下，就又起一个草莓若无其事吃下去，忍不住问："你没什么想说的？"

秦梵咽下去后，慢吞吞道："说什么？"

蒋蓉无语："就点评一下你们家谢总冲冠一怒为红颜的做派啊！"

秦梵像是认真思考几秒，然后在蒋蓉期待的目光下，红唇微启，溢出一个字："帅。"

蒋蓉无语。

就这？不对劲，但好像也没什么毛病。

"算了算了，这是最近找来的剧本，你看看。"

"最下面那个剧本是裴导最近筹拍的一部双女主宫斗剧，是大 IP，圈内不少女演员都想在里面拿个角色，很抢手。虽然是电视剧，但毕竟是裴导首次进军电视剧界，自然是不一样的。"

裴枫是个很喜欢挑战的人，他在电影界获得成就之后感觉自己到了瓶颈期，所以准备拍摄一部电视剧找找感觉。

电视剧跟电影是完全不同的，会拍电影不一定会拍电视剧，会拍电视剧也不一定会拍电影。

如今很多电影导演都不愿意降低身价拍摄电视剧，但裴枫不一样，他喜欢挑战不一样的。

秦梵先抽出最下面那本厚厚的剧本打开，之前答应过裴枫要去他的新戏试个角色的。不得不说裴枫真的很会选剧本，秦梵看着看着竟然入迷了。

蒋蓉没有打扰她，想着如今网上没了乱糟糟的新闻，秦梵也能安静地准备新戏，不被外界分散注意力。

却没想到，刚刚安静了半天时间，又有新的新闻出现。

这次倒不是秦梵的，而是谢砚礼的。谢砚礼常年没有改变的发型忽然改变，并顶着这个造型去公司，自然引起了轩然大波。

谢氏集团员工群因为谢总的新造型，再次炸开了锅。上次他们这么激动，还是扒出人间仙女就是他们老板娘的时候。

员工群：

"大家看这是谁！"

随后是一张偷拍的谢砚礼下车的照片，虽然离得远，但放大了依稀能看清楚这位是他们英明神武的大 Boss！尤其是那头招牌银蓝发，一般人模仿不了。

"啊，谢总为什么越来越有少年感了！太帅了吧！"

"自从婚后，谢总真是一天比一天迷人，呜呜呜。"

"妈呀，我要疯了，又是被谢总帅死的一天！"

"这发型好绝,更像小狼狗了……"

"赌一箱辣条,谢总又是为了取悦谢太太!"

"温秘书,谢总为什么换发型?"

"温秘书……"

……

等温秘书看到群里的消息时,已经是中午休息时间,他回复:"除了太太,还能是谁?"

昨晚他围观了全程,自然知道,谢总是怎么从一开始不同意,最后被太太撒娇说服的。

众人:"不愧是老板娘!"

谢砚礼正在会客,客人是他亲生父亲。谢父甚少来公司,如今总公司全都交给自家儿子,他很放心。

今天有董事会,他恰好有空顺便来公司看看,差点没认出亲儿子。

办公室内,谢父深觉辣眼睛:"你这发型成何体统!赶紧染回来。"

又染色又剪成这样,出席正式商业活动怎么能是这样的形象?谢父甚少上网,基本处于半退休状态,所以对自家儿子在网上的事情一概不知,乍然一看,真被他惊到了。

谢砚礼镇定自若:"这样,不错。"

谢父沉默几秒,忽然开口:"你这是……迟到十年的叛逆期?"

谢砚礼从小便自制懂事,无论学习还是生活,都完全不需要父母操心。同龄朋友每每提起家中孩子叛逆期时,都要羡慕一番谢父,生出谢砚礼这样的孩子。

此时,他有些怀疑了:难道自家儿子不是没有叛逆期,而是叛逆期来得迟?

谢砚礼拿着钢笔的指尖微微顿住:"您就当是。"

谢父:"所以,你就打算这个样子出席董事会?"

谢砚礼:"有问题?"

谢父:"问题大了!"

然而他没能说服自家儿子戴顶假发,见儿子办公,也没多加打扰,只是在离开时,问温秘书:"有口罩吗?"

温秘书奉上口罩,然后眼睁睁看着谢父当场就把口罩戴上了。

大概是温秘书眼神过分奇怪,谢父幽幽道:"老父亲羞于见人。"

没教好孩子啊。

温秘书愣住了。

如谢父所料,谢砚礼出席董事会时,真把一群年纪大的老董事惊住了。尤其是其中不少人还是看着谢砚礼长大的,他们的反应跟谢父如出一辙。

谢砚礼迟来十年的叛逆期终于到了。

"为取悦秦仙女，谢佛子再次改变造型""谢佛子迟来十年的叛逆期"，当秦梵看到新热搜时，笑得倒在谢砚礼怀里。

她今天没工作，便接谢砚礼下班一起去约会。笑过之后，秦梵仰头看向身边的他："迟到了十年的叛逆期？"

入目是谢砚礼那剪过的银蓝短发，清朗中带着不驯，确实很有叛逆期少年的意思，让人忍不住想要摸一下他的头。

秦梵伸出手正要这样做，却被谢砚礼躲开。她坐直了身子，还就要去摸："怎么，老虎屁股摸不得，我的大狼狗也摸不得？"

副驾驶上的温秘书默默转过头。

谢太太心满意足地摸到了"大狼狗"的银蓝毛，忍不住感叹："你到底是何方妖孽，为什么补了这么多次颜色了，发质还这么好。

"这不科学！"

就算是她，都要好好保养才能有这样的发质。

跟谢砚礼在一起这么久，秦梵可没见他怎么保养过。

谢砚礼捍住她纤细的手腕，不疾不徐："大概是天生的。"

秦梵："果然是妖孽了。"

谢砚礼"嗯"了声，忽然压低了声音在她耳边缓缓说道："妖孽跟仙女，很配。"

男人清冽的嗓音透着刻意压低的磁性，薄唇贴着女人又薄又嫩的耳垂，双唇微动，带起层层战栗。

秦梵细碎乌发下的耳朵瞬间红了，啊啊啊，这狗男人为什么要顶着这张脸一本正经地说情话！撩到仙女心了！

什么妖孽，什么大狼狗，秦梵现在满脑子都是男狐狸精。

这四个字标签，跟谢砚礼过分匹配。秦梵忍不住去捂谢砚礼的唇："闭嘴！"

说好的仙女跟佛子呢？真该让网上那些人好好看看谢砚礼的真实面目。

下一秒，秦梵感觉掌心被亲了一下。啊！谢砚礼这男狐狸精越来越会勾人了！

秦梵觉得自己不能总是被谢砚礼牵着鼻子走，她控制住表情，收回被他亲过的小手，故意忽略掌心的酥麻，语气威胁："别勾引我！"

谢太太气势汹汹，谢砚礼忽地双手捏她的脸颊。秦梵被捏着脸颊，话都说不利索："那你先放开我！"

这跟她想象中的场景完全不同！谢砚礼从善如流地松开，然而此时车已经停在餐厅门口。

他说："不如先吃晚餐？"

秦梵肚子也饿了："那好吧。"

吃饱了才有力气处置这只男狐狸精！等秦梵吃饱喝足，准备回家好好处置某个男人时，没想到在洗手间居然碰到了个熟人。她也不着急，慢条斯理地继续洗手，清澈的流水在她指尖滑过。

秦予芷一看到她，不顾身旁经纪人的拉扯，踩着高跟鞋冲过来。

秦梵吃饱了有点困顿，懒洋洋地瞥了她一眼，眉眼之间像只慵懒高级的波斯猫，用纸巾擦拭着潮湿的双手问："有事儿？"

秦予芷咬牙切齿："是你做的吧，全网屏蔽和我相关的信息？"

秦梵没否认，谢砚礼做的跟她做的也没什么区别："没错。"

秦予芷被经纪人拉了一下，强迫自己好声好气跟她说话："你为什么这样做？"

秦梵将湿掉的纸巾丢进垃圾桶，与秦予芷擦肩而过时在她耳边道："因为胡说八道的人就该闭嘴呀。"

"网上那些料不是我爆出去的，不信你可以查！"秦予芷笃定秦梵查不到，她这样做只是因为猜测而已，没有证据。

秦梵挥了挥手："哦，不是你做的也没关系，我一律按是你做的处理。"

秦予芷手指发抖："秦梵！你……"

眼看着秦梵已经离开洗手间，她连忙跟着追出去……

"你站住！"

秦梵听到后面高跟鞋声，又看到不远处站在走廊尽头等她的男人，桃花眸一转，立刻朝着谢砚礼扑过去："老公，有坏女人欺负你的仙女老婆。"

秦予芷看着刚才还神气的秦梵一副小妖精模样寻求谢砚礼庇护，差点没气吐血，到底谁欺负谁！

她心惊胆战地望着谢砚礼，没想到他会在。谢砚礼揽着秦梵肩膀转身离开："放心，以后她再也不会出现在你面前。"

他们刚转身，便出现几个穿着黑色西装的保镖挡在走廊之间。

秦梵没有压低声音，有点兴奋："哇，你终于有点霸道总裁的意思了！"

秦梵："老公你今天两米八！"

谢砚礼不动声色："还处置我吗？"

秦梵："嗯……我考虑考虑从轻处置。"

夫妻两个旁若无人地秀恩爱，然而——人算不如天算。

秦予芷的事情还没解决，秦家便要易主了。

休息的时间总是过得很快，秦老太太八十大寿那天，秦梵终于解除"仙女瘫"的封印。

看着镜子里穿着一袭墨绿色薄绸长裙、身材曼妙的女人，秦梵却皱眉："我好像胖了点？"

谢砚礼坐在沙发上，看向秦梵那纤细的腰肢，缓缓站起身走向她。

"不胖，刚刚好。"

"胖了的。"秦梵下巴微微抬起，"你再仔细看看！"

她分明是又发育了！这裙子都有点紧，想到某个可能性，秦梵瞥他一眼："肯定怪你。"

……

这时外面管家提醒："先生，太太，时间到了。"

车子早就在外面等着，虽然是秦老太太的八十岁寿宴，很盛大，但秦梵跟谢砚礼倒也没有珍而重之地盛装出席。

对于秦家，秦梵早就不放在心上了。

不过，临进入宴会厅之前，谢砚礼弯腰轻轻抚了抚她鬓间碎发，悠悠落下一句："今晚别离开我。"

秦梵指尖攥了攥他的衣袖："这是……鸿门宴？"

脑海中浮现出那辆放肆撞过来的越野车，虽然那人已经被抓起来，但他咬死自己是走神，没有受任何人指使。就算有监控，也证明不了什么。

虽然秦梵已经猜到是秦临做的，却也奈何不了他，就怕他在奶奶寿宴上使什么毒计。

谢砚礼没否认："或许。"

谢砚礼直起身之前，又说了句："璨璨，你可以试着依赖我。"

对上谢砚礼那双漆黑如墨的眼眸，秦梵胡乱跳动的心脏竟渐渐平静下来，好像有他在，自己真的可以什么都不用怕。

没等秦梵的答案，谢砚礼便牵着她一同步入了宴会厅。华丽吊灯炽亮，灯光照在相偕而来的男女身上，让人久久不能回神。

他们来得不算早，宴会厅内已经灯火通明，分外热闹。

秦梵与谢砚礼路过厅内时，不少人主动来打招呼。这是他们公开之后，夫妻两人第一次同时出席这样盛大的晚宴。

秦家在北城毕竟也算是数得上名号的，尤其是秦老太太当年在商界是有名的铁娘子，来的客人基本上都会给她面子。

秦梵与谢砚礼被簇拥在中间，此时二楼的栏杆处，西装革履颇为儒雅的秦临与秦予芷同时看向站在中央的那对璧人。

相较于秦予芷眼底掩饰不住的恨意，秦临眼神平静许多，余光扫过秦梵与谢砚礼头顶那闪耀着绚烂灯光的吊灯，眼底甚至还隐隐带着笑意。

"爸，难道我们就眼睁睁看着奶奶宣布秦梵成为继承人？"

那以后他们岂不是要看秦梵脸色生活？

奶奶从小就偏爱大伯，大伯去世之后，就偏疼秦梵，现在甚至连继承人的位置都要给秦梵这个外嫁女，当他们二房是草。

秦临转着无名指上那从来没有摘下的婚戒，眼神变都未变。这些年来他忍辱负重，怎么可能眼睁睁看着这一切打水漂。

他就知道，母亲迟迟不肯将秦氏集团交给他，是有别的打算。如今，果然如他所料。

秦予芷没听到爸爸的回答，忍不住道："爸，你倒是说句话啊，我们就这么认了？"

"还有我现在的处境，我……"

秦临拍了拍女儿的肩膀，意味深长："是我们的，谁都拿不走。"

秦予芷对上秦临那双深不见底的眼眸，下意识打了个寒战，她张了张嘴："爸……"

没等她问出口，秦临已经恢复往日的儒雅温柔，朝着前方走去："婉盈，你身体不好怎么不在房间休息，等宴席开始再过来也不迟。"

秦夫人勉强一笑："我想看看梵梵，远远看一眼也好。"

而后秦临便扶着秦夫人往休息室走去："他们夫妻忙着呢，等会儿再看也不迟。"

秦夫人还想转身看楼下大厅，却被秦临半搂半抱着带走了。

宴会厅内的秦梵，下意识抬眸，却只看到了秦予芷朝她瞪眼睛。

秦梵眉心轻轻蹙起，一直关注她的谢砚礼温声道："不舒服，还是饿了？"

他以为秦梵不愿意跟这些人社交。

秦梵摇摇头："没事，就感觉今天心跳得有点快。"

谢砚礼目光落在她心口位置："给你……"

秦梵条件反射："不用揉！"也不看地方，他又想上热搜了吗？

今天寿宴，亦邀请了媒体，不知道奶奶想要宣布什么大事。

秦梵可一点都不想成为媒体焦点，尤其是跟谢砚礼一起，他们两个最近的热搜过分频繁了。

谢砚礼不紧不慢："璨璨，你脑子里装的都是什么，我只是想给你倒杯水。"

秦梵漂亮面颊浮上一层薄红，懊恼地掐他一下："你就是故意的！"

谢砚礼没反驳，眼底戏谑笑痕已经证明一切。不过经过这茬，秦梵紧绷的心倒是放松下来。

秦老太太作为寿星，是坐在轮椅上，被助理杨媛推着上台的。

"感谢诸位来参加我这个老婆子的寿宴……"

在秦老太太讲话时，秦梵眼睛眨都不眨地看着她，总觉得奶奶比上次秦予芷生日那天憔悴了许多，看起来也老了许多。

宴会厅喧闹停止，大家都在安静地等待秦老太太宣布宴会开始，以及在开始之前，宣布那件大事。

秦老太太目光扫向台下，恰好与秦梵视线对上，她苍老又和蔼的声音响起："秦梵，过来。"

灯光顺势落在秦梵身上，秦梵没动，秦老太太也不催促，当众人目光看向秦梵时，她继续道："秦梵是我大儿子秦延的独女，亦是我选定的……"

话音未落，秦梵头顶上悬挂着的吊灯忽然闪烁不定，刺耳声音响起。大家注意力都集中在秦老太太宣布的那件大事上，皆是没反应过来。

唯独秦梵旁边的谢砚礼，漆黑瞳仁骤缩。吊灯过分沉重，跌落速度极快，只是短短两三秒时间，便坠了下来，谢砚礼只来得及将秦梵护在身下。

吊灯直逼他们两人，秦梵与谢砚礼同时动作，她双手想护住他的脑袋。

"梵梵，小心！"

一个纤细单薄的身影冲了出来，不知道哪里来的力气，竟将他们两人同时推了出去。

轰隆一声巨响，吊灯四分五裂，碎片割伤了旁边数位穿着精致礼服的人。现场发出阵阵尖叫声，掩盖了秦老太太后面那句："选定的秦氏集团继承人。"

秦梵被谢砚礼护在怀中，甚至都没有摔倒。

看到巨大吊灯压着的人，秦梵浑身冰凉。

那么怕疼、那么柔弱的女人，脸上满是血污，却艰难地对着女儿露出个笑容，无声地说了句话，便闭上了眼睛。

秦梵竟然看懂了她那句话，她说："妈妈会保护你。"

秦梵张嘴，甚至喊不出一声"妈妈"。

她想问为什么，不是不在意她这个女儿吗？又为什么要这样用生命来救她？

秦临看着这一幕，向来伪装极好的男人目眦欲裂："婉盈！"

他再冷血狠毒，利欲熏心，但对秦夫人却是真心，毕竟是他多年的女人，为了得到她，也为了得到秦家家主的位置，他不惜手段用尽。

秦老太太因为受不了这刺激，晕了过去。好好的寿宴，就这样收场。

秦夫人还未被送到医院便咽下最后一口气，秦临以故意杀人罪被捕等候审判，秦老太太自那日昏迷后便卧病在床，偌大的秦氏集团，最后还是交到了秦梵手中。

至于秦予芷，无人在意。

秦予芷快要吓疯了，躲在私人公寓不敢出门，她没想到，父亲那天所说的竟然是要杀了秦梵。

她虽然痛恨秦梵，但也没想过杀人。

秦梵上次还说自己胖了，折腾了几天，整个人又瘦了下来。墓地前，她穿着黑色的裙子，更是显得清瘦羸弱。

秦梵将秦夫人喜欢的栀子花放到墓碑前，指尖轻轻触碰上面那张照片，许久没有说话。

谢砚礼将大衣披到她身上："秦临已经认罪，很快就会获得该有的惩罚。"

法律面前，没有人逃脱得了。

这段时间，谢砚礼一直都在查秦临这些年来所做的事情，甚至查到了当年秦梵父亲的车祸，也是秦临策划的。

那场车祸，与秦梵上次的车祸，相差无几。不过秦梵运气比她父亲好，躲过了一劫。

秦梵站起身来，仰头看了看蔚蓝的天空，眼眶泛红却忍住泪水："可我爸爸妈妈再也回不来了。"

几秒后，她忽然紧紧抱住谢砚礼的腰，泪水顿时沾湿了他黑色的衬衣。

"谢砚礼，我再也没有家人了。"

谢砚礼抬手拥着她，几乎将她整个人拢入怀中，偏冷的嗓音被风吹得温暖："你有我，以后还会有我们的孩子，我们永远是你的家人，乖。"

最后一个字恍若哄孩子。

让人心窝都软了。

20

孤山不孤,明灯璀璨

20

自从谢砚礼哄着秦梵说他和孩子会是她的家人后，秦梵就对生孩子这件事很热切。

她需要一件事来转移注意力，生个孩子无疑是最好的方式。况且，她原本就打算今年备孕，时间刚刚好。

然而还没开始备孕，秦梵却总觉得胸闷，而且上围也跟着暴涨，就连月经都推迟了许久。

洗过澡后，秦梵趴在谢砚礼怀里，恹恹道："我觉得我可能怀孕了。"

谢砚礼拿着平板电脑的手顿了一下。

怀孕？他们都一个多月没有夫妻生活了，她怀哪门子孕？

自从秦家那档子事后，岳母突然去世，秦梵心情不好，谢砚礼自然不会要求她夫妻生活。

如今刚打算备孕，他太太说她怀孕了？

谢砚礼也只是凌乱几秒，很快便轻抚着她的背脊道："今天又有心情玩角色扮演了？"

秦梵心想："在谢砚礼心里，自己到底是怎样一个形象，难道不是纯洁美丽的仙女吗？"

这时谢砚礼要下床，秦梵连忙拉住他的手腕："你去哪儿？"

因为关了灯的缘故，房间内陷入黑暗。秦梵没听到谢砚礼回答，继续道："我没跟你闹着玩，我可能真的怀孕了，月经推迟一个月了！"

谢砚礼清冽的嗓音在黑暗中透着点喑哑意味："我知道。"

"但你先放手。"

谢砚礼攥着她手腕的手，掌心温度高得不正常，意识到什么之后，秦梵到嘴边的话戛然而止。

谢砚礼按了按她柔软的小手："谢太太，你确定我们要现在谈论这么重要的话题？"

秦梵像被烫到了般立刻收回手。

谢砚礼倒是不着急去浴室了，他重新握住了秦梵的手，带着低喘的嗓音在她耳边响起："璨璨，你该负责。"

每次谢砚礼叫她小名，都没好事。

"璨璨……"

秦梵耳根子发烫："你别叫了。"

……

别看秦梵平时作天作地，实际上害羞得很，此时她雪白的脖颈都隐隐透着绯色，漂亮又可爱。

谢砚礼在她额头轻轻吻了下，清隽眉眼舒展几分，犹带慵懒昳丽："害羞什么。"

秦梵小声嘟囔："怕带坏宝宝嘛。"

谢砚礼略一顿："明天去医院检查，如果没有宝宝，也别失望，我们继续努力。"

平时他们这方面很注意，应该不会出现意外怀孕的情况，至于自家太太为什么会有怀孕的症状，谢砚礼更倾向于她最近精神压力太大。

秦梵很笃定："我觉得有了！

"肚子都鼓鼓的。"

谢砚礼摸了一下她平坦的小腹与纤细腰肢，自家太太睁眼说瞎话，他能怎么办。

把她按在怀里躺下："睡觉，是不是有宝宝明天就知道了。"

"谢砚礼你怎么完全不紧张也不激动，你是不是不喜欢我们的宝宝？"秦梵睡不着，拽着谢砚礼的衣袖要跟他聊天。

谢砚礼："紧张得说不出话。"

秦梵才不信，轻哼了声："小心我带球跑。"

谢砚礼将被子盖住她的肩膀："你最近又看了什么奇怪小说？"

秦梵想到姜漾之前推荐给她的绿色小说App，果断否认："我看的都是正儿八经的学习书籍。"

"学什么？"

秦梵答得理直气壮："驭夫之术！"

随即被谢砚礼盖住眼睛："明晚检查你的学习成果。"

秦梵怎么都觉得谢砚礼这话不对劲呢，但谢砚礼掌心贴着自己温热的小腹，秦梵觉得自己有王牌，谢砚礼不敢对她做什么。

本来以为自己睡不着，但在谢砚礼温暖的怀里，没说几句话竟然睡过去。

谢砚礼感受到女人红唇贴着自己的锁骨位置，每一次呼吸对他而言都如同折磨。

翌日。

秦梵醒来时，便看到谢砚礼那张清清冷冷的面庞。如果忽略眼下那微微泛青色的痕迹，大概是一张完美的容颜。

她迟钝地眨了眨眼睛："你怎么啦?"

"昨晚没睡好吗?"

谢砚礼没答，反而示意她看床尾："先洗漱，再用这个测试。"

原本谢砚礼是让周秘书去预约医院检查，没想到周秘书很有眼力见儿地送来一大袋子验孕棒，并且说："谢总，如今验孕棒准确率几近于百分之百。"

于是，秦梵就看到床尾那整整一袋子验孕棒，她怀疑周秘书是把药店所有验孕棒都搜刮来了。

谢砚礼站在床边，身上还穿着睡觉时的黑色睡袍，真丝质地，领口有些松散，看起来格外迷人。

莫名地，秦梵却感受到了危险，就是那种荷尔蒙爆发的危险感。

她坐在床边，仰头望着他想了想，然后伸出脚尖，轻踢了下他的小腿，不怕死地抬起手臂道："你抱我去。"

秦梵笃定自己是怀孕了，有恃无恐。仙女的第六感，绝对不会出错。

谢砚礼将她拦腰抱起来，走向浴室，顺便单手钩住那袋子验孕棒，一同带到浴室，将秦梵放在洗手台上的同时，看着她的眼睛缓缓开口："璨璨。"

忽然又被他叫璨璨，秦梵咽咽口水："有话就说，干吗吓唬仙女孕妇。"

谢砚礼亲自打开一支验孕棒，而后塞到秦梵手里，握着她细软的指尖："这上面显示怀孕你就是仙女孕妇，如果显示未怀孕……"

男人薄唇微微勾起弧度。看到谢砚礼那似笑非笑的表情，秦梵扬起纤细脖颈："未怀孕又怎样?"

谢砚礼松开握着她的手指，不疾不徐："未怀孕今天就不要出门了。"

做已婚仙女这么长时间，她怎么可能听不懂谢砚礼的暗示。昨晚她就发现，谢砚礼根本不相信她怀孕了!

双手抵着谢砚礼的胸口，秦梵一字一句道："你等着伺候仙女孕妇吧!"

话虽如此，可等浴室只剩下自己时，秦梵捏着验孕棒，已经从昨晚怀疑自己怀孕的激动中缓了过来。

前段时间蒋姐才给她接了两部戏，一部电视剧、一部电影。今年下半年行程安排得满满的，其实并不适合怀孕，年底备孕才是时间刚刚好。

但她每每想到与谢砚礼孕育的属于他们的孩子，也是与她血脉相连的宝贝，就忍不住期待。

十分钟后，秦梵洗漱完毕，看着验孕棒说明书，又看了看紧闭的浴室门。

又十分钟后，浴室门被敲响。谢砚礼好听的声音响起："好了吗?"

秦梵捏着干干净净的验孕棒："我得酝酿酝酿，你别吵!"

外面安静下来。

又十分钟，没等谢砚礼敲门，秦梵猛地打开门，将验孕棒丢在谢砚礼怀里："我紧张！"

看着没用过的东西，谢砚礼长指捏着粉色的验孕棒，意味深长道："那需要帮忙吗？"

秦梵听这话有点耳熟，却见谢砚礼已经慢条斯理开始整理衣袖，像是要将她抱起来。

秦梵想到那个恐怖的画面，连忙夺回验孕棒："我忽然有感觉了。"

谢砚礼："不需要帮忙了？"

秦梵："不需要了！"

秦梵重新退回浴室，男狐狸精不要脸，仙女要脸，她觉得谢砚礼真的能干出来帮忙的事儿。

至于怎么帮……画面过分辣眼睛，秦梵不敢想。

大概是谢砚礼的威胁过分有效，五分钟后，秦梵盯着一排已经擦拭干净的验孕棒，全都是一道杠。

她足足盯了五分钟，都没有任何变化。不同的验孕棒，显示的结果都是一样的——未怀孕。

秦梵脑海中浮现出谢砚礼似笑非笑的俊美面庞，不知道该先失望自己没怀孕呢，还是该担心自己等会儿要被教训的处境。

没等秦梵想清楚，浴室门便被推开，谢砚礼一看到自家太太那纠结的表情，就知道结果。

下一秒，秦梵惊呼了一声，再也没有时间去想七想八，直接被谢砚礼抵在了冰凉的瓷砖上。

秦梵变脸很快，刚准备挣扎，又像是想到了什么般，主动抱住谢砚礼的劲腰，带着哭腔："老公，我们的宝宝飞走了。

"我本来以为可以当全世界最美的仙女妈妈，也没了，呜呜呜，我好可怜呀。"

她真哭假哭，谢砚礼如何看不出来。

抬起她的下巴，对上秦梵那双一秒落泪的桃花眼，谢砚礼亲了亲："没关系，仙女妈妈。"

怎么飞？谢砚礼用实际行动来帮助谢太太成为全世界最美的仙女妈妈。

谢砚礼贴近秦梵，声音模糊："我会帮你。"

秦梵全部重心都在谢砚礼放在她腰肢的长指上，她好不容易从红唇中溢出一个音："谢……"

谢砚礼："不用谢，应该的。"

秦梵的指尖用力掐进谢砚礼的肩膀。

忽然，头顶一股温水倾泻而下，她身上薄透的珍珠白睡裙贴在玲珑有致的身躯上。

混沌间，秦梵听到谢砚礼在她耳边说了句："油画该重新画一幅了。"

什么油画？没等秦梵想清楚，她的思绪就被搅乱了。

秦梵视线被水珠挡住，抬起湿漉漉的睫毛，隐约看到花洒倾泻出水滴，模糊了男人深邃的五官，水滴迅速滚落在他灯光下冷透白皙的下颔，路过微微凸起的喉结时，她忍不住停住了视线，轻轻碰了碰那近在咫尺的喉结。

随即感受到男人顿了顿。

谢砚礼眼神越发深邃。

……

谢砚礼素来言出必行，说今天没让秦梵出这个门，秦梵便当真没有出过门。就连三餐都是被管家送到门口，谢砚礼拿来喂她的。

不知不觉，落地窗外夜色重新覆盖了天幕。秦梵浑身软绵绵地靠在床头，谢砚礼亲自喂她吃晚餐。

秦梵瞪他，但眼波流转皆是春色，不像是瞪人，更像是撒娇："不用你喂，我可以自己吃，没安好心。"

谢砚礼动作从容："刚好学习一下。"

秦梵现在不想听到"学习"这个词，却条件反射问："学什么？"

谢砚礼："喂宝宝。"

秦梵听到这个答案，完全气不起来，最后一口咬住那块被剔了刺的鱼肉，咕哝了句："谁是你的宝宝。"

不过目光落在谢砚礼那熟稔的喂饭动作上，秦梵觉得他以后一定会是个好爸爸。

垂眸看了看暖乎乎的肚子，等谢砚礼喂完她，去书房处理工作时，秦梵终于有种解放了的感觉。

秦梵在家里又休息了几天，便重新恢复工作。这天，秦梵参加与宋麟合作的那部电影的首映礼。

结束后，秦梵在化妆间卸妆时，蒋蓉行色匆匆地进来。

秦梵从化妆镜里看她："什么事让我们蒋总这么着急？"

自从秦梵与鸣耀解约开了新的工作室后，便由蒋蓉负责整个工作室的运转，她俨然已经从蒋经纪人变成了蒋副总。

"秦予芷今天来工作室找你，并且在门口待了很长时间，被不少路人拍到了！"蒋蓉没心思开玩笑，头疼道，"虽然秦予芷在网上的痕迹被抹除得干干净净，但耐不住网友们很聪明用字母以及其他称呼代替。"

"现在你们的真实关系已经被扒出来，包括秦氏即将易主，以及秦家那档子事。"

之前网友以为她们两个是亲姐妹，还没来得及扒姐妹抢未婚夫的事情，另外一个当事人就被完全封杀。

随着秦氏集团总裁杀妻入狱，秦家发生的事情根本瞒不住，若是再不出面澄清，会牵扯到秦梵，网友对她的负面猜测会愈演愈烈。

秦梵将摘下来的发箍丢进首饰盒，红唇勾起一抹冷艳弧度："哦，现在网上是怎么说的？"

蒋蓉打开手机递给她："你自己看。

"还有路人拍摄了秦予芷蹲守在工作室门口的视频，虽然无法在网络上公开发布，但很多人私下都有视频资源。"

所以如果他们继续的话，或许会被网友认为是有人要堵住秦予芷的嘴，而秦予芷才是真正的受害者。

不明真相的吃瓜群众，最容易与弱者共情。

尤其是秦予芷许久没有露面，而一露面却是这副狼狈憔悴的模样，与之前高高在上的女神形象形成鲜明对比，她的许多粉丝更是心疼极了——

"qyz的视频又被删掉了，有靠山是真的了不起，呵呵。"

"这么快就要捂上我们的嘴，这不是正说明我们清流女神是被逼迫退圈的吗？"

"秦梵滚出娱乐圈，当你的谢太太不好吗？为什么要伤害好演员？"

"秦女神有你这样的妹妹实在是太惨了，被抢了未婚夫不说，竟然还伙同未婚夫把秦女神封杀。"

"本来以为是亲姐妹，没想到是继姐继妹的关系，继姐的未婚夫就可以随便抢了？果然有了后妈就有后爸，qyz真的太惨了！"

"删啊，你继续删啊，有本事正面刚，利用靠山算什么本事。"

"没错，虽然我姐没有靠山，但我们粉丝就是她的靠山，凭什么不让她说话！"

……

秦梵越看越觉得秦予芷这些粉丝被害妄想症严重，如果她真能一手遮天，他们现在这些微博还发得出来吗？离谱至极。

蒋蓉弯腰点开另外一个秦予芷大V粉丝的微博："你看这个。"

秦梵垂眸，视线微微顿住。

那个大V粉丝："姐妹们，我有个大胆的猜测，你们看如今秦梵的继父入狱，母亲去世，奶奶住院，qyz被捂嘴会不会是因为她知道秦梵的什么秘密？如今获益者就是秦梵本人，这一切会不会都是她的阴谋？我从来不惮以最大恶意揣测人性，越美的女人越狠毒。"

竟然已经有一千多评论，在他们心里，秦梵已经是美丽且狠毒的女人。

秦梵虽然很想要摆脱仙女这个人设，但也对美丽狠毒这个人设不感兴趣，毕竟搞不好以后来找她的都是恶毒女配的角色。

蒋蓉问："你打算如何处理？"

秦梵把玩着那串被她随身携带但并未戴在手腕上的黑色佛珠，她最近习惯思考问题时摩挲佛珠，柔软的指腹感觉到上面的经文，会让她心绪平静。

原本秦梵并不打算公布自己的身世，而秦予芷也猜到了她对这个身世有多么厌恶，所以才会这样恶心她。

秦予芷料定了她不会主动公布糟心的身份，不会将她母亲与秦临的关系说出去。所以网上只扒出来秦梵与秦予芷是继姐继妹，却不知她们还是堂姐妹。

而秦氏集团本来就是秦梵亲生父亲的，但大家都以为是秦梵为了得到秦氏集团，抢夺了秦予芷这个正儿八经的继承人的身份。

至于那些知道秦梵身份的媒体，之前都得到过消息，秦梵的家世不能随意曝光，自然不敢随意动手。

秦梵指尖捏紧了佛珠，莹润粉色的指甲微微泛白。

片刻后，她红唇微启："公开吧。"

秦梵拿起自己的手机，给杨媛发了条消息。杨媛如今从秦老太太的贴身助理，变成了秦梵的助理，这是秦老太太清醒时下的调职命令。

寿宴上有媒体将秦老太太亲口公布她为继承人的那句话完整录制下来，现在刚好可以用。

至于秦予芷，没了秦临的庇护，她蹦跶不了几天。

这一夜，网友们又没睡！秦家这个瓜把他们吃撑了。

原来入狱的秦予芷的总裁父亲，并不是秦氏集团的继承人，而是暂代总裁职位，真正的继承人是秦梵，人家是正经的秦氏集团前总裁的独女。难怪秦家发生了这么大的事情，股票却只震荡了几天，然后又恢复平稳趋势。

不过相较于秦梵是秦氏继承人这件事，大家对八卦更感兴趣，小叔子娶了守寡的嫂子啊。

这瓜真刺激。

不过毕竟他们不是娱乐圈的人，吃到半夜，有人想到关于秦梵抢夺秦予芷未婚夫这件事。于是他们在微博上给秦梵留言，让她出来说句话。然而秦梵结束首映礼后，便直接进入裴枫的剧组。

休息了这么长时间，裴枫那部《盛世荣华》早就开拍了，不过暂时没有拍摄秦梵的戏份，毕竟是双女主，先拍摄另一个女主角的戏份。

秦梵处理完家事与公司交接的事情，自然还是得进入本职工作。

至于秦氏集团，养了那么多精英团队，又不是吃素的。

秦老太太很有先见之明，早就开始给秦梵培养左膀右臂，公司事务根本无须她操心，只有重大决策等她敲定即可，再不行秦梵还有外援——谢某人。

原本蒋蓉是打算等秦梵拍完第一场夜戏后，再发微博，没想到——凌晨三点，谢砚礼"长草"，哦不对，应该是"长秦梵"的微博账号再次发布新微博。

没有文案，只有一张照片，照片上是毛笔手写的订婚书。纸张边缘有些泛黄，留有岁月的痕迹。

婚词清晰可见——

今日以山海为誓，日月为媒。
两姓联姻，永结秦谢之好。
连理交枝，鸾凤合鸣。
天地神佛共鉴之。

除订婚祝词之外，最显眼的便是末尾的订婚人，清清楚楚写的是谢砚礼与秦梵，以及订婚日期是十年之前。

下方有裴枫忙里偷闲的评论："喔，谢爷爷那么多年前亲笔写的订婚书你居然还保存着！"

网友们都不是傻子，立刻捋顺了谢砚礼发布这张照片的含义——早在十年之前，谢砚礼与秦梵便订婚了！

人家谢老爷子定的就是秦梵，什么抢夺继姐婚事，简直无稽之谈。

这时有人艾特秦予芷的大粉："快点联系你家女神，拿出比十年之前更早的订婚书啊，你们女神发不了微博，你们粉丝代发。"

没多久，网友们便发现这个大粉删掉了所有关于秦予芷的消息，并且在简介上写上：已脱粉。

这代表了什么，秦予芷的大粉都脱粉了，说明秦予芷根本拿不出证据。

顷刻间，吃瓜网友们齐至谢砚礼微博下——

"啊啊啊，'人间妄想夫妻'永远最甜！"

"保存着十多年前的订婚书，谢佛子这男人真的好绝！"

"又是羡慕秦仙女的一天。"

"总算没有恶心人的东西了，果然还是得咱们谢佛子出手！"

"哈哈，这么多年还能把订婚书保存得这么好，这样的男人谁不说一声超帅！"

"爱了爱了，就喜欢谢佛子这么简单粗暴地护老婆。"

"护老婆小能手了解一下。"

"护老婆小能手……"

原本还在吃秦临与秦夫人豪门叔嫂瓜的网友们，顿时将注意力转移到谢砚礼和秦梵身上。

"谢砚礼护老婆小能手""秦梵谢砚礼订婚书""人间妄想夫妻""谢砚礼微博长仙女啦"四个热搜很快便爬了上去，其他关于秦家的热搜热度逐渐降低，最后消失在热搜榜单之上，也没有被网友们注意到。

不得不说，相较于那些俗气的豪门狗血恩怨，网友们对于秦梵和谢砚礼这对颜值天花板夫妻秀恩爱更感兴趣。

不断有网友给秦梵留言——

"你老公微博上全都是你，仙女不表示一下？"

"哈哈，或许人家夫妻私下表示过了。"

"冷静，秦仙女今天入组了，所以没办法私下表示，还是线上表示吧，求秀恩爱啊！"

"谢佛子太会表达了，每次秦仙女线上秀恩爱都要被佛子碾压！"

"哈哈，还真是，佛子每次都好会啊，显得我们仙女姐姐过分敷衍！"

"仙女敷衍点儿怎么了，谁让我们是仙女呢。"

"秦梵仙女，快，证明你没有敷衍的时候到了！"

……

剧组，副导演忙着补拍秦梵的镜头，而裴枫瘫在导演椅上刷微博，与其他忙碌的剧组工作人员形成鲜明的对比。

旁边还有助理给他准备的茶点水果，他悠闲得仿佛不是在剧组，而是在度假。副导演一边拍摄一边感叹："秦老师这特写太能打了！"

"演技炸裂啊！"

"裴导，您选角色眼光真的好极了。"

裴枫看了眼镜头里穿着精致旗装的绝代佳人，特写也掩不住眉眼之间的万种风情，秦梵几乎将这个祸国妖妃的角色演活了。

他幽幽道："这角色就是为她量身定做的，她要是没这能力，能把谢砚礼迷得神魂颠倒？"

网友说谢哥微博上"长秦梵"了，真不是随口说说。裴枫翻了翻谢砚礼那几条微博，没有一条不是关于秦梵的！

秦梵这不就跟长在谢砚礼微博上似的？别说，这届网友也很会总结。

这时，拍摄已经结束。秦梵踩着清宫剧必备的花盆底懒洋洋走来，镶嵌着宝石的护甲衬得她那双手越发华美纤细。她一把抽出裴枫的手机，居高临下望着他："说我坏话呢？"

裴枫毫不心虚，示意她看手机："我可不敢说娘娘坏话。"

"陛下微博又跟娘娘您示爱呢。"

小兔拿着秦梵的手机过来，恰好听到了裴枫这话，激动道："姐你快看微博，有惊喜！"

秦梵没看裴枫的手机，而是接过自己手机点开微博，入目便是几个热搜标题，她唇角忍不住翘起。

其实她也是第一次看到这个订婚书，甚至都不知道还有这玩意儿。这就证明了她与谢砚礼之间，自始至终都没有第二人插进来过。

裴枫手机镜头对着秦梵，拍下一张照片。秦梵早就习惯他时不时偷拍自己，只是抬起睫毛："拍好看点。"而后将注意力放在微博上。

于是，在大家忙着收工时，女主角和导演大人靠在休息椅上，玩手机……这一幕被摄影师收录进去，准备剪辑成花絮。

裴枫看着刚刚拍的照片："你不相信我的技术，总相信你自己的脸吧。"

说着，裴枫将这张照片发给谢砚礼："做好准备，你老婆要放大招了！"

谢砚礼没回复他，这边秦梵已经找到了自己大年初一凌晨发布的那条微博，点击转发，补充当初未说完的下一句——

秦梵V：引你入凡尘。// 秦梵V：愿为一盏灯。

意思是：愿为一盏灯，引你入凡尘。

就在网友们等着超会说情话的谢佛子再次发布微博时，谢砚礼第一个点赞出现了，而后是第二个、第三个……

点赞过多会有冷却时间，大概谢砚礼也发现了，点赞二三十条后，便停下一

239

段时间，而后继续，反复如此。

一群网友彻夜不眠，围观谢佛子从晚上到第二天晚上，足足用了二十小时，点赞了1125条微博才彻底停下。

秦梵发布的全部微博数量是1168条，原本网友们被谢砚礼点赞点得快要麻木了，以为他打算把秦梵所有微博全部点赞完毕，猝不及防间，他停下来了。

顿时麻木的网友们炸开了——

"这就完事儿了？"
"会不会是谢佛子睡了，想要明天早晨醒来继续？"
"不对啊，就差四十几条了，不用一小时就完事了。"
"啊啊，姐妹们！1125是秦仙女的生日啊！"
"牛啊！"
"原本以为秦梵的文案赢定了，万万没想到……我快要疯了！"
"我家地板都快被踩塌了，谁看了不说一句谢佛子绝！"
"呜呜呜，这是什么世间绝无仅有的男人啊！"
"'谢佛子太会表达'这句话我已经说厌了！"
"1125，二十多小时没睡，就是为了这个数字，太有仪式感了吧。"
"佛子果真是入了凡尘，可更有魅力了怎么办。"
"感觉谢佛子真的好爱秦仙女啊，不知道为什么，总感觉秦仙女爱得没有佛子那么深。"
"没错，总觉得佛子入凡尘，但仙女依旧不食人间烟火。"
"我也……"

大概是谢砚礼这足足一天一夜不眠不休的1125条点赞着实让少女们心尖颤抖，大家疯狂讨论时，有粉丝觉得相较而言，秦梵好像并没有为谢砚礼做过什么。

谢砚礼为秦梵所做的一切，大家都看在眼里，从赠出那串黑色佛珠开始，好像一切都是谢砚礼单方面付出。

直到"人间妄想夫妻"超话一条精华微博横空出现——

"他写：偏偏孤山引清梵；她说：愿为一盏灯，引你入凡尘。你当自己是孤山冷寂，殊不知在爱你的人心里，你是天上神佛，高不可攀。明明是千万人心中不食人间烟火的仙女，却甘愿成为一盏灯，温暖那座孤山。从此孤山不孤，明灯璀璨。"

CP 粉快要被感动哭了——

"从此孤山不孤，明灯璀璨，小姐姐总结得太好了，戳到泪点。"

"谁说仙女不爱，不是所有爱都说出口的。"

"其实佛子也没有将爱说出口啊，还不是媒体一个劲儿地各种偷拍。"

"没有爆出来仙女为佛子做了什么，这不是更证明佛子将仙女保护得很好嘛，这有什么可骂的。"

"围观甜甜的恋爱不香吗！"

"给我顶起来啊，'人间妄想夫妻'新宣传词来了：孤山不孤，明灯璀璨。冲呀！"

"孤山不孤，明灯璀璨＋省略号。"

……

清宫剧剧组角落，小兔抱着手机，看着被置顶成精华帖的那条微博，露出深藏功与名的笑容。

直到导演喊："卡！"

小兔立刻将手机揣进兜里，拿起保温杯冲向走过来的秦梵。

这几天秦梵都是大夜戏，白天补觉晚上拍戏，知道谢砚礼点赞她微博的事情，虽然拍戏辛苦，但她心里是愉悦的。

秦梵从来没想到，和谢砚礼会有今天。从表面夫妻，到现在，那么相爱。

裴枫这部清宫戏拍摄了三个月，这期间谢砚礼来探班过几次，当然，探的并不是裴枫，而是谢太太。

裴枫每次都酸溜溜地看着他们，酸得秦梵都想给他介绍相亲对象了。

你能想象，她跟谢砚礼在剧组相处时，裴枫举着高清摄像机随时随地给他们拍摄下来的画面？

等戏拍完，秦梵怀疑裴枫拍摄他们的画面都可以剪辑成一部电视剧了。

没想到，这位天才导演还真不把时间用在正经事上，他们的相处日常在这部戏杀青之前被剪辑出来，并且被当作杀青礼物送给秦梵。

秦梵收下礼物，沉默几秒："很有新意……"

裴枫："你这夸奖，真没诚意。"随即抬了抬下巴，"你老公来接你了。"

秦梵这才顺着他示意的方向看过去，果然剧组门口那棵树下站着熟悉的身影。

秦梵眼底不自觉浮现笑意，裴枫笑道："有没有很像望妻石？"

"要你管，单身狗。"秦梵护着自家男狐狸精，而后提着裙摆朝他跑去。

单身狗裴枫感到被冒犯！

夜幕低垂，谢砚礼的面容在黑暗中，秦梵依旧能看得清清楚楚。

谢砚礼："慢点。"

秦梵扑进谢砚礼怀里，仰头亲他的下巴："不快点，万一你跟别人跑了怎么办？"

不理会那边捂住眼睛还惊呼"辣眼睛"的裴枫，谢砚礼顺势握住秦梵的手，十指相扣："你在这儿。"

熟悉的言简意赅，秦梵心里补上他未尽的话：你在这儿，我便在这儿。

还是这么闷骚，之前给她点赞1125条微博示爱的好像不是他本人。

说起来，自从谢砚礼点赞了这么多条微博后，他的微博账号，还真的名副其实"长秦梵了"，全都是她。

秦梵杀青没几天，便是谢砚礼生日。

秦梵跟姜漾坐在咖啡馆，有点发愁："感觉他什么都不缺。"

姜漾慢悠悠抿了口咖啡："谁说不缺，有个东西他肯定很缺。"

"什么东西？"秦梵眼睛一亮。

姜漾微微一笑，把准备好的纸袋推过去："这是我上周去时装周买下来的新战袍，送给你。"

战袍？秦梵打开看了一眼，唇角微抽："这玩意儿能称为战袍？"

她捏了捏毛茸茸的白色猫耳朵发箍，有些无语。猫耳朵下面甚至还有可爱爪子，最下面是蓬蓬的白纱裙，一整套，这年头时装周还能买到这玩意儿？

姜漾喷了声："你别小看这套衣服，是我特意请顶级服装设计师为你量身定做的，清纯可爱又不俗气！"

纱裙裙摆都是白色羽毛，格外精美漂亮。

姜漾眼角眉梢都是调侃的笑："你出去拍戏那么长时间，你家谢总肯定很缺……老婆的疼爱。"

谢总怎么会缺老婆的疼爱？

但拎着纸袋回家后，秦梵还真思考起来。老婆的疼爱是一回事，如果能趁着谢砚礼生日当天怀上宝宝的话，岂不是最好的礼物！

秦梵换上这身白纱裙才发现，裙子是前短后长的设计，后面一条白纱从腰部垂落至小腿位置，白纱层层叠叠，并不突兀，单看便是可以走红毯的小礼服裙。

直到秦梵戴上发箍和猫爪照镜子时才发现，那条层次感很强的白纱像极了猫尾巴。

看着镜子里的自己，秦梵红唇勾起：别说，姜漾随便一送，还真是送到点上。

秦梵转而从首饰盒中找出当初谢砚礼送的那只铃铛脚链。他说过，猫才会戴铃铛。

秦梵将铃铛戴到精致瘦白的脚踝上，晃了晃，脚链发出清脆悦耳的铃铛声。瞧，这不就是猫了吗？还是一只——仙女猫！

秦梵思考了一会儿是藏在被子里给谢砚礼一个惊喜呢，还是躺在客厅沙发上摆个 pose，或者阳台落地窗……既然是首次造宝宝的地点，选址必须有意义。

却没想到，还没思考好，秦梵就接到谢砚礼的电话，说在门口等她。

想了想，秦梵还是没有把穿好的衣服脱下来，随手找了件长及脚踝的防晒衣将自己包裹得严严实实，又把猫爪跟猫耳朵摘下来，这才踩着拖鞋出门。

七月已至盛夏，北城的夜晚微风清凉，没有想象中的闷热。秦梵一到门口，就被谢砚礼塞进了车厢。秦梵有点蒙，倒是谢砚礼，见她从头到脚裹得严严实实，问了句："晚上穿防晒衣？"

防晒衣是黑色的，几乎看不清秦梵里面的穿着。秦梵看了眼前排司机，没把防晒衣脱下来，一本正经地胡说八道："怕被月亮晒黑。"

谢砚礼笑了。

这回答是谢太太的风格。

秦梵怕他追问，反问道："大晚上的要去哪儿？你知道你错过了什么生日礼物吗？"

谢砚礼听秦梵给他准备了礼物，薄唇含笑："原来谢太太准备了礼物。"

"你这话就跟我很抠门，不会给你准备礼物似的。"秦梵轻哼了声。

谢砚礼捏了捏她的指尖："我以为我们家的传统是，我生日该为你准备礼物，而你生日才会为我准备礼物。"

秦梵睫毛轻颤了一下，顿时明白他的意思，去年他们不就是这样？

谢砚礼生日时，她许愿。她生日时，为谢砚礼求了佛珠。

抽出指尖，秦梵戳了下他手腕上自始至终没有摘下来的淡青色佛珠，比起去年来，这串佛珠更温润了。

秦梵的手被谢砚礼重新攥住，直到抵达目的地，他都没有松开。

秦梵很期待谢砚礼为她准备的礼物，但真的看到这座灯火辉煌的建筑时，还是被震撼到了。

夜晚的天鹭湾像是一颗矗立在黑暗中的辉煌明珠，夺目耀眼。

秦梵唇瓣微张，许久才溢出来四个字："这是礼物？"

谢砚礼揽着她的肩膀一起进入："原本三个月前就打算送你的，没想到事情太多，你又入组拍戏，便搁置下来。"

"刚好，趁着这段时间将外观也重新修整了。"

秦梵进入，里面处处精美，湖泊喷泉、假山草坪，进入室内，更是壁画雕刻,最中央还有超大的淡金色旋转楼梯,掩不住的精美,与京郊那住处的低调内敛完全不同。

他们没有乘坐室内电梯,而是一步一步从旋转楼梯上去,二楼是各种休息区——健身房、游戏房,还有客房。

三楼除了一间主卧、一间书房,剩下的区域全部改成了秦梵的衣帽间与收藏室,比之前的衣帽间要大两倍以上。

谢砚礼没带秦梵去顶层,只停驻在三楼,垂眸问她:"这个生日礼物,喜欢吗?"

秦梵对上男人那双漆黑深邃的眼眸:"喜欢。"

完全无法口是心非,没有女人不喜欢这样如梦如幻的建筑吧,她恨不得立刻搬过来!

谢砚礼慢条斯理地扯松了领带:"喜欢,然后呢?"

拥抱没有,亲吻没有,这是喜欢?谢太太表现喜欢可并非这么淡定。

殊不知,兴奋到极点时,脑子是格外冷静的,就比如秦梵,心脏怦怦跳个不停,但脑子却清醒极了。

她白皙指尖颤抖着放在自己防晒衣的领口处,解开一颗扣子:"我也有礼物要送给你。"

一颗,两颗,三颗……

长到脚踝的防晒衣,扣子很多。谢砚礼却不着急,就那么安安静静等待着礼物自己拆开,里面那件白纱裙展露得越来越多。

忽然,秦梵余光瞥到不远处的楼梯,对,还有四楼没看。

她手指顿住,忽然问:"四楼是什么?怎么不带我参观四楼?"

明明一个房间一个房间带她参观过,怎么少了四楼。

他沉吟两秒:"四楼还没装修好。"

秦梵桃花眸微眯,总觉得四楼可能有什么不可告人的东西,依照她对谢砚礼的了解,这男人绝对是藏了什么东西!她抬腿就往楼梯方向走去:"既然没装修好,我去看看怎么装修。"

谢砚礼揉了揉眉心,望着谢太太的背影,三两步追上去:"没什么好看的。"

秦梵:"我就爱看没什么好看的。"

谢砚礼想牵她手:"不急,我更想要生日礼物。"

秦梵看了眼走廊尽头的钟表:"距离你生日结束还有四个小时,不急。"

说着,已经踏上楼梯。四楼有两扇门,秦梵推开一扇后,瞳孔陡然放大:"谢砚礼!"

入目便是那几乎占了整面墙壁的巨幅人体油画——半跪在破碎花瓣床上的少女微微仰着头,雪白曼妙的身躯绷成优美又靡丽的弧度,宛如神女降临人间,神圣极了。

秦梵气鼓鼓找谢砚礼算账时,却发现他手里捏着猫耳朵发箍。她随手揣在防晒衣口袋,不知道怎么被谢砚礼顺走了。

谢砚礼将猫耳朵戴到秦梵乌发上,顺手拂了拂挂在她肩膀摇摇欲坠的防晒衣。布料滑落至厚重的地毯上,露出里面那身羽毛小裙子。

谢砚礼含笑捏了一下垂在她小腿处的白纱,秦梵像是被捏到了尾巴的猫:"松手!"

谢砚礼没松手,反而顺着白纱往上:"忽然想要生日礼物了。"

秦梵正努力扭头掰他的狼爪:"不给。"

谢砚礼不急:"嗯,你答应了。

"想要的生日礼物就是再让我画一幅油画。"

秦梵:"我不答应!"

谢砚礼:"嗯,你答应了。"

秦梵:"我不……"

话音未落,却被谢砚礼吻住唇瓣:"答应了。"

秦梵:"嗯……"

躺在谢砚礼亲手画的这巨幅人体油画下时,秦梵脑子里想的是——选来选去,没想到居然在这里造宝宝,好羞耻!

房间内,秦梵望着谢砚礼比夜色还要浓暗的双眸:"我有预感,宝宝很想在爸爸生日这天到来。"

见谢砚礼不答,秦梵认真道:"这次预感很准!"

不知过了多久,谢砚礼低笑出声,覆在她耳边:"这次,我也有预感。"

……

秦梵想着既然打算备孕,且昨晚宝宝也可能如她和谢砚礼预感的那样真的来了,所以工作得提前安排,免得措手不及。

次日,工作室。

新工作室坐落在北城金融中心,与谢氏大厦隔街相望,今日才正式搬来。之前与鸣耀传媒解约后,蒋蓉凑合着租了个办公点,正是等着这边装修好。

秦梵单独的办公室内,她懒洋洋靠坐在亲自选的真皮沙发上,微微闭上眼睛时,耳边响起昨夜房间内荡着的铃铛声,惹得她下意识看向脚踝。

她今天穿了双香槟色尖头高跟鞋,脚踝上只有系成蝴蝶结的同色系丝带,那条铃铛脚链早就被解下来了。

蒋蓉正在跟秦梵对这段时间的行程表,见她总是看脚踝,忍不住也看过去:"你在看什么?"

脚踝精致纤细，跟以前没什么区别。

秦梵收回目光："没什么，你刚才说徐导那部电视剧是怎么回事？"

蒋蓉应了声，没有在这个话题上纠结，工作要紧："你之前不是说喜欢徐导那个律师剧吗，徐导听说你打算拒绝，特意为你调整提前了开拍时间，就为了等你进组。

"你是怎么想的？"

"要拒绝吗？"

这部戏要拍两三个月，徐导愿意为了秦梵调整拍摄的话，大概可以压缩到一个半月。

见秦梵若有所思，蒋蓉道："我建议你拍完这部再休息，免得你备孕加怀孕加生产休养期间没有曝光度，很容易被遗忘。

"如今你手里除了裴导这部戏未播出之外，再也没有其他作品，等复出后，估计喜新厌旧的观众都把你忘了。"

对着秦梵那张脸，蒋蓉说她被观众忘了这话有点心虚，但未免这位懒散的小祖宗什么都不顾，蒋蓉故意说得严重点。

最后秦梵点头："可以。

"不过拍完这部戏后，不要给我接其他工作了。"

蒋蓉看着行程表，基本上后面都画上了叉号。

唯独徐导那部都市剧，画上钩。

蒋蓉略一顿："宋导说送《彼时年少》去国际电影节了，百分之八十的概率你会入围最佳女主角。"

这个奖的含金量可是很高的。

秦梵对于拿奖这件事，心态很稳："到时候再说，入围的话，应该能去参加。"

毕竟电影节在两个月后。

秦梵边说边看时间，下午五点二十五分，秦梵站起身："没事我就先走了。"

蒋蓉："谁说没事，我这里还有几个综艺，你要不要趁着休息接几个打发时间，顺便增加曝光度。"

秦梵站起身："我有事，要去接老公下班呢。"

蒋蓉无语几秒，看着她的背影说："就隔了一条街，有什么好接的……"

小兔反驳："蒋姐，这是夫妻情趣！"

近距离围观的快乐，怎么能被蒋姐破坏。

小兔对秦梵道："姐，必须去接，谢总一定感动极了。"

秦梵："感动？"

这种情绪她还真没从谢砚礼脸上看到过。

蒋蓉没好气:"大Boss带头迟到早退,咱们工作室迟早要完。"

秦梵在门口顿住,打开手机:"十,九……

"三二一,下班时间到。"

嗯,没早退,秦梵满意按灭了手机屏幕,随即踩着高跟鞋,气定神闲地下班去接老公了。

蒋蓉目光落在墙壁上挂着的钟表上,指针刚好指向五点半,确实是他们工作室的下班时间。

然而秦梵没想到的是——抵达谢氏集团后,却被前台告知谢总已经提前下班。

提前下班?谢砚礼居然早退!没有感情的上班机器人继迟到后,又开始早退,不得了了。

"去天鹭湾别墅。"秦梵上车后便跟司机说道,"以后都去那边接我。"

小兔诧异道:"姐,你搬家了?"

等会儿,天鹭湾别墅,她怎么这么耳熟呢。

秦梵"嗯"了声,道:"昨天他生日,送我的生日礼物。"

小兔:"啊啊啊!

"谢总生日,送你礼物!"

要不是还在车里,小兔真的很想把脚跺碎!近距离围观果然是CP粉的天堂。

秦梵睫毛轻撩起,瞥她一眼:"这有什么好激动的。"

要是看到天鹭湾,她是不是要缺氧?小兔强迫自己平静下来,不要这么一副没见过世面的样子。

"呜呜呜,可是谢总真的太甜了吧,我忍不住。"

"甜?"

秦梵总觉得谢砚礼在小兔心中的形象,好像有点不对劲。

保姆车在天鹭湾别墅停下。

小兔震惊了。

妈呀!她不但这辈子没见过世面,上辈子,上上辈子,大概都没见过这种世面!

仰头看着天鹭湾,小兔没忍住咽了咽口水,张了张嘴,却发不出一个音节。

秦梵侧眸看她一眼:"你哑巴了?"

光张嘴,说话没声音?

小兔拿出手机,声线发飘:"姐,我能拍个照片吗?

"今天还有人说谢总生日,你没有任何表示,是要离婚了。"

在微博网友眼里,夫妻之间网上不互动就等于离婚,朋友之间网上不互动等于分道扬镳,情侣之间网上不互动等于分手。

小兔："我保证绝对 PS 得谁都认不出这是天鹭湾！"

秦梵随意道："没关系，就算知道了也进不来。"

天鹭湾安保层层，别说粉丝、媒体进不来，甚至连靠近都会被列为可疑人员，行踪都在眼皮子底下。

原本秦梵打算邀请小兔进去，但小兔捂住自己的小心脏，连忙爬上保姆车："谢总提前下班一定是要给你惊喜，我下次再参观！"

秦梵进门后，也有点期待谢砚礼准备的惊喜。

不过……应该没有吧？

秦梵那些习惯用的日常用品与衣帽间的收藏品都被管家和保姆挪到了这里，现在已经全部整理好了。

管家一看到秦梵，道："欢迎太太回家。"

"先生在四楼等您，给您准备了惊喜。"

还真有惊喜？秦梵桃花眸微微扬起，这次没有走楼梯，而是从室内电梯直达四楼。高跟鞋踩在地板上，发出清脆的声响。

四楼长长的廊道，只开了两扇门。

秦梵昨晚没仔细想，今天才觉得这一层怪怪的，除了谢砚礼那个画室之外，另一扇门是什么？

她脚步顿了两秒，而后走向尽头那扇未曾开启的房门。当指尖碰上冰凉的门把手时，秦梵心脏怦怦跳。

两个小人在她脑子里打架——一个说快点开呀，里面定然是惊喜；另一个说千万别开，危险危险十级警告。

是惊喜，还是危险？

剧烈跳动的心脏告诉她，这是危险的惊喜。她指尖刚准备松开门把手，紧闭的房门蓦地打开，从里面伸出来一只细长白皙的手，顺势握住她的腕，秦梵纤细的身体顺着半开的房门被拉了进去。

"谢……"

话音未落，秦梵脑袋撞到了男人坚硬的胸膛，忍不住低呼一声："疼。"

谢砚礼掌心覆在她额头，揉了揉："站在门口发什么呆？"

秦梵这才发现，门边墙壁上有个屏幕，能清晰地看到门口景象，也就是说，她在门口发呆，全程被谢砚礼收入眼底。

秦梵假装没听到这个问题："管家说你给我准备了惊喜。"

没等谢砚礼应答，秦梵后面的话陡然停住，直直地看着他身后："这……这什么？"

房间的主色调是浅浅的蓝色，梦幻美好，元素除了天空之外，还有云朵，就连沙发都是奶乎乎的云朵形状。

但是！最瞩目的不是可爱柔软的小沙发，而是沙发前方那完全是用羽毛制作而成的羽毛床。

床边放置着巨大的画架，让秦梵不由得想起上次那个玫瑰花瓣床以及那幅人体油画。

她心里那点惊喜浪漫消失得无影无踪，转身就要往外跑，果然危险危险！

当发现门打不开时，秦梵满脑子都是：果然如此。

她扭头瞪向谢砚礼："开门！"

谢砚礼慢悠悠地拿起沙发上已经准备好的奶白色薄绸长裙，裙摆极长，拖曳至地。

这颜色与沙发颜色几乎一模一样，导致秦梵见谢砚礼拿起来才发现，居然还搁着条裙子，他果然是早有准备。

谢砚礼一步一步，徐徐走向站在门口气鼓鼓的女人。

秦梵双手抱臂，用行动表示自己绝对不会再当人体模特。

谢砚礼垂眸看她："昨天我生日，没礼物。"

"别装可怜，生日礼物是你自己错过的。"秦梵面无表情，就是不看谢砚礼。

谢砚礼轻叹了声："那……我昨晚为什么会错过？"

秦梵顿住：当然是为了给她送天鹭湾别墅的这个礼物。

秦梵不由自主瞥向谢砚礼，刚对上他灿若寒星的双眸，秦梵像是被烫到，立刻移开道："你别勾引我！"

男狐狸精！

今天太热，秦梵只穿了件黑色露肩连衣裙，谢砚礼掌心覆在她圆润纤薄的肩膀上，慢条斯理地往下拉："只是试试裙子而已，仙女这么容易就怕了？"

秦梵护住肩带："激将法不管用。

"别动手动脚！

"别以为我不知道，试完裙子你又要给我画那什么画！

"松手！"

谢砚礼果然松开手。

就在秦梵松了口气时，又心生怀疑——不对啊，他这么轻易就放弃了？不像是谢砚礼平时的作风。

这时，谢砚礼道："今天咨询过医生朋友，一晚上不一定能怀上孩子。"

"胡说八道。"秦梵才不信，"我有预感。"

而且昨晚他说他也有预感的。谢砚礼将裙子放到秦梵手里："既然你这么笃定，那等一个月后再继续备孕。"

秦梵无语。

堂堂谢总，居然用这个来威胁她！说着，谢砚礼当真准备开门出去。

"你等等。"秦梵反手握住他的小手指。

十分钟后，秦梵穿着一袭及地的薄绸长裙，坐在纯白色羽毛床上。刚一坐下，整个身子便陷了进去，她重心不稳，下意识往床上倒去。

刹那间，溅起了层层叠叠的羽毛，偌大房间里，羽毛飘扬。

秦梵忍不住低呼了声，咦，居然不疼？

她按了按身下的羽毛，发现厚厚羽毛最下面，居然是很有弹性的床垫，顿时有了安全感。

秦梵坐稳后，一张小脸保持优雅微笑："画吧。"

秦梵想到刚才看到的镜子里的自己，俨然就是仙气飘飘的纯洁小仙女！就不信她这样，谢砚礼还能画成上次那样。

谢砚礼在画板前，握笔看了她一会儿。

"看什么看？没见过这么仙女的模特？"秦梵吐槽不忘保持微笑，"还不快点！"

她腿都麻了，等结束之后，一定要让谢砚礼给她好好按按。这男狐狸精，整天就想些奇怪的主意！

谢砚礼放下画笔，起身走向她："确实没见过。"

男人身形修长挺拔，站在秦梵面前，背对着灯光，莫名有种侵略性。

两人相处这么久，秦梵立刻听出了他语调中的意思，故意继续保持唇角弧度："既然没见过，那我们谢大画家怎么还不开始呀？"

谢砚礼似是在端详她的面容，几秒钟后，缓缓道："所以，谢太太是打算让我给你画观音像吗？"

观音像？

秦梵红唇一抽。

顿时有画面感了！秦梵下意识仰头，刚准备跟他好好说道说道，怎么就观音像了！

还没来得及开口，唇瓣便被侵占。

……

灯光下，秦梵唇色润泽靡艳，那双桃花眸含着水波，怒瞪着人时，都像是撒娇，睫毛轻颤，仿佛那水要沁进桃花瓣般的眼尾，秾丽不可方物。

谢砚礼眼底染上几分满意："就这样。"

秦梵不用想就知道自己此时是个什么样子，甚至因为许久没呼吸，胸口起伏不定，心脏似是要穿透薄薄的布料跳出来。

谢砚礼有点可惜地望着她身上那袭薄绸长裙，若是……碎裂的话，一定会更美。

莫名地，谢砚礼竟记起那次无意中把母亲送给她的那条旗袍撕裂的画面，好像她穿旗袍也不错。

谢砚礼重新落笔时，想着等秦梵生日时，要送她一条旗袍，旗袍配什么床呢？谢砚礼若有所思，却不忘对秦梵道："累了可以闭上眼睛睡会儿。"

上次就是因为她睡了，才不知道谢砚礼最后到底画了什么，这次她必须看着谢砚礼画完！

秦梵睁着双桃花眼，想要自己保持清醒："你别想骗我，过半小时我要检查的。"

看着谢太太那警惕的小模样，谢砚礼薄唇含笑。

"你笑什么？"

秦梵被谢砚礼笑得有些羞恼，难不成又画了什么奇奇怪怪的东西？

不过他刚落笔，应该没那么快画出来，秦梵警告他："画得正经点！但又要很漂亮！"

谢砚礼不疾不徐："放心。"

直到看见谢砚礼画的草稿，秦梵这才彻底放心下来。

嗯，衣服都穿得整整齐齐，只不过画的并不是她坐在羽毛床上，而是趴在床上，纤细的小腿似乎在半空中晃荡着。这是平时秦梵玩手机时的姿势。

长长裙摆延伸至床尾，几片羽毛落在腿弯位置，让人忍不住想伸手拂开那扰人的羽毛。

寥寥几笔，却栩栩如生。秦梵看完之后，放心的同时又有小脾气。

那她刚才傻乎乎坐了半小时，岂不是白坐了！谢砚礼根本没画她坐着的姿势！

她忍不住推了他一下："你耍我玩！"

谢砚礼反握住她的指尖，将人抱到自己膝盖上，薄唇贴着她的脖颈低喃："不画了。

"要巩固一下吗，谢太太？"

秦梵被谢砚礼突然的亲吻逼得脖颈不由自主地往后仰："巩固？巩固什么？"

男人细长手指随意拂过她的裙摆："你说呢？"

秦梵明白了他说的巩固是什么意思，生宝宝当然不能只有一次，在没确定怀宝宝之前，自然得多多巩固几次才是。

这夜，除了秦梵没睡好之外，一众网友也没睡着！

原本还有看热闹不嫌事大的网友在说秦梵连谢砚礼的生日都不记得，这对真夫妻搞不好也要散，逃不过娱乐圈公开秀恩爱就会分手的定律。

然而没想到，小兔新微博引发众人强势围观。

助理兔兔："谢佛子生日，送仙女的礼物，眼泪忍不住流出。"

后边附了一张天鹭湾的远景照片，照片几乎将整栋别墅完整照下来，她还加了动漫效果滤镜，蓝天白云下，像是网页搜索来的美图。

粉丝们兴奋极了——

"啊，等到了这口狗粮。"
"又是羡慕秦仙女的一天，'我生日送礼物给你'，这是什么神仙老公，先蹭一个沾沾喜气，希望我也能得到谢佛子这样的老公！"
"甜甜甜！"
"这该死的甜美的爱情！"
"给我锁死，真夫妻就是最甜的！"
"谢佛子大手笔的宠妻小日常。"
"每天一个宠妻小妙招，你学会了吗？"
"学废了。钱包也空空了。"

原本粉丝们都在惊羡，很快有吃瓜网友发出疑惑之音——

"助理兔兔，确定不是从网页上下载的图片来给你家秦梵挽尊？"
"等等，这好像是北城的天鹭湾别墅！"
"天鹭湾的主人好像姓容，是那个老牌豪门容家，这样的家族应该不会卖掉天鹭湾这种无价之宝吧。"

大家都去搜了一下容家，然后确定这样数一数二的人家，不可能随便卖掉天鹭湾。

于是乎，评论变成了大型"谁比谁尴尬"：

"我都替秦梵的小助理尴尬，可能是随便找了张图？"
"或许……兔兔说的是别墅前面那辆车？"
"楼上格局小了，谢氏集团是破产了还是怎样，谢佛子送辆保姆车？"
"所以……秦梵助理这是翻车了吧，哈哈哈。下次网上找图再PS得更让人看不出来点，例如最起码把四层PS成八层啊！"

252

"哈哈哈！"
……

小兔看到自己闯祸了，刚准备给蒋姐打电话求救，然而就在这时，那些看笑话的评论陡然变成了各种惊叹号和问号。

还有人在她微博下面道歉说错怪她了，没想到居然是真的！

小兔这才发现，原来容氏集团官博也在吃瓜。

并且特意转发她的微博：

容氏集团 V：巧了不是，我们家大 Boss 前段时间为博太太欢心，用天鹭湾别墅换了套中式园林公馆，我们太太格外喜欢！// 助理兔兔：谢佛子生日，送仙女的礼物，眼泪忍不住流出。

容氏集团官博发的是一张古色古香的中式园林照片，也像极了网络搜索来的绝美图片。当然，神通广大的网友们迅速扒出来，这套中式园林公馆，原本的持有人是谢砚礼。

除了 CP 粉们不受影响之外，其他舆论方向迅速转变——

"原来容大佬跟谢佛子认识，果然长得好看又有钱的大佬都跟同样好看又有钱的大佬玩耍。"

"所以，合着半天，这两位大佬为了取悦自家老婆，把房产说换就换？"

"让我们为真挚的友情干杯。"

"如果我下次体检有糖尿病的迹象，这两对夫妻没有一对是无辜的！"

……

虽然网上舆论没有负面的，但小兔还是第一时间跟蒋蓉汇报了。

她是得到蒋蓉许可才发的微博，本来还以为闯祸了，没想到事情解决得这么轻松。

不过——谢总居然用祖传宅院换了天鹭湾给梵梵姐当礼物，"人间妄想夫妻"真的太甜了吧！

等到秦梵得知又上头条，已经是次日下午。没错，她睡到下午才醒来。

看完微博，秦梵才知道，原来天鹭湾是用陵城那栋中式园林换的。

昨夜的小脾气，就那么烟消云散了。甚至于那晚太累，秦梵差点忘了还有一幅画。

当时谢砚礼答应过，等画好了就给她看。直到秦梵进了徐导剧组，都没看到那幅画的影子。

但看草图，应该不会跟上次那幅画一样吧。

这个"吧"字，准确反映了秦梵内心的不信任。

在剧组化妆间，秦梵昨晚跟谢砚礼视频到凌晨一两点，此时有点倦怠地靠在化妆椅上，微闭着双眼，任由化妆师在她脸上描绘。

秦梵这次的角色是职场精英，她对职场精英所有的了解都源于周秘书。

为此，她还特意找周秘书取过经。

此时秦梵的妆容偏向于职业女性，精致又不失淡雅。好在她那张脸蛋的可塑性强，可浓艳可淡雅，可人间富贵花更可盛世小白花，总之，没有她无法塑造的角色，这就是裴枫所说的天生吃演员这口饭的灵气。

拍摄之前，小兔给剧组所有工作人员都买了奶茶，唯独给秦梵一杯营养健康的白开水。

有男演员喝了一大口，调侃道："秦老师这是打算把咱们全部喂胖，而她还是苗条的小仙女。"

捧着奶茶的众人看看自己的腰，再看看秦梵那穿着衬衣包臀裙纤细到不盈一握的小腰，顿时觉得嘴里的奶茶不香了！

"秦老师瘦成这样，快点喝杯奶茶压压惊。"

"看到秦老师这么瘦，我好心疼，来，这杯奶茶忍痛送你了。"

"秦老师不喝我不喝。"

"奶茶又叫仙女茶，仙女怎么能不喝。"

"秦仙女，仙女茶了解一下。"

……

小兔在看到秦梵抬眸说话时，就有种不妙的预感，刚准备找借口说他们家仙女最近不能喝奶茶，下一刻便听到秦梵红唇微启，道："嗯，备孕，不能喝。"

说完，似是没注意到自己撂下一句怎么样的炸弹，慢吞吞抿了口白开水。

啧，不好喝。

小兔见在场的工作人员和演员们全都裂开的表情，甚至想要拿出手机拍张照片。这么难得的画面太稀有了。

说干就干，不能光她自己裂开，要裂大家一起裂。

直到那边亲自检查他的宝贝拍摄设备的徐导演扬声喊："都愣着干吗，还不快点准备，十分钟后开拍。"

大家浑浑噩噩、欲言又止，都在怀疑自己是不是听错了，但总不能所有人全部听错。

事业巅峰期，秦梵居然要准备生孩子，而且这么旁若无人地说出来，就不怕他们传出去？

这也太坦荡了吧。

在娱乐圈这么多年，他们从未见过女明星对于备孕生孩子这么坦荡的，尤其是秦梵这种年轻漂亮又高流量的女明星。

大家不约而同想起了网友们整理的仙女不爱佛子的那些证据，简直无稽之谈。

秦梵这样的仙女，愿意在这样的年龄、事业巅峰期孕育爱情结晶，如果这都不算爱，那什么算爱。

自始至终，秦梵对于她和谢砚礼这段感情都是坦荡荡的，从来没有躲躲藏藏过。坦诚真实，不像是在娱乐圈里浸染过的人。

秦梵只是懒，不是瞎，自然了解大家眼神代表的意思，她的红唇微微翘起。

殊不知，她能这般胆大妄为，行事随心所欲，全是谢砚礼给的底气。即便谢砚礼什么都不做，只要他在，秦梵就无所畏惧。

虽然这个消息很炸，但拍戏更重要。

大家都签了保密协议，剧组期间知道的任何事情，都不能说出去，所以只能憋住了。

至于被仙女当成底气的谢某人，此时正坐在陵城最大的文身店。文身大厅除了他和容怀宴以及两个文身师之外，便再也没有其他人。

容怀宴正拿着一支很细的笔画文身图案，倒是显得谢砚礼无所事事。

他落下最后一笔，递给文身师后，才看向谢砚礼："你确定不文一个？"

"我记得你太太也喜欢小狼狗。"

这话定然是裴枫说的，谢砚礼眼神淡淡，漫不经心地敲了敲玻璃桌面："三点半有个视频会议。"

意思是你抓紧点，别浪费时间。

容怀宴神色自若："当时你染头发，我可是等你到凌晨三点，现在还不到一小时，你就不耐烦了。"

"果然是塑料兄弟情。"

谢砚礼还真打算坐实了塑料兄弟，然而刚要起身，便听到容怀宴继续道："隔壁穆公子也文了人家太太的名字，还文在手臂上一大片，你确定真不文？"

站在他们身后的两个文身师，眼观鼻、鼻观心，也是万万没想到，原来宠妻大佬圈也内卷得如此厉害，都开始比谁文身面积大了吗？

哦，不对，现在还在比谁没有文老婆名字，谢砚礼听到他说穆星阑文了花臂，眼底终于掠过了抹动容。

容怀宴再接再厉，将穆星阑手臂上代表穆太太商从枝名字的枝蔓文身照片找出来给谢砚礼看："自己看。"

而后容怀宴便跟文身师说他亲自画好的文身图案文在什么位置。容怀宴早就想好了，容太太喜欢自己的腹肌，就把她的名字文在这里。

文身师看到容怀宴画的那文身图案，被惊艳到了。星芒图被容怀宴画得格外灵动逼真，仿佛放大后的星芒就应该是这样神秘繁复，仿佛能从这个星芒图中，看到容总对太太隐晦又浓烈的爱。

当文身师如此感叹时，容怀宴唇角上扬，从容道："已婚男士的自我修养罢了。"

随意扫了眼旁边没有已婚男士自我修养的谢某人："有些人，还有的学呢。"

谢某人拿出他的手机给秦梵发消息，随意拍了几张大厅内悬挂着的文身模特图发给秦梵。

秦梵大概在休息，秒回了几个问号。

她知道谢砚礼从来不会闲着没事发无效照片给她看，这几张照片唯一的共同点就是都有文身，看装修也是文身店。

秦梵的消息迅速过来："你不准文身！"

谢砚礼见她这么强烈反对，倒是有了兴致："哦，为什么？"

他身子轻倚在沙发里，清隽眉眼染上几分散漫慵懒。

宝贝仙女老婆："当然是不想让别的人碰你身体！"

"你是我的！谁都不准碰。"

谢砚礼没想到是这个原因，略一顿，回："文身师都是男性。"

宝贝仙女老婆："男性更不行了，反正你不能让别人碰，不然……不然……我以后也不碰你了。"

威胁虽然简单，但十分奏效。

谢砚礼："好，不文。"

等文身师拿着容怀宴的图案去研究时，容怀宴抽空走向谢砚礼："跟你太太聊天，笑得这么春意盎然。"

其实谢砚礼也只是唇角微微勾起罢了，但容怀宴也极少见他有这么明显的情绪起伏。

谢砚礼慢条斯理道："嗯，我太太对我的占有欲有点强，不喜外人碰我。"

被秀一脸的容怀宴："所以？"

谢砚礼："所以，不能文身。"

容某人自取其辱。

"这是给太太惊喜，你说出来算什么惊喜？"

"如果我跟我太太说在文身，她一定也舍不得让我文，会怕我疼。"

谢砚礼抬眸看他："你说。"

容怀宴骑虎难下。

说就说，于是乎，他拍下自己设计的那张星芒图发给容太太："把你名字文在我腹肌上。"

下一秒，容太太专属手机铃声响起："容怀宴，你美丽端庄优雅迷人的老婆大人来电话了！"

这个手机铃声惹得在场文身师齐刷刷看向容怀宴，就连谢砚礼都给他了一个眼神。

容怀宴边接电话边说："看什么，你备注的那什么宝贝仙女老婆我都没吐槽。"

电话接通，容太太嗓音悦耳动听，只是语调毫不客气："你在外面作什么妖，这么想文身，立马带着文身装备过来找我。"

容怀宴顿了顿："找你做什么？"

容太太一字一句："我给你文！"

容怀宴："你不会。"

容太太："我可以会，给你半小时。"说完便挂断了电话。

想到自己要文身的位置，容怀宴素来文雅从容的面庞带着凝重。

文身不可逆，自家太太要是手艺不行，那他……

谢砚礼打开手机某宝，迅速从药店下单几样东西，寄到容怀宴家里。

容怀宴看着他的操作："你网上购物？"

谢砚礼："买了些绷带药水给你，记得签收。"

说完，他将手机收起来，气定神闲地往外走去："不用谢，就当作今天你取悦我的酬谢。"

容太太怕容怀宴疼，舍不得他文身——本年度最佳笑话。

容怀宴没时间管他，转而看向文身师："你们这儿全套文身器材卖吗？"

文身师："啊？"第一次有客人来文身店买文身器材。

容怀宴："两倍价格。"

文身师更蒙了："啊？"

容怀宴看看时间，距离容太太说的半小时还有28分钟，他难得没耐心："十倍价格，半小时内送到景园，行不行？"

文身师终于反应过来了："行行行！"

不行也得行。遇到容总这样人帅钱多还大方的客人的机会太少了！必须把握住！

257

秦梵觉得不放心，谢砚礼第二周来剧组探班的时候，她把人从头到尾检查了一遍。

酒店大床上，秦梵兴致勃勃，假公济私地检查完后，表情严肃认真："幸好没被玷污，没有让我失望，不错。"

"有奖励吗？"谢砚礼抬了抬睫毛，似笑非笑望着她。

秦梵伸出两只手算了算时间："距离我下次生理期还有五天时间。"

看着懒洋洋靠在床头的男狐狸精，秦梵蓦地关灯："奖励你再巩固巩固。"

21

情之所钟，
无关风月

21

翌日，秦梵浑身发软躺在薄被里，谢砚礼站在床边，穿着黑色衬衣，端的是清冷淡漠的高岭之花。然而在看到秦梵后，面容刹那间浸上温润："醒了。"

秦梵抬了抬眼皮子："哼！"

随即裹着被子转了个身，用背影对着谢砚礼。

被她孩子气的动作逗笑，谢砚礼挽起衬衣袖子，露出一截劲瘦有力的手臂，弯腰连人带被子端起来，往浴室走去。

忽然被腾空，秦梵好不容易从被子里伸出小脑袋，看着谢砚礼脖颈处没有系紧的领口，一口咬上那若隐若现的锁骨，直到留下个牙印才消气。

秦梵假模假样地摸了摸那牙印："都怪你。"

谢砚礼："嗯，怪我。"

秦梵问："你做错了什么？"

谢砚礼沉默几秒，没想出自己做错了什么。

"你连自己错在哪里都不知道，敷衍我！"

"果然，网上说得没错，在一起久了，再深的爱情都会变成敷衍。"秦梵趴在他肩膀上，没什么力气，俨然一副本仙女被你这个坏男人伤透心的样子。

谢砚礼略一沉吟，他说："没敷衍。

"是因为你今天上午要拍戏，腿会酸。"

谁说敷衍是昨晚了！对上谢砚礼那双眼眸，秦梵捏了捏他的耳垂，长长叹了口气："对牛弹琴。"

到浴室后，秦梵立刻翻脸不认人，从谢砚礼怀里滑下，将被子丢给他："我要洗漱了。"理直气壮推他出去，"别看我，我会害羞。"

谢砚礼没看出谢太太害羞，倒是看出她恼羞成怒。他若有所思，难道是因为昨晚没纵容她？

想清楚后，谢砚礼敲了敲浴室门，缓缓道："小别胜新婚，今晚你想怎样就怎样好不好？"

秦梵一口漱口水差点喷到镜子上，他到底有没有羞耻心？

谢砚礼说话算话，在探班这几天，当真是任由秦梵为所欲为。

几天后，谢砚礼离开剧组，秦梵甚至想要放烟花欢送。为了宝宝，她真是牺牲太多。

秦梵看谢砚礼低调的豪车离开后，隔着包臀裙轻抚小腹："宝宝，你可一定要争气点呀。"

"一定要发芽哦。"

蒋蓉站在她旁边，听到了她嘀嘀咕咕的话，表情一言难尽："你就这么想生孩子？"

"早晚要生，生个宝宝让谢砚礼带孩子，他就没时间管我了。"秦梵越想越觉得生宝宝之后一定很快乐。

现在家里就他们两个，平时她吃个零食喝个奶茶都要被谢砚礼严格控制。

等有了宝宝之后，让他忙着管孩子，自然就没空管她了。

蒋蓉万万没想到，秦梵居然是抱着这种"险恶"心思！

蒋蓉垂眸看着她平坦的小腹，可怜的小宝贝，还没出生，就感受了一拨来自亲妈的人心险恶，这是什么人间疾苦。

不对……她都被秦梵带歪了，什么小宝贝，还没影子的事儿呢。

眼看着秦梵已经往剧组里走去，蒋蓉连忙追过去："你等等，下半年国内国外有三个含金量极高的电影节，除了国内这个确定入围之外，另外两个机会都很大，得提前开始准备造型，而且得跟徐导演对对时间。"

"知道啦！"秦梵摆摆手，眉眼怠懒，"我现在就去跟徐导说。"

蒋蓉这次来不光是为了秦梵入围最佳女主角的事情，还有一件，她继续道："你还记得去年拍摄的《我的独居生活》那档综艺节目吗，最后导演剪辑了一个完整版的。"

"就是谢总和谢夫人都出镜那个版本。"

蒋蓉不提秦梵都把这个忘了："怎么，导演还没发出去？"

她可是记得当时导演迫不及待的表情，这都快一年了，居然还能忍住没发。

蒋蓉解释道："后面你跟谢总CP粉太多，几乎要把你综艺上的那些细节扒出来了，导演觉得那个时候就算放出来，也激不起什么水花。"

"就决定等机会。"

谁知道一等就等到了新一季《我的独居生活》的宣传期。

秦梵恍然大悟："所以导演打算用那段完整版给他新一季的综艺造势？"

蒋蓉点头。

当然导演还打算邀请秦梵参加这一季，被蒋蓉拒绝了，同类型的综艺偶尔参加几次增加曝光度不要被观众粉丝遗忘即可，参加太多次，会起反效果。

更何况秦梵又不是综艺咖，她现在更需要的是好作品。

秦梵唇角勾了勾，随意道："告诉他，留一个常驻嘉宾名额、一个飞行嘉宾名额给我们工作室。"

蒋蓉倒吸一口凉气："狮子大开口啊。"

不过蒋蓉知道秦梵是为工作室新签的几个艺人要的资源，这部综艺对秦梵而言，食之无味，弃之可惜，但对于新人而言，简直就是天上掉馅饼。

"导演不会答应吧？"

总共四个常驻嘉宾名额，秦梵凭借一个完整版剪辑就想拿到……

秦梵云淡风轻道："他会答应的。

"你告诉他，我经常去工作室，如果不小心在镜头前露脸了，可以不用删。"

有这个吊着，导演肯定会答应！

秦梵是什么商务鬼才，天生就适合当老板吧。真不是一家人，不进一家门。

蒋蓉忍不住赞道："秦总，以后工作室谈资源这一块儿，就由你负责吧。

"这样下去，不出两年，咱们工作室绝对就会成为业界最大的娱乐公司。"

回到休息室后，秦梵吃了口小兔特意去买的蓝莓慕斯："我可没那么大的野心，我就想当个平平无奇的小仙女。"

蒋蓉面无表情把被她叉了一块缺口的蓝莓慕斯没收，并道："平平无奇的小仙女，你该减肥了。"

包臀裙格外显身材，当然，如果吃多的话，也很容易看到小肚子。

秦梵挺胸收腹，有点心虚："我又没胖！"

胖没胖不重要，重要的是半个月后，国内颁奖典礼开幕式，也是秦梵生理期推迟的第八天。

走红毯之前，秦梵叫来小兔，让她去买验孕棒，等自己晚上回酒店要用。小兔听到后，激动得差点让人以为她才是孩子亲生父亲。

"天哪！"

她的 CP 还有番外篇！之前虽然听秦梵说过要备孕，但小兔没有真实感，现在被派遣去买验孕棒，才有了真实感。

这是全网最神仙的 CP 了！小兔心脏怦怦直跳，眼睛不受控地往秦梵小腹看去，傻乎乎问："姐，你能感觉到神仙宝贝的到来吗？"

秦梵听着她傻乎乎的话："小兔，我以为月经推迟是疑似怀孕的征兆，是常识。"

小兔："是吗？"

"是哦！"

秦梵见小兔都这么傻，谢砚礼要是知道她怀孕了，会是什么样子的反应？忽然有点期待。

其实秦梵有八分确定自己揣上崽崽了,毕竟她月经真的很准,基本很少推迟,更何况是推迟这么长时间。

说话间,电影节开幕式负责人匆匆找来:"秦小姐,开幕式古典舞独舞演员彩排时脚崴了不能上场,我看过您的古典舞,惊为天人,能请您救个场吗?

"求求您了。"

走廊不知道什么时候挤满了人,不少都是与秦梵有过合作的圈内同行。

唯独花瑶从人群中站出来,扫过秦梵的手腕:"是啊,负责人都这么求秦姐姐了,秦姐姐不会不给电影节面子吧。"

秦梵淡淡望着她,没说话。自从上次剧组一别,自己离开鸣耀传媒之后,就再也没有跟花瑶见过面,却也偶尔听说,如今花瑶已经是鸣耀着重捧的一姐,资源倾斜得厉害。

她本人这段时间也接了不少综艺节目,靠那张清纯小白花脸吸粉无数,路人缘极好。

花瑶继续道:"差点忘了,秦姐姐这么多年没跳舞,怕不是骨头都僵硬了,大家都别为难秦姐姐了。"

秦梵听她的话,字字句句,绵里藏针,直指她跳不了舞。她倒也不着急,想看看花瑶到底还有什么把戏。

花瑶是想要把秦梵身上那为舞蹈而生的古典舞宝藏女神的称号撕下来,还要往地上狠狠踩两脚。

要知道,即便到了如今,秦梵粉丝四千多万,那些最忠心的还是当初追着她从古典舞到现在的,他们对秦梵始终有古典舞仙女的滤镜。

若是知道她跳不了舞……见秦梵清清冷冷不说话,花瑶眼底闪过得逞的笑。

白玉染瑕,那还值钱吗?答案当然是否定的。

从与秦梵同个公司开始,她便将秦梵视作最大的竞争对手,当她好不容易得到鸣耀传媒总裁的青睐拿到资源,即将超越秦梵时,秦梵摇身一变成了豪门太太,甚至不屑于待在鸣耀传媒,直接组建工作室,现在还签约了许多艺人,成了女Boss。

凭什么她们明明在同一条起跑线上,秦梵却一步一步跳级,听说这次电影节最佳女主角百分之九十是秦梵。

她要让秦梵在所有人面前丢脸!

花瑶:"秦姐姐出道之后,没跳过几次古典舞,看样子是救不了场了。"

花瑶话落,围观的众人都猜测秦梵是不是真的跳不了舞。

负责人也觉得有点尴尬:"是我为难秦老师了。很抱歉。"

秦梵旁若无人地整理了下裙摆,宝蓝色的长裙拖曳至地,上半身是精致又奢华的刺绣，花纹绚丽高调还缀着细碎钻石，露出一双纤细柔美的手臂。也只有秦梵才压得下这么多灯光下闪闪发光的金银重工刺绣。

她睫毛轻抬，好听的语调透着点漫不经心："你这么能说，不如上台讲个相声救场。"

花瑶被她的话噎住，听到四周忍笑的声音，脸顿时红一阵白一阵。

"我这是为你说话，姐姐是不是对我有什么误会？"

说着，眼泪一颗一颗顺着脸颊流下来，不知道的还以为秦梵欺负她了。

秦梵往后退了退："别想碰瓷我。

"你这么虎背熊腰又伶牙俐齿的，我可欺负不了你。"

花瑶连哭都停住了，去你的虎背熊腰！她不过是最近打玻尿酸打多了，脸有点发肿，完全没有胖好不好！

"噗……"

终于，大家没忍住，笑出声。池故渊也来了，他扬声道："花老师，要不你来救场吧，我看你说相声真的很行哦。"

就连负责人都把眼神移向花瑶，虽然电影节没有这样的开幕式，但出奇或许能制胜，谁能想到小白花脸花瑶会说单口相声呢。

倒是没人在意秦梵跳不跳舞这件事了，反倒是鼓励花瑶说相声。

小兔看着秦梵三言两语把自己择出去，收回了想要搬救兵的电话，眼睛亮晶晶地望着秦梵："姐，不愧是你！"

秦梵面对着花瑶那怨恨的小眼神，迤迤然从他们身边走过，顺便道："低调。"

池故渊也跟着秦梵一块儿离开："秦老师等等我。"

池故渊自从亲眼见到谢砚礼与秦梵的相处后，对她的称呼便从亲昵的"姐姐"变成了正儿八经的"秦老师"。

两人聊着工作离开，没错，秦梵现在工作室缺个顶梁柱，而她看好的就是池故渊。

无论演技还是颜值，池故渊都是新一代小生里面的佼佼者，前途不可限量，不趁着他还没起来的时候签下来，那什么时候签？

秦梵看着池故渊，唇角笑意未曾消失。

开幕式结束后，"秦梵拒绝跳古典舞救场，疑似基本功全失"的词条登上各大娱乐新闻头条。

大部分网友都知道秦梵过去是跳古典舞的，就算不知道，今天也被知情者发的古典舞视频给惊艳到了。

网友们纷纷留言——

"天哪,她就是为了古典舞而生的,太美了太绝了,不跳舞可惜了。"

"我本来还期待秦梵什么时候能回归古典舞界,没想到,她居然真的彻底放弃古典舞了,当仙女不是仙女,对不起,我这次真的想脱粉了。"

"当仙女不是仙女,呜呜呜,哭了。"

"真的是网上说的那样,多年不曾练习古典舞,所以基本功全都没了吗?"

"古典舞太需要练习了,长时间不练习,真的会跟初学者似的,突然救场这种事情,不适合长时间不练习的非职业选手,秦梵拒绝救场也挺正常的。"

"幸好花瑶救场,哈哈,没想到花瑶还会说相声,有点可爱。"

"花瑶真的好可爱好接地气,这才是我心中的人间小仙女,可可爱爱啊。"

"秦梵整天端着不食烟火的劲儿,还是花花小仙女更舒服。"

"以后小仙女这个称号给花瑶吧。"

"花花小仙女好萌。"

……

就在一众网友踩秦梵顺便捧花瑶时,在酒店的秦梵懒得管网上那些艳压的通稿,让蒋蓉也暂时别管,于她而言,都不疼不痒。有些人,捧得越高,摔得越惨,那才算是真正的教训不是吗?

秦梵身上的礼服都没有来得及换,便匆匆拿着小兔买来的验孕棒走进洗手间。

一回生,两回熟,现在秦梵用这玩意儿完全不会紧张了。

并排三支验孕棒,当杠杠出现时,秦梵呼吸都停滞了。

与上次不同,三支显示的全都是两道杠。

原本秦梵想象过得偿所愿时,自己会是什么样的激动情绪,但此时她却只有尘埃落定的平静。

就仿佛本该如此。

她与谢砚礼,本就该如此。

秦梵怔怔地看着那三支干净的验孕棒,直到外面传来小兔的敲门声:"姐,好了吗?你视频电话响了。"

"谁?"秦梵回过神来,下意识问。

小兔迟疑两秒:"好像是谢总。"

秦梵总是喜欢修改谢砚礼的备注名称,导致小兔每次看到奇奇怪怪的备注,就想是不是秦梵又给谢总换备注了。

她继续说:"上面显示'被总裁事业耽误的油画大师'。"

秦梵打开浴室门:"给我吧。"

确实是谢砚礼,自从那天晚上谢砚礼画了一幅新油画后,秦梵就给他改了这个备注，有调侃戏弄的意思。

小兔见秦梵没有把验孕棒拿出来，将手机递给她之后，便探头探脑想要往浴室里看。

秦梵没管她，拿着手机走向落地窗。

窗外夜色弥漫，灯光衬得秦梵原本浓丽明艳的眉眼格外温柔："想我了？"

屏幕中出现男人依旧俊美的面容，对秦梵直白的问题，报以同样直白的回答："想。"

秦梵在谢砚礼看不到的地方，轻抚着平坦的小腹："明天你会看我颁奖典礼的直播吗？"

谢砚礼回了声："看。"

"今晚被欺负了？"

"欺负，就凭她？"秦梵知道他说的是花瑶，补了句，"这事儿我自己能解决。"

谢砚礼知道，秦梵从来都不是依靠他的金丝雀，金丝笼亦从来都留不住璨璨骄阳。

秦梵不想跟谢砚礼提那无关紧要的人，更怕自己不小心说漏怀孕的事情，就不惊喜了，速战速决："要没事那我挂了，累啦。"

忽然，谢砚礼听到了小兔的尖叫声。

小兔："啊！姐，你……"

下一秒便被秦梵截住："挂了挂了，记得明天一定要看我直播！"

远在昆城的谢砚礼看着黑掉的屏幕，无奈地揉了揉眉梢，小浑蛋，一点都不想他。

车厢内，温秘书在太太与 Boss 视频时，努力欺骗自己——此时他是个聋子。直到谢砚礼电话挂断他才道："谢总，青烟大师家快要到了。"

青烟是传奇级别的旗袍大师，不过早年由于各种原因，导致身体不济，移居昆城某个古镇养老，镇上四季如春，恍若世外桃源，确实很适合养老休养。

只是青烟大师早就宣布不再亲手制作旗袍，二十年前以凤尾刺绣旗袍结束了她的传奇生涯，如今这身旗袍还在博物馆里放着。

温秘书想到自家谢总调查了很久，才得知青烟大师如今在昆城养老，正打算请这位出马为太太亲手制作一身旗袍，当生日礼物。

不得不说，谢总对太太真的太走心了。温秘书单纯极了，完全不知谢砚礼送秦梵旗袍的最终心思。

第三幅他亲手画的油画，普通旗袍怎么配得上他的谢太太呢，也唯独青烟大师的那套凤尾旗袍才配得上。

谢砚礼知晓秦梵想收藏青烟大师的旗袍很久了，他看着车窗映照出自己的面容,语调淡淡:"你在外面等着,我自己进去。"

温秘书:"是。"

翌日下午,秦梵没有穿高跟鞋,而是踩着双平底小白鞋入场。偏偏她腿长腰细,剪裁简洁的白色抹胸小礼服裙,透着青春气息。与昨晚开幕式风情万种的大美人完全两种风格,却同样美得让人移不开眼睛。

跟秦梵撞衫,同样穿着白色花苞礼服裙的花瑶忍不住磨牙。她得到消息,秦梵今天不是打算穿黑色修身长裙吗,怎么会穿白色,故意的吧。

秦梵对她视若无睹,安安静静等着颁奖典礼开始。

颁奖典礼采取的是现场直播的新形式,大概是秦梵那张脸过分美丽,导演很喜欢切她的特写镜头。

谢砚礼还未从昆城回去,昨日青烟大师拒绝了他。此时他正在酒店内边处理公事,边让温秘书找到直播。答应谢太太的,自然要做到。

温秘书念弹幕:

"啊啊啊,穿白色礼服裙的仙女是谁呀,美绝了!"

"那是我们的秦梵仙女,第一次见结了婚的女明星没被婚姻搞垮颜值。"

"仙女仙女,仙女姐姐那双腿,好想……"

温秘书不敢念,在触及谢总的眼神后,继续往下。

谢砚礼只在温秘书提醒切换到太太镜头时,才看一眼,剩下的时间都用来处理工作。

直到温秘书略显激动的声音响起:"最佳女主角开始了,谢总!"

谢砚礼这才慢条斯理地抬起眼眸。入目便是秦梵特写镜头,那么近的镜头,她的皮肤依旧白得毫无瑕疵。

只有谢砚礼最清楚,她的皮肤多么嫩,轻轻一碰,就会有个红印子。

果然最佳女主角是秦梵,又一个奖杯被她收入囊中。

见谢总看老婆获奖都能这么淡定从容,温秘书激动劲儿消散几分,他得学习谢总,泰山崩于前而色不变。

嗯,他需要学的东西还多着呢。

谢砚礼正在思索:"天鹭湾少了个房间,少了放置秦梵奖杯的房间,以后她会有越来越多的奖杯。"

就在这时,谢砚礼看到秦梵捧起奖杯,发表获奖感言。她先感谢了一番,而后顿了一秒。

镜头中，秦梵红唇牵起好看的弧度："最后要感谢的是我先生。
"谢先生，我们的预感成真了。"

颁奖典礼刚结束，秦梵披着羊绒披肩靠坐在车椅上，正在玩手机。她颁奖典礼最后一句话，让全网沉浸在猜测之中。

网友们脑洞各异——

"预感成真？是预感会拿最佳女主角吗？"
"是这样吗，那未免太不谦虚了！"
"如果真是预感得最佳女主角，确实有点狂妄，毕竟同时入围的其他女演员都是实力派呢。"
"仙女不是那种狂妄性子好不好，我们仙女非常谦虚，对前辈演员也很敬重，大家不要乱猜测。"
"不会结合上下文吗？前面仙女说感谢佛子，后面说他们预感成真，这是小情侣之间的私房话吧！说白了就是秀恩爱啊！为什么会拆解成预感拿最佳女主角！"
"有人趁机浑水摸鱼呗，就仙女那含情脉脉的眼神，不是秀恩爱我倒立吃十箱辣条。"
"谁家高调炫耀拿最佳女主角是这样的眼神？"
"等等，我有个大胆猜测！你们不觉得这是闪耀着母性光辉的眼神吗？"
"噗……楼上不会要猜仙女怀孕了吧，开什么玩笑！"
"就仙女那双含情桃花眼，你们是从哪里看出母性光辉的？"
"从平底小白鞋？哪家女明星走红毯穿平底鞋？怕不是真的怀孕了。"
"有瞎猜测的工夫，不如恭喜仙女再次斩获最佳女主角奖项。"
"恭喜秦演员！"
"恭喜恭喜！"

网上怀疑秦梵怀孕的言论不是很多，很快就被粉丝们压下去了，大家把重点放在秦梵获得最佳女主角上。

秦梵刷了一会儿评论，轻啧了声："难道我不够明显吗？"

还有谢砚礼，现在都没给她来个信儿，是没看她直播？昨晚果然是敷衍她的。

嘀，男人！

小兔自然知道秦梵的言外之意，连忙将手机递过去："姐，你看粉丝群！"

微博上粉丝们齐心协力将那些猜测秦梵怀孕的言论压下去，但粉丝群里，大家却议论纷纷：

268

"虽然但是，仙女是真的揣崽吧？"

"以我对梵仙女的了解，是真的……"

"走路都小心翼翼，平时她走红毯画风可不是这样的，恨不得跑红毯！"

"没错，尤其是上下台阶时，她还下意识护住小腹。"

"穿着平底鞋走路都比穿10cm左右的细高跟鞋小心谨慎……"

"怎么办，我心情好复杂。"

"就感觉……精心养护的白玉白菜被拱了……但拱她的是高岭之花又好像没那么难以承受。"

"何止是完美姐夫，简直就是神仙姐夫，不用操心崽崽智商跟颜值，呜呜呜，我们一定要保护好仙女姐姐！"

"没错，守护最好的秦仙女！"

……

秦梵看完之后，睫毛轻颤了几下，感动到她了。原来不是反应迟钝，而是为了保护她。

小兔补充道："大概是三个月不能说的传统习俗，但粉丝们对宝宝珍而重之才会这样吧。"

不然都是新时代年轻人，怎么还会在意这个？

因为重视，所以不允许出现一丁点儿意外。

除了秦梵粉丝，"人间妄想夫妻"的CP粉们也私下达成共识，就是帮秦梵隐瞒住这三个月关键时期！

等秦梵想要公开再公开——她现在肯定是不想公开的，不然怎么会在颁奖典礼上说得似是而非。

大家默认秦梵暂时不想公开，但又不愿意欺骗粉丝们。

天知道，她只是害羞而已！总不能摸着肚子当场宣布："我怀孕了！谢先生，你要当爸爸了。"

太羞耻了，所以才会隐晦点，谁知道粉丝们猜对了她话中的意思，却曲解了她的心思。

算了，总归他们高兴就好。

更重要的是谢某人！居然还没有给她来电话，秦梵直接一个电话打过去。

而此时，远在昆城机场，温秘书左右为难："谢总，青烟大师要见您一面，详谈旗袍之事，您确定就这么走了？"

毕竟耗费了不少人力物力才打听到青烟行踪，现在大师终于松口，谢总却要走人。

他斟酌道:"太太精力十足,身体健康得很。"

所以根本不需要大老远跑回去看一眼再回来啊,谢砚礼看着手机屏幕,定格在秦梵的微信页面,正在思考要说什么。

乍然听到温秘书的话,他清隽眉心微微皱起,语调很淡:"她不需要我,但我需要她。"

嘶……温秘书有被自家Boss秀到。

更震惊的是下一刻,谢砚礼掌心的手机振动不停。

温秘书清晰地看到他们家向来神色自若的谢总表情僵住,甚至隐约透着几分无所适从。

无所适从!这种表情居然出现在他们谢总脸上!

说好的泰山崩于前而色不变呢,现在居然害怕接老婆电话,他一定要把这个时刻载入谢氏集团总裁怕老婆史册。

就在温秘书腹诽时,谢砚礼已经接通了电话,嗓音微微有点哑:"璨璨……"

秦梵语速极快,怀孕并没有影响她的逻辑:"直播看了吗?为什么不给我打电话?对此你有什么感想?

"给你一分钟时间陈述,不然以后你非但没老婆,还没宝宝了!"

秦梵说完后,对面沉默许久。

一秒,两秒,十秒……

就在秦梵心快要凉掉时,忽然耳边传来男人低低的声音:"璨璨,我很紧张。"

秦梵陡然一怔:"你说什么?"

是她听错了吗?谢砚礼很有耐心地重复:"我很紧张。"

旁边温秘书酸得搓手臂:太太应该会被感动到吧,毕竟谢总这样子,可不多见。

哦,应该是从未见过。

然而谢太太也不按常理出牌,谢太太顿了会儿,幽幽道:"造宝宝的时候没见你紧张过,现在装什么。

"还是说,宝宝比我更重要?

"毕竟你跟我告白、跟我结婚的时候都很淡定。"

谢砚礼想都不想:"你最重要。

"谁都没有你重要。"

秦梵揪着不放:"那你不紧张我,更紧张宝宝!"

谢砚礼揉了揉眉梢,那一丁点儿紧张情绪被谢太太闹得消散不少:"身体有没有不舒服,我让周秘书接你到医院检查。"

"别岔开话题。"秦梵气哼哼,"亏我今天还公开跟你表白呢,少女心错付了!"

谢砚礼难得脑子一片空白。

秦梵红唇嘟起，嘟囔道："你还不快点哄哄我？"

谢砚礼不假思索说出秦梵平日里喜欢的东西："想要什么礼物……"

"我是那种用这些物质的东西就能哄好的女人吗？"秦梵哽了一秒，"我是仙女！仙女从来都不做选择！"

谢砚礼终于从薄唇溢出一抹轻笑，笑得秦梵脸蛋有点发烫，刚想问他笑什么，却听到他那边传来机场航班的广播。

秦梵立刻反应过来："你……"

谢砚礼敛住笑，温声道："乖乖等我。"

车厢内，小兔眼睁睁看着秦梵表情的变化，从打电话兴师问罪到满脸愉悦。

"姐，谢总说什么了，把你哄得眉开眼笑？"

"既然知道是哄，当然不能说给你听。"秦梵眼眸弯弯。

回酒店洗漱后，秦梵躺在床上，脑海中还忍不住回忆谢砚礼的话，原来他也会紧张。

秦梵掌心盖在平坦的小腹上，在心中道："宝宝，爸爸妈妈都期待你的到来。"

所以，一定要健健康康地长大。

明年的这个时候，他们就是一家三口了！

凌晨四点，谢砚礼踏着夜色而来。

飞了三小时，来回坐车三小时，合起来一共六个多小时，谢砚礼却毫无睡意。

小兔早早地等在门口，替谢砚礼刷开秦梵的房门。

小兔："谢总，梵梵姐这两天嗜睡，可能会晚点起。"

谢砚礼淡淡回了声："麻烦你了，谢谢。"

"不客气！是我应该做的。"小兔眼睛发亮，望着谢砚礼身影消失在秦梵房间内。

没忍住跺脚，啊！谢佛子跟她道谢了！她能吹一年！

温秘书站在原地。

太太的这位助理，有点活泼。

房间内只留了盏小夜灯，灯光暗淡昏黄，隐约能看到大床上那一抹纤细身影。谢砚礼缓缓走近床边，中途顿了顿，这才继续。他站在床边，略垂眸便能看到秦梵睡得香甜的面容。

不知道看了多久，秦梵温软的红唇突然轻启，像是有感应，从被子里伸出一双雪白的手臂："嗯，要抱。"

谢砚礼身体比脑子还要快，俯身想要顺势将她抱住。可看到她身上干净单薄的真丝睡裙时，戛然停住，转而将身上满是尘土的西装脱掉。

床上的她因为没有抱到，开始撇嘴，睡觉都不安分："要抱抱，要抱抱。"

谢砚礼穿着里面干净的衬衣，这才将人揽入怀中："再睡一会儿，我去洗个澡再抱你，好不好？"

秦梵已经有点清醒了，她知道谢砚礼今晚会过来，半闭着眼睛："这么晚了，先睡一会儿，我不嫌弃你。"

谢砚礼掌心不知何时已经碰到她的小腹，半抱着她，说话时秦梵能清晰感受到他胸腔震动。他掌心轻抚她的小腹："它会嫌弃。"

秦梵半睡半醒也不忘记争风吃醋，霸道地搂紧了他："那你得听我的！不准走！"

"好，睡吧，我不走。"谢砚礼半靠在床头，重新把秦梵哄睡后，这才去浴室洗澡。

次日清晨，阳光从窗帘半掩的落地窗倾泻而入。秦梵难得起得比谢砚礼早，就趴在床边，好整以暇地看着他的睡颜。

秦梵发现，睡着的谢砚礼好像更有少年气了。尤其是细碎蓬松的银蓝发丝略长了些，微微挡住白皙额头，即便是没有睁开眼睛，依旧能看出他俊美清隽的面容轮廓，让人移不开眼睛。

秦梵难得这么安静，伸手想要触碰他的面容，又怕吵醒他，指尖悬空顿住。想着如果宝宝以后长成爸爸这样，无论是男孩还是女孩，一定都很好看。

忽然，她手指被握住。秦梵这才发现，谢砚礼不知道什么时候已经睁开了眼睛。

谢砚礼握着她的手，从床上坐起来，顺势把趴在床边的准妈妈重新抱回床上："怎么醒得这么早？"

秦梵从趴在床边变成了趴在谢砚礼肩膀上："是你醒得太晚了！"

她故意逗他："身为爸爸，你居然睡懒觉，没给宝宝做好榜样。"

本以为谢砚礼会解释是他昨晚回来太迟，没想到他把玩着她的指尖，一并盖住她平坦温软的腹部："嗯，今天是爸爸做得不对。"

秦梵听到谢砚礼近乎宠溺的温柔嗓音，就很酸！这还没生呢，谢砚礼就对宝宝这么好，要是生出来，他心里更没自己的位置了。又酸，又觉得谢砚礼会是个好爸爸。

秦梵心情复杂地抱住谢砚礼的脖颈，蹭蹭他的脸颊，咕哝了句。

她声音很小，谢砚礼注意力分散，没听清楚："什么？"

秦梵终于没忍住，捏着他的耳朵，扬高了声音："我说，我吃醋了！"

声音格外大，谢砚礼没忍住，长指轻按了一下被谢太太这嗓门儿弄得发麻的耳朵，恰好按在了秦梵指尖。

手指被秦梵拽住，而后她亲自帮他揉耳朵："现在听清楚了吧。"

足足把谢砚礼白皙的耳朵揉得发红才松手，谢砚礼顿了顿："听到了。"

感觉到他的迟疑，秦梵怀疑道："你听到什么了？"他们怕不是又不在同一个脑回路上。

谢砚礼习惯性地抱着她往浴室走去，边走边道："听到仙女妈妈跟还没出生的小朋友吃醋。"

秦梵揉乱他银蓝色的短发："那你还抱我干吗，去抱你的小朋友吧。"

谢砚礼很轻松地往上颠了颠："这不是正在抱着吗？"

秦梵突然腾空，又突然落回男人怀里。

又好气，又开心。

忍不住唾弃自己，这么快就被哄好了，一点都不高贵冷艳。

因为怀孕，谢砚礼是打算让她休息的。秦梵想着，自己差半个月就可以杀青，要是她现在中途不干了，耽误的是整个剧组以及所有工作人员。

最后谢砚礼让步，亲自带她去医院检查，确定拍戏强度不大，不会有问题，这才放她走。

他自然这半个月全程陪组。

谢砚礼陪着太太拍戏这件事不是秘密，如今"人间妄想夫妻"超话的粉丝们粮多得嗑不完，他们幻想着未来一定也是这样。

然而没想到，他们的快乐只持续到秦梵这部戏拍完，这对夫妻像是销声匿迹了般。别说秀恩爱了，就连露面都没有！

甚至秦梵后续入围的奖项，都是导演代领的，本人并未露面。而被网友粉丝们念叨的秦梵，正懒洋洋地躺在阳台的贵妃椅上晒太阳。

坐在她旁边的是姜漾，姜大小姐难得矮下姿态，亲自剥了葡萄喂如今最大牌的孕妇。

秦梵怀孕已经四个多月，穿着柔软贴身的针织长裙，小腹微微凸起一点点弧度，倒是有点孕妇的样子。

姜漾见秦梵这么悠闲，把原本递到她唇边的葡萄转了个弯，自己吃了："你一点都不担心，网上现在都把那谁当成你的平替仙女了！"

秦梵抬了抬睫毛："平替？"

言外之意很明显，那人也配！

"哦，不对，不是平替，顶多算是低配。"姜漾轻喷了声，"即便是低配，也很烦人，现在人家走个红毯、参加个访谈、做个综艺，所有通稿都踩着你立小仙女人设。"

自从上次颁奖典礼，秦梵没有答应跳古典舞救场，花瑶反倒逆人设讲单口相声尝到了甜头，踩着秦梵"不食人间烟火的仙女"开始立"接地气的小仙女"人设，拿到了不少资源。甚至有之前被秦梵拒绝的剧本，也去找了花瑶。

不得不说，秦梵这一休假，全部便宜了花瑶。

姜漾见不得他们家梵梵仙女被这么一朵小白莲吸血，念着网上的留言，评论道："听听，你许久不出山，她发通稿的胆子越来越大，竟然开始说你长相过分妖娆，不如她清纯美貌，居然还说你五官浓艳，显得老气！"

老气个鬼，他们家梵梵仙女永远年轻貌美。

"啧，就这张寡淡的脸蛋，到底哪来的胆子跟你比美？仗着你最近不出声，还以为你怕了呢。"

姜漾看她："等等，你不会真怕了吧？"

秦梵自己探身拈了一颗葡萄，纤细粉润的手指慢悠悠地剥开："我最近没有什么曝光，她曝光多，次次带我，刚好帮我增加曝光度。"

姜漾不爽："她踩你！"

秦梵将葡萄塞到姜漾嘴里，擦干净指尖后，抽出她手里的平板电脑。

"捧得越高，摔得越惨。"

不过，想到最近花瑶接了不少剧本、广告，如今还没有开始拍摄，时间差不多了。

要是等这些都开始拍摄再实行，这些资源背后的工作人员可就损失惨重。哎呀，怀孕之后，她可真是越来越善良了。

肚子里一定也是个善良的小宝贝，绝对是可爱的女孩子吧。

姜漾边嚼着嘴里的葡萄，边看秦梵跟蒋蓉发语音。

秦梵第一句话就是："蒋姐，我想开个直播。"

蒋蓉没反应过来："开什么直播？"

秦梵摸了摸自己怀孕之后越发精致明艳的脸蛋："我长这么好看，不直播才浪费吧。"

蒋蓉觉得无语，却也觉得她说得还挺对。

"最近网上对我的美貌质疑声比较多。"

蒋蓉知道的比姜漾多："这还不是你自己作的？"

非要跟只猫儿似的，把猎物玩得尽兴了才给致命一击。

秦梵被她撑了句，然后道："蒋姐你不是人，居然欺负可怜的孕妇。"

蒋蓉头疼，立刻开口："我这就去为仙女孕妇准备直播，最迟晚上。"

"晚上好，吃瓜网友多。"秦梵捏着自个儿还没有怎么圆润的尖尖小下巴，若有所思，"许久没露面，要是没几个观众观看我的直播，岂不是很尴尬？"

蒋蓉撂下最后一句:"秦姓女明星,你对自己的热度一无所知。"

等挂断电话后,秦梵看向姜漾:"今晚解决,别气了。

"倒是你,最近跟裴总怎么样了?

"听谢砚礼说,裴总正在准备第八十八次求婚。"

如果是正常女孩子听到男朋友准备求婚,大概会惊喜感动,然而姜漾已经要麻木了。裴景卿隔三岔五跟她求婚一次,她已经感动不起来了。

姜漾随意摆摆手,就很冷静:"等他求到第八百八十八次我再考虑吧。"

八百八十八次求婚,秦梵觉得自己亏大了。谢砚礼一次正儿八经的求婚都没有,人家裴总八百八十八次才抱得美人归。

就很气,仙女孕妇的小脾气来得就很快,并且持续到了晚上直播。

刚好综艺《我的独居生活》今天开播,导演早在前几天,就将她上一季参加的完整版剪辑出来,如今微博上还挂着她的词条。

秦梵今天直播,用蒋蓉的话来说就是物尽其用,帮工作室参加这个节目的艺人宣传一拨。

不少工作室员工第一次来天鹭湾,都被惊呆了,帮秦梵弄好直播设备,还有些恍恍惚惚,怀疑自己是在做梦。

秦梵现在满脑子都是谢砚礼没跟她求婚,亏了亏了!

小兔的话拉回她的思绪:"姐,要化个妆吗?"

从在家咸鱼躺养胎开始,秦梵就没怎么化过妆,一则是懒,二则是每次她化完唇妆,只要被谢砚礼看到,他就会把她好不容易化得精致的唇妆吃掉。

还美其名曰:你不是说这是可以吃的化妆品,对身体无害,那我吃吃看。

秦梵怕谢砚礼吃多了口红中毒,就很少化妆。倒是蒋蓉,目光落在秦梵那张孕期越发漂亮的脸蛋上:"化什么妆,到时候怀孕曝光后,又会有一群网友批评秦梵孕期化妆,只顾着自己美,不顾肚子里的宝宝,是一个冷血无情的妈妈,果然越美的女人越恶毒。"

不愧是蒋姐,真一针见血。

蒋蓉补充了句:"再说,你不化妆就够美了,给其他女明星留点活路吧。"

这话秦梵爱听,眼眸溢出笑意,嘴上却说:"低调点。"

众所周知的事情没必要拿出来讲。

秦梵终于笑了。哄得这位揣着小祖宗的祖宗眉开眼笑,蒋蓉立刻招呼工作人员:"开始直播!"

秦梵红唇弯弯,钻进所有进入直播间的观众的心尖尖上——

"啊啊啊,梵仙女颜值真的好能打,撑脸镜头连毛孔都看不到!"

"仙女姐姐颜值好高！"
"好久不见，姐姐真的越来越美了。"
"佛子呢？"
"啊啊啊，想看现场版仙女与佛子日常。"
"我也想看，求求佛子入镜吧。"

秦梵看到弹幕纷纷求谢砚礼入镜，轻抿了口温水，才道："谢总不在，忙着在外面赚钱养家呢。"

弹幕继续：

"谢总，好甜好甜！"
"我居然从这么正儿八经的称呼里听出了满分甜意。"
"换个称呼！更甜的！"

秦梵拒绝："不要。"

"仙女撒娇，嘤嘤嘤，爱了！"
"之前还有营销号怀疑你退圈了，姐姐，你不会真的要退圈了吧？"
"只有我觉得仙女脸圆润了点吗？当然，更美了！之前有点清瘦！现在美得刚刚好！"
"这颜值，某些最近乱跳的人算什么仙女，在顶级颜值面前，那些都是清粥小菜。"
"清粥小菜如何与饕餮盛宴相比。"
"这比喻，有画面感了，不过用萤火与皓月更贴切吧。"
……

秦梵见他们终于提到花瑶，睫毛轻颤，似是迷茫："嗯，清粥小菜是什么？
"偶尔吃吃清粥小菜对身体好。"
弹幕：

"吃多了容易营养不良。"
"哈哈哈哈，前面会说就多说点。"
"别过分解读我们仙女的话，别提无关紧要的路人，欣赏仙女颜值不香吗？对了，姐姐直播多久，我们能等到赚钱养家的谢佛子回家吗？"

276

"啊啊啊！想等佛子露面再下播。"

只是他们没等到谢佛子露面，倒是等到了吃瓜。

就在秦梵跟粉丝们闲聊，顺便帮忙宣传自家艺人的节目时，忽然出现几条弹幕：

"啊啊啊，微博曝惊天大瓜，姐妹们快去吃呀！"

"哈哈哈，接地气小仙女的粉丝们别忙着踩我们家神仙姐姐了，快去救人呀。"

"让你接地气，没让你接地府啊，这么快就凉透也是万万没想到。"

"确实挺接地气，天天暗示梵梵仙女靠男人，原来花仙女才是真的靠男人哦，靠的还是老男人。"

"梵梵靠的是自己的实力与演技，某人那大腹便便的中年已婚富商真是辣眼睛。"

秦梵知道粉丝们说的是什么，桃花眸却闪过无辜："你们在说什么？

"什么惊天大瓜，来个美丽的课代表讲解一下。"

说着，秦梵转身对站在门口的管家道："帮我准备一份吃瓜零食套餐，饮品要加了冰沙的芝芝多肉葡萄。"

未免管家听谢砚礼的，一点都不给她加冰沙，秦梵比画了一根小手指："就加一点点。"

大概孕妇容易体热，秦梵最近很爱喝冰的，不过谢砚礼控制得很严格。

管家微笑颔首："好，您稍等。"

秦梵放心了，重新将视线放回镜头前，却见弹幕已经七嘴八舌将网上的事情说清楚了。

虽然秦梵早就知道发生了什么，但小兔还是假模假样地给她塞了个手机看微博热搜。

第一位就是"花瑶小三当街被鸣耀总裁夫人扇巴掌"。

这简单粗暴的词条，就算不用看，也知道发生了什么。

没错，蒋蓉把花瑶给鸣耀总裁当小三的消息，"好心"送给了鸣耀总裁那位被蒙在鼓里的夫人。

他们早就调查到，这位夫人脾性暴躁，眼里容不得沙子，只不过被丈夫瞒得深，并不知道人家吃了窝边草艺人。

想到这段时间丈夫为了捧花瑶花的钱、给的资源如流水，自然忍不了，直接根据蒋蓉让人给的消息,亲自在公司门口捉奸,并且抓了个正着。

娱乐公司门口一般都会蹲守着媒体,过程自然被完整拍下来。

秦梵一边吃瓜,一边吃厨房特意为她制作的孕期小零食,喝一口微凉的芝芝葡萄,咬着果肉,快乐赛神仙。

这才是吃瓜该有的样子,让围观秦梵吃吃喝喝的观众都眼馋了。

弹幕从大家一起吃瓜很快变成了——

"看仙女吃吃喝喝,我反手点了个外卖……"
"秦仙女很适合当吃播,我已经被她种草了芝芝葡萄。"
"啊啊啊,口水流下来。"
"种草,哈哈……"
"等等,只有我种草仙女耳朵上的那对耳环吗?"
"妈呀,确实好看!前面姐妹慧眼。"
"我反手就打开了购物App。"

秦梵今天没有戴太多首饰,只是戴了之前"缘起"珠宝设计师与她一同商量设计出来的形状是小礼物盒的耳环,代表了谢砚礼的"礼"。

秦梵伸出素白的指尖,轻轻拨弄了两下,两条白色钻石流苏垂下,在她耳边悠悠晃荡,灯光下,煞是好看。

她眼眸带笑:"这是独一无二的。"

"啊啊啊啊啊,独一无二,这笑美绝了!"
"是佛子送的定情信物吗?"
"姐妹们,你们忘了那个'谢'字耳环、小砚台耳环了吗?现在是小礼盒耳环,你们品,你们细品。"
"不用品了,仙女已经把'谢砚礼'三个字写在眼睛里了!"
"谁说仙女不爱佛子的,出来!"
……

秦梵见他们终于发现她的这对耳环的含义,很是愉悦。蒋蓉默默望着:"原来如此,她今天戴这对耳环,就是为了炫耀吧。"

低头看看热搜,有秦梵亲自宣传,如今公司重点捧的那位艺人也登上了热搜,她深吸一口气:算了算了,目的达到,就不管她炫不炫了。总归那些粉丝观众对她有滤镜,完全看不出她的小心思。

时间很快到了九点半，秦梵自从怀孕后，这个点基本就要上床了，眼角眉梢都透着点困顿。

然而观众吃完瓜之后又转回秦梵直播间，齐心协力要蹲到谢佛子露面，不然不准秦梵下播。

秦梵捂着小嘴，打了一个又一个的呵欠，桃花眼都迷蒙了。

"我好困呀。"

弹幕刷得飞快：

"仙女打呵欠都是美美的。"
"人美心善的小仙女一定能满足我们小小的愿望。"
"我们想看到和谢佛子的互动日常。"
……

秦梵又打了个呵欠，懒洋洋道："要是他回来看到我还没睡，一定要念叨我。
"就是这种日常，没什么可看的。"

"哇哇哇，训妻！好刺激，我爱看。"
"这也太好看了吧，仙女别挂，我能再看三天三夜！"
"要不你开着直播，去睡觉？"
"其实看你们睡觉我们也可以……"
"前面是对的！"
"谢佛子快点来训妻啊！这是我们能看的吗？但好想看！"

秦梵看弹幕越来越往深夜话题方向发展："等等，你们想什么呢，我们就是纯洁的夫妻关系。"

弹幕：

"'夫妻'这个词就代表了不纯洁！"
"展开说说，是怎么纯洁的？"

秦梵语调一本正经："纯洁到可以拜把子当好兄弟那种夫妻关系。"
围观的工作人员强忍住笑。
不愧是他们公司的祖宗！真敢说！
原本弹幕都是哈哈哈哈哈，各种笑声很有画面感。

直到一行红色的大字浮现在屏幕中央：

"别笑了，仙女看后面。"

秦梵看到后，纤细的肩膀僵了僵，有种不妙的感觉，想到自己刚才说的话，不太敢转身，下意识看向弹幕——

"门口那是谢佛子吧！"
"腿好长，跪倒在佛子西裤下。"
"呜呜呜，仙女姐姐请允许我出轨一秒，你老公那双腿真的太帅了！"
"你们看梵仙女的表情，她怕了怕了怕了。"
"这家庭地位一目了然笑死。"

秦梵嘴硬："家庭地位怎么了，我们家我说了算！"
她扭头看向已经朝这边走来的谢砚礼："我们家谁说了算？你告诉大家。"
谢砚礼没着急兴师问罪，对上她那跟自己使眼色的小眼神，压下唇角笑意，徐徐道："自然是谢太太说了算。"
秦梵放心了，重新面对镜头："感受到我说一不二至高无上的家庭地位了吗？"
弹幕：

"感受到了感受到了，谢佛子宠妻如命。"
"甜死了，有仙女这样会撒娇的小娇妻，佛子还不是什么都由着。"
"说一不二没看到，至高无上倒是看到了。"
"要看佛子，要看要看！"

谢砚礼走到秦梵身后，因为身高的缘故，并未露出面容，微微俯身时，只能看到他线条优美的下颌轮廓。
谢砚礼早知她在直播，余光扫了眼时间。
九点四十五分。
他嗓音微低："还不睡？"
秦梵听得出耳边那危险的语气，皮都绷紧了，炫也炫了，地位也证明了："要睡了，我好困。"
而后对着镜头道："太晚了，大家晚安。"
"下播了哦，我们家谢先生不能给你们看。"

看着一群人刷——为什么？

秦梵在关掉直播之前，坏笑着撂下一句："当然是因为舍不得给你们看呀！"

关掉直播那一刻，秦梵没看到观众弹幕都炸开了——

"仙女良心不会痛吗！"

"仙女没有良心吧。"

"小醋精！"

"醋精！"

"啊！差一点点我们就看到谢佛子了！"

对于大家事后是什么反应，秦梵就不感兴趣了。因为她刚关掉直播，便被谢砚礼拦腰抱了起来。

室内其他人眼观鼻，鼻观心，当作没看到，收拾直播器材。

秦梵被抱回卧室时，便感觉不太对劲，尤其是谢砚礼直接将她抵在柔软的大床上，天旋地转。秦梵只下意识拽住谢砚礼的衬衣领口："我要洗澡！"

谢砚礼注意没有碰到她鼓起的腹部，掌心撑在她脸侧，微微俯身时，秦梵能嗅到他身上浅浅的清冽淡香，香气萦绕在呼吸之间，莫名暧昧。

略偏头，便能看到男人手腕上那串淡青色佛珠，与此时的气氛格格不入。

谢砚礼慢条斯理地直起身子，将手腕上的佛珠取下来搁在床头，又开始解袖扣……

他嗓音平静："不急，现在洗了等会儿还要再洗一遍。"

秦梵不是傻子，能反应过来这话什么意思。

她立刻捂住肚子里的王牌："我我我……有宝宝，你别乱来！"

自从查出怀孕后，谢砚礼为了她的身体着想，每晚都忍着。谢砚礼没着急，只是将西装与衬衣一一除掉。

谢砚礼悠悠一笑，反握住她的手指："纯洁到可以拜把子当好兄弟那种夫妻关系？"

他果然听到了！

仙女危险！

谢砚礼与她十指相扣，重新将她抵在床单上："好兄弟用这个？"

秦梵乌黑发丝下，耳朵都红得像是滴血。

她恼羞成怒："你到底用不用？"

她以为这样威胁，谢砚礼懂事点就顺水推舟，万万没想到——

谢砚礼却答了句："不用。"

男人薄唇含着低低笑音，话语在耳边响起："璨璨，四个多月了，已经坐稳了胎。"

……

自从这次之后，两人便一发不可收拾。当然，一发不可收拾的不是谢砚礼，而是秦梵。

月份越大，秦梵越黏人，最后谢砚礼去公司，都要带着谢太太。

秦梵怀孕的消息，也没瞒着，全网都开始期待秦梵会生个小小仙女出来还是小小佛子，甚至有人还在微博发起投票。

网友们胃口很大："小学生才做选择，我们小仙女、小佛子全要。"

这个新选择一出，引起了无数网友赞同——

"秦仙女跟谢佛子长得这么好看，就得多生几个造福大家的眼睛。"

"照片模糊，但仙女怀孕都那么美，太离谱了吧。"

"这么离谱的美貌，不得多生几个！"

"我们怀孕变丑，仙女怀孕变美，这找谁说理去。"

"本来打算丁克的，但现在改变主意，我也要生，以后万一有机会跟仙女、佛子当亲家呢！"

"楼上用心之险恶，对此我只想说干得漂亮，当小小仙女的婆婆和小小佛子的岳母，嘶……今晚做梦题材有了。"

……

顿时，全网从猜测是小小仙女还是小小佛子，变成了妄想成为还没出生的小崽崽的婆婆跟岳母。

直到容氏集团官博凑热闹——

容氏集团 V：官宣，小小仙女已经被我们容总家的小公子预定了。

在谢氏集团总裁办，秦梵靠坐在柔软的沙发上，旁边茶几上摆着她最近爱吃的水果以及小点心，刷着微博，跟旁边伺候她吃小点心的男人道："你就这么把咱们宝贝女儿的婚事订出去了？"

谢砚礼瞥了眼屏幕，专注给自家太太剥糖炒栗子。

看着白瓷小盘子里盛放着的圆滚滚的六颗完整栗子，谢砚礼先说了句："今天只能吃这些。"

而后才回答她的话："容太太没怀孕，容怀宴哪来的小公子。"

秦梵眨了眨眼睛，一般来说，集团官博说什么都得经过上层批准，如果没有容怀宴授意，官博怎么敢开这种玩笑。

她反应过来，感叹了声："你跟容总感情真好。"

能跟谢砚礼开这种玩笑，不是感情好谁敢。

谢砚礼用湿巾擦干净手，接过秦梵的手机看。

此时网上都在感叹他们家孩子配不上小小仙女小小佛子，但是见证一段青梅竹马从小订婚修成正果的爱情，岂不是更快乐。

有人开始脑补两家小崽崽青梅竹马一起长大的小说剧情，也有粉丝开始动笔写了。

谢砚礼起身打了个内线电话。

温秘书一分钟进门："谢总，有什么吩咐？"

谢砚礼嗓音冷冷的："用官博告知广大网友，容总如今子女现状。"

噗！不愧是谢总，一点亏都不吃。容总前脚来占便宜故意逗他们谢总，谢总后脚就还击回去，这是什么感人肺腑的兄弟情。

于是乎，就在大家想象着青梅竹马长篇甜宠小说时，谢氏集团横空出现一条微博，打破了大家的幻想。

谢氏集团 V：替我们谢总问：容小公子有影儿了吗？

秦梵笑倒在谢砚礼肩膀上："真不愧是你手下的人，好促狭。

"你确定容总不会找你麻烦？"

话音刚落，谢砚礼手机铃声响起。

屏幕显示：容怀宴。

说曹操，曹操就到。

秦梵抬了抬下巴："快点接啊。"

她想一线吃瓜。

谢砚礼在谢太太的目光下，缓缓点了接通。

容某人不忙着造容小公子，给他打什么电话？

下一刻，容怀宴快意的嗓音传来："老二，你女婿来了。

"嗯，也有可能是我容家的小公主。"

小公主就不能给谢砚礼家崽崽当儿媳妇，是小公子的话，倒可以拐走谢砚礼家里的小小仙女。

毕竟容太太这位重度颜控说过，也就谢砚礼夫妻俩的颜值生出来的下一代，才配得上他们家崽崽。

原来是容太太有孕了，难怪容怀宴闲着没事在网上搞事情，这就开始想要拐他们家小宝贝。

容怀宴："如果我们家是儿子，你家是女儿，我们就定个娃娃亲吧。"

谢砚礼薄唇溢出三个字："想得美。"

而后闲闲补上一句："我家是儿子，你家是女儿，倒是可以考虑。"

容怀宴沉默几秒，亦是吐出三个字："想得美。"

嗯，在这方面，他们两个确实很有默契。

秦梵想到容怀宴那张如画一样的面容，还有之前网上搜索到的关于容太太的照片，他们两个生的孩子，别的不说，颜值绝对高。

给自家宝贝养个颜值天花板的小青梅或者小竹马，好像也不错啊。

不过想到另外一种可能，秦梵戳了戳谢砚礼手腕垂下来的淡青色佛珠，悠悠道："万一两个都是小男孩，或者都是小女孩呢？"

谢砚礼身形一顿，那边容怀宴也听到了秦梵这话，两人默契地说了再见，默契到秦梵都有点吃醋。

然而没等她开始使小脾气，谢砚礼已经环抱住她的身子，掌心贴着她高高隆起的小腹："容怀宴跟容太太长得都不错，他们两个的孩子，生得应该也不会差，倒是可以给我们宝宝当储备丈夫或者妻子。"

秦梵摸了摸鼻尖：

说到默契，好像他们夫妻也挺有默契……

孩子还没生出来，提前给想好他（她）的"青梅""竹马"了。

她轻咳了声："我们这样，是不是有点不厚道？"

谢砚礼语气笃定："他们夫妻两个定然也是这么想的。"

确实，他们两个所想，与陵城容氏夫妻想的一模一样。

所以厚道不厚道的，不重要，都是一座山上的狐狸，还藏什么狐狸尾巴。

他们没有刻意去询问男孩还是女孩，用秦梵的话来说，就是想要个惊喜。

如果提前知道了，算什么惊喜。

谢夫人得知秦梵怀孕后，带了一堆谢砚礼小时候的照片，其中一到五岁的照片最多，还带有相框。又找秦梵要了她小时候的照片，制作同款相框，将相框挂满了天鹭湾的主卧跟客厅、走廊。

秦梵走个三两步就能看到他们俩的照片。

现在她已经习惯了。年幼的秦梵粉雕玉琢，谁看了都想抱一抱、亲一亲，但是秦父把自己这个宝贝女儿保护得严严实实，对谁都跟防狼似的。

秦梵想到爸爸，已经可以坦然思念他。

目光从自己的照片落到旁边谢砚礼幼时的照片上，他当时只有两岁，穿着身牛仔背带裤，板着张可爱到极点的包子脸，秦梵忍不住笑了一声。

直到孕期最后一个月，谢夫人不放心，搬来天鹭湾，亲自照顾秦梵。

毕竟家里即便是有管家有保姆，但也得有个能做主的长辈在。

谢夫人端了碗燕窝粥从厨房出来，便看到秦梵在看客厅的照片，笑着道："多看看好，以后生个跟你们俩小时候一样可爱的小宝贝。"

秦梵谢过婆婆，眼眸弯弯："希望长得像砚礼，他小时候肉嘟嘟的很可爱。"

谢夫人："长得像他可以，就是性格千万要像你，砚礼性格太无趣。"

秦梵想到生个板着包子脸的缩小版谢砚礼，好像也挺好玩。

预产期在下个月，越到后期，越得小心。谢砚礼晚上睡觉之前都会陪秦梵走两圈，秦梵本来就娇气，走着走着走不动了，就会眼圈红红望着他。

谢砚礼心疼，又得陪她走完规定的步数，然后才把人抱回家。

夜色下，天鹭湾格外美，秦梵委屈巴巴地问："我是不是重了很多？"

孕后期，基本上没有好看的身材，就算是仙女，身材都要走样。

但是秦梵身子本就纤薄，所以显得肚子格外大，让谢砚礼这样从容淡定的性子，每每看到都胆战心惊，生怕她腰被压折了。

这样细的腰，怎么能生孩子。

无论网上怎么说要他们为了造福网友的眼睛多生几个孩子，谢砚礼都打定主意只要这一个。

谢砚礼回道："嗯，重。"

这答案就跟捅了马蜂窝似的，脆弱的小仙女立刻眼泪汪汪："你嫌弃我，你竟然嫌弃怀孕的太太胖！"

谢砚礼抱紧了她："抱着全世界最重要的珍宝，怎么能不重？"

秦梵眨了眨眼睛，那滴泪珠在长睫上摇摇欲坠，最后落在男人脖颈位置，溅起细碎的小水花。

抹去了那泪痕，秦梵假装无事发生，在他耳边轻轻说："油嘴滑舌。"

这个点评要是传到旁人耳朵里，定要震惊。

谢砚礼垂眸看着她的小腹，轻叹："乖孩子的话，到时间就快点出生，好让你妈妈轻松。"

……

或许真是谢砚礼这话起了作用，又或者宝宝真的是个乖孩子，所以秦梵在预产期那天零点便发作了。

提前在医院做好了准备，秦梵生产得很顺利。

乌白暗淡的天际，簇簇淡金色的霞光穿透厚重云层洒落人间，第一抹朝阳出现时，是小小佛子诞生之时。

病房内，谢砚礼看着秦梵累极而睡的睡颜许久，才将目光移到旁边那小而精致的婴儿床上。

大概是刚出生的缘故，小孩子皮肤皱巴巴的还有点发红，完全没有秦梵之前想象中与谢砚礼说过的那可可爱爱白白嫩嫩的样子，像是个小老头。

不过谢砚礼越看越觉得好看。这样脆弱又柔软的小家伙，是他跟璨璨的结晶。

秦梵醒来时，看到孩子第一句话就是："孩子抱错了？"

不对，没抱错。当时产房就她自己生产，生产完护士小姐姐还抱给她看过，好像是这只皱皱巴巴的小崽崽……她还以为疼出幻觉了啊！

谢砚礼语调认真："没抱错，你看鼻子嘴巴耳朵脸形多像你。"

看宝宝要醒，谢砚礼弯腰将他抱起来。

她仰头看站在床边熟稔抱孩子哄的谢砚礼："我刚生完孩子，你就这么骂我？"

这话刚落，还没等谢砚礼哄她，怀里那只幼崽"哇"的一声哭出来，秦梵立刻甩锅："你把他弄哭的。"

谢砚礼接住这口锅，而后把怀里那软绵绵的小家伙递到秦梵怀里："他饿了。"

第一次抱这软得像是没有骨头的小家伙，秦梵手臂僵硬，都不知道往哪里放。

原本理直气壮的表情变得慌张凌乱："他饿了你就快点给弄点吃的啊！"

这么小的崽崽要喝奶吧？奶瓶呢？秦梵看着谢砚礼空空如也的手，催他去找。

原本哭得很惨的小家伙，本能地拽住妈妈的衣服，在她怀里拱来拱去，像是在找什么。

秦梵说完，终于反应过来。差点忘了她就是这娃的"奶瓶"。

秦梵迷茫地望着谢砚礼，语调可怜巴巴："我不会……"

其实他也不会。

而且，当看到小家伙在她怀里拱来拱去时，谢砚礼就后悔自己刚才条件反射把孩子递给秦梵。

他重新伸出手，打算抱回来："我给他冲奶粉。"

没等他弯腰，便被推门而入的谢夫人听到，她没好气道："冲什么奶粉，初乳对孩子最健康。"

再说之前梵梵就说过，打算母乳喂宝宝，那谢砚礼还捣乱什么，而且这初乳不挤出来，更难受，不如让宝宝喝了。

谢夫人挤开自家儿子，往床边一坐，下达命令："你去弄个干净温热的毛巾过来。"

谢砚礼清隽眉心微蹙，看向秦梵。秦梵在手忙脚乱了一会儿后，出于当妈妈的本能，已经哄好了哭泣的小家伙，略松口气后，抬眸看谢砚礼，精致的眉扬起：

"你怎么还不去准备？"

谢砚礼沉默几秒："等会儿别哭……"

秦梵想，她怎么可能会哭，不就喂个奶吗，又不是没见其他妈妈喂过，就很轻松。

五分钟后。

秦梵眼泪汪汪，哭得比宝宝还要惨，惨到宝宝都不哭了，甚至还睁开了眼睛，睁着那双像极了秦梵的眼睛望着自家仙女妈妈。

秦梵眼眸湿漉漉时，端的是水波潋滟，勾人心弦。宝宝虽然已经有桃花眼的雏形，却更加圆润，瞳仁很大很黑，黑白分明，清澈见底，仿佛真的能看到哭鼻子的仙女妈妈。

伴随着宝宝首次睁眼，秦梵满心都是："第一次喂奶，真的好疼！"

谢砚礼帮她转移注意力："宝宝名字取好了。"

秦梵是选择困难症，更是取名困难症，所以这个艰巨的任务早早便交给了谢砚礼。

只不过谢砚礼一直到她生产之前都没取好，现在忽然说取好了，秦梵确实被转移了注意力："是什么？"

谢砚礼轻轻抚平她蜷缩的手指，在她掌心，一笔一画落下两个字：寻昭。

昭，日明也。

寻昭，寻找光明。

谢寻昭。

秦梵带着点疼出来的哭腔："既然是夏天的小太阳，那小名就叫小骄阳吧。"

亦是骄傲的小太阳。

谢砚礼声线温柔纵容："好，我们的小骄阳。"

谁都没想到，后来某天，微博服务器再度拥挤。起因是——

　　谢砚礼V：我们的小骄阳。

一起发出来的照片上，黄昏的海边，天边云彩铺散，如色彩浓郁的颜料慢慢晕染开来，一家三口正沿着海岸线慢悠悠散步。

至于现在，秦梵足足休养了两个月才被允许出门。

当然，又即将到谢砚礼生日。

去年秦梵还会假模假样地给他准备惊喜礼物，今年——她看着床上睡得香甜的小崽崽，轻轻给他盖上小被子想："都老夫老妻了，搞那些花里胡哨的干吗？"

距离生日还有一周。

某个清晨，秦梵懒洋洋睁开眼睛，看到谢砚礼系领带，便重新闭上。

赚奶粉钱的男人真的太辛苦了，六点半就要起床去上班。

谢砚礼从镜子里看着她昏昏欲睡的模样，忽然想到什么般，转身走到床边，把她从床上提起来。

"你干吗？"

秦梵闭着的眼眸完全睁开，吓了一跳。

双手环住秦梵的腰肢，谢砚礼沉吟几秒："还差一点。"

什么还差一点？

秦梵不解。

谢砚礼答道："还差一点才能恢复怀孕前的腰围。"说完，便俯身亲了亲她的额头，"你再睡会儿，我上班去了。"

秦梵迷迷糊糊地没反应过来。

不知道过了多久，秦梵困意蓦地消失，夯毛了："你竟然嫌我胖！"

就很气，秦梵迅速披了件真丝睡袍推开主卧门，可惜，楼下已经没了谢砚礼的踪影。

她这才想起来，谢砚礼好像说过，今天要早点去公司，顿时，更气了。

半小时后，秦梵收拾妥当，吃过早餐，便逗同样已经吃饱喝足的小崽崽玩儿。

"小骄阳，叫妈妈。

"妈……妈……"

秦梵拉长了语调。

然而小骄阳崽崽只能张着粉润润的小嘴："嗷嗷嗷嗷。"

秦梵手痒痒，把小骄阳的小嘴轻捏成鸭子嘴。谢砚礼惹她了，现在他不在，就欺负他儿子。

秦梵把鸭子嘴小骄阳眼泪汪汪望着自己的模样拍下来，发给谢砚礼——

"你儿子替你受罚，有什么感想？"

谢砚礼很快回复："父债子偿，天经地义。"

秦梵看这老父亲说的不是人话，都舍不得继续欺负怀里这小崽崽了呢。

她语重心长道："你爸爸真没把你当外人，以后好好孝顺他。"

务必孝顺他，做一对"父慈子孝"的新时代父子模范。

秦梵没回复，谢砚礼下一条消息跳出来："所以，谢太太，我何错之有？"

火上浇油！他居然觉得嫌弃她胖不是错！

秦梵怒气冲冲把他备注改成了——一孕傻三年老父亲。

截图发给他，表达自己的愤怒，并且发消息："你嫌我胖！"

谢砚礼已经开完了早会，坐在办公椅上，略思索便猜到根源所在。

他没着急回复，反而抬步走向休息室。自从秦梵有了宝宝之后，谢砚礼再忙也不会在休息室休息，所以几个月没有住过的休息室，恢复了冷清。

唯独银灰色床单中央放的这个古色古香的檀香木礼盒，礼盒外镂空雕刻极为精细，恍若一只辉煌的凤凰占据了四面。

谢砚礼打开礼盒，里面是一条绣工完美的绯红色改良旗袍，刺绣融合了中国风的祥云、扇子、凤凰等元素，可想而知，穿上会是如何摇曳生姿。

当然，越美的旗袍，对身材的要求越高。

这条旗袍，是青烟大师历时近一年，亲手制作而成，这才是她真正的封山之作，绝无仅有。

不过谢砚礼当时给青烟大师的尺寸，是秦梵怀孕之前的，这是谢砚礼今年赠予秦梵的生日礼物。

谢砚礼了解秦梵，在美这方面，她是极致的完美主义者。但凡看到这件旗袍，她不能用最完美的状态穿进去，一定会不高兴。

谢砚礼将旗袍重新放回去，而后给秦梵回复道："只要你不嫌弃。"

秦梵还真嫌弃……

她气消了之后，总觉得谢砚礼不会随随便便管她的腰围，那么肯定有问题！

这就跟裴景卿每次正儿八经求婚都会哄骗姜漾化全妆一个意思，免得这种惊喜时刻，女孩子素颜没有安全感，惊喜变惊吓！

秦梵把玩着手机，若有所思地给温秘书发了条微信，故意试探："谢 Boss 准备给我什么惊喜？"

温秘书："既然是惊喜，那咱也不能说呀！"

"太太别为难我！"

看到温秘书发的那个卑微小人求饶的表情包，秦梵勾起一边唇角——谢砚礼果然给她准备了惊喜！

算了算时间，应该是他生日。

啧——谢砚礼生日又给她准备惊喜，那她要是什么都不准备，岂不是……措手不及。

本来秦梵还打算再套套温秘书的话，然而温秘书很警觉，撬不开嘴。

秦梵看着镜子里的自己，大概是体质原因，她生完孩子之后，恢复得很快，用网友们的话来说就是像怀了个假孕！

等谢砚礼生日那天，她一定要好好准备！

又美又瘦，闪瞎他！

没等秦梵美美地闪瞎谢砚礼，裴景卿的第九十九次求婚已经准备好了，邀请秦梵他们作为好友出席。

姜漾曾经说过，要裴景卿求满八百八十八次才考虑答应。即便如此，裴景卿每次求婚也不会糊弄，更不会随口求婚来达到八百八十八次，每一场求婚都办得很隆重。

裴景卿说他的漾漾值得八百八十八次郑重的求婚。

这次求婚是在裴景卿名下的一栋城堡里，除了之前九十八次没有送出去的求婚戒指外，裴景卿还准备了一顶玫瑰切割钻石发箍，珍稀就珍稀在每颗钻石都是玫瑰形状，亦是真正的欧洲王室的珍贵藏品。

能得到这个发箍送他的公主，裴景卿也是费了不少人力物力。

秦梵和谢砚礼带着小骄阳一起来见世面。

此时，看到裴景卿走向姜漾，秦梵戳了戳谢砚礼的手腕。

谢砚礼垂眸，他怀里抱着的小崽崽同时看向她。

别说，父子两个这眼神还挺像。

小崽崽除了眼睛之外，其他地方都像谢砚礼，满足了秦梵想要养一个缩小版谢佛子的真实想法。

此时看到他们父子俩一起看过来，秦梵亲了口儿子肉乎乎的小脸蛋，才问谢砚礼："要不要打个赌？"

谢砚礼没答，只安静地望着她的红唇。

秦梵被他看了几秒，顿时明了，踮脚在他同样的位置亲了口："这样可以了吗？"

谢砚礼这才满意问："赌什么？"

"赌这次求婚漾漾会不会答应。"秦梵竖起一根手指，"输方得答应赢方一件事。"

谢砚礼颔首："好。"

"我赌……"

秦梵听到他说好，立刻就要说她赌姜漾会答应。

然而刚说了这两个字，却听到谢砚礼下一句话——

他先说："我赌姜漾会答应。"

他怎么总是不按常理出牌！

"这才是九十九次，还有七百多次呢，你为什么赌答应？"

正常人不是会赌不答应吗！

谢砚礼微微一笑："谢太太，你把'姜漾会答应'五个字写在脸上了。"

谢砚礼看着她无语凝噎的小表情，不疾不徐补了句："再者，若是一如往常，那你又何必设赌局。"

原来一孕傻三年的是她！

秦梵赌局输了。姜漾在裴景卿向她走了九十九步之后，终于朝他迈出了最后一步。

粉色玫瑰花瓣漫天飞舞，空气中都是浪漫甜香。

姜漾看着单膝跪在她面前的男人，注视许久。

就在裴景卿以为自己这次又要失败时——姜漾慢悠悠地朝他伸出自己的一只漂亮小手。

裴景卿愣住几秒。

姜漾望着他，晃了晃雪白指尖："怎么，后悔求婚了？"

裴景卿蓦地将被拒收了九十八次的求婚戒指套进她无名指处，双手将姜漾抱起来转圈圈："不后悔，一辈子都不后悔。"

姜漾也忍不住笑："戒指戴错位置了，笨蛋。"

裴景卿旁若无人地抱着她，完全听到没有朋友亲人们的掌声与起哄声，眼里心里只有面前的姜漾，他嗓音不知何时变哑："没戴错，你是我老婆了。

"像是在做梦。"

姜漾额头抵着他的额头，忽然捧住他的下巴，主动吻了上去。

她的声音随风飘走："不是梦。"

秦梵看着小姐妹这么霸气的动作，双手做喇叭状喊道："姜女王，永远的神！"

难得见秦梵这么活泼，谢砚礼跟小骄阳都没打扰她。阳光下，长相相似的父子两个看着秦梵，竟透着如出一辙的温柔宠溺。

裴枫将裴景卿求婚现场的照片发到微博上，其中一张恰好将他们一家三口拍下来。

粉丝们——

"佛子和小小佛子看仙女的眼神真的好温柔啊！"

"以后仙女有两个男人宠爱，是终极梦想了。"

"怎么办，看到这张照片感动得想哭。"

7月21日，谢砚礼生日。

如往年一样，谢砚礼不喜大办生日宴，所以，谢夫人早早便将小骄阳抱走，给这对夫妻留下二人世界。

原本秦梵等着谢砚礼的惊喜，却没想到，他竟带她去游乐园玩。

秦梵站在游乐园门口。

她做了万全的准备迎接惊喜。

就这？甚至都没清场，来来往往嬉闹的小朋友很多。

秦梵顿了顿，问他："我几岁？"这是给她这样的成年人送惊喜的地方吗？

谢砚礼缓缓答："仙女永远十八岁。"

秦梵面无表情望着他，心想："怎么办？被他哄得有点心花怒放。"

果然是谢总,就是这么出其不意。

谢砚礼走到车门旁,见秦梵不下车,主动伸出细长白皙的手递到她面前:"不想玩?"

"玩!"

秦梵拍了他掌心一下,自顾自下车,往园内走去。

谢砚礼三两步跟上,握住她垂在身侧的柔软小手:"慢点。"

两人即便是戴着口罩,那周身的气质也是掩盖不了的,引得不少路人张望。

秦梵化悲愤为力量,带谢砚礼把所有刺激项目全玩了一个遍,从一开始面无表情到最后兴致勃勃。

其间也有粉丝认出他们,不过大家都很有礼貌地没有过分打扰。

直到玩到夕阳西下,原本秦梵还打算等夜场的,但仙女妈妈终于想起了家里还有个小崽崽。

秦梵玩累了,趴在谢砚礼肩膀上被他带着走,语调有点依依不舍:"听说今晚有烟火盛会呢。"

谢砚礼温声道:"那去休息会儿,等烟火结束再走。"

秦梵摇摇头:"还是算了,回去晚了小骄阳估计要发脾气的。"

小骄阳平时是很好带的崽崽,吃饱喝足就是睡觉觉,白天谁带都行,但晚上必须跟爸爸妈妈一起睡。

像是想起什么,秦梵踮脚在谢砚礼耳边轻声道:"而且,我也给你准备了生日礼物。"

要是看完烟火再回去,匆匆忙忙的,谢砚礼生日过去怎么办。

谢砚礼眉心动了动,握紧了她的细腰。

秦梵补充了句:"你给我的这个惊喜我也很喜欢。"

谢砚礼没答,像是默认,直到快要抵达天鹭湾时,他才道:"璨璨,惊喜不是这个。"

带她去游乐园玩,只是单纯的玩而已。

上次谢砚礼不经意听到她跟姜漾视频,说感觉生完孩子之后,心都要老了。

这才想着带她去游乐园,找找童心。

车厢光线暗淡,谢砚礼侧眸便能看到倒在他肩膀上的秦梵睁着一双好奇的双眸望着自己。

仙女顾盼生辉,明艳漂亮,此时穿了件娃娃领的学院风衬衫配银灰色百褶裙,完全看不出任何生过宝宝的痕迹。

秦梵睫毛轻轻颤动:"还有其他惊喜?"

天鹭湾。

大概小骄阳知道今晚是爸爸妈妈的二人世界，竟难得地没闹腾着要找爸爸妈妈睡觉，吃饱喝足后被谢夫人哄睡着了。

四楼画室，去年也是这个时候，谢砚礼在这里画下了第二幅画，此时已经挂在了第一幅旁边。

偌大的墙壁上，挂着两幅放肆靡丽的人体油画，让人看了便不由自主地脸红心跳。

秦梵望着去年此时那幅羽毛床油画，耳根子蔓延出鲜艳的红晕，之前看过草稿，她的姿态被画得栩栩如生，没想到上色之后，竟然有种禁欲的朦胧感。

秦梵移开的视线忽然顿在盖着薄绸的第三幅油画上。

他什么时候画的？难道这就是惊喜？

之前蒋蓉让女画家为秦梵画的那幅早就被谢砚礼收起来，人体油画只能由他来给自家太太画。

秦梵看了好一会儿，有种不太妙的感觉："你确定是惊喜，不是惊吓？"

谢砚礼扫了眼不远处沙发上那檀木礼盒，道："确定。"

"掀开看看。"

秦梵一步一步走向油画，每走一步画室内灯光便更亮一点，等她站在油画前，指尖触碰到那丝滑布料之时，室内灯光已亮若白昼。

薄绸滑落至地，油画映入眼帘，秦梵眼底闪过惊艳。这还是第一次，她看到谢砚礼油画时，不是惊吓而是惊艳。

眼前这幅油画色彩浓丽，画中人穿着绯红色的刺绣旗袍，斜倚在古色古香的架子床上，手持一柄团扇，露出来的眉眼清清冷冷，仪态万千。床边皆是镂空的雕刻，精致华美，西方的绘画风格描绘出东方古色古香的旗袍美人，完全不显得突兀。

重要的是画中人依旧是她，更像是结婚之前的她。

原来他都记得。

秦梵愣愣地望着那幅画，谢砚礼声音陡然传来："璨璨。"

秦梵下意识回眸，乌黑瞳仁收缩，红唇张了张："这是……"

入目是谢砚礼展开的一条与画中一模一样的旗袍，淡金色的珠光刺绣，细看才知道那闪闪的薄光是缀着的亮片与钻石，像是手工制作的。

她了解青烟大师的风格，立刻发现："这是……青烟大师的作品？"

"天哪，你怎么得到的？"

"请青烟大师特意为你做的。"谢砚礼薄唇含笑，任由她捧着旗袍细细观看，"去换上看看。"

说着，侧身让出位置。

秦梵这才注意到他身后多了一架木质屏风隔断，屏风那恍若浮出来的雕刻与画中架子床上的如出一辙。

秦梵福至心灵，三两步绕过屏风，果然里面正是油画里的架子床。

还真是惊喜。

当秦梵穿上这件旗袍，腰间尺寸刚好贴合。

她总算明白谢砚礼几天前说自己腰围还没恢复是什么意思了，这是怕她穿不上这件礼物会闹脾气。

不过谢砚礼只考虑了腰围，却忘了她的胸围。

精致锁骨下方，拥雪成峰，差点要穿不上。

谢砚礼从身后抱着她，下颌抵在秦梵肩膀上，掌心顺着细腰往上，嗓音微哑："百密一疏。"

秦梵敏锐极了："原来谢总也有失误的时候。"

眼看着就要躺倒在架子床上，秦梵忽然躲开："我也有礼物要送给你。"

谢砚礼现在不想要礼物，只想拆"礼物"。

目光定在她脖颈那烦琐的盘扣上："等会儿再送。"

然而谢砚礼刚准备吞吃入腹，外面蓦地传来敲门声。

管家在门外："先生，太太，宝宝在外面哭得厉害，夫人让先生去哄哄。"

谢砚礼长指陡然一顿。

秦梵无辜地望着他："大概你儿子感应到了什么，来报复了。"

"快去哄孩子。"秦梵推了推他。

她了解婆婆大人，若不是小骄阳哭得太厉害，不会来打扰他们。

临近次日零点，秦梵的生日礼物才送出去。

主卧床上摆着三件亲子装，两大一小。谢砚礼跟小骄阳的是两件渐变蓝色衬衣，而她的是同色系衬衫裙，最显眼的便是衬衣领口位置，绣着三个一模一样的小太阳图案。

没错，秦梵也准备了衣服。这大概就是夫妻之间的默契。

谢砚礼长指轻触那枚小太阳。

秦梵说道："你们父子两个不许嫌弃，这可是我一针一线缝上去的！"

谢砚礼薄唇上扬起好看弧度："看出来了，业余小绣娘。"

秦梵疑惑："什么？"

谢砚礼看向秦梵，却说："看出里面带着谢太太对我们的爱。"

秦梵被他哄得眼眸弯弯，亲了他一口："再附赠个仙女吻当礼物。"

之前秦梵答应粉丝们的生日见面会，在次年复出时，如约履行，能容纳几千人的会场，几乎满员。

粉丝们几乎要把嗓子喊哑了。

直到进行到快要结束时，粉丝们看到秦梵穿着一身汉制舞裙在舞台边缘候场。

场下先是安静几秒，而后是更热烈的欢呼声。

"女神回归女神回归，啊，女神！"

"古典舞啊！"

……

粉丝们欢呼声越大，蒋蓉越紧张："你的手腕能坚持跳完整场吗？其实不是正式的舞蹈表演，跳一半也行。"

秦梵甩了甩手腕，这几年她从来没有放弃复健，如今虽然不能继续做舞蹈演员，但偶尔的一两场整场表演，完全没问题。

听到粉丝们的欢呼声、期待声，她深吸一口气，许久没有登台跳古典舞，竟然有点紧张。

秦梵提着裙摆走向舞台中央，只留下一句："放心。"

秦梵一袭渐变红色长裙，行走时，腰肢纤细，身姿婀娜，一场古典舞跳得行云流水，用实力打破网传的所谓她基本功全失，再也跳不了古典舞的言论。

上台时还有点紧张，但当真的开始跳舞时，秦梵的全部身心都放到了舞蹈之中，所有的动作都像是融入骨子里般熟稔。

大家沉浸在秦梵生日会收尾的这场古典舞表演之中，没注意到后门一个身形修长挺拔的男人在最后排落座，怀里还抱着个一岁多的小崽崽。

小骄阳黑白分明的眼睛望着舞台，眼睛眨都不眨："是妈妈，妈妈漂亮！"

"仙女妈妈！"

秦梵经常在小骄阳耳边说漂亮妈妈、仙女妈妈，没有白费。

瞧瞧，这不是都会灵活运用了。

谢砚礼控制住在自己膝盖上蹦跶的小崽崽，目光落在秦梵身上："嗯，漂亮。"

大概是小崽崽小嗓门太大，又或者是谢砚礼存在感太强。

秦梵这场古典舞结束后，就有人发现了他们俩。

"谢佛子？还有小骄阳？"谢砚礼前排的粉丝听到后面说话声，下意识转身，错愕喊道。

这话一出，粉丝们齐刷刷看过去。

小骄阳还一点都不怕生地朝他们扬了扬小爪子，顿时萌翻一群人。

舞台上，已经进行到最后切蛋糕环节。秦梵换好衣服出来时，也发现了粉丝们都眼神饥渴地看着最后排。

她顺着大家的视线看过去，唇角忍不住弯起："说好加班的男人，竟然连儿

295

子都一起带来偷偷参加她的生日会。"

秦梵攥了攥话筒，语调带着不加掩饰的笑音："来都来了，谢先生上来陪我切蛋糕呀，还有我们的小骄阳。"

蛋糕是粉丝送的，最上面放着三个翻糖 Q 版小人，刚好是他们一家三口。

谢砚礼不疾不徐地站起身。

秦梵眼神穿过人群，遥遥望着谢砚礼抱着小骄阳从最后排走来。

离得越近，秦梵视线越清晰，依稀可辨男人端方冷清的面容含着纵容宠溺。

曾以为谢砚礼于她而言是江上清风，山间明月，可望而不可即，后来清风徐来，明月相照，才恍然发现——

情之所钟，无关风月。

Sleeping

番外

番外一

"父慈子孝"的正确打开方式

小骄阳不知不觉就到了上幼儿园的年龄。

首次家长会是谢砚礼去参加的,谢砚礼参加过无数会议,但与会人员围着一堆叽叽喳喳的小朋友,唯独在幼儿园才能体验到。

小骄阳看着自家爸爸在众多家长之中有点格格不入,就挺发愁。

老师恰好路过,问:"谢寻昭小朋友,你为什么叹气呀?"

小骄阳奶声奶气地又叹了一声:"我爸爸好像有点不合群,他这样不行的!"

老师有点困惑:"为什么不行?"

小骄阳深以为然:"爸爸这样不合群,迟早要被这个社会淘汰的!"

老师憨笑:"那你要不要帮你的爸爸融入咱们这个大集体呀?例如带他去参观一下你们小朋友的手工墙,先了解一下大家才能更好地融入。"

小骄阳严肃点点头,礼貌道:"我这就去,谢谢老师。"

谢砚礼看到儿子穿着幼儿园统一的浅蓝色小校服朝他跑过来,下意识伸出手臂接住他,顺势抱起来。

还没来得及问话,便听到自家儿子在他耳边说:"爸爸,我们去那边。"

谢砚礼看过去,教室后面半面墙壁都贴上了花里胡哨的手工贴画:"这是你们的作品?"

他下意识从里面找小骄阳的作品,本来以为花里胡哨的不好找,没想到一眼就看到了。

主要是小骄阳那个作品太显眼了!

谢砚礼看着那幅贴画,是把他和秦梵的照片剪了下来,而且边缘粗糙,一看就是小骄阳剪的。照片上原本属于他的脸被贴上了小骄阳的大脸照,一起贴在纸上,下面用红色彩笔歪歪扭扭写了三个大字:结婚证。

越看那张照片越眼熟,谢砚礼眼眸微眯,看向还毫无知觉的小骄阳,第一次有了想要打孩子屁股的冲动。

他强迫自己平心静气:"谢寻昭。"

小骄阳眨了眨眼睛,无辜道:"爸爸?"

谢砚礼指着那张照片："什么时候剪下来的？"

小骄阳一脸孝顺："爸爸生日前一天。本来打算当生日礼物送给爸爸的，可是妈妈说你可能不会喜欢，就没给你。"

谢砚礼强忍着才没有把这个"大孝子"当着一屋子小朋友的面打一顿。

他当然不会喜欢！因为这是他和秦梵结婚证上的照片，被这个小浑蛋剪下来了！

等到回家，谢砚礼面无表情地让谢寻昭小朋友站在墙角面壁思过，并且罚了半个月零食。对小骄阳而言，被罚半个月零食，可以说是毁天灭地的打击。

秦梵拍完广告，回家便看到儿子站墙角，老公坐在沙发上办公，顺便监督。好一幅"父慈子孝"的画面，令老母亲感动。

小骄阳眼泪汪汪："妈妈……"

"孩子还小，有什么错……"

秦梵刚准备给可怜巴巴的儿子说个情，目光却落在谢砚礼面前茶几上放着的结婚证，然后陷入沉默，顿了一秒，换了义正词严的语调，"犯了错误，就算年纪再小，也要学会自己承担后果。"

小骄阳睫毛上的泪珠摇摇欲坠。

谢砚礼似笑非笑地看着他们："他承担？"

秦梵偷偷看了眼谢砚礼，想撒娇，但她知道蒙混不过去，走过去戳了戳谢砚礼手腕上那串淡青色佛珠："好吧，我们一起承担。"

好不容易解释清楚，事情是这样的：那天小骄阳看电影，是秦梵和别的男演员演夫妻，也不知道这位小朋友是早熟还是想象力丰富，非说自己不是他爸爸亲生的，他的亲生爸爸是那个男演员，而且有理有据——夫妻是要有结婚证的，他从来没看到爸爸妈妈的结婚证。

为了防止小骄阳认错亲爸，秦梵只好把保险箱里的结婚证拿出来给小骄阳看了。

万万没想到，这个小家伙看她输入一遍密码就记住了，竟然在某一天为了送爸爸生日礼物，把这个拿出来，还把谢砚礼的照片剪下来，制成了贺卡。

秦梵给自家儿子一个眼神："快把你之前给爸爸亲手制作的贺卡拿出来送给他。"

小骄阳连忙跑回自己房间。

谢砚礼没想到，除了这个作业贴画之外，他们的结婚证照片居然还被做成了另一个作品。

贺卡上，是谢砚礼单独被剪下来的脑袋，下面被小骄阳用蜡笔画了极具艺术感的身体四肢，当然，少不了他独特的字迹：祝爸爸三十二大寿快乐。

结婚证照片解体不说，他本人还脑袋跟身体分家，真快乐……

后来，小骄阳理所当然又被罚了半个月零食，并且独自一人把被他剪掉的结婚证重新拼好。

再后来，谢砚礼拉着秦梵去重新补办了结婚证，无意被路人拍到发到网上，差点被媒体解读成两人来领离婚证。

直到秦梵公布了那张被剪得四分五裂的结婚证才算是辟谣。

辟谣当天，小骄阳被罚写一百遍：再也不胡乱剪东西了。

番外二
永远热烈

秦梵和谢砚礼结婚纪念日那天，网友们等着这对夫妻发糖，没想到先等到了助理小兔发布的四张照片。

四张照片像是一条完整的恋爱线，甜得人心口像是扯出了糖丝儿。

第一个场景是夜晚，在医院病房。

那时谢砚礼还是黑发，西装革履坐在病床旁，而病床上的秦梵双眸紧闭，恍若睡着。柔黄灯光下，男人指尖握着一串黑色佛珠，正往少女雪白纤细的手腕上缠，透着一股子动人心弦的缱绻。

第二个场景是影视基地门口的梧桐树下。

染了银蓝发色的谢砚礼将发尾挑染了几缕同样银蓝色的秦梵举着抱起来，淡金色的阳光在他们身上镀上了一层薄薄的光晕。那日骄阳正好，眼里有光，也有你。

第三个场景是一家三口手牵手在沙滩上的背影。

天边余晖几乎燃尽，将三个身影拉出很长很长的影子，仿佛一辈子都会这样牵手慢慢走下去。

照片最后一张，是谢砚礼的微博截图：从首条"谢太太生于锦绣，长于荣华，与佛无缘，仅与我有缘"到最后一条"我们的小骄阳"。

这条微博一发，立刻引起网络热议——

热评第一：内敛清冷的男人，坦坦荡荡将爱诉说在骄阳下，真挚且热烈。

热评第二：众生平等，佛子度众生，但我愿谢佛子只度秦仙女，请一直这么肆无忌惮地爱下去吧！

……

此时，私人沙滩。

小兔坐在巨大的太阳伞下，低头刷了会儿微博评论，又抬眸看向不远处小骄阳被爸爸妈妈牵着手，跌跌撞撞走路的画面，与谢砚礼最后那条微博的照片逐渐重叠。

她重新垂眸，指尖轻点，敲下最后一句话：孤山永远不孤，明灯永远璀璨，骄阳永远热烈。

番外三

第四幅油画

天鹭湾主卧的浴室处处精致,落地窗前的浴缸,两人共浴绰绰有余。

不过此时,耀眼透白的灯光下,唯独秦梵懒洋洋地趴在浴缸边缘。

她的皮肤像是被镀上一层玉脂般的薄光,荡漾水波掩不住她曼妙的身材。

秦梵指尖拨弄了一下水面,看向半开的浴室门,忍不住吐槽:"慢死了,难不成一起洗个澡还得先焚香祷告。"

一分钟后,那个说好了要跟她共浴的人,端着油画工具迤迤然走进来。

秦梵:"这……什么意思?"

谢砚礼对上她惊讶的眼神,薄唇带着矜持的弧度:"忽然想起还欠你一幅画,择日不如撞日,今天画了吧。"

什么择日不如撞日!在浴室画画?他真敢想。

秦梵捂住胸口,余光瞥着门口,想找机会跑路:"就算要画,最起码也得让我穿件衣服吧?"

说着,便准备从浴缸起身。

下一秒,谢砚礼从画架后拿出一条珍珠白真丝小睡裙,神色淡定:"我帮你穿。"

秦梵:"失策了,这狗男人绝对是早有准备!"

秦梵重新往浴缸内一坐,耍赖似的泡进水里:"有本事你就进来帮我穿!"

随着她的动作,层层水珠溅起,大部分溅到了浴缸旁的谢砚礼以及他手里那件薄薄的真丝睡裙上。

谢砚礼指尖摩挲了一下,竟真的颔首:"谨遵谢太太之命。"

后来秦梵看到那幅画,再也没法直视她最近钟爱的浴缸。

画中,她上半身没骨头似的挂在浴缸边缘,身上仅着一件珍珠色的睡裙,裙摆浮在水面上,一双纤细的双腿若隐若现。

画面逼真到从她睫毛上的水珠到她身上穿的裙子,都纤毫毕现。

恍若她轻轻一眨眼,那颗水珠便会顺着雪白细腻的皮肤滑落。

这得是多么细致的观察,秦梵怀疑谢砚礼把自己全身上下每一寸都看得透彻，才能画得这么精妙。

谢砚礼望着秦梵，她的桃花眼比油画中更生动，像是带着细细的小钩子，让人忍不住沉沦其中。

他问："喜欢吗？"

秦梵说不了谎："喜欢。"

谢砚礼素来清冷的面容染上笑意，道："那下次在草坪上画好不好？"

秦梵抬眸，刚想说什么，却撞进谢砚礼那双如深海浩瀚的眼瞳，话语戛然而止。

佛子坠入爱河，从此沉沦人间。